# 일곱 번의
# 거짓말

**SEVEN LIES**
by Elizabeth Kay

Copyright ⓒ Elizabeth Kay, 2020
Korean Translation Copyright ⓒ MUNHAKDONGNE Publishing Corp., 2022

Korean translation rights arranged with Madeleine Milburn Ltd., London through Danny
Hong Agency, Seoul.
All rights reserved.

# 일곱 번의 거짓말

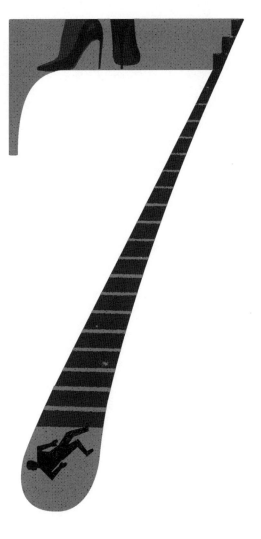

엘리자베스 케이
장편소설

김산 옮김

ELIZABETH KAY

## SEVEN
## LIES

문학동네

일러두기

1. 주석은 모두 옮긴이주다.
2. 본문 중 고딕체나 볼드체는 원서에서 이탤릭체나 대문자로 강조한 부분이다.

앤과 밥 가우드스밋
혹은 내가 언제나 알아왔던 대로,
엄마와 아빠에게

# 차례

# 1

## 첫번째 거짓말

# 1장

"그렇게 그녀의 마음을 얻었죠." 그가 웃으며 말했다. 그러고는 몸을 의자 등받이에 기대며 손을 머리 뒤에서 깍지 끼고 가슴팍을 내밀었다. 항상 그렇게 자기는 잘났다는 식이었다.

그가 나를 보았다가, 내 옆에 앉은 멍청이를 보았다가, 다시 내게로 시선을 돌렸다. 우리가 반응하기를 기다리고 있는 것이다. 우리 얼굴에 번지는 미소를 보면서, 우리의 찬탄과 경외를 느끼고 싶은 것이다.

나는 그를 경멸했다. 모든 면에서 미친듯이 격렬하게 혐오했다. 금요일 저녁에 식사를 하러 올 때마다 같은 얘기를 반복하는 것도 짜증났다. 내가 누구와 오든 상관없었다. 당시 어떤 지질한 놈과 데이트를 하고 있든 상관없었다.

항상 그 이야기를 늘어놓았다.

너도 알다시피 그 이야기야말로 그의 궁극의 트로피였으니까.

찰스 같은 남자에게, 그러니까 그처럼 성공했고 돈 많고 매력적인 남자에게, 마니같이 아름답고 총명하며 반짝거리는 여자란 컬렉션의 최상위 메달이니 말이다. 게다가 그는 타인의 동경과 감탄에 더욱 불붙는 성격이었다. 그런 걸 내게서 얻어낼 수 없으니 다른 손님들에게서 대신 쥐어짜내고 있었다.

내가 해주고 싶었던 말, 하지만 내뱉지 않았던 말은, 그는 마니의 마음을 얻은 적 없다는 사실이었다. 나도 드디어 솔직해졌기에 하는 말이지만, 마음이란 솔직히 얻어낼 수 있는 게 아니다. 오직 주어지면 받는 것이다. 마음은 설득하고 꾀고 바꾸고 진정시키고 훔치고 단련하고 뺏을 수 없다. 하물며 얻어낼 수는 없다.

"크림 필요하신 분?" 마니가 물었다.

그녀는 하얀 세라믹 단지를 들고 식탁 옆에 서 있었다. 머리는 목 위쪽에 핀으로 단정히 고정시켰고, 웨이브 진 잔머리가 느슨하게 뺨 옆으로 흘러내렸다. 고리 부분이 펜던트 옆까지 내려온 목걸이가 가슴뼈 앞에 구불구불 매달려 있었다.

나는 고개를 저었다. "난 괜찮아."

"넌 아니지." 마니가 생긋 웃으며 대답했다. "나도 알아."


본격적으로 이야기를 시작하기 전에, 한 가지는 짚고 넘어가야겠다. 마니 그레고리는 내가 아는 모든 여자를 통틀어 가장 인상적이고 가슴 설레고 눈부신 여자다. 중학교 때 처음 만난 이후 십팔년—그러니까 우리 관계는 사람으로 치면 술 마시고 결혼하고 도박도 할 수 있는 합법적인 성인이나 다름없다—이 넘도록 그녀는 나의 단짝친구다.

입학 첫날 우리는 좁고 긴 복도에 서 있었다. 한 줄로 선 열한 살 짜리들이 복도 끝에 놓인 테이블까지 꿈틀거리며 움직였다. 중간중간에 아이들이 무리 지어 있어서, 질서정연한 일렬종대는 마치 생쥐를 삼킨 뱀처럼 울룩불룩했다.

나는 불안했다. 아는 사람이 아무도 없었기 때문이다. 마음속으로는 앞으로 십 년에 가까운 시간을 혼자 외로이 보낼 준비를 하고 있었다. 무리 지은 아이들을 물끄러미 바라보면서, 어차피 저 사이에 끼고 싶지도 않다고 스스로를 설득했다.

그러다 너무 빨리 성큼 발을 내딛는 바람에 앞에 있는 여자애의 뒤꿈치를 밟고 말았다. 그애가 홱 돌아보았고 나는 잔뜩 겁을 집어먹었다. 이제 애들 앞에서 창피를 당하고 저 아이가 소리치면 쭈그러질 일만 남았구나 싶었다. 그런데 그애를 본 순간, 두려움이 눈 녹듯 사라졌다. 우습게 들리겠지만 마니 그레고리는 태양 같다. 그때도 그렇게 생각했고 지금도 종종 그런 생각을 한다. 마니의 피부는 충격적일 정도로 투명하고 매끈한 크림빛인데 아주 가끔씩만, 이를테면 운동하고 난 뒤나 몹시 만족스러울 때만 분홍색 장밋빛으로 물든다. 짙은 빨강머리는 붉은빛과 금빛이 회오리처럼 물결친다. 눈은 창백하다못해 백색에 가까운 파랑이다.

"미안해." 이렇게 말하며 나는 한 걸음 물러서서 새로 산 반짝이는 구두를 내려다보았다.

"내 이름은 마니야." 그애가 말했다. "넌?"

이 첫 만남은 기나긴 우리 우정의 상징과도 같다. 마니의 솔직함은 온기와 사랑을 부른다. 그녀는 자신감에 차 있지만 주제넘다는 인상을 주지 않는다. 대화중에 지레짐작을 하지 않고 그럴까봐 두려워하지도 않는다. 반면 나는 그런 것을 극도로 의식한다. 타인의 잠재적인 적의가 두렵고, 결국 내가 두려워했던 그대로 되는 순간을 기다릴 뿐이다. 늘 조롱당할까봐 마음의 준비를 한다. 그때는 이마에 퍼진 여드름과 칙칙한 갈색머리와 내 몸에 너무 큰 교복 때문에 놀림당할까봐 두려웠다. 지금은 내 목소리, 말할 때 목소리가 떨리는 것, 편한 옷만 입기 때문에 남들 눈에 예뻐 보일 리 없는 스타일, 머리 모양, 운동화, 물어뜯은 손톱 때문에 두렵다.

그녀는 빛이요 나는 어둠이다.

그때 난 그 사실을 알았다. 이제 너도 알게 될 것이다.

"이름?" 줄 맨 앞에서, 파란 블라우스를 입고 책상에 앉아 있던 교사가 소리쳤다.

"마니 그레고리입니다." 그녀가 분명하고 자신 있게 말했다.

"E…… F…… G…… 그레고리. 마니. 저쪽, 문에 'C'라고 적힌 교실로 가거라. 다음." 교사가 말을 이었다. "이름이?"

"제인이요." 내가 대답했다.

앞에 놓인 종이를 보고 있던 교사가 고개를 들더니 눈동자를 굴렸다.

"아, 죄송해요. 백스터예요. 제인 백스터." 내가 말했다.

교사가 목록을 살폈다. "같은 반이네. 저쪽. C 교실."

누군가는 이게 편의주의적인 우정이라고, 그때 친절과 호의와 애정을 베푼 게 누구였든 내가 받아들였을 거라고 생각할지도 모르겠다. 그럴 수도 있겠지. 그렇다면 난 이렇게 말해주고 싶다. 마니와 나는 함께할 운명이었다고. 천체에 아로새겨진 우정이었다고. 우리의 길을 쭉 따라가다보면, 마니도 날 필요로 하는 순간이 오기 때문이다.

허튼소리 같다고? 그래. 그럴지도 모르지. 하지만 가끔 난 우리가 운명이라고 맹세할 수도 있다.


"네, 저요." 스탠리가 말했다. "저는 크림 좀 주세요."

스탠리는 나보다 두 살 어리고 학위가 여러 개인 변호사였다. 밝은 금발이 눈 위로 아무렇게나 내려와 있고, 이유 없이 싱글벙글 잘 웃었다. 대부분의 동년배 남자들과 달리 여자들에게 말도 잘했는데, 여자 형제들에 둘러싸여 자라서 그런지도 몰랐다. 하지만 근본적으로 따분한 사람이었다.

놀랍지 않게도, 찰스는 그와 있는 게 즐거운 것 같았다. 그 점 때문에 나는 스탠리가 더욱 싫어졌다.

마니가 블라우스의 아래 자락을 누르고 크림 단지를 테이블 건너편으로 전달했다. 실크 옷감이 과일 그릇을 쓸고 지나가는 것을 원치 않았을 것이다.

"다른 건요?" 그녀가 스탠리를 보았다가, 나를, 그다음 찰스를 보았다. 찰스는 파란색과 흰색 스트라이프 셔츠를 입고 있었다. 맨 위 단추를 끌러놓아서, 삼각형을 이룬 검은 털이 옷깃 사이로 삐죽 엿보였다. 마니의 시선이 잠시 그에게 머물렀다. 그가 고개를 젓자 목에 느슨하게 풀어져 있던 넥타이가 왼쪽으로 더 미끄러졌다.

"알겠어요." 마니는 다시 자리에 앉아 디저트 스푼을 집어들었다.

대화는 늘 그렇듯 찰스가 주도했다. 스탠리는 기회가 보일 때마다 자기 성공담으로 말참견을 하며 장단을 맞췄다. 나는 지루해졌다. 그건 마니도 마찬가지였던 것 같다. 우리는 대신 의자에 등을 기대고 마지막 와인을 홀짝이며, 마음속 상상의 대화를 마음껏 펼쳤다.

열시 반이 되자 마니가 일어섰다. 그녀는 열시 반에 일어나 항상 이렇게 말한다. "자, 이제 그럼."

"자, 이제 그럼." 내가 반복했다. 나도 일어섰다.

마니가 그릇 네 개를 들어올려 왼쪽 팔꿈치 안쪽에 쌓았다. 접시 하나에 남아 있던 라즈베리에서 즙이 흘러나와, 하얀 블라우스에 작은 분홍색 구슬처럼 얼룩이 번졌다. 나는 다 먹어치워 텅 빈 과일 그릇을 집어들었다. 그녀가 몇 년 전 도자기 교실에서 직접 만든 것이었다. 그리고 크림 단지도 함께 들고 주방으로 따라갔다.

이 아파트, 그러니까 그들의 아파트는 그들 연애사의 증표였다. 그들의 관계에서 돈을 내는 쪽은 늘 찰스였으므로, 그가 엄청난 액수의 보증금을 지불했지만, 이 집을 사자고 고집한 건 마니였다. 그녀는 이 아파트를 보자마자 그들의 집임을 알아보았다. 그리고 네겐 크게 놀라운 사실도 아니겠지만, 마니는 설득이라면 타고난 사람이다.

그들이 이사 들어올 당시만 해도 여기는 가축우리나 다름없었다. 아래위층 할 것 없이 좁고 어둡고 더럽고 꿉꿉했다. 완전히 방치된 상태였다. 그러나 마니는 언제나 선견지명이 있었다. 타인이 보지 못하는 것을 볼 줄 알았다. 가장 음침한 곳에서도—어처구니없게도 나한테서마저—희망을 찾아낸 뒤 스스로를 믿고 특출한 것을 끌어냈다. 난 항상 그런 자기 확신이 부러웠다. 마니의 경우 그런 자신감은 고집에서 나오는 것이기도 했다. 그녀는 실패를 두려워하지 않았다. 실패한 적이 없어서가 아니라, 실패를 하더라도

16

그것은 결국 성공으로 가는 도중 한 번의 우회, 작은 빗나감일 뿐이기 때문이었다.

마니는 쉬지 않고 일했다. 저녁에도 주말에도, 연차까지 모두 써가며 이 집을 아름답게 단장했다. 작은 손으로 벽지를 뜯어내고, 문을 사포로 밀고, 찬장에 페인트칠을 하고, 카펫을 반듯하게 펴고, 마룻널을 대고, 블라인드를 재봉했다. 사실상 모든 작업을 직접 했다. 그녀에게서 흘러나오는 다정함과 조용한 자신감, 뭐라 정의하기 어려운 특유의 감각이 이 집에서도 흘러나올 때까지.

마니가 간격을 고르게 띄우며 그릇들을 식기세척기에 집어넣었다.

"이렇게 하면 더 깨끗이 닦이거든." 그녀가 말했다.

"알아." 내가 대답했다. 그녀는 매주 똑같은 말을 했으니까. 나는 매주 똑같은 소리로 낮게 툴툴거렸으니까. 내겐 매번 엄청난 물 낭비 같았으니까.

"찰스랑 요즘 아주 좋아." 그녀가 말했다.

등뼈가 따끔거렸다. 나도 모르게 등이 곧추서면서 폐로 공기가 훅 밀려들어왔다.

이전에 한 번 우리는 그들의 연애에 대해 이야기를 나눈 적이 있었다. 하지만 결국 그 대화는 아주 오랜 우리 우정의 길고 굴곡진 역사만 잔뜩 늘어놓다 끝나고 말았다. 그 이후로는 현실적인 얘기만 했다. 그들의 주말 계획, 언젠가 런던의 가장 외곽에서도 멀리 떨어진 곳에 살고 싶어하는 그들의 희망, 온몸에 가득한 암으로 느리고 고통스럽고 외롭게 죽어가는 스코틀랜드에 사는 그의 어머니에 대해.

가령 이런 이야기는 안 했다는 뜻이다. 그들이 사귄 지 삼 년 되었다든지. 몇 달 전에 우연찮게 내가 찰스의 침대 협탁 깊숙이 숨겨져 있던 다이아몬드 약혼반지를 발견했다든지(그런 걸 보면 안 된다는 건 알지만). 꼭 그 반지가 아니더라도, 그들이 이십 년도 넘게 함께한 마니와 내가 묶여보지 못한 방식으로 영원히 함께 묶일 영속적인 약속을 향해 나아가고 있다는 등의 이야기.

내가 그를 경멸한다는 사실 같은 것도 이야기하지 않았다.

"그래." 나는 짧게 대답했다. 완전한 문장으로 말하면, 아니, 여기서 한 단어만 덧붙여도 우리의 우정이 혼돈으로 고속 돌진할까봐 두려웠다.

"네가 보기엔 어때?" 그녀가 말했다. "우리 둘 좋아 보여?"

나는 고개를 끄덕이며, 단지에 남은 크림을 슈퍼마켓 플라스틱 용기에 도로 부었다.

"우리 정말 천생연분인 것 같지 않니?" 그녀가 물었다.

나는 냉장고 문을 열었다. 문 뒤에 숨어 천천히, 아주 천천히, 크림통을 맨 위 칸에 얹었다.

"제인?" 그녀가 물었다.

"응." 내가 대답했다. "그런 것 같아."

이것이 내가 마니에게 한 첫번째 거짓말이었다.

지금도 궁금한 건, 사실 늘 이 생각을 하는데, 내가 이 첫번째 거짓말을 하지 않았다면 나머지 거짓말을 했을까 하는 것이다. 이 첫번째 거짓말이 가장 중요하지 않은 거짓말이었다고 믿고 싶다. 하지만 아이러니하게도, 이조차 거짓말이다. 그 금요일 밤에 내가 솔직했더라면, 모든 게 달라졌을지도 모른다. 아니, 달라졌을 것이다.

네가 이건 알아주면 좋겠다. 나는 내가 옳은 일을 하고 있다고 생각했다. 오래된 우정이란 얽히고설킨 밧줄과 같아서, 어떤 부분은 해졌고 또 어떤 부분은 두툼하고 둥글둥글하다. 우리 사랑에서 이 부분은 너무 가늘고 해져 있어서, 진실의 무게를 감당하지 못할까봐 두려웠다. 내가 그 누구보다도 그를 증오한다는 진실은 확실히 우리 우정을 망가뜨렸을 테니까.

내가 솔직했더라면, 그들의 사랑을 위해 우리 사랑을 희생했더라면, 찰스는 분명 아직 살아 있을 것이다.

# 2

두번째 거짓말

# 2장


그리하여 이 이야기가 나의 진실이다. 괜히 호들갑 떨고 싶진 않지만, 넌 이 이야기를 알 자격이 있다. 알 필요가 있다. 내 이야기이기도 하지만 네 이야기이기도 하니까.

그래, 찰스는 죽었지만, 그게 내가 바라던 바는 아니었다. 그가 고통스럽게도 영속적으로 존재하게 되리라고는 단 한 번도 생각해 본 적 없으니까. 그는 좌중을 압도하며 군림하는 부류의 인간이었다. 어디에 있든 거기서 자기 목소리가 제일 크고, 제스처도 제일 웅장하고, 남들보다 키도 크고 체격도 좋고 힘도 세고, 뭐든 더 잘해야만 직성이 풀렸다. 생명력이 넘치는 사람이었다고 말해도 좋을 것이다. 지금 와서 이런 말은 조금 아이러니긴 하지만. 어쨌든 그가 존재한다는 단순한 사실만으로도, 그는 언제나 존재할 것이라는 충분한 근거가 되었다.

인생의 초반기는 대부분 비슷비슷하겠지만, 내 유년기의 기본 틀 역시 가족에 의해 형성되었다. 일상을 규정하는 큰 선택들에 대해 나는 결정권이 없었다. 예를 들어 어디 살고, 누구와 시간을 보내고, 심지어 나 자신을 뭐라고 부를지 등등. 부모가 마치 꼭두각시 부리듯이 내 삶의 모양을 결정했다.

드디어 나도 스스로 결정을 내릴 수 있게 되었다. 뭐하고 놀지, 누구랑 언제 어디서 놀지. 이전까지 가족은 내 유일무이한 전부였지만, 마침내 가족도 정체성 확립의 토대 정도에 머무르게 되었다. 내가 독립된 하나의 인격체라는 자각은 신선하면서도 뭔가 어마어마했다.

하지만 나는 운이 좋았다. 동지가 생겼기 때문이다.

마니와 나는 곧 떨어질 수 없는 사이가 되었다. 외모는 하나도 닮지 않았지만, 선생들은 우리의 이름을 헷갈려하며 자주 바꿔 불렀다. 우리는 다른 하나 없이 완전하지 않았다. 모든 수업에서 나란히 앉았다. 교실을 이동할 때도 함께 다녔다. 학교가 파하면 같은 버스를 타고 집에 돌아갔다.

언젠가 너도 비슷한 우정을 경험해보길 바란다. 영원처럼 느껴지는 십대들의 사랑에 스스로 매여보길 바란다. 새로운 경험과 새로이 발견한 자유의 감각에 꽁꽁 묶여보기를. 열한 살에 첫 단짝 친구를 만난다는 건 몹시 근사한 일이다. 누군가가 날 필요로 하는 느낌, 누군가를 애타게 갈망하고, 완벽하게 서로에게 얽히는 느낌은 도취적이다. 하지만 이런 유년기 유대는 지속되기 힘들다. 언젠가 넌 연인을 찾아 우정에서 스스로를 떼어낼 것이다. 팔다리 하나하나, 뼈마디 하나하나, 기억 하나하나 모두 뜯어내고, 마침내 독립적으로 존재하게 될 것이다. 한때 둘이었던 넌 다시 한 사람으로 돌아갈 것이다.

대학을 졸업하고서도 마니와 나는 여전히 함께였다. 우리는 복스홀에 있는 아파트로 이사했다. 지은 지 십 년이 안 된 현대식 건물이었고, 비슷한 집들이 들어찬 비슷한 건물들이 주변에 즐비했다. 복도에는 파란 카펫이 깔렸고, 똑같이 생긴 소나무 문이 늘어서 있었다. 원목 무늬 장판, 매끈한 흰색 주방, 삭막한 미색 벽을 갖춘 집에는 방마다, 심지어 침실에도 스포트라이트 조명이 설치되었고, 화장실 바닥에는 복숭아색 타일이 깔려 있었다. 좀 차갑고 쌀쌀맞은 느낌을 주긴 했지만 실내는 항상 따뜻했다. 당시 대도시 생활이 마냥 편하지만은 않았던 우리에게 그 집은 맹렬한 불빛과 끝없는 소음으로부터 안식처가 되어주었다.

그땐 모든 게 달랐다. 우리는 시리얼을 먹으며 서로의 일정을 공유한 다음, 그날의 할일을 분담했다. 샴푸 사기, 리모컨 배터리 사기, 저녁식사 준비하기. 우리는 지하철역까지 나란히 걸어가 같은 칸에 탔다. 나는 반대편 끝에서 타야 내릴 때 출구가 가까웠지만, 우리 생활은 세세한 부분까지 엉켜 있어 따로 이동한다는 건 말도 안 되는 일처럼 느껴졌다.

퇴근하면 곧장 집으로 달려가 하루 동안 벌어졌던 틈을 메웠다. 주전자에 물을 끓이고 오븐을 켰다. 꼴 보기 싫은 동료들을 비웃고 끔찍했던 회의에 울먹였다. 우리는 친밀하게 유대하는 방식으로 동거했다. 냉장고 안의 공동 우유, 현관문 앞에 쌓인 신발들, 책장에 섞여 있는 책들, 창턱에 놓인 액자들. 우리는 서로의 삶에 너무 촘촘하게 박혀 있어서, 아무리 작은 균열도 불가능하게 느껴졌다.

돈도 없고 시간도 없었지만 몇 주에 한 번씩은 신세계의 새로운 구석구석을 모험했다. 레스토랑이나 바를 찾아다니고, 새 도시의 새로운 면면을 탐험했다. 마니는 부업으로 프리랜서 일을 하고 있었기 때문에 항상 글감을 찾아다녔다. 나중에 미슐랭 스타를 받게 될 레스토랑을 맨 처음 알아보는 감식안을 꿈꾸었다. 그녀는 졸업 후 펍 체인 회사의 마케팅팀에서 일하고 있었는데, 입사한 지 몇 달 만에 더 창의적이고 보람되고 친숙한 일에 도전해보기로 마음먹었다. 음식 블로거로 글을 쓰기 시작한 것이다. 정보를 수집해서 분석한 글이나 레스토랑 리뷰 같은 것을 쓰다가 마침내는 자신만의 레시피를 개발해 올렸다.

그게 시작이었는데 아마 이때가 가장 신나는 시기였을 것이다. 곧 구독자가 빠르게 늘기 시작했다. 팔로워들의 요청으로 마니는 요리 동영상을 직접 찍어 올렸다. 고급 주방용품 회사로부터 후원이 들어와, 우리집은 둘이서 평생 쓰고도 남을 주철 팬과 파스텔 색조의 오븐 그릇과 다른 많은 주방기구들로 넘쳐났다. 그녀는 신문에 정기적으로 칼럼도 기고했다. 하지만 처음에는 새로 가볼 만한 곳이 있나 무가지를 뒤적거리던 우리 둘뿐이었다.

공개된 장소에서 두 사람이 식사하는 모습을 보면, 그들의 관계에 대해 많은 것을 알 수 있다. 마니와 나는 그런 식으로 사람들을 관찰하기를 좋아했다. 손잡고 들어오는 커플, 맞춤정장을 입고 점점 시끄럽게 굴며 영역을 넓혀가는 남자들 무리, 불륜의 현장, 기념일 식사, 첫 데이트. 우리는 공간을 읽고, 다른 손님들의 과거를 추측하고 미래를 예측하기를 좋아했다. 우리의 생각이 맞아떨어지기를 바라며 그들의 삶을 이야기했다.

네가 만약 그 손님들 중 한 명이었다면, 다른 테이블에 앉아 똑같은 게임을 하며 우리를 지켜보았다면, 서로에게 완전히 편한 두 여자가 보였을 것이다. 키가 크고 하얀 피부의 여자와, 왜소하고 까무잡잡한 피부의 여자. 튼튼한 가지와 휘감긴 뿌리로 이루어진 우정을 즐기는 두 여자가 보였겠지. 망설일 필요도, 물어볼 필요도 없이 내 접시에서 토마토를 가져가려고 자연스럽게 손을 뻗는 마니. 그러면 응답이라도 하듯 내가 그녀의 접시에서 미끌미끌한 피클이나 오이 조각을 가져가는 모습을 보았을 것이다.

하지만 마니가 찰스와 동거하기 시작한 이후로, 나는 삼 년 동안 그녀와 단둘이 저녁식사를 한 적이 없다. 지금 우리는 그때처럼 편하지 않다. 우리의 세계는 더이상 엉켜 있지 않다. 나는 이제 그녀 인생의 이야기 속에 간헐적으로 등장하는 손님이다. 우리 우정은 이제 독립적인 것이 아니라, 다른 사랑에 기생하여 근근이 연명하는 쥐젖이고 종기다.

그때도 지금도 나는 마니와 찰스의 사랑이 우리 사랑보다 위대하다고 생각하지 않는다. 하지만 그들의 사랑, 그러니까 연인 사이의 애정이라는 것이 우리 사랑을 포괄하는지도 모른다고 암묵적으로 이해했다. 비록 어깨를 붙이고 학교 복도를 거닐며, 버스를 타고 소풍을 가며, 함께 자고 놀며 꽃피운 우리 사랑이 훨씬 더 평생 함께할 가치가 있지만.

매주 금요일 밤 열한시쯤에 그들의 아파트를 나오면서, 나는 나를 형성하고 규정하고 결정했던 사랑에 작별인사를 했다. 그럴 때마다 그 사랑 안에 있으면서 동시에 없다는 사실이 잔인했다.

한 가지 더 잔인한 진실, 아직 나 스스로도 완전히 이해하지 못한 진실은, 그 상황을 다름 아닌 내가 초래했다는 것이다. 처음으로 떨어져나간 팔다리, 처음으로 부러진 뼈마디, 처음으로 잊힌 기억 모두 전적으로 내 책임이었다.

# 3장




조너선을 만나고 삼 개월 후, 나는 이즐링턴에 있는 그의 복층주택으로 이사했다. 우린 새파랗게 젊었지만 완벽하게, 무진장하게, 완전하게 사랑에 빠져 있었다. 뭔가 새로 시작될 때 그러기도 힘들텐데 뜻밖에 일이 술술 풀렸다. 내 단조로웠던 삶과 다르게 활기가 넘치고 싱그러웠다. 마니와 사는 것도 좋았다. 행복했다. 그러나 결국 나는 더 많은 무언가, 다른 무언가를 갈망하기 시작했다.

나는 유년기의 대부분을 겉으로는 애정이 있는 것 같지만, 그 애정에 대한 약속을 지키는 것에 계속해서 실패하는 가정에서 보냈다. 부모는 이십오 년간 결혼생활을 하고 이혼했다. 하지만 훨씬 빨리 갈라섰어야 했다. 그들의 다툼과 불화가 우리집을 견딜 수 없는 곳으로 만들었기 때문이다.

간단히 말해서, 아버지가 바람둥이였다. 그는 비서와 이십 년 넘게 불륜관계를 유지했고, 결혼생활 내내 그의 애정전선으로 많은 여자들이 들락날락했다. 여동생은 네 살 아래였는데, 나는 그애를 그 모든 소음과 난리법석과 긴장으로부터 보호하려 했다. 그애를 데리고 나가 음악의 볼륨을 높이고, 다른 곳에는 재미있는 것이 많다며 계속 정신을 딴 데로 돌리려 했다. 이 이야기는 다른 때 언제 다시 할 기회가 있을 것이다. 어쨌든 요지는, 내가 이상적인 사랑에 아주 감화되기 쉬운 상태였다는 것이다. 나는 마니를 사랑했다. 하지만 이 새로운 사랑은 나를 송두리째 사로잡았다.

조녀선과 나는 둘 다 스물두 살이었을 때 옥스퍼드 스트리트에서 만났다. 저녁 여섯시였고, 우린 도시 정반대편에 있는 각자의 집으로 향하고 있었다. 지하철역 입구는 승강장에 사람이 몰릴 때 자주 그러듯이 닫혀 있었다. 어두운 하늘은 비를 잔뜩 머금었고 두꺼운 잿빛 구름이 머리 위로 빠르게 지나갔다.

서로를 전혀 모르는 상태에서, 조녀선과 나는 개찰구로 이어진 줄에 선 사람들 틈에 끼어 있었다. 인파는 여기만 아니라면 어디라도 가고 싶은 초조한 욕망과 고유의 의식을 가진, 우리로부터 떨어져나온 독립된 인격체 같았다. 다른 몸들이 내 몸을 침범해왔다. 팔과 팔이, 허벅지와 허벅지가 너무 친밀하게 밀착되었고, 누군가의 가슴이 내 뒤통수를 짓눌렀다. 사람 사이에 너무 꽉 눌려 있어서 앞에 있는 남자의 등밖에 보이지 않았다.

마침내 쩔그렁하며 금속과 금속이 맞부딪치는 소리가 들렸다. 저멀리 안에서 문이 열렸다. 군중이 움직일 채비를 하며 요동치기 시작했다. 내 앞에서 시야를 막고 있던 남자도 앞으로 움직였다. 그가 있던 빈 공간에 발을 디디려는 찰나, 그가 뒤로 휘청거렸다. 그 바람에 그와 내가 부딪쳤고, 나는 내 뒷사람과 부딪쳤다. 양옆에서 군중이 어정어정 앞으로 계속 나아갔다. 중간에 있던 우리를 사이에 두고 사람들이 굽이치고 넘실대는 파도를 이루며 갈라졌다.

"이게 무슨……?" 내가 몸의 균형을 잡으며 말했다.

"저기……" 앞의 남자가 내게로 고개를 돌렸다.

순간 난 알았다. 마니를 처음 보았을 때와 똑같았다. 바로 알 수 있었다. 어리석고 순진한 소리라는 건 안다. 사람들은 내게 같은 비난을 수백 번은 퍼부었다. 내가 그와 같이 살기 시작했을 때, 그와 결혼하기로 했을 때, 심지어 결혼식 전날 밤에도. 그때 그들에게 해줄 수 있었던, 그리고 지금 네게 해줄 수 있는 말이라고는, 언젠가는 너도 알게 되길 바란다는 것뿐이다.

마니를 만났을 때는 사정이 달랐다. 그때 우리는 누군가를 찾고 있었다. 앞으로 그 학교에서 칠 년을 지내야 했고, 그 시간을 외로이 보내고 싶지 않았다. 그래서 서로를 발견했다는 기쁨은 압도적인 안도감으로 고양되었다.

하지만 조녀선과는…… 나도 잘 모르겠다. 나도 내가 그런 식으로 사랑에 빠지는 여자인 줄은 몰랐다. 그러니까 어떤 결핍이나 빈 공간, 입증할 필요 따위가 없었다. 그냥 보자마자 본능적으로 그를 더 잘 알아야 할 필요를 느꼈다. 수십 년간 위대한 사랑과 동의어로 통했던 경구들로 내 감정을 설명할 수도 있겠지만, 그런 진부한 말은 내게 결코 맞아떨어지지 않았다. 세상은 발밑으로 꺼지지 않았고, 나는 어느 때보다 탄탄하고 야무지게 땅을 딛고 섰다. 떨리는 손, 박동하는 심장, 분홍색으로 물든 뺨도 없었다. 찌르르한 전율도 없었다. 그 대신 그는 내게 늘 필요했지만 잘 알지 못했던 가족의 느낌을 알려주었다.

"그쪽이······" 내가 코트 옷깃을 바로 세우며 말했다. 그의 눈은 올리브그린이었다. 그가 당황해서 나를 쳐다보았을 때, 나는 그의 뺨에 손바닥을 대고 싶다는 부적절한 충동을 느꼈다. "그쪽이 방금······"

"제 목도리요." 그가 바닥을 가리켰다. "제 목도리를 밟으셨어요."

"제가 그럴 리······" 아래를 내려다보니 내가 그의 군청색 목도리 술을 밟고 서 있었다. "아," 나는 황급히 발을 옆으로 비켰다. "죄송해요."

"젠장, 앞에 좀 갑시다." 뒤에서 크고 걸걸한 목소리가 들려왔다.

"네, 알겠습니다." 그가 주변을 둘러보았다. "죄송합니다."

그가 천천히 앞으로 움직였다. 얼빠지고 넋 나간 미소를 띠고 내가 뒤따랐다. 얼굴은 그의 양 어깻죽지 사이에 밀착된 채였다. 본의 아니게 우리는 그 상태로 개찰구를 통과해 에스컬레이터를 타고 승강장으로 내려갔다. 어느 순간부터인가 대화도 하고 있었다. 무슨 이야기를 했는지는 기억이 잘 안 나지만, 그는 북쪽으로 나는 남쪽으로 헤어질 때가 되었을 때, 우리는 그의 목도리와 어떤 펍에 대해 티격태격하고 있었다. 그는 그런 펍은 없다고 주장했다.

"뭘 모르시네요." 내가 말했다. "수십 번 가봤다니까요. 지금 당장이라도 데려갈 수 있어요."

"좋아요." 그가 대답했다.

사람들이 바삐 움직이며, 우리를 사이에 두고 두 갈래로 갈라져 승강장을 향해 흩어졌다. "네?" 내가 물었다.

"가보자고요." 그가 대답했다.

펍은 정말 있었다. 내가 말한 대로였다. 전통적인 나무 패널을

댔고, 천장이 낮고, 벽난로가 타오르는, 거의 중세부터 있던 숨은 술집 말이다. 최근 몇 년간은 가지 않았지만 이름은 윈저 캐슬이었다. 아직도 그렇게 불렸다. 옥스퍼드 서커스에서 십 분 거리로, 좁은 자갈길 구석에 콕 박혀 있었다. 치솟은 플래그십 스토어들과 100미터마다 나타나는 커피숍들 사이에서, 훨씬 전부터 그곳에 있었던 도시의 예전 모습을 향한 환영 인사 같은 곳이었다.

우리는 그곳에서 몇 시간을 머물렀다. 마침내 주인이 마지막 주문을 알리는 종을 쳤다. 우리는 이제는 텅 비어 있는 개찰구로 다시 터벅터벅 걸었다. 좀체 나답지 않게도, 키스로 작별인사를 나누며 다음을 기약했다. 그가 내 허리에서 손을 뗐을 때, 왠지 마음이 출렁거렸다. 그가 짙은 녹색 코트 자락을 펄럭이며 멀어져갈 때, 나는 이미 그를 사랑하고 있음을 깨달았다.

그 사랑을 토대로 삶을 꾸려갔을 수도 있었을 것이다. 어떤 세상에서는, 우리는 아직 함께이고 여전히 홀딱 반해 있다. 우리는 굴하지 않는 사랑과, 웃음을 찬미하는 삶과, 한순간도 동요하지 않는 유대를 약속했다. 한때 그토록 확고한 줄 알았던 것이 무너졌다는 사실을 이따금 나는 믿을 수 없다.

정확히 일 년 후, 같은 펍에서 그가 내게 청혼했다. 어색하게 무릎을 꿇더니, 미리 준비한 말이 있는데 하나도 기억나지 않는다고 말했다. 그러면서, 이걸로 충분할지는 모르겠지만 목숨이 붙어 있는 한 날 사랑하겠다고 말했다.

나는 차고 넘치게 충분하다고 생각했다.

그해 가을 우리는 등기소에서 결혼했다. 하객은 없었다. 가장 가까운 주류 판매점에서 파는 가장 비싼 샴페인으로 자축했다. 피로 연은 윈저 캐슬에서 열었다. 그곳이 우리 연애사의 이정표가 되는 행사마다 거점이 되는 건 당연했다. 바에서 음식을 주문할 때, 나는 우리 남편에겐 버거를 달라고 말하면서 우리 남편을 정성 들여 발음했다. 바텐더가 눈동자를 굴리더니, 하늘색 드레스를 입은 젊은 신부와 초록색 타이를 맨 신랑이 어쩐지 보기 좋은지 이내 미소를 머금었다. 디저트로는 바닐라 아이스크림을 곁들인 브라우니를 주문했다. 각각의 디저트 접시 가장자리에는 초콜릿 아이싱으로 '축하합니다'라고 쓰여 있었다.

우리는 가방을 끌고 워털루역으로 갔다. 남쪽 바닷가로 가는 기차를 타고, 비어라는 해변 마을의 작은 B&B로 향했다. 밤늦게 도착해 체크인하면서, 신혼부부인 것을 티 내며 '블랙 부부' 이름으로 예약했다고 말했다.

"제인 맞으세요?" 프런트를 보던 나이든 여자가 말했다. 열시가 다 돼가고 있었기에 대놓고 눈치를 주었다.

"네," 내가 대답했다. "제인 블랙이요." 여자가 무슨 말을 하든 무슨 행동을 하든 자유지만 내 행복의 털끝 하나도 건드릴 수는 없었다.

"위층, 복도 오른쪽 끝 방입니다." 여자가 작은 황금빛 열쇠를 건넸다. 가느다란 황금빛 체인에 연결된 도톰한 나뭇조각에 '4'라고 새겨져 있었다. "더 필요한 거 있으세요?"

우리는 고개를 저었다.

조너선이 위층 복도를 따라 우리 방까지 짐을 옮겼다. 마룻널은 어두운 색깔의 목재였고, 침대보에는 파스텔 빛깔의 잔꽃 무늬가 수놓아 있었다. 적갈색 커튼이 쳐진 방안 구석에서 분홍색 갓을 쓴 작은 램프 하나가 은은하게 빛났다. 구식 마호가니 테이블 위에는 미니어처 샴페인이 아이스버킷에 꽂혀 있었다. 그가 코르크마개를 따고 두 잔을 따랐다. 우리는 두번째 축배를 들었다.

다음날 아침 눈을 떴다. 해가 떠오르며 침대보 위에 노랑과 주황 빛을 흩뿌렸다. 그가 뒤에서 안았을 때 등에 느껴지던 가슴의 온기, 배를 쓰다듬던 손바닥의 부드러운 살결과 어깨를 애무하던 입술이 떠오른다. 나를 꼭 끌어안은 그의 품, 누군가에 의해 안전하게 감싸인다는 느낌, 내 몸을 자기 쪽으로 돌리고 더 많이 원한다고 말하듯 강렬해지던 그의 키스가 떠오른다.

한참 후 노크 소리가 들렸다. 한 여자가 미리 챙겨놓지 못해 미안하다며 욕실타월을 건넸다. 그제야 우리는 침대를 빠져나와 하루 계획을 짜기 시작했다. 나는 커튼을 걷고 바다를 바라보았다. 지평선과 맞닿은 바다 양옆으로, 꼭대기에 푸르른 풀이 무성하게 덮인 하얀 절벽이 펼쳐져 있었다. 10월이었다. 하늘은 맑고 구름 한 점 없이 화창했다.

우리는 워킹부츠를 신고, 톡톡한 울 스웨터를 껴 입었다.

밖으로 나가자 해변에 자갈이 깔려 있었다. 나는 길을 따라 바다로, 안으로 말리며 밀려와 해변에서 부서지는 파도로 향했다.

"이쪽이야." 조녀선이 외쳤다. 그는 바다 대신 절벽 위를 가리켰다. "이쪽으로 가보자."

우리는 길을 오르고, 아스팔트를 따라 걸었다. 주차된 차들과 커튼이 쳐진 창들을 지났다. 마침내 운영시간과 공휴일 안내 표지판, 작은 티켓기계가 있고 잡초가 울울한 길가에 다다랐다.

"계속 가자." 조녀선이 몇 안 되는 주차된 밴 사이를 헤치고 풀밭을 가로질렀다.

그때부터 우리는 말없이 걸었다. 손을 잡았다가, 그가 앞에 가고 나는 뒤로 처지기도 하면서. 주의를 딴 데 팔다가도 후다닥 뛰어 그를 따라잡았다.

그는 특히 야외에 나가면 항상 정신을 집중했다. 늘 카메라를 갖고 다니면서 어떤 풍경이 펼쳐질지, 다음 모서리를 돌면 무엇이 그를 기다리고 있을지 궁금해했다. 나로서는 그저 이런 고립감만으로도 경이로웠다. 들리는 소리라고는 저 밑에서 바다가 바위에 부딪히는 소리와 머리 위 갈매기의 끼룩거림뿐이었다.

한 시간쯤 지나 우리는 다른 해변 마을에 도착했다. 비어보다 작아 보였지만 주차장, 공중화장실이 있는 작은 건물과 초가지붕이 얹힌 카페가 보였다.

"열었을 거야." 조녀선이 말했다. 조녀선이 나와 함께 있는데 아무렴.

그가 자기가 마실 커피 한 잔과, 나를 위한 차가운 오렌지주스를 주문했다. 우리는 야외 테이블에 앉아서 베이컨 샌드위치를 기다리며 바다를 구경했다. 어부들이 서로의 바람막이가 돼주며 옹송그리고 모여 있었다. 나는 그들이 오늘의 어획량, 대구 가격, 남은 하루의 계획을 이야기하고 있으리라 상상했다.

아침을 먹고, 해변을 따라 거닐었다. 파도가 밀려왔다 빠져나가면서 자갈 틈새와 부츠 밑창을 핥았다. 조녀선이 절벽 아랫부분에 무성하게 웃자란 잡초들 사이에서 샛길을 발견하고, 그쪽으로 더 가보자고 제안했다. 우리는 울창한 관목 숲을 가르며 해안으로부터 멀어져 숲으로 진입했다. 좁은 진흙길 위의 가시덤불과 쐐기풀 숲을 지그재그로 통과했다. 점점 높이 올라갔지만 절벽은 여전히 우리 위로 우뚝 솟아 있었다.

십 분, 십오 분 정도 지났을 때 갈림길에 다다랐다. 왼쪽에는 경사진 계단이 나 있었고, 오른쪽은 절벽 돌출부 가장자리의 좁은 길이었다.

"이쪽으로 가보는 게 어때." 조녀선이 오른쪽을 가리켰다.

"난 별로." 내가 대답했다.

그는 어린 시절을 시골에서 보냈다. 진흙과 건초 더미와 무릎까지 오는 풀밭 속에서 자랐다. 하지만 나는 그런 세계가 완전히 편한 건 아니었다. 풍광과 소리와 한없는 공간이 황홀하긴 해도, 불편하고 환영받지 못하는 침입자 같은 기분이 드는 것도 사실이었다.

"여기가 안전해 보이는데." 나는 왼쪽으로 손짓했다.

"에이, 뭐야." 그가 생긋 웃었다. "괜찮을 거야."

나는 망설였다. 하지만 나에 대한 그의 믿음, 그의 확신에 고무되어 마음이 동했다. 그가 원하는 게 뭐든 그를 거절하기란 늘 어려웠다. 솔직히 말하면? 그가 하자는 건 뭐든 했을 것이다.

나는 주먹을 펴 손가락을 쭉 펼친 다음, 그를 향해, 절벽 면에서 선반처럼 툭 튀어나온 작은 길을 향해 한 걸음 내디뎠다.

그가 너무 쉽고 민첩하게, 마치 팽팽한 밧줄 위에서 중심을 잡는 줄타기 곡예사처럼 한 발짝 뒤로 물러났다.

"잘했어." 그가 말했다. "잘하고 있어."

튀어나온 부분은 너무 좁아서 폭이 30센티미터도 안 되어 보였다. 두 발을 나란히 디디기조차 불가능했다.

"옳지, 한 발짝 더." 그가 말했다.

그 순간 우리의 미래가 들려왔다. 그 속에서 조녀선은 아이와 이야기하며 아이를 어르고 있었다. 아직 일어나지도 않은 일에 대한 기억이 내 속에 자리잡아, 나를 더욱 대범하게 만들었다.

"뭘 망설여? 계속해." 그가 격려했다. "내가 있잖아."

나는 뒤에 있던 다리를 들어, 발밑에 펼쳐진 바다 위를 지나 천천히 돌렸다. 마침내 발이 디딜 자리를 찾았을 때 안도의 한숨을 내쉬었다.

"이제 어떻게 해?" 내가 물었다. 이때 나는 가슴은 절벽 면에 붙어 있고, 발뒤꿈치는 공중에 동동 떠 있는 상태였다. "대체 이런 걸 어떻게 하는 거야?"

"보통 때처럼 걸으면 돼." 그가 말했다. "아니면 발을 살살 끌면서 와봐. 너무 깊게 생각하지 마."

나는 몇 발짝 떨어져 있는 조녀선을 올려다보았다. 그가 나를 향해 활짝 웃었다. 이제 막 생기기 시작한 주름이 눈가에 패고, 볼에 보조개가 쏙 들어갔다. 내 쪽으로 단단하게 뻗은 손에서 반지가 햇빛을 받아 반짝였다. 다른 쪽 손은 우리 위쪽 절벽 면의 융기한 부분을 쥐고 있었다. 티셔츠가 바지 위로 올라가 허리가 약간 드러나 보였다.

나는 그를 향해 전진했다. 그때 뒷발이 미끄러졌다. 순간 아래로 툭 떨어지던 느낌, 갑자기 한쪽으로 무게중심이 쏠리던 느낌이 지금도 생생하다. 폐로 공기가 훅 빨려들어오면서, 손가락이 절벽 면을 쓸고, 공포가 몸 전체에 찌르르하게 퍼졌다. 그의 손이 내 등을 재빨리 받치고 나를 절벽 쪽으로 단단히 밀었다. 그 바람에 내 턱이 날카로운 바위 표면에 긁혔다.

"됐어." 그가 말했다. "괜찮아."

"아니." 내가 말했다. "여긴 위험해. 이쪽으로 오지 말았어야 했어."

얼굴이 따갑고, 무릎이 충격으로 아팠다.

"괜찮다니까." 그가 말했다. "약속할게. 괜찮을 거야."

나는 격렬하게 고개를 저었다.

"알았어." 그가 말했다. "알았어. 짜증내지 말고. 그럼 다시 뒤로 살살 움직여봐."

나는 발을 질질 끌며 왼쪽으로 조금씩 움직였고, 마침내 풀 덮인 길에 닿았다.

"잘했어." 그가 말했다. "괜찮아?"

나는 고개를 끄덕이고는 턱에 손을 대보았다. 피가 흐르고 있을 줄 알았는데 손가락에는 아무것도 묻어나지 않았다.

"좋아." 그가 말했다. "그럼 꼭대기에서 만나."

내가 고개를 끄덕이자 그는 빠르게 멀어졌다.

그래, 나는 조너선이 어딜 가든 따라갈 거라고 했었고, 그 말은 정말 진심이었다. 하지만 그의 대범함에는 천성적으로 겁 많은 내 성격과 상충되는 면이 있었다. 나는 노력은 해볼 수 있겠다 생각했고 실제로도 그렇게 했지만, 때로는 두려움이 나를 이겼다. 나는 안전한 길을 택했다. 우리의 길은 몇 분 후 절벽 꼭대기에서 다시 만났다.

그때 우리에게 단 몇 개월밖에 남지 않았음을 알고 있었다면, 그 몇 분을 그와 함께 보낼 용기를 낼 수 있었을 것이다.

되돌아보면, 조너선과 나의 관계에는 비극적 아이러니가 세포마다 박혀 있다. 우리는 도시의 작은 모퉁이에서 만났다. 그곳은 우리가 함께 살아가고 사랑하고 존재하는 데 중요한 일부가 되었다. 그리고 우리의 관계는 그곳에서 끝났다. 조너선과 나는 옥스퍼드 스트리트 모퉁이에서 사랑에 빠졌고, 운명적으로 그는 거기서 죽었다.

난 네게 그날에 대해 우리가 만났던 날보다 훨씬 많이 이야기해줄 수 있다. 그 어두운 슬라이드 쇼를, 그가 죽음에 이르던 장면들을 몇 주 내내 쉬지 않고 돌려보았다. 요즘도 가끔 돌려본다.

조너선은 생애 처음 런던마라톤대회에서 뛸 예정이었다. 날씨예보로는 비와 진눈깨비가 내리고 지속적으로 바람이 분다고 했다. 그는 마냥 신나 보였다. 가을부터 꾸준히 연습해왔던 터였다. 빗속에서 뛰는 것도 이미 여러 번 해보았기 때문에 문제될 게 없었다.

그날 아침, 그는 안달복달하면서 쉴새없이 이런저런 이야기를 떠들어댔고, 그 설렘에는 전염성이 있었다. 우리의 하루는 평소처럼 시작되었다. 알람소리에 일어나, 커피와 아침식사와 샤워 후, 집 열쇠를 찾고, 늦을 듯 늦지 않게 집을 나섰다. 꾸준하고 안정적인 일상의 리듬이었다.

나는 그의 승리를 함께 나누고 싶었기 때문에 바로 더 몰*로 향했다. 차단용 철제 난간 앞에서 몇 시간이고 기다리면서도 시간 가

---

* 버킹엄궁전에서 트래펄가광장까지 이어지는 런던의 도로. 런던마라톤대회의 결승 지점.

는 줄 몰랐다. 분위기는 열광적이었다. 관중은 땀과 함께 흥분과 초조와 격려를 쏟아냈다. 선두주자들이 먼저 획 지나갔다. 그들을 보면 마라톤이 쉬워 보였다. 곧이어 몇 명의 남자들, 그다음 몇몇 여자들, 그다음 공룡 코스튬을 입고 얼굴에 땀을 비 오듯 흘리는 커플이 뒤따랐다.

조너선은 세 시간 내 완주가 목표였다. 나는 그가 해내리라 믿었다. 두 시간 오십일 분 만에 그가 지나가는 게 보였다. 그는 삼 분 뒤 결승선을 넘었다.

나는 살면서 대단한 성취와는 연이 없는 사람이었다. 늘 노력은 하는데 남들보다 뛰어나진 않았다. 경쟁은 해도 남을 이겨보진 못했다. 하지만 조너선은 해냈다. 조너선이 이겼다. 스스로 세운 대범한 목표를 넘어섰다.

그래선지 그가 1981년 런던마라톤대회가 시작된 이래 백만번째 결승선 통과자라고 발표되었을 때에도 크게 놀라지 않았다. 그는 BBC와 저녁 뉴스에 송출될 인터뷰를 했다. 뉴스 채널이나 스포츠 방송사에 보낼 화면을 찍느라 늘 경기장에서 카메라 뒤에 서는 사람이었는데도 그날 그의 답변들은 매우 유쾌하고 겸손했다. 나는 그가 카메라 뒤가 아니라 앞에 서는 일을 해도 괜찮을 것 같다는 생각을 했다.

인터뷰가 끝난 후 우리는 윈저 캐슬에서 가볍게 축하주를 한잔하기로 했다.

우리는 도착하지 못했다.

옥스퍼드서커스역에 내려 좁은 자갈길을 걷고 있을 때, 술 취한 운전자가 횡단보도로 난데없이 침범해 들어와 남편을 도륙했다.

그가 인도 위에 똑바로 누워 있던 모습이 기억난다. 한쪽 무릎이 경쾌한 각도로 꺾여 있었다. 감긴 눈은 거의 평화로워 보였고, 턱은 가슴께 아늑히 괴여 있었다. 그는 여전히 검은 반바지와 타이트한 노란 티셔츠 차림이었다. 배낭은 1, 2미터 가량 내동댕이쳐졌는데, 지퍼 사이로 체온보호용으로 나눠주는 얇은 은박 담요가 삐져나와 있었다. 물병이 아스팔트 타르가 흐르듯이 천천히 도로 연석으로 굴러갔다.

사람들이 몰려들었다. 자전거 타던 사람들과 지나가던 보행자들. 그러나 그 택시 운전사는 자기 자리에 그대로 얼어붙어 있었다.

조너선도 기묘하리만치 평온하게 얼어붙어 있었지만, 짐들이 있다고 하기엔 너무 경직됐고 정적이었다. 뺨 밑으로 핏물이 고이고 있었다. 몸뚱이 아래에도 피가 웅덩이를 이루기 시작했다.

앰뷸런스가 사이렌을 시끄럽게 울리며 우리 옆에 멈춰 서던 게 기억난다. 사이렌소리가 갑자기 사라졌다. 방금 전까지 고막을 찢을 듯하던 소음은 급격히 소거되었지만, 번쩍임은 계속되었다. 빨강, 파랑, 빨강, 파랑. 녹색 유니폼을 입은 구급대원 두 명이 차에서 뛰어내렸다. 그들이 우리 쪽으로 성큼성큼 걸어오더니, 앰뷸런스 보닛 너머로 소리를 질렀다. 모든 것이 반 박자 느리게 슬로모션으로 펼쳐졌다. 여자가 하얀 라텍스 장갑을 찰싹거리며 꼈다. 오른손에 끼고, 왼손에 낀 다음, 양손가락 끝을 한 번씩 당겨서 튕겼다. 가방을 어깨 위로 둘러멨다. 모자를 쓰고 있는 여자 경찰이 보였다. 아직도 기억 속에 선한 그녀가 사람들에게 한 발짝 물러서달라고, 여기 무슨 구경난 것 아니니 비키라고 손짓했다.

구급대원들은 부산스럽게 움직였다. 조너선의 맥박을 재고, 손

으로 온몸을 짚어보고, 티셔츠를 자르고, 반짝이는 흰 불빛을 눈에
비추었다.

"조금만 비켜주실……" 여자가 말했다. 나는 무릎을 꿇은 채로
물러앉아 길을 내주었다. 내 앞으로 그들이 팔을 뻗자, 유니폼에
부착된 띠에 앰뷸런스의 전조등 불빛이 반사되었다. 나는 눈을 찡
그렸다. 그제야 내 눈이 젖어 있음을 깨달았다.

그들이 조너선을 이상하게 생긴 플라스틱 평판 들것에 실은 다
음 그를 들어올리고 앰뷸런스 뒤로 밀어넣었다. 우리는 런던 거리
를 비슬비슬 통과해 남쪽으로, 세인트조지스병원으로 향했다. 경
찰차가 따라왔다. 여전히 모자를 쓰고 있던 경찰이 내가 앰뷸런스
뒤에서 내릴 때 팔꿈치를 잡아주었다. 그녀는 대기실에서 나와 함
께 앉았다. 그리고 내게 심호흡을 하라고 말했다. 여섯을 세면서
코로 들이쉬고, 여섯까지 참고, 여섯까지 입으로 내쉰다. 그녀는
자리를 떴지만 나는 혼자 남아 계속 기다렸다. 바깥이 어두워졌을
때, 의사가 나를 진료실로 불러 이미 알고 있던 사실, 조너선이 죽
었다는 사실을 확정해주었다.

의사는 나에게 연락해야 할 사람이 있는지 물었다. 이 질문에 대
답을 했었는지는 기억나지 않는다. 나는 그대로 병원을 빠져나와
택시를 잡아타고 복스홀 아파트 주소를 불렀다. 도착했을 때, 반바
지에 티셔츠 차림의 젊은 남자 셋이 강변 펍에 비치된 야외 테이블
에 둘러앉아 있는 것이 보였다. 목에는 황금빛 마라톤 메달이 걸려
있었다. 가슴속에서 포말이 끓어올라 파열했다. 저들과 함께 앉아
있는 조너선, 반바지에 티셔츠를 입고 메달을 목에 걸고 승리를 축
하하고 있는 조너선을 그려보았다. 신물이 목구멍을 타고 넘어왔

지만 나는 꾹 삼켰다. 그럴 때가 아니니까. 이것은 현실이 아니니까. 비록 이런 순간에 무얼 해야 하는지, 어떻게 하면 제정신일 수 있는지는 알 수 없었지만.

아파트 건물 입구에 쭈그리고 앉았다. 조녀선이 몸을 일으켜 팔꿈치를 문지르고는 가슴팍에 붙은 조그만 아스팔트 찌꺼기들을 털어내는 모습을 그렸다. 그는 얼떨떨하고 조금 화가 났다. 땅바닥에 쓰러질 때 오른쪽 눈 밑을 조금 베였다. 하지만 다른 데는 다 괜찮다. 걷는다, 말한다, 움직인다, 살아 있다. 나는 눈을 감았다. 그의 머리가 너무 긴 듯했다. 그가 팔짱을 끼고 있다. 턱이 약간 뾰족하나. 오후마다 땡볕에서 몇 시간씩 뛰느라 생긴 주근깨가 콧잔등에 흩어져 있다.

구역질이 났다. 그 모든 게 실제가 아니었기 때문이다. 눈 밑에 베인 작은 상처도 없고, 너무 길었다 싶은 머리도, 주근깨도, 더이상의 달리기 연습도 없었다. 나는 그를 다시는 못 볼 것이고 그는 다시는 내 눈에 보일 일 없으며, 이미 일어나버린 일이라고 하기에 그것은 그저 너무 거대하고 너무 불가능하게 느껴졌다.

# 4장

한동안 나는 승리자였다. 문자 그대로의 의미에서 말이다. 삶이 경쟁이라면 질 수도 있고, 또 질 수 있는 것이라면 이길 수도 있을 테니까.

마니는 빗발치듯 이어지는 연인으로서 부적격인 남자들과 끝없이 데이트를 했다. 그들은 떡이 되도록 술을 마시고, 주말마다 아이들 놀이터에서 약에 절고, 변기통 수조 위에 코카인을 놓고 코로 들이마셨다. 나는 눈부신 남자와 사랑에 빠졌다. 마니의 대학 친구들이 시끄러운 음악소리와 네온 불빛과 찐득거리는 바닥의 끔찍한 클럽에서 금요일 밤을 보내는 동안, 나는 신혼여행을 계획했다. 그들이 또다시 막다른 지경에 몰린 연애의 실패를 슬퍼하며, 낙담한 마음을 진에 익사시키고 남은 허기를 테이크아웃 음식으로 채울 때, 나는 결혼했다. 내게는 남편이 있었다. 게다가 나는 그를 정말로, 진심으로 사랑했다. 그들은 작은 침실, 공과금 분담, 지나간 잘

못으로 말다툼했다. 수챗구멍에 쌓인 음모, 샤워부스 밖에 흘려놓은 물, 식기세척기 위에 쌓인 더러운 접시 더미 때문에 싸웠다. 반면, 나는 충고가 높고 커다란 창문이 있는 어여쁜 복층주택에 살았다. 벽마다 군데군데 페인트 샘플을 붙여놓고 무슨 색깔이 좋을지 고민했다. 벽난로에 놓인 액자들은 벽에 걸리길 기다리고 있었다.

마니는 사직서를 제출한 상태였다. 다른 애들은 실직했거나 해고당했다. 상사 욕을 하거나, 커피 심부름, 택시 예약, 인쇄용지 대량주문 같은 반복적인 직무를 썹었다. 나는 승진했다. 온라인 쇼핑몰의 관리직을 맡게 되었다. 이 쇼핑몰은 책, 장난감, 전자제품 할 것 없이 다 팔았는데, 나는 새로 생긴 가구 부서에 배치되었다. 성장하는 회사였고, 미래가 있는 직책이었다. 나는 내 일이 마음에 들었다.

내가 그들 모두보다 나았다. 그들보다 행복했다.

나는 내가 먼저 사랑을 발견했다는 사실이 좋았다. 지금 와서 보면 멍청하고 유치해서 말하기 불편한 것도 사실이지만, 그게 진실이고, 나는 네게 진실을 약속했으니까.

남자친구를 먼저 사귀었던 건 마니였다. 우리는 열세 살이었고 리처드는 한 살 많았다. 부모가 이혼해서 그는 어머니와 살았다. 머리는 밝은 오렌지색이었고, 볼에는 주근깨가 박혀 있었다. 둘은 영화를 보러 갔다. 영화 중반쯤에 팝콘통 속에서 손가락이 마주쳤는데, 그들은 그대로 손을 잡고 영화를 마저 보았다. 두번째 데이트에는 마니가 리처드의 집에 갔고, 그의 엄마가 치킨 너깃을 해주었다. 리처드는 다음날 마니를 찼다. 우리 학년의 다른 여자애를 좋아하기로 했기 때문이다. 그 여자애 이름이 제시카인가 그랬던 것 같은데, 어쨌든 그애 머리도 비슷한 오렌지색이어서 결과적으로는 둘이 훨씬 잘 어울렸다.

나도 첫 남자친구가 필요하다고 생각했다. 나는 마니가 상심해 있는 사이 팀이라는 남자애와 데이트를 성사시켰다. 우리는 영화를 보러 가진 않았고, 대신 산책을 했다. 그는 내게 아이스크림을 사주었다. 나는 소울메이트를 발견했다고 확신했다. 그런 확신이 든 데는, 같은 반 애들이 사귀는 다른 모든 남자애들보다 그가 아주 큰 차이로 더 매력적이라는 점이 한몫했다. 그는 내 인기를 급상승시켰다. 갑자기 나는 모두의 연애 고민 상담사가 되었다. 불행히도 그의 평판에는 내가 그다지 긍정적인 영향을 주지 못했기에, 그는 열흘 후에 모든 것을 없었던 일로 했다.

마니와 나는 함께 슬퍼했다. 우리는 다시는 사랑에 빠지지 않기로 하고, 대신 레즈비언이 되기로 했다.

이 부분은 왠지 흥미로운 구석이 있지 않나? 우리는 이미 우정만으로는 성인세계에 온전히 진입할 수 없음을, 그것만으로는 불충분하다는 사실을 인지하고 있었던 것이다. 십대 시절 초반부터 우리는 사랑이 언제나 가장 중요하다는 걸 알고 있었다.

모든 게 변했던 때가 콕 집어 언제였는지는 나도 모르겠다. 수년간, 그러니까 십 년이 넘는 세월 동안 우리는 서로의 삶의 중심에 있었다. 서로에게 모든 것을 이야기했다. 남자애들 다음엔 남자들에 대해, 데이트 다음엔 섹스에 대해, 연애 다음엔 사랑에 대해. 그러다가 어느 순간부터 우리 사이에 틈이 벌어졌다. 각자의 연애는 우정 바깥에 존재하는 것으로 간주되었다. 연애 이야기가 화제에 오르면 알아서 걸러 말했다. 중요한 사건이나 새로운 소식은 공유되기보다는 자동으로 생략되었다.

그런 상황도 따지고 보면 다 나 때문이었다. 조녀선과 사랑에 빠진 느낌이 어떤지 그녀에게 말했던가? 처음 함께 보낸 밤은 어땠는지 말해주었던가? 그러지 않았던 것 같다.

그러기는커녕 나는 마니를 버렸다. 퇴근 후 조녀선 집에 놀러간 날, 그가 저녁을 해주며 자기 집에 남는 공간이 많다고 말했다. 선반은 텅텅 비어 있고 서랍의 반은 안 쓰고 있는데, 내가 채워주지 않겠느냐고 물었다. 그런 집에서, 그것도 그와 함께 산다는 건 그저 너무 유혹적이었다.

"나 이사하려고." 그날 밤 집에 돌아온 내가 마니에게 말했다.

"아, 그래?" 정신이 다른 데 팔려 있는 채로 마니가 대꾸했다. 그녀는 파란색과 흰색이 섞인 소파에 앉아, 슬리퍼 신은 두 발을 커피테이블에 걸치고, 새로 산 노트북을 두들기고 있었다. 전날 저녁 카르보나라 레시피로 첫 동영상을 찍었는데, 내가 가장 좋아하는 그녀의 요리였다. "이게 잘 안 되네. 이거 대체 어떻게 하는……?" 그녀가 휴대전화를 집어들더니, 화면이 뚫어지도록 양 엄지손가락을 극성스럽게 놀렸다.

"조녀선 집으로." 내가 말했다.

"언제?" 그녀가 대답했다.

"내일." 내가 말했다.

마니가 고개를 들었다. "뭐?" 당혹감으로 이마에 주름이 잡혔다. "내일? 그 사람 만난 지 얼마나 됐다고."

"세 달 됐는걸." 내가 대답했다.

"겨우 세 달 됐는데!"

나는 어깨를 으쓱했다. "나한테는 충분한 기간이야."

"아," 마니의 목소리가 낮아졌다. "확실해?" 그녀가 노트북을 닫았다. "정말 꼭 내일이어야 해?"

나는 고개를 끄덕였다.

지금이야 이때 생각을 하면 꼭 그렇게 서둘러야 했는지, 그토록 극성일 필요가 있었는지 쉽게 나 자신을 비난하게 된다. 그렇다고 그 결정을 바꾸고 싶다는 건 아니지만.

마니는 짐 싸는 것을 도와주었다. 날카로운 칼 세트와 가마솥만 한 캐서롤 그릇, 빨간 식기 한 벌도 주었다. "앞으로 요리도 배워야 할 테니까." 그녀가 말했다. "베이크드빈이랑 토스트만 먹고 살 수는 없잖아."

"식사 때는 돌아올게." 내가 농담했다.

"그랬으면 좋겠네." 그녀가 말했다. "네가 없으면 내 요리를 먹어줄 사람이 없으니."

두어 주 후면 돌아올 거라는 생각에 내가 멋대로 굴도록 내버려두는 건가 싶어, 나는 마니의 속내가 궁금해졌다. 지금도 그녀의 진심이 어땠는지 알 수 없다. 하지만 내 삶의 다음 단계, 새로운 출발을 그녀도 이해했으리라 생각한다.

마니가 오래된 〈이브닝 스탠더드〉 신문지로 절대 쓸 일 없어 보이는 빨간 오븐 그릇들을 쌌다. 그러다 그릇을 한쪽으로 내려놓으며 한숨을 푹 쉬었다. "정말 확실한 거야?" 그녀가 물었다. "내가 그 사람 좋게 생각하는 건 너도 알잖아. 날 위해서가 아니라 널 위해 하는 말이야. 너무 급작스럽잖아. 정말 확실해? 완전히 마음 굳혔어?"

"확실해." 내가 말했다. 그리고 그 말은 사실이었다.

"보고 싶을 거야." 그녀가 말했다.

"알아." 내가 대답했다. "나도."

앞으로 그리워질 것들을 생각하자 울음이 목구멍에 덩어리졌다. 라디에이터 위에 널어놓은 그녀의 오색찬란한 양말들, 냉장고에서 랩에 싸인 채 나를 기다리고 있는 남은 음식, 김 서린 화장실 거울에 그려진 스마일 모양. 나는 눈물을 삼키고 싱긋 웃었다. 마니가 내 손을 끌어다 자기 손으로 꽉 쥐었다.

첫째 주는 정신없이 지나갔다. 나는 두 사람 모두에게 헌신적이고 싶었다. 마니로 하여금 내가 그녀를 덜 사랑한다고 느끼게 하고 싶지 않았다. 실제로도 아니었으니까. 동시에 나는 완전히 조너선의 소유임을 그가 알게 하고 싶었다. 몇 주 후 마니의 할머니가 세상을 떠났을 때, 그녀가 한밤중에 울면서 전화했다. 나는 옷을 입고 허둥지둥 거리로 달려나가 택시를 탔다. 삼십 분도 안 되어 나는 예전 아파트에 가 있었다. 그날 이후, 마니는 자신이 부르기만 하면 예전처럼 내가 항상 그 자리에 있으리라는 걸 깨달았던 것 같다.

마니와 조너선은 좋은 친구가 되었다. 마니는 어려서 자전거 타는 법을 배울 기회가 없었는데, 조너선이 손수 가르쳐주었다. 그는 자기가 타던 옛날 자전거를 그녀에게 선물했다. 그녀는 그게 남자용이라는 점이 마음에 든다고 했다. 마니는 조너선에게 카르보나라 만드는 법을 가르쳐주었다. 내게도 알려주려고 했지만 너무 보람이 없었다면서, 대신 그에게 비법을 전수해주겠다고 말했다.

우리는 완벽한 삼총사였다. 조너선은 자전거, 캠핑, 등산 등등 취미가 정말 많았고, 나에게는 마니뿐이었다. 그래서 그가 시골로 나가 바람에 펄럭이는 텐트 안에서 비에 젖은 신발을 신고 침낭 속 거미와 주말을 보내는 동안, 나는 옛 아파트에서 단짝친구와 아늑하고 훈훈한 밤을 보냈다. 그 무렵의 몇 년은 내 인생 최고의 시기였다. 나는 내가 두 개의 커다란 사랑을 누릴 자격도 능력도 있다는 사실을 깨달았고, 그것은 엄청난 기쁨이었다.

조녀선이 죽고 나서, 나는 우리 우정이 예전으로 재깍 돌아가리라 생각했다. 현실은 그렇지 못했다. 그의 부재 때문이었는지도 모르지만 삶 전체가 공허하게 느껴졌다.

그와 함께하던 시절의 많은 것들이 그리웠다. 이 년이 넘도록 나는 구름 한 점 본 적이 없었다. 늘 푸른 하늘에 눈이 멀어 있었으니까. 바보 같은 데서 기쁨을 느꼈다. 느긋하게 걷는 아이들에게서, 공원에서 짖어대는 개들에게서, 늦은 밤 블라인드 사이로 비쳐 들어오는 달빛에서. 그의 눈은 올리브와 똑같은 녹색이라고 생각했다. 이제 올리브가 예전처럼 아름다워 보이지 않는다. 한 번 웃기가 힘들다. 미소는 금세 사라진다. 모든 고통이 영원 같다. 세계의 좋고 나쁨을 판별하여 균형을 맞추는 능력이 내게서 완전히 사라지고 말았다. 내게는 눈금이 없다.

나는 마니와 함께 나 자신을 다시 찾을 수 있을 줄 알았다. 새로 시작할 수 있을 줄 알았다. 하지만 내가 다른 곳을 보고 있는 동안, 상황은 달라져 있었다.

# 5장

스탠리와 나는 엘리베이터가 로비로 내려가는 동안 아무 말도 하지 않았다. 계속 침묵을 지키며, 마니와 찰스의 집 건물 정문을 빠져나왔다. 자갈이 깔린 오솔길을 따라 큰길까지 조용히 걸었다. 우리는 나란히 걷고 있었지만, 나는 몹시 외로웠다.

"오늘 재밌지 않았어요?" 스탠리가 마침내 입을 열었다. 그는 코트 단추를 잠그고 깃을 귀까지 세웠다. "즐거운 저녁 보냈어요?"

나는 스카프를 목에 두 번 친친 감았다. 9월이었다. 9월은 웬지 여름 같다고 느껴지지만 꼭 그렇진 않다. 저녁까지 환하긴 해도, 조금 더 매섭고 조금 더 쌀쌀하다.

나는 그의 질문에 답하는 대신 이렇게 물었다. "찰스 어떻게 생각해요?"

찰스는 식사 자리에서 마니와 처음 만났던 이야기를 한껏 늘어놓았다. 도심의 한 술집에서였다. 그는 마니와 동료들이 앉은 테이블에 샴페인을 계속 보냈다. 결국 마니는 마지못해 그의 테이블에 합석했다. 그는 그게 자기 사랑의 힘이라고 말했다. 그녀는 매력과 헌신의 증표라고 말했다. 나는 어지간히 절박했구나 싶었다.

"멋진 남자죠." 스탠리가 대답하며, 내 쪽으로 고개를 돌리더니 활짝 웃었다. "진짜 멋진 남자예요."

나는 그를 쳐다보지 않았다. 앞만 보고 계속 걸었다. 이 질문을 했을 때 언젠가는 상대가 내 쪽으로 고개를 돌리고 활짝 웃으며 "완전 재수없는 새끼죠"라고 하는 날이 오기를 바라곤 했다.

그게 진짜 맞는 말이니까. 찰스는 그야말로 참을 수 없는 인간이었다.

"정말 그렇게 생각해요, 제인?" 내가 어떤 식으로든 자기 의견에 반대할 때마다 찰스는 이렇게 말했다. "난 우리가 같은 의견이라고 생각하는데." 그런 다음 덧붙였다. "그러니까 제인 말은……"

그러고는 주택 대란, 의료 인력 부족, 상속세의 경제학 같은 주제로 강의에 돌입했다. 마치 자기가 그런 주제의 권위자인 것처럼. 나중에 다른 화제로 넘어가고 그 대화가 거의 잊힐 때쯤, "우리가 같은 의견에 도달해서 기뻐요, 제인"이라고 말하곤 했다. 내 입장은 전혀 변한 게 없는데도. 난 단지 그의 큰 목소리와 가식과 우쭐거리는 자만에 말문이 막혔을 뿐이었다.

그는 자기 와인잔이 비면 얇은 잔 옆면을 연달아 빠르게 톡톡 쳤다. 오직 와인병이 내 쪽에 있을 때만. 나한테는 입을 떼서 말이라는 걸 할 가치가 없었기 때문이다. 가끔 내 손을 들어올려 손가락을 펼치고 말했다. "제인, 그만 좀 물어뜯어요." 저녁이 마무리되어갈 때, 사람들 눈이 핏발과 알코올로 붉어지고 피곤으로 스르르

감기면 이렇게 말했다. 다른 사람한테 하는 척하지만 항상 나를 겨냥하는 상스러운 말들. "이제 제인을 집에 데려다줄 시간이네요?" 그러고는 윙크하면서, "내 말 알죠? 뭔지 알죠?" 물론 우리는 그게 무슨 말인지 알고 있었기에, 슬쩍 입꼬리를 올려 웃어주었다. 그때마다 나는 바닥까지 떨어지는 기분이었다. 나는 삼 년간 아무하고도 안 잤기 때문이다. 조너선 이후로는 아무하고도. 다른 남자의 손이 내 피부에 닿는다는 생각만 해도 온몸의 털이 쭈뼛 서고 몸이 움찔거렸다.

보이니, 다른 사람들에게 이야기할 때 찰스라는 인간이 보여주는 다른 모습이? 사람들을 사로잡고 그들의 농담에 웃어주는 모습이. 그럴 때 그는 단지 진실을 감추는 가면, 코스튬을 둘러쓴 것일 뿐이었다. 그리고 모두를 잘도 속여넘겼다. 특히 남자들을. 하지만 대부분의 여자들도 그가 잘생기고 낙천적이고 카리스마 있다고 생각했다.

"그럼 이제," 스탠리가 말했다. 우리는 버스정류장에 도착했다. 나는 그에게서 물러서서 콘크리트 기둥에 적힌 버스시간표를 읽는 척했다. "그럼 이제," 그가 반복해 말했다. "어떡할까요?"

나는 손목시계를 쳐다보았다. 마니가 준 선물이었다. 나는 계속 침묵을 지켰다.

"제인 집이 여기서 더 가깝지 않나요?" 그가 말했다.

"그런가요?" 내가 대꾸했다. 나는 시간표를 손가락으로 쭉 훑었다. 두 개의 플라스틱 판 사이에 흰 종이가 고정되어 있고, 그 종이 위에 숫자들이 까만 글씨로 인쇄되어 있었다. 나는 느긋하고 자연스럽게 보이려고 했다. 그런 행동이 십 년 전에나 봤을 법한 구식이 아니라는 듯이, 요즘도 사람들이 그런 걸 읽는다는 듯이.

"그런 것 같아요." 그가 말했다. "별 차이는 없는데, 제인 집이 조금 더 가까워요."

나는 계속 시간표를 읽는 척했다.

그의 무게가 실린 발걸음이 콘크리트 보도블록을 밟으며 다가오는 소리가 들렸다. 바로 뒤까지 온 그가 숨을 크게 내쉬었다. 텁텁하고 후끈한, 알코올에 타오르는 숨결이 느껴졌다. 이제 그가 곧 나를 만지리란 걸 알 수 있었다.

"제인?" 그가 한 발짝 더 다가왔다. 마침내 내 뒤에 딱 붙어 서더니 두 팔로 내 허리를 뱀처럼 휘감았다. 그리고 내 뒤통수에 축축하고 요란하게 키스했다. 나는 구멍이라도 뚫을 기세로 힐을 땅에 눌러박고 중심을 잡았다. 진저리치지 않기 위해 숨을 멈추고 온몸에 힘을 주었다. 그가 나를 꼭 끌어안았다. 딱히 강제로 안은 건 아니지만 몸 전체가 옥죄이고 질식당하는 기분이었다.

"이러는 건 어때요?" 그가 헛기침을 했다. "제인 집으로 가는 거요." 그러면서 오른 손바닥으로 내 배를 위아래로 쓰다듬었다. 손이 위로 향할 때마다 점점 높이 올라가더니 브라 밑의 딱딱한 와이어를 스쳤고, 기어코 그 위에 있는 부드러운 천을 건드렸다. "제인, 당신이랑 나랑……" 그가 내 귀에 대고 혀 꼬부라진 소리로 뜨뜻하고 습한 숨을 내뿜으며 말했다.

"스탠리," 나는 몸을 옆으로 움직여 그에게서, 콘크리트 기둥에서 벗어났다. "스탠리, 미안하지만 '당신이랑 나랑' 같은 게 우리 사이에 있는지 모르겠어요."

"아," 그는 살짝 모욕감을 느낀 듯도 했지만, 뭣보다 이게 무슨 소린가 싶은 표정이었다. "하지만 난……"

"당신 때문은 아니에요." 내가 말했다.

그가 무겁게 고개를 끄덕였다. "죽은 전남편 때문에 그래요?"
그는 다시 자신감에 차올랐다. 차마 물을 수 없었던 질문에 대한
대답을 발견해서, 그 상처에 바를 연고를 알고 있어서. "마니가 그
랬는데……"

그녀는 아마 다정하게 대하라고, 잘 보살펴주라고 미리 말해두
었을 것이다.

"아니요, 스탠리." 내가 말했다. "조녀선 때문도 아니에요." 사
실이었다. "당신 때문도 아니고요." 역시 사실이었다, 아마도. "그
냥 나 때문이에요."

빨간 2층버스가 모퉁이를 돌았다. 밤하늘에 버스 불빛이 밝게
빛났다. 웬일인지 이날따라 버스는 딱 정시에 도착했다.

"그럼 당신이 느끼는 감정은……"

"그동안 즐거웠어요." 나는 그의 말을 잘랐다. 굳이 그런 말을
왜 했는지는 모르겠지만. 털끝만큼도 사실인 부분이 없었는데 말
이다. "원하면 찰스와 계속 연락하세요. 하지만 당신과 나는, 우리
는 여기서 끝인 것 같아요. 미안해요." 내가 말했다. "잘 가요."

내가 왼팔을 뻗자 버스가 속도를 줄이며 섰다. 나는 버스에 올랐
고, 문이 덜커덩거리며 닫힘과 동시에 스탠리를 향해 불필요하게
열정적으로 손을 흔들었다. 버스가 다시 움직일 때도 그는 여전히
얼굴을 찌푸리고 있었다.

조녀선 이후로 나는 남자를 너무 많이 만났다. 한 일 년 동안은
어떤 남자에게도 말 한마디 안 건넸다. 그러자 주변 사람들이 조바

심을 치면서, 내가 슬픔에서 헤어나오지 못한다고 걱정하기 시작했다. 나는 그들에게 내가 아직 삶의 왕성한 주인공임을 알려야겠다고 생각했다. 누구나 결국 체득하게 되는데, 연애에 조금도 관심없는 독신 여성이란 그야말로 비참한 인생 취급을 받으니까.

농담이다. 웃어줄 수도 있지 않나.

사실 나는 새로운 사랑을 찾고 있지 않았다. 안 그래도 별 볼 일 없던 내 삶에 다시 그런 깊은 사랑을 기대하는 건 무리였다. 내겐 조녀선이 있었다. 다른 사랑이 티끌만큼이라도 따라올 수 있었을까. 내겐 마니가 있었다. 내가 아직 세상의 선의를 살피고, 신뢰하고, 그것의 존재를 믿고 있다는 것을 보여주는 게 마니의 마음을 편하게 해주는 길이었다.

그래도 빨리빨리 헤어지면서 한 사람과 너무 길게 만나지 않으려 했다. 모두가—정말이지 한 명도 빠짐없이—숨이 턱턱 막히게 잘난 척을 해대는, 결코 견딜 수 없는 사람들이었기 때문이다.

다른 한편으로는, 어쩌면 저들이 나를 정말 좋아하게 될지도 모른다는 걱정도 약간은 있었다.

자만처럼 들리나? 그런 말이 아니었는데. 조녀선을 만나기 전까지는, 누가 나에게 그런 감정을 느끼기란 불가능하다고 생각했다. 이렇게 생기 없고 불안정한 사람에게 누가 그런 사랑을 준다는 건 상상도 할 수 없었다. 하지만 조녀선은 내게서 좋아할 수 있고 사랑할 수 있는 점들을 발견했다. 그는 내가 승부욕을 보일 때 감탄했다. 펍에서 열리는 퀴즈게임에서 한 번도 진 적 없다는 사실에 감동받았다. 나는 항상 약속 장소에 일찍 가 있는데, 그는 그게 올바른 일이라고 했다. 내가 소설을 하루 만에 다 읽으면 놀라워했다. 내가 꼼꼼한 완벽주의자라는 걸 좋아했고, 그래서 우리 사진을 내가 직접 걸고 싶다고 했을 때도 좋아했다. 결국 나도 나의 이런 점들이 좋아지기 시작했다.

나는 그 남자들이 나와 사랑에 빠지지 않기를 바랐다. 내가 그들을 사랑할 일은 절대 없을 것이기 때문에. 나의 이런 거부 반응은 피부에 생긴 물집과 같아서, 작은 상처만으로도 크게 부풀어올라 심각해질 수 있음을 그때도 지금도 나는 알고 있었다.

과장일까?

아니라고 생각한다.

너도 곧 내 말을 이해하게 될 것이다.

너한테 이 이야기가 마냥 듣기 편할 거라고 말할 수 있다면 좋겠지만, 난 한순간도 그렇게 되리라곤 생각해본 적 없다. 오늘밤 많은 죽음이 있을 것이다. 어떻게 달리 피할 길이 없다. 난 네게 진실을 약속했고, 마침내 이것만이 내가 지킬 수 있는 약속이다.

이 이야기가 진정 어쩌다 시작되었는지도, 어디서 끝날지도 모르겠다. 하지만 어떻게 시작해야 할지는 알고 있다.

이 년 전, 마니와 찰스는 그들의 아파트에서 함께 살고 있었다. 나는 내 남편이 아닌 사람들과 데이트를 하고 있었다. 가족들과의 관계는 복잡했지만 감당할 수 있는 수준이었다. 여기서부터 이 이야기는 출발한다. 이것은 그가 어떻게 죽었는지에 관한 이야기다.

# 6장

이십대 후반에서 삼십대 초반 여자들은 대부분 다양성, 즉흥성, 새로운 사람을 만나고 새로운 것을 시도할 기회를 좋아한다. 난 전혀 아니었다. 언제나 학교 복도에서 웅크린 채 거부당할까봐 전전긍긍하던 열한 살 소녀 그대로였다. 한 번도 적극적으로 우정을 찾아다닌 적 없었고, 그래서 친구도 거의 없었다.

알다시피 한 명은 있었기에. 다른 누구도 그 한 명과는 비교도 되지 않았다. 엉덩이 골이 다 보이는 딱 붙는 청바지를 입은 예쁜 금발머리들, 후드점퍼에 헐렁한 청바지를 입고 모여서 마리화나를 피우는 남자들, 운동복에 운동화 신은 스포츠 스타들, 안경 끼고 블라우스 입은 도서관 여학생들, 치노바지와 재킷 차림의 부잣집 남학생들, 그 누구도. 나는 그들이 필요 없었기 때문에 딱히 어울리려고 하지도 않았다.

난 내가 뭘 좋아하는지 알고 있었다. 나는 규칙적인 일과와 반복을 좋아했다. 그건 지금도 마찬가지다.

따라서 스탠리를 내 인생에서 추방한 다음날 아침, 나는 어머니를 만나러 갔다. 어머니는 교외의 요양병원에서 지내고 있었다. 적어도 한 시간은 걸리는 거리였다. 아홉시 정각에 늦지 않게 도착하면, 면회시간이 시작될 때 어머니를 만날 수 있었다. 나는 자기 전에 알람시계를 맞추고, 아침 일찍 집을 나서 지하철 첫차를 탔다.

토요일 아침 객차 안은 항상 조용했다. 보통은 금요일 밤부터 토요일 아침까지 진탕 마신 슈트 입은 남자들이 숙취에 절어 있었다. 유아차를 대동한 여자들도 종종 보였다. 자다가 깨고, 깼다가 자고 했던 시간들 사이를 보충하려는 초보 엄마들. 아마 몇 달 전까지만 해도 그들에겐 없던 모습이겠지. 야간근무를 마치고 돌아가는 경비원, 청소부, 간호사도 가끔 보였다. 그리고 항상 내가 있었다.

나는 매주 금요일 저녁에 마니를 보고, 매주 토요일 아침에 어머니를 만나러 갔다.

병원에 들어서면 가장 먼저 휴게실이 있었다. 어머니 병실로 가는 길에 항상 그곳을 지나쳤다. 안을 들여다보지 않고 복도 끝에 있는 어머니 병실에만 집중하려고 하는데도, 매번 그곳은 내 시선을 끌었다. 혹시 내 세인가 싶은, 괴이쩍게 사람을 잡아끄는 느낌. 그곳은 노인들로 가득했는데, 모두가 팔걸이의자나 휠체어에 앉아 담요로 다리를 덮고 있었다. 카펫들은 하나같이 형형색색에 장식적이고 문양이 화려했다. 매니저들이 음식 얼룩, 흙 자국, 화장품 얼룩을 걱정하는 고급 호텔의 카펫처럼.

여기서도 화려한 문양은 유사하게 효율적이었다. 흙이나 토사물

자국은 물론 음식물 자국도 가려주었다. 단지 그 자국이 웃음과 가십과 와인이 곁들여진 세 코스짜리 왁자지껄한 식사 때문이 아니라, 일부러 바닥에 내동댕이친 찐득한 매시트포테이토 때문에 생겼다는 점이 다를 뿐.

다채로운 카펫을 빼면 공간 자체는 다소 밋밋했다. 사진이나 그림, 회화, 포스터 같은 것은 전혀 걸려 있지 않은 휑하고 희멀건 벽과 닦기 편하게 검은색 가죽을 씌운 팔걸이의자들. 실내장식이 딱히 문제인 것은 아니었다. 그 방은 강렬했는데, 세부장식 때문이 아니라 거기 있는 사람들 때문이었다. 그곳은 삶과 죽음은 물론, 그 두 세계 사이의 경계에 머무르는 자들 모두의 배경화면이었다. 그들의 반은 경계선 이쪽에, 반은 저쪽에 존재했다. 심장은 뛰고 피는 혈관을 타고 흘렀지만, 영혼은 빠져나가고 정신은 녹고 육신은 구겨지고 부러졌다. 으스스하고 기괴한 곳이었다. 사람이지만 가까스로 사람이며, 살아 있지만 살아 있지 않고, 죽었지만 꼭 죽은 건 아닌 이들로 가득한 장소. 어머니는 그 방에 들어서기를 한사코 거부했고, 간호사들은 설득을 포기한 지 오래였다.

대신 어머니는 자기 병실에 있었다. 내가 도착했을 때 침대 이불 속에 똑바로 앉아 있었다.

나는 잠시 문간에 서서 어머니를 바라보았다. 어머니는 이불 위에 덮어놓은 파란 모직 담요의 털실방울을 만지작거렸다. 그러다가 이불을 턱까지 끌어올리고 안에서 양손을 꼭 쥐었다. 그 모양이 이불 위로 볼록 튀어나왔다. 창문이 활짝 열려 있어 청명한 산들바람이 커튼 자락을 들어올렸다. 커튼이 펄럭이며 벽에 그림자를 드리웠다.

예순둘의 어머니는 치매였다. 나이를 생각하면 조기에 발병한 것이었다. 거의 마주친 적은 없지만, 의사들이 일주일에 한 번씩 회진을 돌았다. 그들 말로는, 어머니는 조기발병 나이대에서는 늦은 축에 속한다고 했다. 그들은 그게 무슨 큰 위로라도 되는 희소식인 양 말했다. 물론 더 나쁜 경우도 많다는 뜻이었겠지. 그렇게 이해했다. 하지만 팔이 부러졌다고 손끝에 찔린 가시가 안 아픈 건 아니었다.

나는 노크하고 안으로 들어갔다. 어머니가 고개를 들었다. 날 기억하길 바라며 내가 살짝 웃었다. 어머니의 얼굴에는 아무런 미동도 없었다. 이마에는 주름이 깊게 패 있고, 입술은 언제나 그렇듯 파리했다. 이불 속에서 손이 움직이는 게 보였다. 한쪽 검지로 다른 손의 건조하고 우둘투둘한 손톱 밑 거스러미를 잡아뜯고 있음을 알 수 있었다.

어머니가 나를 알아보는 데 가끔은 몇 분씩 걸리곤 했다. 나를 응시하고 있으면, 기억의 벽장에 깊숙이 묻힌 파일정리함을 뒤적이고 있다는 뜻이었다. 나의 등장을 처리하고 안면과 복장을 인식한다. 필사적으로 이 새로운 출현을 해독한다.

지금 생각하면, 어머니가 그곳에 십팔 개월이나 있었다는 게 믿기지 않는다. 그곳은 항상 임시로 있는 곳, 일종의 림보처럼 느껴졌다. 지금은 불가능한 소리처럼 들리지만, 그땐 몰랐다. 요양원은 당연히 임시로 머무르는 곳이라는 것을. 그곳은 중간지점이다. 삶속의 어떤 두 지점 사이가 아니라, 삶과 삶 바깥 사이 변방에 존재하는 중간지점.

어머니는 예순에 치매 판정을 받았다. 그때는 이미 일 년간 혼자 살고 있었다. 이혼이 마무리되고 아버지는 사라진 지 오래였다. 몇 개월 전부터 나는 뭔가 문제가 있음을 인식하고 있었다. 우울증이라고 생각했다. 예전에는 전혀 그러지 않았는데 걸핏하면 화내고, 사소한 불편 때문에 나를 비난하기 일쑤였다. 홍차에 우유를 너무 많이 탔다는 둥, 신발에 흙을 묻히고 들어왔다는 둥.

어머니는 욕을 하기 시작했다. 나는 스물다섯이 될 때까지 어머니가 쌍이나 시발 같은 단어를 적어도 내 앞에서는 쓰는 걸 본 적이 없었다. 대신 쌍쌍바나 식빵이라고 숨죽여 나지막이 말했었다. 그런데 별안간 세상 현란한 비속어가 어머니의 일상어가 된 것이다. 이런 쌍 우유를 조금만 넣는 게 그렇게 어렵니. 시발 흙을 시발 아무데나 묻히고 있잖아.

꾸준히 꼬박꼬박 집에 들렀음에도, 어머니는 내가 가는 날을 가끔 잊어버렸다. 토요일 아침 일찍 초인종을 누르면, 현관으로 오는 슬리퍼가 카펫을 스치는 소리가 낮게 들렸다. 뒤이어 짤그랑하며 체인을 채우는 소리가 났다. 어머니는 문을 딱 5센티미터 정도 열고, 그 작은 틈으로 코를 쏙 내밀었다. 나를 머리끝에서 발끝까지 훑으며 이렇게 말하곤 했다. "아. 오늘이니?"

나는 어머니가 술을 너무 많이 마시는 건지도 모른다고 생각했다. 함께 병원에 가보았다. 내가 증상을 이야기하는 동안 의사가 고개를 연신 끄덕끄덕하길래 확실히 이해한 줄 알았다. 성격이 이렇게 바뀐 게 뭐 때문인지, 내가 온라인으로 못 찾았던 해결책과 이 사달을 끝낼 약, 치료법, 권고사항을 아는 줄 알았다.

"갱년깁니다." 내가 어머니의 증상을 모두 들려주었을 때 의사가 말했다. 그는 근엄하게 고개를 주억거렸다. "갱년기가 확실합니다."

다음날 아침 어머니는 계단에서 굴렀다. 이웃집 사람이 전화로 알려주었다. 이상한 소리가 들렸는데, 다행히도 여분의 열쇠가 있었다고 했다. 콘월에서 가족 휴가를 보내는 동안, 화분 물 주기과 물고기 밥 주기를 부탁한다고 아버지가 몇 년 전에 맡겼던 열쇠였다.

내가 도착했을 때 어머니는 소파에 앉아 있었다. 가운을 허리끈으로 단단히 여미고 손에는 차가운 차가 담긴 컵을 움켜쥔 채 이웃사람과 말다툼하는 중이었다. 그가 안심하기 위해서라도 간략한 검사는 받아보는 게 좋다고, 병원에 가보라고 권했기 때문이었다.

"아, 너까지 왔니." 어머니가 나를 보더니 말했다. "그냥 발을 헛디딘 거란다. 딴 데 신경쓰다가. 일이 분이면 일어났을 거야. 근데 저 오지랖 넓은 놈이 정도라는 걸 모르고, 안 그러냐? 여기가 무슨 제 집인 양 들어와서는. 저 빌어처먹을 뻔뻔한 놈이."

그는 착한 사람이었다. 사실 어찌나 친절하고 인내심도 많은지, 나라면 이런 무례하고 은혜도 모르는 이웃은 못 참았을 것이다. 그는 자기가 계속 주시하겠다고 약속했다. 집에서 일하기 때문에 항상 근처에 있다고. 벽이 얇으니, 어머니가 다시 도움이 필요할 경우를 대비해 음악소리도 낮추겠다고 말했다.

그럼 지난 수년간 우리집에서 난 싸움은 얼마나 들은 걸까.

이 주 후 어머니는 다시 굴러떨어졌다. 쿵쿵거리는 요란한 소리를 듣고 이웃집 남자가 앰뷸런스를 불렀다. 어머니는 계단 난간에 부딪혀 튕겨나갈 때 이마가 찢어졌다. 어머니는 괜찮다고, 깊은 상처는 아니고 긁힌 것뿐이라고 말했지만, 그는 한사코 병원에 가보라며 버텼다. 거의 두 시간 후 내가 도착했을 때까지도 피가 흐르고 있었다.

우리는 진료실에 앉았다. 이번에는 나보다 나이가 그리 많아 보이지 않는 여자 의사였다. 내가 다 알고 있다는 듯 고개를 끄덕이며 자신 있게 말했다. "갱년기죠." 의사가 인상을 찌푸렸다.

"백스터 부인, 갱년기 때문이라고 생각하시나요?" 의사가 묻자, 어머니가 그녀를 쏘아보았다. "갱년기가 아니라는 게 아니고요." 의사가 말을 이었다. "부인 생각도 그러하냐는 거죠."

이 말에 어머니가 피가 나지 않은 한쪽 눈썹을 치켜올리더니, 이내 한숨을 쉬며 고개를 저었다.

"그러면, 검사를 몇 가지 해봅시다. 괜찮으시겠어요?"

어머니가 고개를 끄덕였다.

어머니는 그날 오후 치매로 의심된다는 진단을 받았다. 그후로도 그 집에서 조금 더 혼자 살았는데 증세는 꾸준히 악화되었다. 육 개월 후 진단이 확정되었을 때 요양시설로 거주지를 옮겼고, 내가 같이 산다 해도 해줄 수 없는 지원과 간호와 보살핌을 받게 되었다.

나는 팔걸이의자에 앉아 코트를 무릎 위에 놓았다. 말을 하려고 막 입을 떼는데 어머니가 고개를 가로저었다. 스스로 맞는 파일을 찾으려는 것이다. 내 도움 없이.

"늦었구나." 어머니가 마침내 말했다.

"그냥 몇 분." 나는 고개를 돌려 머리 위에 걸린 시계를 쳐다보았다.

"지하철?" 어머니가 물었다.

나는 고개를 끄덕였다.

내가 아는 어머니였다. 눈은 초점이 잡혀 있고 따스했다. 가끔 나는 어머니가 포기할까봐 두려웠다. 치매가 곰팡이처럼 뇌 속에 퍼지게 내버려둘까봐, 그래서 그것이 마지막 남은 인간됨의 한 조각까지 침투해 파괴할까봐. 그러나 이런 날은 어머니가 아직 싸우고 있음을 알 수 있었다. 미약하나마 자기만의 방식으로 그것들을 밀어내고 있었다. 필요 이상으로 너무 빠르게 공허가 머릿속에 주입되는 것에 저항하고 있었다.

"그 남자랑은 끝났니?" 어머니가 물었다. 스탠리와 나는 그전에 두 번의 데이트를 했고, 그중 한 번은 나쁘지 않아서 어머니에게 얘기했었다. 지난주에 왔을 때, 같이 공원으로 나들이 갔다가 펍에서 술을 마셨다고 말했다. 또한 그는 변호사이며, 아무래도 지루한 사람이고, 유일한 장점은 부드러운 머릿결밖에 없다고도 말했다.

어머니는 지난 대화가 기억났다는 사실에 뿌듯해하고 있었다. 어머니는 주로 지난 대화의 분위기 정도를 기억했다. 나 때문에 화가 났었는지, 기뻤는지, 그냥 내가 와줘서 좋았는지. 하지만 어떤 때는 세세한 것까지 기억했다. 내가 돌아가면 어머니가 메모를 남겨두는지 궁금했던 적도 있었다. 다음주를 위한 프롬프트를 만드는 것이다. 정신은 떨어져나가려고 그토록 애쓰고 있을 때, 여전히 세계와 연결되기 위하여.

"스탠리요?" 내가 물었다.

"아마도." 어머니가 어깨를 으쓱했다. "이름을 다 기억하기엔 여기 공간이 충분하지 않거든." 어머니가 이마를 톡톡 두드렸다.

"맞아요, 그 사람." 내가 말했다. "어젯밤에 헤어졌어요."

"잘했다. 조녀선이랑은 닮은 점이 없어 보이더라."

어떻게 보면 참 편리하게도, 어머니의 치매는 나와 조녀선과의 관계를 싹 지워버렸다. 어머니의 기억 속에 남아 있는 것은 그저, 내가 사랑에 빠졌고 그다음 그가 죽었다는 것뿐이었다. 그게 다가 아닌데.

그렇다고 부모님이 조녀선을 싫어했던 건 아니다. 오히려 꽤 좋아했다. 그는 사람을 끄는 매력이 있고 재미있고 항상 예의발랐다. 하지만 그들은 딸이 어렸을 때 데려온 남자친구를 귀여워하는 식으로 그를 좋아했다. 그 정도면 괜찮지. 적당히 쓸 만해. 하지만 그들이 그려왔던 신랑감에 부합하는 남자는 아니었다.

내가 약혼했다고 알렸을 때, 그들은 불같이 노여워했다. 지난 십 년 동안 두 사람이 언제 그렇게 한마음인 적이 있었다고, 입을 모아 돌이킬 수 없는 실수라고 비난했다. 우리가 너무 다르다고 했다. 그는 탁 트인 공간과 신선한 공기를 좋아하는데, 나는 집에 콕 박히는 게 편한 인간이라고. 그는 사람들과 시끌벅적함을 좋아하는데, 나는 익숙함과 조용함을 좋아한다고. 그들은 그가 그냥 사윗 감으로 시원찮고, 가방끈도 짧고, 직업도 촬영기사라서 벌이도 그 저 그렇다고 여겼다. 그러거나 말거나 나는 개의치 않았다.

약혼하고 몇 주 동안 어머니는 내게 계속 전화했다. 어떤 때는 하루에도 몇 통씩 걸었다. 내가 나의 삶을 망치고 있다고 주장하기 위해. 어머니는 사랑이 쉬운 게 아니라고, 열성적으로 끈질기게 분통을 터트렸다. 사랑은 너무나 복잡하고 너무나 다면적인 것이라 네가 아직 잘 모를 테니까, 결혼은 나중에 생각해보아라, 십 년 후 쯤은 어떠냐, 다음 생은 어떠냐. 어머니는 우리가 너무 어리고 철

딱서니가 없어서, 지금 스스로 무슨 일을 벌이고 있는지도 모른다고 말했다. 전화기 너머로 공기가 쉭쉭 지나가는 소리가 들렸다. 어머니가 집안을 왔다갔다하면서 복도 끝에서 빠르게 돌아설 때마다 나는 소리였다. 한 문장을 끝마칠 때마다 거친 한숨이 뒤따랐다. 직접 그렇게 말하진 않았지만, 어머니는 자기 자신의 실수로부터 나를 지키려던 게 아니었을까. 한때 어머니라는 사람을 이루었던 모든 부분이 결혼 후 작아져 몇 개의 시들어가는 단어로만 남았으니까. '아내' '어머니' '상처'.

어머니는 내가 선택을 해야 한다고 말했다. 나는 조너선을 선택했다.

힘든 결정이어야 했을 테지만 그렇지 않았다.

조너선과 단둘이 있을 때, 우리는 온전히 우리 자신이었다. 내가 그 사람 앞에서 나답고, 그도 내 앞에서 진실함을 발견할 때 가장 기뻤다. 타인과 있을 때, 특히 우리 부모님과 같이 있을 때 우리는 조금 더 나은 사람이 되려고 했다. 조금 더 재미있고 친절하며 더 많이 사랑하는 모습을 보였다. 우리 자신을 부풀려 타인을 편안하게 하는 커플이 되었다. 그는 나를 놀리는 농담을 했다. 그런 가벼운 우스개가 남자들과 아버지를 웃게 만들었다. 나는 예의바르게 그에게 마실 것을 갖다주며 필요한 게 있느냐고 물었다. 주방에 있으니까 언제든지 큰 소리로 부르기만 하라고. 때로 그가 내 허리에 팔을 두르고 난 머리를 그의 어깨에 기대는, 부자연스러운 자세를 연출하기도 했다. 우리끼리만 있을 때는 몸이 하나로 스미고, 사지가 엉키고, 살이 살에 포개졌다.

어렵지 않은 선택이었다.

어머니가 언젠가 포기하리라, 이 결혼을 용납할 수밖에 없으리라 생각했다. 하필이면 그 무렵에 어머니의 모성애가 되살아났다는 게 불공평하게 느껴졌다.

내가 네 살쯤 되었을 때, 동생 에마가 한바탕 대혼란 속에서 칠주 일찍 태어났다. 에마는 곧장 집중치료실로 옮겨져 인큐베이터에 들어갔고, 어머니는 출혈이 멈추지 않아 수술실로 실려갔다. 두 사람 다 몇 주 후 집으로 돌아왔지만 그 한 달 사이 모든 게 바뀌었다. 이후로 어머니는 점점 강박적으로 변해갔다. 작은딸을 두고 갈수록 노심초사하며 추운 건 아닌지, 배고픈 건 아닌지, 숨은 잘 쉬고 있는지 끊임없이 확인했다. 그 결과 나는 아버지와 더 가까워졌다. 아버지가 그 처음 몇 달 동안 할 수 있었던 게 별로 없었기 때문이다. 어머니는 내게 그저 존재하기만 하는 사람이 되었다. 자기 전에 동화책 읽어주기라든지, 내가 학교에서 찍은 첫 사진, 어린이날에 한 일 따위에 관심이 없었다. 나를 향한 눈길을 그때부터 쭉 끊었다. 그래서 성인이 되었을 때, 갑자기 내가 어머니의 관심 대상이 되었다는 게 믿어지지 않았다.

내 결혼식이 있고 얼마 안 돼, 아버지는 어머니에게 이혼을 요구하고 집을 나갔다. 비서이자 오랜 정부인 주디는 일 년 전 과부가 된 상태였다. 그녀는 아버지가 자기한테 완전히 전념하지 않으면 헤어지겠다고 협박했다. 어머니의 협박은 늘 설득력이 없었는데, 아마 주디의 협박은 그렇지 않았던 것 같다. 아버지가 그녀를 택했다는 사실에 가족 중 놀라는 사람은 아무도 없었다.

상실을 겪은 어머니에게 내가 더 필요할 수도 있다고 나는 생각했다. 내가 어머니를 제대로 몰랐던 거지.

우리는 일 년 동안 서로 말도 안 하고 지냈다. 생일에 혹시 전화라도 오지 않을까 기대했었다. 엄마와 딸의 관계라는 게 태생적으로 끊을 수 없는 거 아닌가. 하지만 전화는 오지 않았다. 조녀선이 죽었을 때도 아무 연락 없었다. 혹시 장례식에는 참석하지 않을까 했지만, 아니었다. 시간과 장소를 알려주진 않았어도, 다른 사람한테 물어서라도 올지도 모른다고 생각했다. 그러길 바랐던 것도 같다.

그러던 중 한 달쯤 지났나. 난데없이 어머니가 이메일을 보내기 시작했다. 한 주에 한 통이나 두 통. 딱히 중요한 내용은 아니고 소소한 일상 소식, 어쩌다 문득 내가 생각났던 일들이 적혀 있었다. 번화가에 새 가구점이 생겼더라, 이 잡지 기사 읽어봐라, 네가 좋아할 영화 같아서 예고편을 보낸다.

결국 나도 답장하고 말았다. 그 영화 봤는데 지루하더라고. 그때부터 왠지 불편한 대화가 우리 사이에 오가기 시작했다. 당시 나는 어머니에게 화가 아주 많이 나 있었다. 미처 말하지 못한 것들이 너무 많았다. 나는 무심결에 그런 작은 진실과 작은 분노를 메시지와 대화에 담아 보내고 있었다. 저의가 가득 담긴 여담이라든지, 갑작스러운 로그아웃이라든지. 가끔 한참 후에 답장을 보내기도 했다. 그런 상처들을 후비는 것이 부풀어오르는 거대한 슬픔을 해결하는 것보다 쉬웠다.

나는 어머니가 싫었다. 정말 그랬다. 그러다가 어느 날, 더이상 어머니가 싫지 않았다. 어머니도 사랑하던 남자를 잃었다. 그 밖에도 너무 많은 걸 잃었다. 영혼과 기억을. 우리의 삶은 매우 다른 자리에 있었지만 둘 다 부러져 있었고, 그 삐죽삐죽한 날에서 우리는 뭔가 친숙함을 느꼈다. 이십 년 이상 서로를 이해하지 못하다가 마침내 공통점을 발견한 것이다.

결국 나도 우여곡절 많았던 어머니와의 기억들을 삭제할 수 있음을 깨달았다. 이 여성, 이 어머니가 그런 게 아니라고, 지금은 시간과 과거의 틈새에서 사라져버린 다른 사람이 그런 거라고.

"맞아요." 내가 마침내 말했다. "스탠리랑 조녀선은 완전히 다르죠."

"잘 헤어졌어." 어머니가 말했다. "안 그러냐?"

"그래요." 내가 대답했다.

나는 텔레비전을 켰다. 우리는 함께 뉴스를 시청했다. 십대 청소년이 칼에 찔린 모양이었다. CCTV 정지화면으로 가해자의 모습이 나왔는데, 화질이 너무 흐려서 잘 보이지 않았다. 불명예 실각한 정치인이 기자회견을 열었다. 사과는 없이 자기 행동을 합리화하기 바빴다. 젊은 어머니가 흐느끼고 있었다. 생활보조금이 끊겨, 일하려면 아이를 어린이집에 보내야 하는데 돈이 없고, 어린이집에 돈을 내려면 일해야 하는데 아이를 봐야 한다고 울먹였다. 우리는 충격을 받은 뒤 놀랍지도 않다 싶다가 슬퍼졌다. 우리의 표정도 동시에 바뀌었다.

마침내 진행자가 마무리 인사를 했다. 나는 코트와 핸드백을 챙겨 살금살금 복도로 나왔다. 어머니는 잠들었고, 텔레비전에서는 새로운 퀴즈 프로그램 오프닝 크레디트가 나직이 들려왔다.

네게 어머니 이야기를 해주는 이유는, 어머니가 이 이야기에서 하는 역할을 너도 아는 게 중요하기 때문이다. 나는 어머니를 정말 싫어했지만, 또한 용서했다. 그걸 기억해야 한다.

# 7장

그다음 금요일에는 마니와 찰스 집에 데려갈 애인이 없었지만, 나는 혼자 가는 경우도 많았고 내심 매주 몹시 기다렸다. 그런데 그날 오후, 마니가 전화해서 저녁 모임을 취소해야 할 것 같다고 말했다. 찰스가 주말에 코츠월즈에서 보낼 깜짝 계획을 세워놨더라고. 그녀는 차에서 전화하고 있었다. 다른 차들이 고속도로를 씽씽 달리는 소리가 들렸다. 문득, 주말 계획에 대해 그녀가 언제 알았는지 궁금해졌다. 적어도 몇 시간 전에는 들었을 텐데. 짐 쌀 시간도 필요했을 테고, 길가에 주차된 차들로 비좁고 갑갑한데다 몇 백 미터마다 정지신호를 받는 통에 체증이 심한 시내를 빠져나가는 데도 시간이 걸렸을 테니까. 더 일찍 전화할 수도 있었다.

"어디로 가는데?" 내가 물었다. 궁금하지도 않았는데 왜 물어봤는지는 모르겠지만.

"무슨 호텔이던데." 전화기가 그녀의 뺨에 닿아 바스락거렸다.

마니가 옆으로 고개를 돌리는 모습, 그리고 찰스가 평소대로 경로를 직접 결정하며 운전석에 앉아 있는 장면이 눈앞에 그려졌다. "호텔 이름이 뭐라 그랬지?" 그녀가 물었다.

그가 말하는 소리가 들렸다. 개별 단어는 안 들렸지만 뭐라고 웅얼웅얼하는데, 특유의 음색이 차의 금속성 실내장식에 반사되며 울렸다.

"기억이 안 난대." 마니가 말했다. "근데……" 다시 바스락. "구글에서 이제 두 시간 남았다고 하네."

나는 나란히 앉은 그들의 모습을 상상해보았다. 발밑에 신발을 아무렇게나 벗어던지고 좌석 위에 발을 올려 양 무릎을 세우고 앉아 있는 마니. 도톰한 스웨터 밑에 말끔한 셔츠를 받쳐 입은 찰스. 가을 날씨는 쌀쌀하니까. 또한 그런 날씨에도 반드시 창문을 내리고 팔꿈치를 창가에 걸친 채 운전해야 되는 남자니까.

"제인," 그가 소리쳤다. 그러더니 더 얌전하고 심지어 부드럽게 묻는 소리가 들렸다. "제인한테 내 말 들려?"

"잘 들려." 내가 말했다.

"말해." 마니가 대답했다. 나에게 말고 그에게. "잘 들린대."

"제인," 그가 다시 소리쳤다. "부탁 좀 해도 될까요? 이 아름다운 여자를 주말 동안 빌리려고요. 어떻게 생각해요?" 나는 소리를 죽이려고 엄지손가락으로 전화기 전면 스피커를 덮었다. 그가 말을 이었다. "그래줄 수 있어요? 딱 사십팔 시간만. 잘 버틸 수 있을 거예요."

마니가 소녀처럼 키득키득 웃었다. 나도 웃으면서 소리쳤다. "물론이죠. 다 가지세요." 달리 뭘 어떻게 할 수 있었겠나? 달리 뭐라고 할 말도 없지 않나? 나는 그 상황이 어떤 의미인지 알고 있었다.

"다음주에는 다시 볼 수 있지?" 마니가 말했다. "같은 시간에?"

"응." 내가 말했다. "같은 시간에."

"스탠리도 오는 거면 미리 알려줘." 그녀가 말했다.

"안 갈 거야." 내가 대답했다.

"아," 그녀가 말했다. "정말? 저런. 그렇구나." 마니는 마치 환상을 배반하는 현실에 자주 실망하는 낙천주의자처럼 놀랐다. 그녀는 늘 다음 남자가 내 운명의 남자이기를 바랐고, 그렇다고 간주해버렸다. 아니라는 증거가 산적해 있는데도 바보같이. 그녀는 그들을 내 구혼자늘이라 불렀는데, 그 구혼자들을 두 번 이상 만난 적은 한 번도 없었다. "그럼 다른 사람이 오게 되면 알려줘." 그녀가 말했다.

마니가 전화를 끊었다. 방금 전까지 그녀의 목소리가 있었던 자리에 침묵이 들어앉았다. 이제 무슨 일이 일어날지 나는 알고 있었다. 내가 그걸 두려워하고 있다는 것도 알고 있었다. 나는 심호흡을 하며 요란하게 숨을 들이마셨다. 가슴이 답답했기 때문이다. 갈비뼈가 흔들리고 목구멍에 공기가 자꾸 걸렸다.

약혼반지의 존재는 너도 이미 알고 있겠지. 반지는 아마 찰스의 침대 협탁 안에 한동안 그대로 놓여 있었을 것이다. 딱히 다른 데 있을 이유는 없었으니까. 하지만 그 순간 나는 반지가 도로 위를 달리고 있다고 확신했다. 재킷 주머니에 쏙 들어가서, 여행가방의 앞주머니에서, 아니면 그 미끈한 흰색 자동차의 앞좌석 사물함 속에서.

그날 밤 침대에 누워 그게 호텔방에 있는 탁자 서랍 속에 깊숙이 박혀 있는 모습을 상상해보았다. 완벽한 순간을 기다리면서. 빨간 벨벳 케이스 안에 고이 모셔져 있는 황금 링과, 그 위에 얹힌 세 개의 찬란한 백색 다이아몬드.

생각만 해도 싫었다. 마니가 찰스와 결혼할 거라는 생각만 해도 싫었다.

어린 시절, 마니와 그녀의 부모님과의 관계에는 껄끄러운 면이 있었다. 혈연이라기보다는 직장 동료 같은 느낌이랄까. 어머니와 아버지는 모두 의사로, 각자의 분야에서 성공한 사람들이었다. 그들은 항상 출장을 다녔다. 마니와 오빠 에릭은 집에 몇 주씩 둘만 남겨지곤 했다. 혼자 학교에 갈 수 있고 끼니를 챙겨 먹을 만한 나이가 된 이후로 줄곧 그랬다. 좋은 날—학부모의 날이라든지 학예회—에는 부모가 나타났지만, 그 밖에는 딱히 모습을 보이지 않았다. 나쁜 날, 보통날, 그러니까 인생을 구성하는 하루하루에는 그녀 곁에 아무도 없었다.

내가 나타나기 전까지는. 그게 내 역할이었다. 나는 그녀를 완전히, 조건 없이, 두말 않고 사랑했다.

찰스는 자기도 그 공간을 채울 수 있다고 생각했다. 잘못된 생각이었다. 술집을 가로질러 건너온 샴페인은 사심 없음이 아니라 허세였으니까. 비싼 아파트는 너그러움이 아니다. 절박하고 과한 거다. 호사스러운 반지는 헌신의 상징이 아니라 맹목적인 자신감의 상징이다. 찰스 같은 남자나 장착할 만한 오만이다.

내가 그 반지를 발견한 건 몇 달 전이었다.

그때 마니와 찰스는 일주일 동안 휴가를 갈 참이었다. 내 기억으로 세이셸 아니면 모리셔스로. 런던에는 폭염이 예보되어 있었다. 마니는 발코니에 있는 화분이 강렬한 햇살과 가문 날들을 칠 일이나 견딜 수 있을지 안달했다. 찰스는 그냥 식물인데 죽으면 새로 사라며, 유난 떨지 말라는 투였다.

나는 저녁을 먹으면서 그들이 옥신각신하는 걸 일부러 잠자코 듣고만 있었다. 그 말다툼이 내게 만족스럽지 않았다고 하면 거짓 말이리라. 나는 찰스가 마니를 이해하지 못하는 모습이 즐거웠지만, 끼어들어봤자 나한테 득 될 건 없었다. 그럼에도 찰스한테 그렇게 재수없게 굴지 말라고 쏘아주고 싶긴 했다. 마니한테 화분이 중요하면 당신한테도 중요한 거라고. 하지만 아무 말 하지 않았다.

다음날 아침 찰스가 내게 전화해서 자기들이 없는 동안 화분에 물 주러 들러줄 수 없겠느냐고 물었다.

나는 차가 없었다. 운전도 배우지 않았다. 우리집에서 그 집까지는 지하철로 보통 삼십 분은 걸렸다. 내겐 꽤 불편한 부탁이었다.

더 가까이 사는 친구들은 없었을까. 찰스의 동료라면 오래된 대저택 건물의 사치스러운 아파트에 살 만한 사람이 있을 법도 했다. 그들에겐 그런 친구들이 있었다. 분명 있었을 것이다. 하지만 찰스는 내게 부탁했다.

아마 내가 가장 절친한 친구라서.

물론 그건 아닐 테고.

내가 수락하리란 걸 아니까 내게 부탁했을 뿐이다. 마니도 친구가 많았고 찰스도 마찬가지였지만, 내가 효율적이고 믿을 만했다.

찰스는 여분의 열쇠를 수위에게 맡겨놓겠다고 했다. 월요일부터 금요일까지―토요일도 와주면 더 좋고―퇴근 후 잠시 들러주면 너무 고마울 것 같다고 말했다.

　월요일, 나는 여섯시 반에 퇴근했다. 종일 책상에 앉아 컴퓨터 화면을 들여다보면서, 성난 고객들에게 왜 지정한 시간에 택배가 가지 않았는지 일일이 설명하느라 피곤했다. 조녀선이 죽었을 때 나는 거의 십 주 가까이 일을 쉬었는데, 복귀했을 때는 가구 부서가 사라지고 없었다. 나는 전화 응대가 주업무인 고객서비스 부서로 이동되어 있었다. 회사는 중대한 공헌을 할 기회가 있으리라는 입장을 고수했지만, 내겐 강등처럼 느껴졌다.

　주말에는 전화 상담 서비스를 하지 않았기 때문에 항상 주초가 곤욕이었다. 월요일에는 토요일에 택배를 못 받은 사람들이 화가 머리끝까지 나 있었다. 정원에서 바비큐파티를 하려고 했는데 장비가 안 왔다. 아들 생일선물을 못 줬다. 코스튬 파티에 입을 의상이 안 왔다. 그들은 너무 답답한 나머지 이성을 잃은 상태라 분노 조절이 안 되었다. 대신 전화통에 대고 씩씩거리면서, 침 튀기고 욕하고 소리지르는 데 통화시간 대부분을 할애했다. 나는 그들을 달래고 안심시켰다. 오류를 시정하겠으며 보상금을 계정에 조금이나마 넣어준다고 약속했다.

　일곱시가 조금 넘어, 마니와 찰스의 아파트에 도착했다.

　"신분증 좀 볼 수 있을까요?" 내가 열쇠를 달라고 하자 수위가 말했다.

　"없는데요." 내가 대답했다. "근데 제러미," 그의 명찰을 보고 내가 말했다. "제가 여기 매주 오는 거 수년째 보셨잖아요. 저 아시잖아요. 저기 책상 위에 열쇠가 든 봉투가 있네요. 제인 블랙이라고 적힌. 제 이름인 거 아시면서."

"신분증 없습니까?" 그가 반복했다.

"죄송하지만, 지금은 없어요." 내가 대답했다.

나는 최대한 귀여운 미소를 지어 보였지만, 솔직히 그가 열쇠를 책상 반대편으로 밀어주었을 때 놀라긴 했다. 그는 나와 무슨 음모라도 꾸미는 것처럼 말했다. "우리끼리만 아는 걸로 합시다."

나는 엘리베이터를 타고 올라갔다. 문이 열리고 복도로 나오자 조명이 깜빡거리며 켜졌다. 마니와 나는 엘리베이터에서 내리면 파란 카펫이 깔린 복도가 나오는 아파트에서 일 년 동안 살았다. 내가 지금 살고 있는 곳도 분위기는 비슷했다(카펫 색깔은 회갈색이지만, 흙투성이에 닳아빠진 것은 똑같았다). 그러나 지금 이 건물은 확연히 달랐다. 올 때마다 나는 왠지 모를 열등감에 휩싸였다. 벽에는 액자를 입힌 미술작품들이 즐비했다. 각각의 그림 오른쪽 귀퉁이에는 작가 서명이 멋들어지게 들어가 있었다. 천장에는 미끈한 조명이 매달려 있었다. 쪽모이세공을 한 바닥은 두껍게 바니시가 발려 있어서, 조명 불빛을 환하게 반사했다. 다른 신발이 이 복도를 밟았다는 증거라고는, 두 대의 엘리베이터 문 앞에 난색이 약간 바랜 작은 흠집 몇 개뿐이었다.

나는 아파트 안으로 들어갔고, 바보 같게도 집안이 어두운 것에 찜찍 놀랐다. 금요일 저녁마다 초인종을 누르면, 마니가 달려와 웃으며 문을 열어주곤 했으니까. 그러고는 후다닥 주방으로 다시 달려가 하고 있던 요리를 젓거나, 간하거나, 흔들어 섞었다. 보통 조리대 위에는 카메라가 설치된 채, 그녀가 최근에 새로 개발한 요리를 준비하는 모습을 찍고 있었다. 그녀가 잠시 자리를 비우는 모습―그러니까 나의 도착―도 그녀의 칼럼이나 레시피, 동영상에 주기적으로 등장했다.

난 항상 마니와 밖에 나가서 저녁을 먹고 싶었다. 다시 둘만의 시간을 보내고 싶었다. 하지만 그녀는 자신이 주방에 있어야 한다고 고집했다. 그게 그녀가 담보대출의 절반을 갚는 방식이라고. 찰스는 자기가 소유할 수 있는 작은 여자, 작은 아내를 간절히 원했다. 그러나 마니는 그런 모습의 자신을 원하지 않았고, 나도 그녀가 그렇게 되길 바라지 않았다.

현관으로 들어서면 그녀의 말소리가 들렸다. "마침 원하던 때에 제인이 와주었네요."

나는 현관문을 조심스럽게 닫고 그대로 멈춰 서서 그녀의 말을 계속 들었다.

"잠깐 자리를 비워도 아무것도 넘치거나 타지 않을, 딱 좋은 타이밍이었거든요. 보세요, 프라이팬도 그을지 않았고 소스도 걸쭉해지지 않았어요."

잠시 그녀가 주방에서 달그락거리는 소리가 들렸다. 스푼으로 냄비를 젓고, 프라이팬에서 기름이 튀고, 서랍과 찬장이 열렸다 닫혔다 하는 앙상블. 마침내 내가 기다리고 있던 말이 들려왔다. 내용은 늘 같았다.

"여러분, 제가 항상 하는 말 아시죠? 제인은 저한테 가족이나 다름없어요. 지금 저쪽에서 코트 걸고 신발 벗고 있는데요. 이제 곧 마실 것을 마음껏 가져가거나 와인을 따겠지요. '미 카사 에스 수 카사'*라는 말이 있잖아요. 여러분의 손님이 까다로운 분이라면, 도착

---

* mi casa es su casa. '나의 집이 곧 당신 집이다'라는 뜻의 스페인어.

시간을 다음 단계가 끝날 즈음으로 정하시길 추천드려요. 그러면 충분히 시간을 낼 수 있고, 최상의 호스트가 될 수 있을 테니까요."

그때도 나는 복도에 혼자 있었지만, 느낌은 너무 달랐다. 일단 불이 켜져 있었다. 불빛은 정말이지 어디에나 있어서, 머리 위에는 전구가 달려 있고 모서리마다 테이블램프가 은은하게 빛났다. 라디에이터 커버, 벽난로선반, 커피테이블 위에서는 향초가 산들거렸다. 혼자 말하거나 시청자에게, 계속 늘어나는 팔로워에게 말하는 마니의 목소리를 항상 들을 수 있었다. 오븐이 윙윙거리며 돌아갔고, 발코니로 이어지는 프렌치윈도가 늘 열려 있어 바람이 휘파람소리를 내며 드나들었다. 아래 도로에서는 차들이 부릉거리고 운전자들이 경적을 울렸다.

하지만 이날 밤은 빛도 없고 향도 없이 고요했다.

걸리적대는 존재가 없다는 느낌은 마음에 들었다. 집은 주인도 없이 텅 빈 느낌이었다.

물뿌리개를 한참 찾았다(화장실 세면대 밑에 있었다). 발코니 열쇠가 안 보였다(서랍 안 티스푼 옆에 있었다). 겨우 발코니로 나왔을 때는 밖이 이미 어둑했다. 식물 잎사귀 사이에 거미줄이 걸려 있었다. 줄기에서 시작해 철제 난간까지 펼쳐진 거미줄이 저녁 어스름에 만들거렸다. 그 한중간에 작은 갈색 거미가 뚜렷이 보였다. 나는 그 위로 주둥이를 기울이고 물줄기를 내려보냈다. 거미와 거미줄까지 모두 다 쓸려내려가 바닥으로 굴러떨어지는 모습을 지켜보았다.

집에 돌아왔을 때는 거의 아홉시였다.

다음날 아침, 작은 여행가방에 일주일을 버틸 만한 충분한 옷과 세면도구를 챙겼다. 침구까지 준비했다. 그들은 매일 삼십 분쯤 머물며 화분에 물 줄 사람, 즉 방문객, 손님을 원했다. 대신 나는 일종의 하숙인이 되었다.

그들이 알게 되어도 크게 신경쓸 것 같진 않았지만, 어쨌든 말하지는 않을 작정이었다.

저녁에 다시 아파트에 도착해 깜깜한 현관에 섰다. 이제 여기가 내 집이다. 딱 일주일 동안이지만, 그래도 내 집은 내 집. 나는 모든 불을 켰다. 마니가 좋아하는 방식 그대로. 그들의 침대에 내 시트를 깔고 내 베갯잇을 씌웠다. 가져온 음식을 풀어 그들의 냉장고와 찬장에 넣었다. 라디오를 켜고 책장을 살펴보았다. 마니 책과 찰스 책은 구분하기 쉬웠다. 그의 책은 대부분 어두운 책등에 금색의 볼드체 제목. 그녀의 책은 분홍과 노랑이 주를 이루는 파스텔톤에 복잡한 손글씨체 제목.

나는 매일 저녁 퇴근하고 돌아와 그들의 소파 틈새에, 욕실 타일 벽을 타고 올라가는 얇은 막을 이룬 때에, 유리잔 본래의 청량감을 앗아가고 있는 립밤 자국에 나를 밀어넣었다.

남의 집에 혼자 있기는 매우 이상하면서도 오히려 편한 구석도 있다. 그들이 몇 시간 떨어진 곳에, 심지어 대륙을 건너 지구 반대편에 있는데도 그 존재가 뚜렷이 느껴졌다. 처음으로 커플로서의 그들의 진짜 모습을 만나는 느낌이랄까. 나는 어느새 수납장을 뒤적거리고 있었다. 그들이 제일 좋아하는 허브와 아직 뚜껑의 은박포장이 그대로인 허브들도 제자리에 잘 있는지 보고 싶었다. 서랍을 열어보았을 땐, 마니가 굳이 커플 속옷을 맞춰 입는 여자가 되었다는 데 흠칫 놀랐다. 약장에서는 진통제, 기침약, 베이지색 반

창고, 아직 플라스틱 포장재를 뜯지 않은 체온계가 줄줄이 나왔다. 마치 이전보다 그들을 더 잘 알게 된 기분이었다.

마니의 침대 협탁 속에는 크게 중요해 보이지 않는 자잘한 물건들이 가득했다. 티슈 팩, 화장품 샘플, 잉크가 다 떨어진 펜, 지난 생일카드, 빈 알약 포장재, 낡은 선글라스, 대학 때 같이 갔던 그리스 여행에서 산 끈 팔찌. 찰스의 협탁 속에는 잡지 세 권, 책갈피 두 개, USB 네 개, 친구 결혼식 때 찍은 폴라로이드 사진 몇 장이 들어 있었다. 마니가 나온 사진에서, 그녀는 나와 함께 골랐던 푸른 실크 드레스를 입고 있었다. 그리고 맨 구석에 놓인, 갈색 종이 가방에 든 빨간 벨벳 케이스.

그렇게 나는 알게 되었다. 즉, 준비할 시간은 있었다는 얘기다.


일요일 오후였다. 아직 침대에 누워 있는데, 마니에게서 두번째 전화가 왔다. 핸드폰을 얼굴 위로 들어올렸다. 대문자로 적힌 그녀의 이름이 사진과 함께 떠 있었다. 사진 속의 그녀는 주방에서 앞치마 끈을 허리에 조이고, 머리를 뒤로 넘겨 묶은 모습이었다. 이 년 전 내가 스마트폰을 처음 샀을 때 찍은 사진이었다.

나는 숨을 깊게 한 번 들이마신 뒤 전화를 받았다.

"제인?" 마니가 외쳤다. "세인, 잘 들려?" 목소리는 흥분으로 격하게 들떠 있었다.

"응, 잘 들려." 내가 말했다. "뭔데? 무슨 일이야?"

무슨 일인지 알고 있었고 딱히 새삼스러울 것도 없었지만, 어쨌든 우리는 그 난리 블루스 속으로 걸어들어갔다.

"찰스가 프러포즈했어." 마니가 꺅 소리를 질렀다. "나한테 결혼해달라고 했다고." 그녀는 말하는 속도와 볼륨 조절이 전혀 안 되는 것 같았다. "반지 사진 보내줄게." 손가락으로 전화기를 두드리는 소리가 났다. 그녀가 다시 폰을 뺨에 갖다댔다. "갔어?" 그녀가 물었다.

전화기가 귓가에서 진동했다. 물론 어떤 사진이 나타날지는 알고 있었다. 그녀를 아주 구체적인 미래로 데려갈 반지가 하얀 피부에 안착해서, 손가락에 꼭 맞게 끼워져 있는 걸 볼 준비가 나는 아직 안 되어 있었다.

"아니, 아직." 내가 대답했다. "곧 오겠지."

보긴 하겠지만 나중에. 먼저 와인 한 병을 냉장고에 넣고, 집을 좀 정리하고, 산책을 갈 것이다. 몇 시간 후 밖이 조용하고 어둑해지면, 메시지를 열어 사진을 볼 생각이었다.

"올 거지? 응?" 마니가 물었다. "넌 당연히 와야지. 결혼식 말이야. 해외에서 할지도 모르겠어. 확실한 건 아니고. 드레스 같이 보러 갈 거지?"

"당연하지." 대답이 충분히 호들갑스럽게 들렸다는 확신이 안 들었다. "당연하지." 나는 다시 말했다. 같은 말을 아무 생각 없이 반복하면 신났다고 착각할 수도 있지 않을까. 사실 속이 메슥거렸다.

"네가 내 들러리 해줘." 그녀가 말했다. "그래줄 거지?"

"응." 내가 대답했다. "물론이야."

"좋았어. 이제 끊어야겠다. 지금 집에 가는 중이야. 아직 전화할 데가 몇 군데 남아서. 근데, 아, 제인, 진짜 너무 엄청나지 않아? 정말 꿈인지 생신지 모르겠어. 정말로. 사진 도착하면 알려줄래? 아니면 내가 다시 보내도 되는데. 정말 그건 꼭 봐야 돼. 너무 특별하거든. 너도 좋아할걸. 아니래도 좋아한다고 말해줘. 하지만 틀림없어. 너도 반해버릴 거야. 에구, 나 지금 횡설수설하는 거니. 찰스가 눈치 준다—알겠어, 알았다고, 조금만 기다려—그럼 다음에 또 통화하자. 별일 없으면 금요일에 봐—알았어, 금방 끊을게—안녕!"

그녀가 전화를 끊었다.

# 8장

그날 밤 나는 일찍 잠자리에 들었다. 베개에 등을 대고, 전화기 화면에 불러온 사진을 물끄러미 바라보았다. 플란넬 파자마 안에서 땀이 바작바작 흘렀다. 마니의 손이었다. 황금 링이 네번째 손가락을 단정하게 감싸고 있었다. 아름다운 반지였다. 하지만 나는 그 반지가 밧줄로 된 올가미로 변신해 사람을 질식시키는 환영을 떨칠 수 없었다. 시작이 아니라 끝이라는 환영. 손은 누가 봐도 마니의 손이었지만—늘씬하고 우아한 손가락과 깔끔하게 매니큐어가 칠해진 손톱—그 손은 왠지 그녀로부터 분리된, 독립된 존재 같았다.

나는 새벽 두시 십분에 불현듯 잠에서 깼다. 오한이 들고 땀범벅이 되어, 중요한 무언가를 잊고 있었다는 확고한 깨우침과 함께. 문득 마니가 또다시 차에서 전화했다는 사실을 깨달았다. 첫번째 전화만 그랬던 게 아니라, 두번째도 또. 똑같이 차 지나가는 소리가 들렸다. 차바퀴가 고속으로 달릴 때의 진동이 느껴졌다. 그리고 그녀도 말했잖은가, 이동중이라고. 집에 가는 중이라고.

찰스가 차 안에서 프러포즈했을 리는 없었다. 그럴 리는 절대로 없다. 그건 그의 스타일이 아니다. 그는 꽃과 샴페인과 바이올리니스트와 아마 달빛까지 동원하고도 남을 사람이었다. 그녀가 내게 더 일찍 전화하지 않았다는 사실이 놀라웠다.

열여섯 살 때, 마니는 토머스라는 남자애와 사랑에 빠졌다. 그는 열일곱 살에 키가 193센티미터인 주 대표 럭비선수였다. 그녀는 그의 깎아놓은 듯한 턱과 탄탄한 복근과 넓은 어깨와 튼실한 팔을 사랑했다. 나는 그의 기괴하게 넓은 이마에서 시선을 떼지 못하곤 했다. 하지만 아주 매력적인 사람임은 틀림없었다. 매너 좋고 카리스마 있고 약간 삐딱하게 웃으면 다 되는 줄 아는 남자들에게 잘 안 넘어가는 나도 인정하는 바였다.

난 그를 증오하진 않았지만, 증오했어야 했다. 그를 죽이진 않았지만, 차라리 죽였으면 좋았을 뻔했다.

그만. 그렇게 보지 마.

비난의 눈초리를 거두고 이야기나 잘 들어.

나는 그들이 연애하는 방식이 마음에 들었다. 그는 명문대에 스포츠 장학금으로 진학하기를 희망하고 있었다. 따라서 대부분의 시간을 훈련과 경기로 보냈다. 사실 평일 저녁에는 대부분 훈련이, 주말에는 경기가 있었다. 그들은 서로 자주 보지 못했기 때문에, 로맨스는 주로 복도에서 주고받는 쪽지나 문자메시지나 학생식당에서 교환하는 윙크로 꽃을 피웠다.

뜨거운 아침과 길고 습한 저녁과 함께 여름이 찾아왔다. 어느 점심시간, 마니가 무심코 소매를 걷어올렸을 때에야 나는 그녀가 아직 긴팔 운동복을 입고 있다는 것을 알아차렸다. 그녀의 팔꿈치 위에 똑같은 멍자국 네 개가 나 있었다. 그것들을 빤히 응시하고 있는 날 향해, 그녀는 침대 모서리에 부딪혔다는 둥 말도 안 되는 소리를 둘러댔다.

내가 어떻게 그걸 놓쳤을 수가 있을까. 그녀는 언젠가부터 전화기를 가지고 비밀스럽게 굴었다. 한때는 문자가 오면 내게 큰 소리로 읽어주며 답장도 함께 썼는데 말이다. 그녀가 툭하면 신경질 내고 쏴붙이고 안절부절못하면서 깜짝깜짝 놀라는데도, 나는 알아채지 못했던 것이다.

무슨 일인지 감이 왔다. 내가 멈출 수 있었다.

마니의 집 뒤뜰로 가면 2층에 있는 그녀의 방 창문이 나왔다. 그 밑으로 등나무 넝쿨이 엉킨 격자무늬 시렁이 놓여 있었다. 나는 그걸 타고 올라갔다. 그녀의 옷장을 열었다. 안으로 들어가 폭신한 옷더미 위에 책상다리를 하고 앉았다.

기다렸다.

그날 오후에는 토머스의 럭비 경기가 있었고 그녀는 경기를 보러 갔다. 경기가 끝나면 둘이 같이 여기로 올 것이다. 오늘은 부모님이 오빠 연주회에 가 있었으니까. 당시 우리 나이에 빈집이란 그냥 지나치기에는 너무 유혹적이었다.

열쇠로 문 따는 소리가 들렸다. 이어 현관에 있는 두 사람 목소리, 주방 수도꼭지를 틀고, 찬장이 열리고, 대리석 조리대에 유리컵이 짤강 놓이는 소리가 났다. 계단을 올라오는 발소리, 카펫을 밀어 펴는 방문, 침대 매트리스 스프링 소리가 들렸다.

나는 주머니에서 휴대전화를 꺼냈다. 녹음 기능을 켜고, 빛이 새어 들어오고 있는 문틈에 갖다댔다. 아직도 난 그 녹음파일을 갖고 있다.

"우리 그냥……" 그녀가 말한다. "오늘 안 하면 안 될까?"

"아, 왜 이래." 그가 대답한다.

"난 싫은데." 그녀가 말한다. "진심으로. 우리……"

"네가 그랬잖아." 그가 말한다. "네가 저번에 '오늘'이라고 그랬잖아. 근데 뭐? 그새 마음이 바뀌었어?"

"다음에." 그녀가 말한다. "약속할게. 우리 부모님 말이야. 언제 오실지 몰라."

"너 다른 놈이랑 하고 다니냐? 그래?" 그가 뜬금없이 말한다.

"아니야." 그녀가 대답한다. "진짜야. 아니야."

"이 걸레 같은 년아, 넌 그런 년이야."

"아니라니까! 아니야. 진짜라고." 그녀가 말한다. "다른 만나는 사람 없어. 맹세해."

"너 내가 원하면 당장 할 수 있는 거 알지? 응? 알아, 몰라?"

"제발, 톰. 오늘은……"

"난 하고 싶은 건 하는 놈이야. 몰라?"

"그만해." 그녀가 말한다. "왜 이래. 협박하지 마."

"이게 협박인 거 같냐? 이런 건 시발 약속이라고 부르는 거야."

그녀가 울기 시작한다.

"다음주에 우리집에 부모님 안 계신다." 그가 말한다. 그가 일어서자 매트리스가 끼익한다. 방문을 열자 카펫 표면이 목재 문의 무게에 쓸리는 소리가 난다. 그가 방을 나간다.

나는 녹음을 중단하고 계속 옷장 안에 웅크리고 그대로 있었다.

몇 분 후 마니가 화장실에 갔다. 나는 다시 슬금슬금 창문을 넘어 넝쿨 시렁을 타고 내려왔다. 녹음파일은 익명의 주소로 된 이메일에 첨부해서 그의 럭비 코치에게 보냈다. 토머스는 팀에서 조용히 제명되었다. 그는 마니에게 험한 문자를 몇 개 보냈고 우리는 그것을 함께 읽었다. 그 이후로 그녀는 그를 다시는 만나지 않았다. 그녀는 나에게 무술 몇 가지를 섞어 가르치는 호신술 강습을 같이 듣자고 했다. 내 행동이 우리를 더 단단하고, 강하고, 덜 취약하게 만들어주었다는 사실이 보람되었고, 그건 지금도 마찬가지다.

마니는 아마 녹음을 하고 이메일을 보낸 사람이 나였다는 걸 알고 있었을 것이다. 하지만 아무 말도 하지 않았다. 내가 선을 넘었다고 여겼으면, 분명 말을 했을 것이다. 그녀는 그후로 몇 달 동안 가끔씩 할말이 있는 듯 나를 쳐다보곤 했지만, 바로 마음을 바꾸어 입을 다물었다.

지금도 난, 그녀가 알고 있었길 바란다. 우리의 뿌리가 서로에게 너무 단단히 들러붙어 있어서 절대 떼어놓을 수 없다는 사실을 그때 그녀가 깨달았기를 바란다. 가장 단단하게 들러붙은 곳에서 더 두껍고 거친 껍질이 벗겨져 살과 살이 맞닿았음을, 그때 우린 무슨 일이 있어도 '언제나'와 '영원히'에 헌신적이었음을 알았기를 바란다.

결혼식 날짜는 찰스의 프러포즈가 있고 구 개월 후인 8월 첫번째 토요일로 결정되었다. 약혼으로 뭔가 달라지지 않을까 했지만,

다행히 규칙적인 일상은 계속되었다. 시간은 평탄히 흘러갔다. 마니와 나는 규칙적으로, 어떤 때는 일주일에 몇 번씩 연락했다. 우리는 여전히 금요일마다 저녁을 함께했다. 종종 대화가 결혼식 꽃장식 같은 주제로 흘러가긴 했지만 더 최악도 예상했었기에 견딜 만했다. 나는 우리 관계가 여전히 예전과 같아서 마음이 놓였다.

미혼으로 보내는 마지막 금요일 저녁, 마니와 나는 바닥에 앉아 설탕아몬드가 든 작은 상자에 은색 이름표를 달았다. 지난 몇 주간 목록에 있던 할일들을 많이 해치웠고, 이제 마지막 세부적인 일들, 마무리만 하면 되는 단순노동만 남겨진 상태였다.

"찰스 어머니는 언제 도착하셔?" 내가 물었다. "이 집에 계실 거래?" 얇은 은색 줄을 작은 구멍에 통과시키기가 여간 힘든 게 아니었다. 이렇게 섬세하고 디테일하게 해야 하는 일은 내 적성과 거리가 멀었다.

"아일린?" 마니가 말했다. "아, 나도 모르겠네. 아니지 싶긴 한데…… 다른 데는 마땅한 곳이 없을 텐데. 잠깐만." 그녀가 주방으로 가서 노트북을 가져왔다. 소파에 앉아 화면을 열었다. "나도 모르겠어." 그녀가 다시 말했다. "여기 안 계시면 좋겠는데. 침대도 정리해야 되고 여러 가지로 좀."

"내가 도와줄 수 있어." 내가 말했다. 우리는 그다음 작업으로 넘어갔다. 메뉴판마다 위에 구멍을 뚫고 리본을 감아 나비 모양으로 묶어야 했다.

찰스가 한 시간 후쯤 도착했다. 거의 아홉시가 다 되었을 것이다. 기분이 별로 안 좋은 듯했다. 그는 문을 쾅 닫고 들어와서, 마룻바닥에 서류가방을 탁 내려놓고, 툴툴거리면서 계단 난간에 재킷을 걸쳤다.

"좀 가보고 올게." 마니가 속삭였다.

마니의 목소리가 현관에서 들려왔다. 그녀는 부드럽고 쾌활하게 속닥거렸다. 나름의 곡조가 있어서 마치 노래 같았다. 그의 대답은 짧고 날카롭고 무뚝뚝했다. 처음에는 그냥 오늘 하루 이야기를 하면서 화를 푸는 줄 알았는데, 그녀의 목소리도 변하기 시작하면서 기복을 이루었다. 이제는 그녀가 그를 달래는 게 아니라, 그가 그녀에게 짜증을 내고 있었다.

"나 말 그대로 방금 이 문 열고 들어왔잖아." 그의 목소리가 높아졌다. 말하는 투가 어찌나 당당하게 남자다우신지. "근데 다짜고짜 결혼식 얘기부터 하면 어떡해. 그리고 난 모르겠다고, 마니. 결혼식 관련 일은 난 아무것도 모른다고."

"어머니에 대해 물어본 거잖아." 그녀가 말했다. "당신 어머니."

"내가 다 알아서 하고 있어."

"좌석배치 명단에 계셔서 그래."

"왜 우리 어머니가 명단에 있는데?" 그가 대답했다.

"당신 어머니니까." 마니가 굴하지 않고 말했다. 그러더니 다시 소리를 죽이고 다정한 목소리로 물었다. "어머니 오시는 거야? 못 뵌 지도 오래됐고……"

"나 샤워할래." 그가 계단을 쿵쿵거리며 올라갔다. 그녀는 한숨을 쉬더니 주방으로 향했다. 수돗물 흐르는 소리가 났다. 인덕션이 딸깍거렸다. 그녀가 카메라에 대고 말하기 시작했다. 다시 멜로디처럼 흐르는 목소리. 나는 계속 자르고, 꿰고, 리본을 묶고, 완성된 메뉴판들을 상자 안에 차곡차곡 쌓았다.

십 분쯤 뒤에 찰스가 청바지 차림에 젖은 머리로 거실로 나와, 내 뒤에 있는 소파에 축 늘어졌다. 그는 거대했다. 180센티미터가 넘는 키에 어깨도 떡 벌어졌다. 단지 세 보이려고 몸 키우는 남자들 같은 체격이었다.

"초대 안 했죠?" 손가락 사이로 리본 길이를 재면서 내가 말했다.

"뭐라고요?" 그가 말했다.

"거짓말하지 말고요." 내가 말했다. "초대 안 했잖아요."

나한테 털어놓기 싫었을 것이다. 피할 수 있었으면 피했겠지만, 망설이고 있는 것부터가 진실의 폭로나 다름없었다. "안 오셨으면 해서 그래요. 됐어요?" 그가 말했다.

"이해해요." 내가 말했다. 그리고 정말 이해했다. "나도 내 결혼식에 부모님 초대 안 했거든요."

"그러니까요." 그가 말했다.

그가 자기 부모와 우리 부모가 비슷한 사람들이고, 우리도 비슷하다고 오해했는지도 모르겠다. 전혀 그렇지 않은데.

"아프셔서 그래요." 그가 말을 이었다. "결혼식 날에 내가 그걸 감당할 자신이 없어요. 어머니가 오시면 관심이 다 그쪽으로 쏠릴 거예요. 사람들이 환자 앞에서 어떻게 구는지 알면 놀랄걸요. 어머니랑 외출하면 하나같이 빌어먹을 가발이나 구역질이나 암환자 식단 얘기나 해대는데. 같잖아서. 어머니는 그걸 또 좋아해요. 관심받는 걸. 목적의식을 주나봐. 이 병이 생긴 것도 이유가 있다, 뭐 그런. 어쨌든 안 오시는 게 나아요."

"하지만 어머니잖아요." 내가 대답했다.

"네?" 그는 이미 주머니에서 휴대전화를 꺼냈고, 다른 데 있는 다른 사람에게 정신이 팔려 있었다.

"아프다고 초대를 안 할 수는 없어요." 내가 말했다. "어머니도 알고 계세요?"

"아마도." 그는 전혀 난처한 눈치가 아니었다. "누나가 아마 말했을 거예요."

"실망하지 않으셨어요?"

"그걸 내가 어떻게 알아요." 그가 말했다. "물어본 적도 없는데. 그렇게 가까운 사이 아니에요."

"잔인하네요." 내가 말했다.

그가 사이드테이블에 전화기를 내려놓고, 젖은 머리를 손가락으로 쓸어넘겼다. "그런 말 할 자격은 없지 않나." 그가 손을 쿠션에 문질러 닦았다. "본인 부모님도 초대 안 했으면서. 그리고 내 결혼식입니다. 내가 결정합니다. 난 아픈 사람들 안 좋아해요."

"뭘 안 좋아한다고?" 마니가 물었다. 파란색과 흰색의 세라믹 접시와 은식기를 한아름 안고 들어오다가 말끝만 들은 것이다.

"어머니 초대 안 했어." 그가 말했다.

"아프시대." 내가 말했다.

"뭐라고?" 마니가 되물었다. 그녀는 먼저 나이프를, 그다음 포크를 내려놓았다. "아프셔서? 그러면 더더욱 초대를 해야지."

"내 말이." 내가 말했다.

"아니." 그가 말했다. 그는 아까 현관에서처럼 화가 나진 않았지만 어조는 단호하고 완강했다. "내가 결정해. 난 어머니가 안 오시면 좋겠어. 난 아픈 사람들 싫어."

"내가 아프면 어떡해?" 마니가 접시를 각자의 자리에 놓으며 물었다.

"그건 다르지." 그가 말했다.

마니가 나를 쳐다보며 한쪽 눈썹을 치켜올렸다. 그렇게 다른 문제가 아니라는 말없는 대화가 우리 사이에 오갔다. 하지만 나는 찰스의 그런 마음가짐에 충격을 받은 반면, 마니는 그냥 좀 답답한 듯 보였다. 좌석배치 명단은 수정되어야 할 운명이었다.

"그 말이 사실이라 치고, 이 대화는 없었던 걸로 하겠어." 그녀가 무심히 말했다. "그게 최선인 것 같아." 마니는 주방으로 돌아갔다. 찰스는 텔레비전을 켰다. 나는 메뉴판 작업을 끝마쳤다. 우리는 정말 아무 일도 없었다는 듯이 식탁에 앉았다.

하지만 이 이상한 대화는 내 안에 두고두고 남았다. 그가 마니에게 충분한 남자가 아니며, 앞으로도 그럴 리 없고, 그럴 수도 없다는 점을 명확히 보여주었기 때문이다. 결혼하려는 여자에게 모자라는 남자라는 걸 스스로 목청 높여 재확인해준, 언제든 곱씹을 수 있는 실체적 순간이었다.

나는 우쭐해졌다.

이러는 게 나쁜가?

그가 정말이지 혐오스러운 인간임을, 내 경멸이 근거 없거나 부당한 게 아니라 합리적이고 합당했음을 확인해준 것이나 마찬가지인데. 게다가 이전에는 군이 말로 표현하기 꺼끄러웠던 부분을 증명해주었다. 내가 진짜로 그보다 나은 사람이라는 사실을. 나는 나를 필요로 하는 사람들을 돌봤다. 그게 사랑과 의무와 가족이라는 계약의 일부라고 생각했다.

그는 무슨 일이 있어도 헌신적인 사람이 아니었다. 절대로.

# 9장

  그날은 결국 오고야 말았다. 8월 첫번째 토요일. 일기예보가 좋지 못했는데, 날씨는 예상외로 온화했다. 하늘도 예상외로 맑았다. 학교, 대학, 직장 같은 인생의 모든 길목에서 만난 수백 명의 하객이 모여들었다. 몇몇은 처음 보는 얼굴들이었다―사촌의 파트너들, 부모의 친구들, 아무 이유 없이 악쓰며 울다가 키득거리는 새로 태어난 아기들. 세계 곳곳에서 윈저로 날아왔다. 찰스의 누나 부부가 뉴욕에서 이른아침 도착했다. 그의 숙모와 삼촌도 남아공에서 일 년 동안의 안식년을 보내고 있는 와중에 날아왔다. 뉴질랜드에서 잘나가는 마니 오빠 에릭도 귀국해 결혼을 축하했다.

  너는 거짓말이라고 생각하겠지만, 진실을 약속했으니까 진실을 말해주겠다. 이날은 내 인생 최고의 날이었다. 마니와 나는 그녀의 본가에서 아침을 함께 보냈다. 파자마 바람으로 토스트에 잼을 발라 먹었다. 그녀가 목욕하는 동안, 나는 그 옆 타일 위에 다리를 뻗고 앉았다. 우리는 학교 복도의 가늘고 긴 줄에 서 있다가 어떻게 처음 만났는지, 이 순간에 이르기까지 얼마나 다양한 줄이 당겨졌다 놓였다 했는지 이야기했다.

나는 마니가 결혼하는 모습을 지켜보았다. 그녀는 사랑하지만 나는 혐오하는 남자와. 생각만큼 끔찍하진 않았달까. 나는 오로지 그녀만 바라봤다. 뒤통수에 빨강머리가 동그랗게 말린 모양, 다이아몬드 목걸이, 순백의 드레스, 기다란 레이스 베일에 흠뻑 도취되었다. 그녀의 기쁨을 나도 즐겼다. 그녀 인생의 이런 중요한 순간을 함께할 수 있어 자랑스러웠다. 많이 먹었다. 많이 마셨다. 발이 물집투성이가 되고 욱신욱신할 때까지 춤췄다. 기분은 여전히 근사했다.

찰스의 축사는 진심으로 매력적이었다. 거북하리라 예상했었는데. 자신의 사랑이 견줄 데가 없고, 자신의 애착이 얼마나 강렬하며, 그 결혼이 그들의 결속을 어떻게 다져줄지에 대해 늘어놓을 줄 알았지만, 아니었다. 그의 축사는 그렇지 않았다. 그는 그토록 야무지고 창의적이며 두려움 없는 사람은 처음이었다고 말했다. 그녀를 본 순간 알았다고. 그녀는 다른 사람과 달랐고 특별했다고 말했다. 나도 정말 그렇다고 생각하는 점들이었다. 나도 모르게 고개가 끄덕여졌다.

나는 자정이 넘어서야 주저앉았다. 하객들 대부분이 돌아갔고, 밴드는 악기를 주섬주섬 챙겼다. 신부 들러리 둘이 만취한 하객들을 집으로 보내는 택시에 밀어넣고 있었다. 케이터링업체 직원들이 남은 와인병과 맥주병을 상자에 집어넣었다. 예식장 관리자는 식당에서 의자를 쌓아올렸다. 온실 문이 열려 있었다. 그곳 공기는 아직 훈훈하고 꽃가루 냄새가 신선했다. 꼬마전구가 머리 위에서 깜박였다. 취하긴 취했는지, 불빛들이 눈앞에서 어른거리며 유리구 장식 위에서 번지더니 노랑이 밤의 검정 속으로 배어들었다.

찰스가 내 옆에 앉아, 오늘 하루 내 공이 크다고 고맙다고 말했다. 정확히 그렇게 말했는데, 거의 진심처럼 느껴질 뻔했다. 그의 조끼가 풀어헤쳐져 어깨에서 흘러내려와 있었다. 군청색 나비넥타이는 어딘가로 사라지고 없었다. 우리는 댄스플로어를 떠다니는 마니를 바라보았다. 하루 동안 묻은 흙먼지가 하얀 실크를 더럽혀, 드레스 밑단은 거의 검은색이었다. 볼은 분홍으로 물들었고, 구불구불한 머리칼이 머리핀에서 빠져나와 얼굴에 늘어져 땀으로 축축했다.

"굉장한 여자죠?" 찰스가 말했다.

나는 고개를 끄덕였다.

시간이 흐를수록 기억의 날은 무뎌진다. 이다음에 일어났던 일이 정말로 일어났었는지, 지금은 나도 잘 모르겠다. 내 증오가 만들어낸 허구였는지도, 너무 많이 마신 샴페인과 너무 큰 분노가 낳은 환영이었는지도 모른다. 하지만 아니라고 생각한다.

찰스가 몸을 뒤로 젖히더니 온실 유리벽에 몸을 기대고 양손을 머리 뒤로 얹고는 숨을 크게 내쉬었다.

"정말 굉장한 여자예요." 그가 다시 말했다.

그가 두 팔을 내렸다. 한쪽 팔이 내 머리 뒤로 떨어지면서, 스르르 목 뒤쪽을 스쳤다. 그가 나를 자기 쪽으로 끌어당기더니 내 이마에 키스했다. 그의 입술은 침이 가득 발려 축축했다. 그가 입술을 뗐을 때, 피부에 남은 수분기가 급격히 차가워졌다.

"우린 운이 좋은 커플이에요." 그가 말했다.

혀 꼬부라진 말투였다. 나도 확실히 많이 마셨지만, 그는 도를 넘어서 다른 사람이 돼 있었고 그렇게 헐렁해진 모습은 처음 보았다. 그의 왼손이 내 겨드랑이를 지나 어깨를 타고 쇄골에 다다랐다. 나는 숨을 참았다. 갈비뼈를 고정시켰다. 숨을 들이마시고 싶지 않았다. 그러면 가슴이 확장되어 강제로 내 가슴팍이 그의 손바닥에 닿아버릴 테니까. 그의 손은 거기 그렇게 걸려 있었다. 내 가슴에서 단지 몇 센티미터 떨어져서 나를 벤치에 속박시켰다. 조금이라도 움직이면 나 스스로 그의 손에 닿게 되고, 그가 나를 만지게 만들어, 내가 나 자신을 추행하게 돼버리는 꼴이었다.

그가 웃었다. 천하고 추하게 배시시.

"오, 제인." 그의 손가락 끄트머리가 내 노란 실크 들러리 드레스 위로 젖꼭지를 스쳤다. 나는 턱을 내렸다. 가슴께를 내려다보고 싶은 충동에 질식할 것 같았다. 그가 그대로 손바닥을 내 가슴에 대고 꾹 눌렀다. 손을 떼면서 순식간에 엄지와 검지로 젖꼭지를 조였다.

너한테 정말 이렇게 말할 수 있다면 좋겠다. 내가 그때 뭔가를 했고, 무슨 말이라도 했다고. 내가 그에게 대적했었더라면. 그랬다면 그가 충격을 받았을지 모르는데. 그럼 나도 그가 진심으로 경악하고 있다는 걸 알아차렸을 텐데. 내가 벌어지고 있다고 생각했던 일이 전혀 벌어지지 않았음을 깨달았을 텐데.

하지만 나는 아무것도 하지 않았기에, 지금 와서 진실을 알 길은 없다.

"거의 끝나간다는 게 안 믿겨." 마니가 말했다. 그녀가 우리 옆에 앉아 그의 어깨에 머리를 기댔다. "정말 멋진 하루였어." 그녀가 말했다. "최고였어. 그치?"

찰스가 슬그머니 팔을 뺐다. 그의 팔이 내 목뒤와 어깨를 지나 조심스럽게 거두어졌다. 마침내 우리는 더이상 서로에게 닿아 있지 않았다. 우리 사이에 빈 공간이 생겼다. 적국과 경계를 나누는 단층선처럼. 신선한 공기 한 자락이 시원하고 은혜롭게 그 사이를 지나갔다. 젖꼭지가 아팠다. 환상통이었을까.

"다들 어때?" 마니가 생글거리며 물었다. "뭐하고 있었어?"

찰스가 나를 보았다. 그의 표정을 읽을 만큼의 맨정신은 남아 있었다는 걸, 넌 정말 믿어줘야 한다. 그것은 침묵을 요구하는 표정이었다.

"아무것도 안 하고 있었어." 내가 말했다. 몸을 조금 더 떼고 조금 더 떨어져 앉으면서, 그들로부터, 그들의 사랑으로부터 더 멀어지면서. "그냥 아무것도."

이것이 내가 마니에게 했던 두번째 거짓말이다.

너도 이제 알겠지, 난 어쩔 수 없었다는 걸. 내가 뭐라고 말할 수 있었을까. 내가 솔직히 말했으면 마니는 선택의 기로에 놓여야만 했겠지. 그리고 어쨌든 나는 무슨 일이 있어도 헌신적이었다. 그땐 진실을 교묘히 감추는 것만이 그녀를 행복하게 만들고, 계속 행복하게 해서, 우리의 뿌리를 보호하는 길이라고 믿었다.

절대적 진실은 이것이다. 그날로 인해 찰스에 대한 나의 감정이 바뀐 건 없다는 것. 나는 원래부터 수년 동안 그를 증오했었다. 그날이 달라지게 만든 건 없었다.

그들의 사랑은 내가 아는 사랑 중에 가장 불쾌하고 못됐고 역겨운 사랑이라고 말하면 잔인할까? 잔인하겠지. 하지만 그들의 사랑은 나를 토악질나게 했다. 나는 그의 얼굴이 소름 끼쳤다. 그의 입꼬리에 매복하고 있는 능글맞은 웃음, 숨을 들이쉴 때 한껏 확대되는 가슴, 마치 이렇게 말하듯이 탁자를 두드리는 손가락들—넌 지루한 사람이야. 얇은 옷감 위로 내게 닿은 그의 손이 아무리 싫었다 한들, 그의 존재의 모든 측면만큼 몸서리쳐지진 않았다.

할 수만 있었다면 나는 그를 내 삶에서 기꺼이 삭제했을 것이다. 이런 말은 이제 조심해야 한다는 거 안다. 고의성이 있는 것처럼 들릴 테니까. 내 말은, 그와 나 각자의 이야기가 공유하는 챕터가 없었더라면 한다는 뜻이다. 내 삶이 적힌 페이지에 그의 삶을 굳이 잉크를 들여 인쇄할 필요가 없도록. 우리의 삶이 동시에 존재하긴 했지만 겹치지는 않았더라면 한다는 말이다.

그래서 내가 그의 죽음을 애석하게 여기느냐고? 아니.

전혀 안타깝지 않다.

# 3

세번째 거짓말

# 10장

나는 마니에게 아무것도 아니라고, 아무 일도 없었다고 말했다.

그리고 그게 어느 때보다 이 이야기, 네 이야기에 유의미하고 중요한 부분 같다. 동기에 대한 얘기가 아니다. 내 말을 곡해하면 안된다. 무슨 일이 일어났을 때, 특히 예상치 못했거나 무서운 일이 벌어지고 나면, 그 순간에 이르기까지의 과정이 이전과는 달리 보인다.

한 명 더 있었다. 그날 밤 무슨 일이 있었다는 사실을 알고 있던 사람은 그 한 명과 지금 너 둘뿐이다. 나는 그녀에게 바로 다음날 그 이야기를 했다. 그러고 나서 한참 후, 나는 찰스와 나 사이에 '아무것' 아닌 다른 일이 있었다는 얘기를 두려움에 덜덜 떨며 하게 된다.

결혼식 다음날 아침, 나는 침대에 누워 있었다. 머리가 아프고 물 한 잔이 너무 마시고 싶고 화장실도 급했지만, 괜찮은 척하면서. 그때 초인종이 울렸다.

블라인드가 내려져 있었지만 햇빛이 틈새로 비쳐 들었다. 가늘고 하얀 빛살 속에 먼지가 둥둥 떠다녔다. 진공청소기를 돌려야겠다고, 그러는 김에 바닥도 닦아야겠다고 생각했다. 둘 다 안 할 걸 알지만. 집안은 지저분했다. 책과 잡지가 아무데나 널려 있었지만, 숙취가 너무 심했고 신경쓰기엔 너무 피곤했다. 옷장 문이 열려 있고 옷가지가 바닥으로 튀어나와 있었다. 무수한 청바지와 반바지와 스웨터 들. 창문 옆에 있는 낡은 나무의자 위에는 세탁한 옷과 침구가 높이 쌓여 있고, 그 꼭대기에는 어젯밤 입었던 살색 코르셋 팬티가 놓여 있었다. 방문에 걸린 들러리 드레스 겨드랑이는 땀으로 시커멓게 얼룩졌고, 치맛자락은 샴페인으로 보이는 연한 얼룩들로 더러웠다. 방안 공기는 탁하고 퀴퀴했다. 자면서 흘린 땀냄새가 물씬 풍겼다. 더럽고 역해야 마땅한데 왠지 친숙한 공간, 친숙한 난장판, 친숙한 냄새처럼 느껴졌다.

난 꼼짝도 하지 않았다. 시트가 버스럭거리는 소리가 방문을 통과해 작은 현관을 지나 아파트 밖 복도로 새어나갈지도 모른다는 듯이.

초인종이 다시 울렸다.

문을 세 번 두들기는 소리가 났다. 문짝이 문틀에 부딪혀 움찔거리고 경첩에 매달려 흔들렸다.

"언니?"

목소리로 바로 누군지 알 수 있었다. 여동생 에마. 나보다 몇 살 어리고 심지어 마니보다도 더 나와 정반대인 아이. 내가 어둠이고 마니가 빛이라면, 에마는 둘 다였다. 몹시 흰 피부와 몹시 검은 머리를 지녔을 뿐 아니라, 극단적으로 감정 기복이 심했다. 가장 취약하지만 가장 무적이었고, 겁이 많지만 용감했고, 여러모로 부서져 있었지만 심지가 굳었다.

초인종이 세번째 울렸다. 그녀가 버저를 몇 초 동안 계속 누르고 있어서 진동이 집 전체에 퍼졌다.

"안에 있는 거 알아." 에마가 소리쳤다.

나는 이불 속에 콕 박혀 꼼짝도 하지 않았다.

"내 손에 든 게 뭐냐면, 언니 아침이지." 그녀가 외쳤다.

문장 끝을 올려 '아침이지'라는 말을 노래하듯이 했다. 아침을 사왔다는 건 우리 사이에서 으뜸 패, 스페이드 에이스를 꺼냈음을 의미했다.

주중에 나는 시리얼 한 그릇으로 아침을 때웠다. 주로 귀리 플레이크를 먹었는데, 크림만큼 걸쭉한 전지우유에 동동 떠다니는 시리얼은 생김새도 맛도 재활용 보드지 같았다. 희한하게 저지방 우유에 탔을 때보다 덜 달았다. 몇 년 전 남편이 죽었을 때 처음 그렇게 먹기 시작했는데, 당시 나는 무설탕 식단만을 고수하면서 극도로 마른 사람이 되어 인간이 작아질 수 있는 한계까지 작아지려고 했다. 실수였다. 압도적인 상실을 겪고 난 후 내린 어떤 작은 결정도 현명한 결정일 수는 없기에. 따라서 다른 결정들, 예를 들면 현미라든지, 과일주스 금지, 비트로 만든 브라우니 등은 빠르게 잊혀졌다.

주말에는 항상 단 게 당겼다.

"크루아상 냄새 안 나?" 에마가 외쳤다. "빵집에서 가져온 지 십 분도 안 됐어. 햐, 맛있겠다."

그녀가 말을 잠시 멈췄다. 발소리가 나는지 듣는 것이다. 나는 에마가 노리끼리하니 환한 불빛을 받으면서, 닳아빠진 회갈색 카펫 위에 서 있는 모습을 그려보았다. 양발로 번갈아 짝다리를 짚어가며, 그 어느 때보다 초조해하면서 무시당한다고 짜증내고 있겠지.

"언니, 얼른!" 그녀가 소리쳤다. "나라고 뭐 시간 많은 줄 알아?"

나는 몸을 일으켰다. 두 다리를 매트리스 옆으로 휙 던지듯 내려서 슬리퍼 속에 발을 밀어넣었다. 나는 동생을 사랑했다. 정말이다. 그래도 사람이 지켜야 될 선이 있지. 에마는 미리 연락도 없이, 아침 댓바람부터 문 앞에서 노크하고 쿵쿵 두드리고 소리치며 사람을 괴롭히는 게 비정상이라고 생각하지 않았다. 우리 삶은 항상 서로의 삶으로 넘쳐흘렀기 때문이다. 살면서 겪는 힘든 일, 다툼, 자질구레한 모든 일상사로 말이다.

하지만 이 말도 완전히 맞는 말은 아니다. 에마의 삶이 일방적으로 내게 흘러왔다고 해야 더 정확하다. 나는 그녀의 불안을 담는 통이었다. 고백을 들어주는 귀였다. 의지하는 어깨였다. 꼭 붙잡아주는 손이었다. 기분이 조금이라도 나아질 때까지, 그녀는 자신의 짐을 내게 흘려보냈다. 그러면 나는 그 짐을 이고, 그녀의 근심을 보살폈다.

항상 그런 식이었다. 나는 사랑을 너무 못 받았고 그녀는 너무 많이 받았다. 사실상 양쪽 다 똑같이 견딜 수 없다고 한다면 너도 갸우뚱하려나. 에마는 편애에 질식당해 종종 자기만의 공간을 찾아다녔다. 나는 그런 그녀의 동맹국, 안전지대가 되어주었다.

그녀에겐 내가 필요했다. 당시 나는, 내게도 그녀가 필요했다는 사실을 몰랐다.

"빨리 나와줄래?" 에마가 소리쳤다. "안 그럼, 내가 먹는다는 얘기 아니고."

에마가 웃는 소리가 들렸다. 그녀의 유머는 사악했다. 심지어 그녀의 생각, 재치, 트라우마가 내 머릿속을 가득 채우고 있을 때조차 나를 경악게 했다.

나는 가운을 걸치고 끈으로 허리를 조였다. 짙은 보라색의 낡은 가운은 뭘 쏟았는지 소매의 섬유가 뭉쳐 있었다. 원래 조녀선 거였기 때문에 나한테 너무 컸다. 어깨솔기가 위팔까지 몇 센티미터 내려왔고, 밑단은 무릎 아래로 내려와 거의 발목까지 닿았다. 그는 주말에 일찍 일어나면 항상 이 가운을 입고서 따뜻한 아침식사를 준비했었다.

현관문을 열었다. 에마는 두꺼운 남색 스웨터에 발목 위까지 오는 헐렁한 청바지를 입고 있었다. 하얀 양말은 우리가 초등학교 때 신던 것과 비슷했다. 고무 밴드가 들어간 윗부분은 도톰하고, 하얀 운동화가 닿는 발목 둘레에는 보풀이 일어 있었다. 머리를 정리했는지, 짧은 커트 머리가 뾰족한 턱까지 얼굴 옆선을 따라 잘려 있었다.

"진작 그럴 것이지." 에마가 말했다. "꼴이 왜 그래."

나는 고개를 돌려, 현관 벽에 걸린 작고 둥그런 거울에 내 모습을 비춰보았다. 전날 화장이 그대로 남아 있었다. 눈화장이 얼룩져 눈 주변은 시커멓고, 립스틱은 팔자주름까지 번져 있었다.

나는 어깨를 으쓱했다. "어제 너무 잘 놀았나봐."

"잘 놀았다고?" 그녀가 물었다. "단짝친구 결혼식인데 잘 놀았다가 끝? 그게 다야?"

그녀가 내게 페이스트리가 가득한 갈색 종이봉지를 내밀었다. 나는 안을 빼꼼 들여다보았다. 플레인 버터 크루아상, 팽 오 쇼콜라.

"언니 거야." 그녀가 말했다.

에마는 소파에 앉았다. 다리를 올리고 무릎을 웅크려 쿠션을 끌어안으면서 무척 편안하게 내 가구 속으로 파고들었다. 나는 냉장고에서 오렌지주스를 꺼내 유리잔에 따랐다.

"대단했어." 내가 다시 말했다. "진짜 대단한 밤이었지. 이제 됐냐?"

"으으. 그건 더 이상한데." 그녀가 툴툴댔다. "언니가 뭘 모르네. 진짜 재밌는 얘기를 해봐. 말다툼 난 거 없었어? 쌈박질은? 그래서 누가 들러리 대표랑 잤을까나?"

"들러리 대표랑 아무도 안 잤어." 내가 대답했다. "내가 알기론 쌈박질도 없었고."

"찰스는 얌전하게 굴었어?" 그녀가 물었다. "좆같은 짓 안 했고?"

"나쁘지 않았어." 내가 말했다. "거의 끝나갈 때 사건은 하나 있었지만."

그 집은 한 면을 제외하고 사방이 다른 집과 붙어 있었기 때문에 항상 더운 편이었다. 그래서 손님이 올 때마다—자주 있는 일은 아니었지만—하나씩 하나씩 옷을 벗는 모습을 볼 수 있었다. 그들은 처음에는 코트와 스웨터, 그다음은 신발과 카디건, 결국 양말까지 벗고 끈 달린 민소매 차림으로 있곤 했다.

에마도 다르지 않았다. 하지만 나는 이날 본 모습에 경악을 금치 못했다.

그녀가 머리 위로 스웨터를 들어올렸다. 어깨뼈가 툭 불거져 있었다. 튀어나온 쇄골이 살가죽을 당기고 잡아늘여서, 가죽이 너무 얇아져 거의 투명할 지경이었다. 위팔은 말라비틀어져 새 날개인가 싶을 만큼, 살갗과 뼈만 있고 지방은 전혀 없었다.

나는 급히 숨을 들이켰다. 한숨을 역으로 들이쉬었다고 해야 하나. 에마가 눈을 동그랗게 뜨고 경계하는 눈초리로 나를 올려다보았다.

"하지 마." 그녀가 말했다. 내 이마 정중앙과 눈썹 사이에 잡힌 주름에서 걱정을 읽은 것이다. "관심 없어."

"엠……" 내가 입을 열었다. 그녀가 눈 하나 깜빡이지 않고 매섭게 날 쳐다봤다. 더이상 내가 할 말은 없었다.

처음으로 에마가 관심의 사각지대에 놓이게 된 것은 열두 살 때였다. 이 병의 초기 시절은 기억나지 않는다. 나는 시험공부하느라 바빴다. 인생에 하등 쓸모없는 이차방정식, 세포호흡 화학식, 하천의 지형 같은 것들을 외우느라, 정작 내게 가장 중요한 것이 무너지고 있음을 알아차리지 못했다.

7월이었을 것이다. 에마와 나의 여름방학이 시작되었다. 기억이 정확하다면 마니는 남프랑스에 있었다. 우리 부모님은 욕설과 눈동자 굴리기 속에 곡괭이를 감춘 채 그들의 결혼생활을 난도질하느라 여느 때보다 바빴다. 날씨가 더웠다. 잉글랜드 날씨치고 너무 더웠고, 기온은 30도가 넘었다. 우리는 야외 수영장에 놀러갔다. 나는 타월을 꼭 쥐고 수백 명의 인파를 헤쳤다. 물에 들락거리며 다이빙하고 풀밭에 물을 온통 흘리고 다니는 아이가 다섯인 가족들, 굴곡 있는 몸매의 여자들, 신문을 읽으며 접이식 의자에 앉아 있는 나이든 커플들. 나는 수영복을 입고 있었다. 땡볕에 땀이 흘렀다. 가슴골에도 또르르 구르고 인중에도 맺혔다. 에마는 무릎까지 오는 반바지와 울 스웨터를 입고 있었는데도 몸을 달달 떨었다. 내가 물에 같이 들어가자고 했지만 그녀는 계속 싫다고 했다. 귀중품 때문이라나. 우린 그런 거 없었는데. 타월과 옷과 각자 가져온 책 한 권이 다였는데. 당연히 나는 계속 졸랐다. 내가 언니고 그게 내 권리니까. 결국 에마도 고집을 꺾었다. 그녀가 머리 위로 스웨터를 벗던 모습이 생각난다. 어깨와 쇄골은 당시 훨씬 안 좋아서, 몸을 탈출하려 발악을 하며 얇고 창백한 피부를 밀어내고 있었다. 그녀가 바지를 스르르 벗었다. 허벅지까지 드러난 다리는 볼품없었다. 살도 부피감도 거의 없는, 일직선의 뼈뿐이었다. 그녀가 나를 물끄러미 바라보았다. 연약하고 흉측한 자신의 몸에 대해 어디 한마디라도 해보라는 듯이. 나는 아무 말도 하지 않았다.

그후로 몇 달 동안 나는 강제로 에마의 접시에 음식을 올렸다. 그녀는 어떤 때는 먹었지만 어떤 때는 안 먹었다. 그러다 잠깐 나아졌다. 그러다 다시 나빠졌다. 그다음 몇 년은 같은 패턴이 지속되었다. 최상도 아니고 최악도 아닌 상태. 결국 나는 대학에 입학하며 떠났고, 그녀는 열네 살이었다. 그녀의 건강은 정점은 거의 없이 지점만 찍었다. 마침내 부모도 식탁에 앉아 그 사태를 방관할 수만은 없다는 결론을 내렸다. 그녀는 병원에 입원했고 퇴원했고 결국 다시 입원했다.

에마가 꽤 특수한 이야기 속의 특수한 캐릭터처럼 보일지도 모르겠다. 너도 에마를 만났더라면 좋았을 텐데. 그랬다면 너도 그녀를 좋아했을 것이고, 그런 사람이 아님을 단번에 알 수 있었을 텐데. 에마는 결코 피해자가 아니었다. 물론 아주 오랫동안 아팠지만, 그건 그녀의 이야기 중에서 아주 작은 부분일 뿐이었다.

에마의 내부에는 통제 불가능한 이상한 역병이 존재했다. 그녀의 마음속에, 뼛속에, 그녀를 이루는 모든 세포조직마다 퍼져 있었다. 그 병이 그녀 삶의 중요한 일부이긴 했지만, 나는 그게 그녀가 택했거나 원한 길이었다고는 생각지 않는다. 비록 그녀는 자기만의 방식으로 그 길을 여행하는 법을 터득했지만. 에마는 결국 치료를 중단하기로 했다. 나는 최선을 다해 그 결정을 존중하고자 했다.

"그렇게 보지 마." 그녀가 말했다. 내 소파 위에서 몸을 웅크리고, 스웨터 속에 숨어 자기를 방어하면서. "무슨 유령이라도 본 것 같네."

내 눈썹이 치켜올라갔다. 나도 어쩔 수가 없었다.

수년 동안, 대학 다니는 내내, 나는 에마의 시체를 보는 악몽을 꿨다. 뭔가 한창 다른 장면 속에 있을 때, 이를테면 휴가나 강의실이나 마니에 대한 꿈을 꾸고 있을 때 에마의 시체를 발견하곤 했다. 사지가 시퍼렇게 경직되었고 탁한 눈을 둥그렇게 뜨고 있는. 숨이 막혀 헉하고 깨어나면, 나는 땀을 흘리며 몸을 떨고 있고 시트는 차갑게 젖어 있었다.

"젠장." 에마는 결국 스웨터를 다시 머리 밑으로 당겨 내렸다. "괜찮다고. 나 괜찮아."

나는 그쯤 해둘 수밖에 없었다. 싸워봤자 득 될 건 없고 잃을 것 투성이였으니까.

"찰스 말이야," 에마가 소파의 자기 옆자리를 톡톡 쳤다. "아까 찰스가 왜?"

나는 거기 앉아 전날 밤 일을 떠올렸다. 에마에게 그의 혀 꼬부라진 말투, 끝없는 샴페인병들, 자비 따위 없이 채워지던 술잔에 대해 얘기해주었다. 그의 팔이 내 어깨 위에 둘러지고, 빳빳하게 풀 먹인 흰 셔츠의 까슬까슬한 옷감이 내 목뒤에 닿았던 것도. 나는 눈을 감았다. 그의 손바닥이 내 가슴을 덮고, 손가락 끝이 젖꼭지를 쥐던 이야기를 하면서 나는 얼굴을 붉혔다. 다시 멀어지며 벌어진 공간, 마니가 다가올 때 눈부시게 하얗던 드레스, 그녀가 옆에 앉자마자 모든 게 상자 안으로 훅 빨려들어가는 것 같던 느낌에 대해 이야기했다.

에마는 눈이 휘둥그레져 입을 떡 벌렸다. "그 언니는 뭐라고 했어?" 그녀가 속삭였다.

"아무 말도." 내가 대꾸했다. "걔는 아무 말도 안 했어. 아무것도 못 봤으니까."

"전혀 아무것도 못 봤어?" 에마가 가슴에 끌어안은 쿠션을 내려다보았다. "근데 언니 정말 확실한 거야?" 그녀가 물었다. "진짜 확실해? 정말 언니가 묘사한 그대로 일어난 거야? 그 사람은 그냥 너무 취하고 팔다리가 풀려서 아무 생각 없이 손이 헛나간 거 아니야?"

나는 어깨를 으쓱했다. "그럴지도." 내가 대답했다.

"아무 생각 없이 뭘 할 사람은 아닌 것 같긴 해. 그럴 사람은 아닌 것 같아."

나는 피식 웃었다. 에마는 찰스를 만난 적이 없었다. 따라서 그녀가 알고 있는 찰스는 내가 말해준 모습이 전부였다.

사실 이건 내가 지난 몇 달 동안 계속 곱씹어온 문제이기도 하다. 에마는 찰스를 몰랐다. 그녀는 내 경험을 의심할 이유가 없었다. 그가 자기 결혼식에서, 그것도 아름다운 자기 신부 앞에서 대표 들러리를 더듬는 썩어빠진 변태임을 못 믿을 이유도 없었다. 하지만 에마의 즉각적인 반응은 찰스의 인성이 아니라, 내 이야기의 진위 여부에 대한 것이었다. 이것은 무슨 뜻인가? 내가 진실한 사람인지 아닌지가 의심된다? 내가 상황을 정확히 읽을 줄 모른다?

사실상, 찰스는 그날 밤 벌어진 일에 아무 잘못이 없다는 뜻 아닌가? 판단 착오를 한 것은 나고, 나만 잘못했다는 뜻 아닌가? 난 그렇게 생각하지 않지만, 너도 한번 잘 따져보기 바란다. 어쨌든 이 이야기는 나의 진실이니까. 그게 절대적 진실은 아니니까.

"마니 언니한테 말할 거야?" 그녀가 물었다. "새신랑이 언니 더듬었다고? 그건 안 좋은 생각인 것 같아서 말이야."

나는 고개를 저었다.

"그래도 정말 너무 끔찍하다." 그녀가 말을 이었다. "진짜 별일이야." 그녀가 가슴에 안고 있던 쿠션 귀퉁이를 잡고 바퀴처럼 돌렸다. "무서웠어?" 그녀가 물었다.

"찰스가?"

"응." 그녀가 말했다. "막 겁나고 그랬어?"

"아니." 반사적으로 대답이 튀어나왔다. "아니. 별로."

이 말이 입 밖으로 나온 순간, 나는 사실이 아니라는 걸 깨달았다. 나는 무서웠다. 공포에 질렸다든가 그런 건 아니지만, 불안하고 조마조마하고, 갑자기 나 자신이 엄청 커다란 뭔가를 맞닥뜨려 옴짝달싹 못하는 엄청 작은 존재가 된 것처럼 느꼈다. 평소 예측할 수 없는 상황에서 느끼는 작은 두려움 이상이었다. 밤늦게 지하철

역에서 나와 집으로 걸어가는데 뒤에서 남자 발소리가 따라올 때,
횡단보도에서 누가 내게 너무 붙어 서 있을 때, 철길 밑 터널에 무
리 지어 있는 사람들이 보일 때, 그런 때 느끼던 두려움 이상이었
다. 왜냐하면 그의 행동은 계산된 것이었기 때문이다. 목적이 있
고, 목표물이 있었다. 나를 무섭게 할 의도였다면, 성공이었다.

"엄마는 어떠셔?" 내가 물었다.

에마가 바닥을 내려다보며, 스웨터에서 삐져나온 한 가닥 털실을
만지작거렸다. "안 갔어." 그녀가 대꾸했다. "그게…… 못 갔어."

나는 한숨으로 비치지 않으려고 애쓰며 천천히 숨을 내쉬었다.
어머니에게 몇 번이나 미리 이야기해놓은 터였다. 심지어 달력에
도 표시해두었다. 그날 토요일은 내가 결혼식 때문에 못 가니, 에
마가 대신 갈 거라고.

"혼내지 말아줘." 에마가 말했다. "제발. 전화는 했어. 접수원이
받더라. 난 못 가겠더라고. 도저히."

우리가 아직 어린애였을 때, 어머니와 동생은 믿을 수 없이 가
까웠다. 누군가와 그토록 편안하게 융화할 수 있다는 게 난 너무
역겨웠다. 에마는 때로 질식당하는 느낌에서 벗어나고 싶어서 나
와 시간을 보내곤 했다. 그럼에도 무수히 많은 순간 어머니를 필
요로 했다. 감정적으로, 실질적으로, 위로받으려고, 친구가 필요해
서. 그녀는 당시에도 어머니처럼 잔걱정이 많은 타입이어서, 새로
운 사람들을 만나면 불편해하고 불안해했다. 낯선 곳에 가면 어머
니 뒤에 숨어 허벅지 사이로 빼꼼히 내다보았다. 집에서는 어머니
를 방방이 따라다니며, 주방일과 청소 같은 어머니가 하는 일은 뭐
든 도왔다. 밤에는 어머니가 자기를 품에 안고 동화책을 읽어주거

나 목욕시켜주는 것을 좋아했다. 에마는 어머니가 필요했고, 어머니는 자신이 필요한 존재가 되는 것이 필요했다.

하지만 에마에게 어머니가 정말로 필요했을 때, 지원과 사랑과 격려가 필요했을 때, 그녀는 아무것도 받지 못했다. 필요의 그런 속성에 당황한 채 에마의 닻은 그렇게 떠내려갔다. 곰곰이 생각해보면, 어머니는 단지 두려웠을 것이다. 어머니는 이상주의적인 사람이었던 적이 없었다. 어머니는 무슨 일이 벌어지고 있는지, 그리고 그 문제를 풀기가 얼마나 어렵고 심지어 불가능한지 깨달았다. 그래서 무시했다. 딸이 아무렇지도 않은 척했다. 접시 위에 그대로 남아 있는 음식을 박박 긁어 쓰레기통에 버리고, 사용하지 않은 식기를 씻었다.

에마의 애착은 점점 커졌다. 어머니의 회피는 심해졌다. 에마는 너무 화나고 외로웠고, 어머니는 미래가 두려웠다. 결국 회복의 길은 막혀버렸다. 에마는 어머니를 절대 진심으로 용서하지 않았다. 건강이 조금 나아지자마자 독립해 나갔다.

에마는 자기 병을 어머니 탓으로 돌렸는지도 모른다. 병이 생겼다고 탓한 게 아니라, 병이 지속된 것에 대해서. 나는 그들의 유대가 무너진 줄 알았다. 결국 사랑이 아닌 혈연으로만 남았구나, 끊을 수 없는 가느다란 선 하나로 남고 말았구나. 천만에. 다른 연결선들이 있었다. 단지 내가 보지 못했던 것뿐이지, 더 두꺼운 선들이 서로 엉켜 있었다.

"언니, 정말이야." 에마가 말했다. "그러지 마. 나 정말 노력했어."

나는 대답하지 않았다. 그녀의 행동이 다른 사람들에게 얼마나 민폐인지 생각 좀 해보라고 말하고 싶었다. 나는 못 가서 죄책감을 느끼고 있고 어머니는 분명 무척 쓸쓸했을 텐데, 해명해보라고. 그러나 에마는 자기 감정만으로도 너무 복잡해서, 타인이라는 언덕을 무사히 넘기가 힘들었다.

대신 나는 자원봉사 프로젝트나 아파트는 어떤지, 지난번에 추천했던 문제가정에 대한 책은 어땠는지 물어보았고, 에마는 아직 안 읽었다고 말했다. 나는 샤워한 뒤 깨끗한 파자마로 갈아입었다. 우리는 그날 하루를 소파에서 보냈다. 한때 아버지 소유였지만 그가 떠나고 내 것이 된 DVD를 보았다. 남자 주인공과 터무니없이 무능한 여자가 나오는 액션영화들이었다. 아버지와 나는 이 영화들을 같이 봤다. 어머니가 어딘가에서 초조해하는 동안, 나는 아버지의 무릎에 앉아 몸을 돌돌 말고 가슴에 기대 잠들었다.

그날 밤 에마는 집에 돌아가면서 DVD를 몇 장 가져가겠다고 말했다. 그녀는 원소유자가 자기라고 주장했다. 사실이 아니었지만 별로 신경쓰지 않았다. 우리가 하지 못한 말, 말해지지 못한 것들이 너무 많았기 때문에 그런 건 상대적으로 사소한 일탈처럼 느껴졌다. 나는 에마가 그것들을 꾸역꾸역 집어넣은 배낭을 메고 집을 나서는 모습을 바라보았다. 가방 바로 위에, 그녀의 짧게 자른 머리에만 시선을 두려고 노력했다. 가방 밑으로 삐죽 서 있는 성냥개비 같은 다리가 아니라.

# 11장

마니와 찰스는 결혼식 후 월요일에 두 주 반 동안 이탈리아로 신
혼여행을 떠날 예정이었다. 찰스가 모든 계획을 짰다. 온 나라를
누비는 일정의 윤곽을 잡고, 비행기표를 예매하고, 가장 비싼 호
텔의 가장 럭셔리한 방을 예약했다. 그는 그녀를 놀라게 하고 싶다
면서 몇 개월 동안 나를 괴롭혔다. 극히 세세한 항목까지 상의하는
열정을 보였다. 그는 그녀가 가장 좋아하는 색깔의 클래식 컨버터
블 자동차를 렌트했다. 자기 취향에 가까운 모노톤의 호텔보다는,
플러시벨벳과 호화찬란한 샹들리에로 꾸며진 호텔을 선택했다. 그
녀가 좋아할 만한 음식과 관련 장소를 따라 경로를 짰다.

"요리 교실을 좋아할까요?" 찰스가 올 초에 물었다.

"여긴 어때요?" 새로 생긴 고급 레스토랑 홈페이지를 스크롤하
면서 말했다. "이런 요리도 좋아할까요? 바깥 전망은 어때요?"

"로마는 어떨까요?" 어느 날 저녁, 마니가 주방에 있는 동안 그

가 내게 불쑥 물었다. "마니가 가본 적 있을까요?"

아니라고 알려주었다. 이런 대화를 끝도 없이 나눈 덕에, 나는 그들의 일정을 꽤 자세히 알게 되었다. 그날 아침 그들이 공항에 도착해 라운지에 있는 모습이 저절로 그려졌다. 나란히 앉아 비행하고, 수하물 컨베이어벨트 앞에서 기다리겠지. 함께 웃으며 짐을 조그만 트렁크에 넣고, 운전하는 내내 그의 손은 그녀의 허벅지 위에 놓여 있을 것이다. 첫번째 호텔로 들어가면 스위트룸의 보라색 소파가 기다리고 있고, 그들은 해먹이 늘어선 인피니티 풀에서 포도밭을 내려다볼 것이다. 나는 그들이 밟을 모든 경로를 알고 있었다. 내내 속이 뒤틀렸다. 내가 질투하고 있다는 것도 알고 있었다. 나는 마니를 사랑했고, 마니가 그 멋진 신혼여행을 즐기길 바랐다. 하지만 동시에 그 여행의 일부가 되고 싶었다.

우리는 한두 번 함께 여행한 적이 있었다. 시시한 해변에서 현란한 빛깔의 칵테일을 탐닉했다. 홀짝일 때마다 설탕 알갱이가 씹혔다. 나는 햇볕에 타서 구릿빛이 되었고, 마니는 상대적으로 더 하얘졌다. 밤에는 한 침대에서 잤지만 개의치 않았다. 비행기가 흔들리면 손을 꼭 맞잡았고, 여권 검색대를 함께 통과했다. 이게 전부가 아니었다. 우리는 같이 웃고, 같이 남 뒷말을 하고, 서로의 비밀을 털어놓았다. 우리만 아는 농담과, 공동 여행가방과, 싸구려지만 의미는 싸구려가 아니었던, 올이 다 드러난 촌스러운 팔찌로 얽혀 하나가 되었다.

하지만 마니가 찰스를 만난 이후로는, 한 번도 같이 여행한 적이 없었다.

마니는 그 모든 것을 이제 찰스와 공유했다. 침대, 여행가방, 그녀의 비밀.

그 이 주 동안 나는 그들을 산발적으로 떠올렸다. 그럴 때마다 늘 두려움으로 가슴이 죄어왔다. 우리의 뿌리가 느슨해지는 듯했다. 이전에는 불가능하다고 여겼던 일이었기에 충격적이고 용납하기 힘들었다.

신혼여행에서 돌아온 당일, 밤늦게 마니에게서 전화가 걸려왔다. 나는 막 잠들려던 참이었다. 그녀는 결혼식 날 어땠냐며, 뭐가 제일 눈에 띄었고 기억에 남는지 물었다. 나는 엘라 이야기를 했다. 마니의 여섯 살짜리 조카였는데, 첫 댄스 무대가 열렸을 때 거의 마지막에는 양말과 바지만 입고 이마에 땀을 번들거리면서 점프하고 빙글빙글 돌더라고. 그녀의 오빠는 축사 때 취해서 테이블 밑에 곯아떨어졌더라고 말했다. 시청 혼인담당관이 길이 막혀 늦을 것 같다며, 식 시작 전에 공포에 질린 문자를 보냈던 것도.

자르자마자 무너졌던 치즈 케이크 타워 얘기에 마니가 자지러졌다. 그녀가 숨을 골랐다. 밴드는 이미 오래전에 철수했고 직원들이 주변 정리를 시작했는데도, 그녀의 어머니는 아버지의 어깨에 비스듬히 기대 여전히 춤추더란 이야기를 들려주자, 그녀가 다시 웃는 소리가 들려왔다.

"이런 얘기 듣는 거 너무 좋다." 그녀가 말했다. "그날 너무 많이 놓친 것 같아. 계획은 완벽했지만 몸은 하나였으니 말이야. 사진이 아직 다 안 와서 기다리는 중인데. 일부는 왔어. 제일 좋았던 사진 열몇 장쯤. 네가 귀엽게 나온 것도 있더라. 금요일에 오는 거지? 그때 보여줄게."

"나한테 보내줄래?" 내가 물었다.

우리는 꽃으로 장식된 아치형 입구 옆에서 사진을 찍었다. 먼저 신랑 신부가 찍고, 그다음 전부 다 같이, 그다음 부모, 형제자매, 친구 같은 작은 그룹으로 앵글 속에 들어갔다. 배정된 자리로 안내받아 가면, 자세를 취하라는 지시를 받고, 빠르게 앵글 밖으로 밀려났다. 우리 둘만 나온 사진이 있는지는 모르겠지만 있기를 바랐다.

"물론이지." 그녀가 대꾸했다. "이메일로 전달해줄게. 우리 부모님 사진 보면 웃길걸."

"그분들 그날 좋으시더라." 내가 말했다.

"알아." 그녀가 대답했다. "나도 그 생각 했어. 근데 우리가 피렌체에 있을 때 부모님도 거기 있었다는 거 알아? 놀랄 일도 아니지. 엄마 학술대회가 있었대. 무슨 알레르기 관련이라던가. 그래서 아빠도 따라갔대. 우리한테 말했느냐고? 아니. 우리한테 만나자고 했느냐? 같이 점심이나 저녁이라도 먹자고? 아니."

마니는 항상 그들의 나쁜 면만 보고 무관심의 방증을 찾으려 했다.

"그렇게 나쁜 뜻은 아니었을 것 같은데." 내가 말했다. "방해하기 싫으셨던 거 아닐까?"

"좋게 보면 그런데," 그녀가 말했다. "근데 아닐걸."

내가 하품했다. 대화를 이쯤에서 끝내자는 신호가 되기를 바랐지만, 마니는 아랑곳없이 말을 이었다.

"그거 알아?" 마니가 말했다. "난 이제 달라진 것 같아. '현명해졌다'고 하면 재수없게 들리려나? 다르게 어떻게 말해야 좋을까."

"글쎄." 내가 말했다. "나야 모르지."

"어른이 된 것 같다고 해야 하나." 그녀가 뜸을 들였다. "아냐.

그것도 아냐. 어른이 되었음을 만천하에 공표해서, 이제 그런 척이라도 하는 느낌. 이해돼?"

"별로." 내가 대답했다.

"어쨌든," 그녀가 말을 이었다. "사실은 그래서 전화했어. 우리, 아파트 팔기로 했어. 이제 어른이 됐으니까, 뭐 그런 거지."

그녀는 잠시 가만히 있었다. 나는 아무 말 하지 않았다.

"여행 가 있는 동안 이야기했고, 그게 옳다는 결론을 내렸어."

마니가 다시 침묵했다.

그녀는 매 단계 나를 시험하고 있었다. 한 번에 한 발짝씩 디디면서, 바싹 마른 가지가 휘어지는지 안 휘어지는지 보고 있었다. 그녀는 이 소식에 내가 속상해하는지, 일상에 변화가 생길 텐데 그게 문제가 되는지 조용히 묻고 있었다. 그들은 이미 오래전부터 언젠가는 도심을 벗어날 생각이라고 얘기했었다. 정원과 진입로와 들판이 보이는 침실이 있는 집으로 이사가겠다고. 그녀의 침묵 속에 이 말도 담겨 있는지는 나도 알 수 없었다.

그녀는 돈 얘기를 안 하려고 조심했다. 찰스는 성공가도를 달리고 있었다. 내 말은, 굉장한 돈을 벌고 있었다는 얘기다. 그는 사모펀드회사에 다니면서 기업을 사고 분할해 팔아서 이윤을 남겼다. 마니는 음식에 대해 쓰고 말하며 그 어느 때보다 열심히 일했다. 최근 새로운 업체에서 후원을 받았는데, 칼만 파는 회사로 그 회사 칼은 터무니없이 비쌌다. 듣자 하니 그 칼이 그녀의 동영상에 소개된 이후로 판매량이 엄청나게 늘면서, 그녀는 더 많은 후원금을 요구할 수 있게 된 모양이었다.

반면 나는 내 직업에 인생 최대로 보람을 잃은 상태였다. 내가 하는 일의 주요 목표란, 고객의 불만을 접수해서 회사측 잘못에 대한 보상을 최소화하는 일인 것 같았다. 집세도 겨우 냈다. 마니도 이런 민감한 사정을 알고 있었기 때문에, 내가 열등감을 느끼지 않도록 조심했다.

오.

그래.

아니, 네 말이 맞다.

난 지금 솔직해지려고 엄청 노력중이다. 역시나 자연스럽게 잘되지는 않네. 내 상황을 약간 잘못 말한 부분이 있다.

돈이 있기는 했다. 지금도 있다. 하지만 다른 데 쌓아둔 돈이었다.

조녀선은 프리랜서 촬영기사였기에, 회사에서 주는 복리후생 같은 혜택을 받을 수 없었다. 무엇보다 그는 어떤 일에서든 유능한 사람이었기에 생명보험을 들어놓았다. 내가 그의 최근친이었기 때문에 보험금은 내게로 왔다.

하지만 나는 그 돈을 쓸 수 없었다. 아직도 못 쓰고 있다. 그는 내가 그 돈을 가지기를 원했지만, 나는 그의 생명에 가치가 매겨지는 것을 참을 수가 없다. 어떤 액수로도 그런 상실을 메울 수는 없을 테니까. 애초에 갖다댈 수나 있긴 한가. 어두운 저녁에 퇴근했을 때 현관에 켜져 있는 불을 어떻게 수량화할 수 있을까? 버스정류장에서 늦게까지 기다리고 있다가 날 잠자리까지 인도하는 익숙한 미소에 가격을 매길 수 있을까? 손 크기가 완벽하게 들어맞는 사람, 따라서 그의 온기가 나의 안도이고, 그의 웃음이 내 기쁨이고, 자신의 삶을 내 삶에 기꺼이 동여매는 그 사람을 대신하려면 얼마나 들까?

그들이 사용하는 알고리즘으로 사랑하는 이들에게 가격을 매긴 다면, 찰스 같은 남자가 조너선 같은 남자보다 가치가 훨씬 높게 나올 것이다. 그리고 그것은 내 고집이 옳다는 것을 더욱 확실히 증명해준다.

에마는 내가 과민한 거라고 주장했다. 그녀는 그 돈을 투자해 야 한다고 생각했고, 내게 부동산 관련 링크를 수십 개 보내주었 다. 도심의 현대식 아파트, 교외의 방 두 개짜리 테라스하우스, 남 부 해안 쪽에 바다가 보이는 아파트까지. 나를 위해 소개팅을 잡기 도 했다. 노숙자 급식센터에서 자원봉사할 때 만난 사람인데 아내 가 죽고 소액의 재산을 물려받았다면서, 만나서 투자수익이니 부 동산시장이니 하는 내 관심 밖 세상에 대해 얘기를 나눠보라고 했 다. 내가 데이트 같은 거 하고 싶지 않다고 하자 에마는 자금 운용 목적 데이트라고 우겼다. 나는 웃기지 좀 말라며 거절했다. 그러자 그녀는 '쥐구멍에도 볕 들 날' 같은 소리를 꿍얼댔고, 그후로 우리 는 다시는 그 돈을 화제에 올리거나 그 돈의 존재를 의식하는 말을 입 밖에 내지 않았다.

그 돈은 계좌에 그대로 남아 있다.

"이제 우리도 부부니까 아파트는 더이상 적당하지 않은 것 같아 서." 마니가 말을 이었다. "단독주택이 좋을 것 같아. 지금 아파트 를 좋아하지만, 이즈음이 삶의 다음 단계로 나아갈 시기다, 그렇잖 아. 성장의 여지 어쩌고. 9월쯤 생각하고 있어. 그때쯤이 팔기 좋을 시기일 거야."

"그렇게 하고 싶으면 해야지." 내가 말했다. "그게 맞는 것 같다 면."

"꼭 찰스처럼 말하네." 그녀가 대꾸했다. "둘 다 어찌나 그렇게들 이성적이신지. 그이는 우린 이제 막 결혼했다고, 널리고 널린 게 시간이라고 그러거든. 서두르지 말자고. 하지만 내가 보기엔 그이도 사실 원하는 것 같아. 강요처럼 보이기 싫은 것뿐이지. 찰스도 더 넓은 공간을 좋아해. 개를 키울까 싶기도 하고. 그이가 좋아하는 개 알지, 허스키였나? 그럼 또, 시간 많으니 천천히 생각해보자, 개도 막상 기르려면 힘들다, 이런다니까."

나는 대답하지 않았다.

"제인?"

나는 머리맡 램프를 끄고 눈을 감았다.

"이런," 그녀가 말했다. "미안해. 내가 너무 무신경했니? 시간이 어디 항상 널려 있니, 아니잖아. 그래서 내가 더 이러는 것 같아. 조녀선을 봐. 삶은 순식간에 돌변해버리고, 선택권을 빼앗겨버리니까. 이런. 제인, 미안해. 내가 너무…… 제인?"

"아니야." 내가 대답했다. "괜찮아."

자고 싶었다. 그 대화를 계속하고 싶지 않았다.

마니의 삶은 확장되고 내 삶은 오그라들고 있었다. 마니가 하는 이야기를 나도 한때 한 적 있었다. 마니가 하는 똑같은 질문들을 자문하고, 그 답으로 내 삶의 앞날을 내다보았었다.

조녀선은 항상 도시를 벗어나 시골에서 살고 싶어했다. 닭을 기르고 아이 수보다 방이 더 많은 집에 살면서 정원 안쪽에 나무집을 짓고.

"바깥에 스모그 알지? 거긴 그런 거 전혀 없을 거야." 그는 나를 설득하려 이렇게 말하곤 했다.

"방금 들었어?" 그는 한밤중에 밖에서 병 깨지는 소리나 도로에 타이어가 끼익하는 소리를 들으면 이렇게 속삭였다. "시골에는 저런 소리 없어."

슈퍼마켓에 갔다 오면, 플라스틱에 깔끔하게 개별 포장된 채소들을 꺼내며 말했다. "내가 직접 기를 수 있는데."

결국 나도 이렇게 말하게 될 줄 알았다. "좋아. 그렇게 하자."

하지만 그런 순간은 오지 않았다.

# 12장

꼭 이렇다. 무언가 사라져갈 때, 제일 좋았던 시절만 계속 떠오른다. 도통 다른 생각은 불가능하다. 나는 애써 잠을 청했지만, 잠을 이룰 수 없었다. 결국 우리의 우정을 거슬러올라 지금만큼 연약했던 때를 찾아볼 수밖에 없었다.

학교 다닐 때 우리는 한 번 싸운 적이 있었다. 딱 한 번. 큰 문제이면서 아무것도 아닌 문제 때문이었다. 보통의 말다툼이 그러하듯이 말이다. 마니는 항상 알람시계의 다시 알림 버튼을 최소 여섯 번은 누르며 늑장을 부렸다. 마침내 후다닥 일어나면 헐레벌떡 달려 교실에 미끄러져들어왔다. 우리는 모든 수업에서 짝꿍이었다. 목요일 1교시는 연극수업이었다. 거의 모든 활동이 2인 1조로 이루어졌기 때문에, 한 명이 없으면 아무것도 할 수 없었다. 그녀는 지각에 대해 사과한 적이 거의 없었고, 결국 나도 화가 머리끝까지 치밀었다. 날 배려하지 않는 것, 자기 행동이 민폐임을 모르는 것 모두 이기적이었다. 나는 마니에게 더이상 짝이 되기 싫다고 말했다. 그녀는 그러든지 말든지 마음대로 하라며, 숙제를 여전히 손에 움켜쥔 채 목도리를 휘날리면서 쿵쾅쿵쾅 나가버렸다.

이 싸움은 하루종일 갔다. 우리는 수업시간에 같이 앉지 않았다. 쉬는 시간에도 따로 걸었다. 그런 적대는 처음이었다. 끝없는 질풍노도의 십대들 사이에서 우리는 보통 이례적인 조합으로 통했던 터였다. 교사는 충격받아 방과후 우리를 불러 앉히고, 책임과 연민 같은 단어를 들먹이며 그 다툼에 대해 훈계했다. 그만 유치하게 굴고 어른처럼 문제를 해결하는 법을 배워야 한다고 역설했다.

그게 다였다. 딱 한 번의 말다툼. 우린 서로를 용서했지만 이 일을 절대 잊지 않았다. 대신 트로피처럼 지니고 다녔다. 오랜 우정을 통틀어 딱 한 번의 말다툼이란 기념할 만한 것이었으니까.

그후로 다른 문제는 딱히 없었다. 열여덟 살이 되어 각자 다른 도시로 이사했지만, 떨어져 있다는 느낌은 거의 받지 못했다. 항상 전화할 이유가 생겼고, 나누고 싶은 이야기, 오직 그녀만 이해할 수 있는 이야기들이 있었다. 삼 년 후 우리는 서로의 곁으로 돌아갔다. 그땐 전보다 더 강한, 이 험한 세상을 헤쳐나갈 콘크리트 같은 팀이 되어 있었다.

복스홀 아파트에 같이 들어간 첫해였다. 아마 내가 조너선을 만나기 한두 달쯤 전이었을 것이다. 마니는 처음으로 일을 관두려고 했다. 사직서를 썼는데 상사 스티븐이 수리를 거절했다. 그녀는 그날 밤 당황하고 낙담한 채 집으로 돌아왔지만, 해결책을 찾으려는 의지만큼은 굳건했다. 그녀는 그 일과 동료들, 특히 그 상사를 싫어했다. 그는 자기가 젊은 여자들한테 거부할 수 없는 매력이 있다고 생각하는 치였는데, 그건 전혀 사실이 아니었다. 마니의 직장 행사에서 그를 몇 번 만나봤는데, 명백히 자기가 아직도 삼십 년 전처럼 잘생겼다고 믿고 있었다.

마니는 그다음 주에 다시 퇴사를 시도했다. 상무이사가 있는 자리에서 상사를 몰아붙이며 사직서를 들이댔다.

"이미 말씀드렸지만." 그녀가 단호하게 말했다. "제 사직섭니다."

"오, 유감이네요." 애비가 말했다. "스티븐, 실망이 크겠어요."

"정말 그렇네요." 그가 마지못해 봉투를 받아들며 대답했다.

"앞으로 더 좋은 기회가 열리길 바라요." 애비가 마니를 향해 싱긋 웃었다. 그녀는 몇 개월 전 상무이사로 임명된, 키가 180센티미터인 억척스러운 야심가였다. 회사 젊은 여성들의 우상이었다. 나이든 남직원들은 그만큼은 아니었지만.

스티븐은 마니를 쉽게 보내줄 의향이 없었다. 오히려 자신에 대한 불만을 은근히 드러낸 데 대한 벌로 그녀에게 고통을 줄 생각이었다. 그는 마니를 그날 오후 따로 불러 퇴사는 육 개월 전에 미리 고지해야 한다며 그 기간을 모두 채우라고 말했다. 마니는 말도 안 된다고, 입사 당시 구체적인 내용을 모른 채 사인했고 업무보조에게 너무 과한 기간이라고 항변했다. 하지만 그는 완강했다.

그날 저녁 그녀는 소파에 몸을 던져 쿠션 밑에 머리를 묻고, 그런 불공평한 처사가 어디 있느냐며 울화통을 터트렸다. 그렇게 할 수도 없고 하지도 않을 것이기 때문에, 그런 혐오스러운 남자와 육 개월 더 일하는 불상사는 절대 있을 수 없다고 말했다.

"도와줘." 마니가 쿠션 사이로 얼굴을 삐죽 내밀고 내게 간청했다. "그 인간이랑 한 달이라도 더 있으라고 하면 난 죽어버릴 거야.

옷에서 그 인간 입냄새가 나는 것 같아. 코맹맹이 웃음소리가 머릿속에 맴돌아서 뇌가 갈리는 것 같아. 그 인간이 옆에 없어도 그렇다니까. 심지어 주말에도. 도와줘, 제인."

우리는 계획을 짰다. 물론 나는 해본 적 있는 일이 아닌가, 그녀 없이. 겉모습은 매력적이지만 근본이 경박하기 짝이 없던 그녀의 첫 남자친구에게 복수한 일 말이다. 하지만 이번에는 같이 기대감을 나눌 수 있다는 게 달랐고 힘이 났다. 다음주에 그녀 회사의 연례 여름파티가 있었다. 새로운 공급자와 투자자의 관심을 끌고 직원의 노고를 치하하고 협력업체를 접대하기 위한 큰 행사였다. 파티는 강변에 있는 그 회사의 가장 큰 체인점의 야외 가든에서 열렸고, 세세한 부분까지 공들여 기획되었다. 매해 테마가 있었는데, 그해는 서커스였다.

우리는 일찍 도착했다. 금색으로 칠한 거대한 출입구가 주차장에 세워져 있었다. 우리는 광대 두 명의 안내를 받아 서커스 안으로 곧장 입장했다. 파란 대형 천막이 눈에 들어왔다. 죽마를 탄 사람이 선명한 빨간색 나팔바지를 펄럭이며, 발밑 세상은 관심도 없다는 듯이 휘적휘적 거닐었다. 지상에는 작은 중생들이 바글바글했다.

마니가 내 손을 잡았다. 우리는 함께 군중을 헤치고 나아갔다. 그녀는 검은 레오타드에 칠흑같이 검은 타이즈를 신고 있었다. 우아하고 자신감 넘치는 자태는, 마치 자신이 원하는 딱 그대로의 몸이라고 말하는 듯했다. 나는 꽃무늬 롱스커트에 작은 수정구슬이 달린 체인 목걸이를 걸고 있었다. 청바지가 입고 싶었지만 어쩔 수 없었다.

마니가 바 앞에 멈춰 서더니, 빨간 가죽재킷을 입은 키 큰 여성을 가리켰다. 그녀의 재킷 소맷동은 황금 스트라이프, 옷깃은 검은 가죽이었다. 머리 위에는 작은 빨간 실크해트를 비스듬히 썼고, 손에는 생가죽 채찍을 쥐고 있었다.

"저기 저 사람," 마니가 말했다. "저 사람이 애비야."

나는 고개를 끄덕였다. "넌 어디서 만나면 돼?"

마니가 팝콘 가판대 바로 뒤에 있는 나무 카라반을 가리켰다. 라임 색깔에 양옆에 밝은 노랑 줄무늬가 있는 카라반이었다. "저 뒤에서." 그녀가 말했다. "십오 분 후에."

나는 애비에게 다가갔다. 그녀가 대화하는 중에 끼어들었다. 나를 피파 데이비스라고 소개했다.

애비는 그 이름을 즉각 알아차렸다. 피파 데이비스는 주요 공급업체의 사장 딸이었다. 지난주에 피파는 마니에게 전화해 파티에 참석할 수 없다고 알렸고, 마니는 방문자 리스트를 수정하지 않기로 했다.

애비는 날 보며 반가워했다. 나를 서커스로 안내하며 회사 부지와 플래그십 펍, 사업 규모를 자랑했다. 기업의 성공과 야망을 선전하는 그녀는 그야말로 흠잡을 데 없었다. 나는 일부러 천천히, 그녀가 알아차리지 못하게 팝콘 가판대를 지나 라임색 카라반 쪽으로 그녀를 이끌었다.

"정말 근사하네요." 내가 말했다. 나는 주변을 둘러보기 시작했다.

"물론입니다." 애비가 말했다. 예상치 못하게 우회한 것에 살짝 놀란 눈치였다. "저희가 고객들을 위해 여는 파티도 부친께서 말씀해주셨나요? 성 패트릭의 날, 핼러윈, 신년 전야에도 열리고 있답니다."

나는 걸음을 멈추고 시선을 고정했다. 계획대로 되고 있었다. 그들이 승강이하는 모습이 보였다. 나는 헛기침을 했다. 마니가 고개를 들더니, 자세를 약간 부드럽게 바꿔 무게중심을 한쪽으로 옮기고 엉덩이를 쑥 내밀었다. 그리고 그 인간 쪽으로 다가가 어깨에 손을 얹었다. 의심할 여지 없이 플러팅과 불륜이 오가는 현장이었다. 나는 속이 느글거리면서도 즐거웠다.

"그런 세세한 관심이 바로 탁월한 부분입니다. 그런 점들이 경쟁 회사와 차별화되는 지점……"

애비가 고개를 들었다. 그녀의 입에서 작은 소음, 작은 헉 소리가 흘러나왔다. 손이 휙 올라가 입을 틀어막고, 채찍이 바닥에 나동그라졌다.

"스티븐," 애비가 말했다. "대체…… 이게 무슨 일입니까?"

스티븐이 미간을 찌푸렸다. 다소 사랑스러운 장면이 아닐 수 없었다. 그는 우리 셋을 번갈아 쳐다보았다. 대체 이게 무슨 일인지, 왜 상무이사는 저렇게 충격을 받고 섬뜩해진 표정인지 알 수 없어 어리벙벙한 상태였다. 그러더니 문득 이해가 된 모양이었다. 그가 마니를 쳐다보았다. 눈썹을 치켜떴다. 그는 고함을 지르려는 듯이 고개를 한쪽으로 돌렸고, 동시에 그보다 더 중요한 문제, 먼저 오해를 풀어야 할 사람이 따로 있음을 깨달았다.

"이사님," 그가 한 걸음 물러서며 마니에게서 떨어졌다. "지금 보시는 건 그런 게 아닙니다. 이건 완전히……"

"그만해." 마니가 한 손을 들어 그에게 뻗었다. "제발. 우리 이제 그냥 솔직해져. 언제까지나 비밀로 할 순 없잖아. 이제 더이상은 안 되겠어."

마니는 훌륭한 배우는커녕 좋은 배우도 못 되었다. 말투는 부자연스럽고 뚝뚝 끊겼으며 동작은 어색했다. 그러나 스티븐은 자기 역할을 너무 완벽하게 해주고 있었다. 휘둥그레진 눈이 야외 가든을 왔다 갔다 훑으면서 아내가 있는지부터 찾았다. 입이 벌어졌다 닫혔다 하며 무슨 말을 해야 할지, 어디서부터 시작해야 할지 갈팡질팡했다.

"죄송합니다. 말씀드렸어야 했는데." 마니가 말을 이었다. "아시다시피 비밀로 해야만 했어요. 하지만 이제 아셔야 할 것 같아요. 스티비와 전…… 사귀는 사이예요."

"사귀는 사이?" 애비가 말했다.

"사, 뭐라고?" 스티븐이 말했다.

"제가 회사규정을 찾아봤는데, 우리 둘 중 하나는 회사를 그만둬야 하더라고요. 이해합니다. 제가 인생의 다음 단계를 설계해왔다는 것도 잘 아실 테고 또……"

"지금 즉시 처리하는 걸로 할까요?" 애비가 물었다. 가장 피해가 덜하고 자신의 난처함도 최소화하는 방법을 원하고 있음이 분명했다.

"좋습니다." 마니가 말했다. "월요일에 바로 자리를 정리하겠습니다."

"좋아요." 애비가 말했다. 그녀는 내게로 고개를 돌려 손을 내 양팔 위에 얹고, 직원의 행동을 정중히 사과하며 바로 시정하겠다고 약속했다. 그러고는 실례지만 잠시 동료와 이야기를 나누어도 되겠느냐고 묻더니, 스티븐에게 다가가 그를 품 안으로 데리고 들어갔다.

마니가 내게 방방 뛰어왔다. 꺅 소리를 지르며 팔을 내 목에 둘렀다. 우리는 깔깔거렸다. 전 과정이 너무 터무니없어서, 그런데도 성공했다는 사실이 믿기지 않는데 정말 성공했기 때문이었다. 우리는 강했다. 갱생했다. 단순히 두 젊은 여자가 아니라, 삶을 이끄는 주체라고 느꼈다. 우리는 하나가 되었다. 우리의 결속은 흥미진진한 방식으로 이루어졌다—비밀을 공유하고 공통의 승리를 쟁취함으로써 우리는 이제 무적이 되었다.

집으로 돌아가는 길에 우리는 함께 바에 들러, 구석에 박힌 벨벳 팔걸이의자를 날름 차지하고 앉았다. 아직 초저녁이라 손님은 거의 없었다. 밴드가 뒤에서 슬슬 준비하는 중이었고, 바 직원들은 촛불을 켜거나 유리잔을 닦았다. 나는 샴페인 한 병을 주문했다. 내 월급은 쥐꼬리만하고 그녀의 월급은 이제 없는 것이나 마찬가지였지만, 우리에게 축하할 일이 생겼으니까.

그날 밤늦게 마니가 내게 팔짱을 끼고 집으로 걸어가면서, 우리는 그날의 미친 짓에 대해 얘기했다. 내가 그녀에게 이제 일 안 해도 된다, 아홉시에서 다섯시까지의 사무실생활은 끝이라고 상기시키자, 그녀는 신나서 손뼉을 짝짝 쳤다. 그녀는 엘리베이터 거울에 뜨거운 숨을 호 내쉬고는 손가락으로 웃는 얼굴을 그렸다. 소파로 점프하더니, 나도 어서 점프하라고 했다. 바보 같았다. 재밌었다. 함께 뛰면서 마니가 내 손을 쥐었다. 그때 우리는 웃고 있었다. 그렇게 시끄럽게 함께 웃는 게 일상이었다. 하지만 지금은? 그녀와 함께하는 그런 느낌이 어떤 것이었는지, 그녀에게 흠뻑 빠져 있는 내 모습, 자연스럽게 함께이던 우리의 모습이 잘 기억나지 않는다.

# 13장

다음 금요일에 나는 마니와 찰스의 집에 갔다. 두 사람이 신혼여행에서 돌아온 직후였다. 우리 셋은 소파에 앉았다. 머리 위 샹들리에는 꺼져 있고, 붙박이 조명등이 금색 그림자를 벽에 드리웠다. 여기저기 놓인 촛불의 심지 위에서 불꽃이 깐닥거렸다. 발코니는 두꺼운 붉은 커튼의 물결 뒤에 숨어 있었다.

그해 8월은 역사상 가장 비가 많이 왔던 8월로 기록되었다. 우체부, 기상캐스터, 동료들 할 것 없이 모두가 기억 속에 가장 우중충한 날들로 남았다고 입을 모았다. 그 주는 하루도 빠짐없이 억수같은 폭우와, 보도와 자동차 보닛을 때리는 통통한 빗방울로 뒤덮였다.

"비 좀 봐!" 마니가 말했다. "몇 주 동안 비 근처에도 안 갔었는데. 사람들이 이탈리아에서 여름을 보내는 건 미친 짓이라고들 했었지. 통구이가 될 거라고. 근데 그 말이 진짜 맞더라. 그래서 여기

도착했을 때 갑자기 입을 옷이 없는 거야. 택시에서 짐 다 꺼내고 로비로 옮길 때쯤에는 흠뻑 다 젖었지. 그치, 찰스? 우리 완전 다 젖었었잖아."

그가 그녀의 말하는 리듬에 맞춰 고개를 끄덕였다. "맞아, 정말 그랬지. 옷 속까지 다 젖었으니까."

그들은 이틀 동안 딱 한 번 찬장이 비어 슈퍼마켓에 후딱 다녀왔을 때 빼고는, 커튼 치고 창문 잠그고 비를 최대한 멀리하면서 지냈다고 말했다. 리베카와 제임스가 전날 점심 먹으러 놀러왔다고 하는데, 나한테도 낯설지 않은 이름들이었다.

"부부가 공동 육아휴직을 냈거든요." 찰스가 말했다. "둘 다 지금 일을 안 해요. 느낌이 너무 이상해."

"그 부부 아기 낳았다고 내가 말했던가?" 마니가 물었다. "지금 사 개월인데, 그렇게 귀여운 애는 처음 봤어. 정말 예뻐. 커다랗고 반짝거리는 눈하며, 어쩜 그렇게 투명하게 파란……"

찰스가 비어 있는 내 와인잔을 가리켰다. "한 잔 더?" 나는 고개를 끄덕였다.

"제임스가 아기 보는 데 재주가 있더라." 찰스가 주방으로 향하는 동안 마니가 속닥였다. "솔직히, 매력적인 남자가 아기랑 있는 것보다 섹시한 건 없는 것 같아. 허세도 좀 있고 자기 잘난 맛에 사는 사람이긴 한데. 마음은 또 어찌나 여린지. 아기를 계속 안고 있더라니까. 나한테 내줄 생각을 안 해."

나는 웃으며 끄덕끄덕했다. 상상은 잘 안 갔지만.

"내 것도 채웠어?" 찰스가 병을 가지고 오자 마니가 물었다.

"당연하지." 그가 대답했다. "옆에 있잖아."

"고마워." 그녀가 일어나면서 그에게 키스했다. "저녁 좀 살펴보고 올게."

그가 내 잔을 채우더니, 휴대전화를 최신형 고급 텔레비전에 연결했다. 결혼식 때 들어온 상품권으로 산 것이라고 했다.

"사진 보여줄게요." 그가 말했다. 그러고는 그 텔레비전의 복잡한 사양을 설명하기 시작했다. 디스플레이, 화소, 프로세서의 장점, 나한테는 아무 의미 없는 몇몇 두문자어들. 나는 끄덕거리며 미소를 띠고 인상 깊다는 표정을 지었다. 무엇보다도 그 크기에 압도되었다. 가로 길이가 벽난로 전체 폭에 달했다.

나는 리모컨에 손을 뻗었다. 리모컨은 사이드테이블 위의 작은 고리버들 바구니에 똑바로 세워져 있었다. 찰스는 화면 바로 앞에서 나를 등지고 내 시야를 막고 서 있었는데, 내가 움직이는 기척을 느꼈던 것 같다. 고개도 돌리지 않고 그가 말했다. "내려놔요."

"필요……" 내가 말했다.

"리모컨? 아뇨. 필요하면 내가 가지고 올게요. 일단 내려놔봐요, 제인."

그가 확인이라도 하듯이 어깨 너머로 고개를 돌리더니, 내 손에 쥐어 있는 리모컨을 빤히 쳐다봤다. 나는 그것을 소파 위에 내려놓았다.

그가 씩 웃었다. "믿어보라니까. 성능 보면 놀랄 거예요."

그가 버튼 몇 개를 누르고, 신혼여행 사진을 스크롤하기 시작했다. 나는 이국적인 장소와 아름다운 풍경, 낯섦의 감각에 나도 모르게 빠져들었다. 그는 매번 설명을 덧붙였다. 저기서 뭘 했고, 저 바닷가에 갔을 때는 어땠고, 여기가 두번째 호텔 욕실이었고 어쩌고저쩌고. 그럼에도 사진들 자체는 정말이지 근사했다. 나는 그의 질문과 설명과 끝없는 헛소리에 반응해줬다. 오, 정말 광막한 벌판이네요. 잠깐만, 아까 거기는 어디라고요? 사실 거의 듣고 있지 않았다.

대신 나는 그 여행 속에 나도 있다는 상상을 했다. 스페인계단에서 마니 옆에서 포즈를 잡고, 언덕 꼭대기에서 자전거를 탄 채 웃고, 포도밭에서 열두 개의 와인잔에 둘러싸였다. 상상 속에서 찰스를 지우는 일은 놀랍게도 아주 쉬웠다. 존재 전체를 흐릿하게 처리하여 말소시키면 되었다. 듬직한 어깨, 타이트한 티셔츠, 순전히 젠체하는 웃음마다 박힌 하얀 치아 따위. 젤을 두껍게 발라 뒤로 넘긴 머리, 근육질의 장딴지, 황금색으로 태운 피부 따위 안 보이게 할 수 있었다.

주방에서 마니의 소리가 들려왔다. 나는 그 소리를 확대해 찰스의 소리를 죽였다. 그녀는 카메라에 대고 말하고 있었다. 저녁을 준비하면서 어떤 순서로 하는지, 재료는 무엇인지, 썰고 젓고 섞는 모든 과정을 하나하나 촬영했다.

"저는 계란을 깨고 나면 항상 손을 씻어요. 노른자를 분리할 때는 더욱 그렇게 하죠. 꽤 오래전부터 이렇게 했는데도 여전히 지저분하네요.

스파게티 면을 던져서 벽에 붙는지 확인해야 할까요? 그건 여러분 마음이지만, 파스타가 잘 익었는지 확인하기 위한 제일 정확한 방법임은 확실해요. 오―꺅!―잘 익은 것 같네요!

샐러드에 토마토를 넣어야 할까요? 절대 넣지 마세요.

이 분 남았습니다, 여러분." 그러더니 작은 소리로 말했다. "누가 저한테 요리를 해줄 때는, 항상 식사가 시작되기 전에 미리 작은 공지를 해달라고 하죠. 저만 그런지도 모르겠네요. 여러분 중에 그런 분이 있다면 댓글을 달아주세요. 저는 식사 전에 꼭 화장실을 가야 되거든요. 왜 그런지는 모르겠는데, 꼭 그래요!"

찰스가 슬쩍 내 쪽을 돌아보더니 눈동자를 굴렸다. 부드럽고 친절하게. 나는 응답으로 미소를 보냈다.

"뭐, 그럼." 그가 말했다. "식사 전에, 마지막 남은 몇 장이나 후딱 볼까요? 지루한 거 아니죠?"

나는 고개를 저었다. 그가 빠르게 사진들을 넘겼다. 주황과 노랑과 분홍과 보라의 아름다운 일몰. 초록이란 초록은 모두 물결치는 완만한 언덕. 작고 까만 씨앗이 뿌려진 빨간 캔버스 같은 양귀비 벌판. 파스타, 절인 고기와 치즈, 쓰레기통 뚜껑만한 피자. 기차에 타고 있는 찰스, 눈이 감겨 있고, 테이블 위에는 반쯤 마친 십자말풀이가 놓여 있는. (네가 들으면 재밌어할 정보일 것 같아서 말인데, 십자말풀이는 찰스와 내가 어색해하지 않고 이야기하며 같이 할 수 있는 유일한 것이었다.)

그는 계속 휴대전화를 톡톡 두들겼다. 그런데 텔레비전이 갑자기 정지되더니 하나의 이미지가 화면에 고정되었다. 일광욕 의자에 앉아 있는 마니의 사진이었다. 그녀는 양다리를 나무 골조에 펼치고, 미소 띤 얼굴로 팔에 선크림을 바르고 있었다. 밀짚모자가 이마 위에 경쾌하게 얹혀 있었다. 비키니가 살짝 들려 올라가 가슴 아랫부분의 더욱 하얀 살이 드러났다. 아마 생글생글 웃고 있었을 것이다. 그녀가 찰스를 꾸짖는 모습이 눈앞에 그려졌다. 어머니가 아들더러 지금은 찍지 말고, 준비되면 찍으라고 나무라듯이.

하지만 나라도 찍었을 것이다. 카메라를 의식하지 않을 때 그녀는 훨씬 그녀다웠기 때문이다. 덜 경직되고 덜 부자연스러웠으며 입술을 뾰로통하게 내미는 표정도 하지 않았다. 그럴 때의 그녀가 우리가 알고 있는, 사랑하는 그녀의 모습에 가까웠다.

"마지막 호텔에서 찍은 거네." 찰스가 말했다. 그가 텔레비전을 끄자 화면이 검정으로 바뀌었다. "그곳에 최고로 훌륭한 레스토랑이 있었죠. 미슐랭 스타도 받은. 테이스팅 메뉴를 시도했는데, 비싸긴 했지만 그럴 만한 가치가 있었어요. 정말 맛있었죠."

나도 언젠가 두번째 신혼여행을 가게 될지 궁금했다. 그때도 그럴 가능성은 희박하다고 생각했지만 지금은 더욱 그러한 것 같다.

마니가 우리를 식탁으로 불렀다.

"카르보나라를 만들었어." 그녀가 나를 보며 의자를 빼주었다. "근데 보통 내가 만들던 건 아냐. 우리가 예전에 해 먹던 카르보나라는 아니야." 그녀가 찰스에게로 고개를 돌렸다. "우리 신혼여행에 대한 오마주야. 언덕 꼭대기 집에서 받은 레시피로 만들었어. 기억나? 꼭대기에 올라가서 찍은 사진들도 제인한테 보여줬어? 거기 음식은 정말이지……" 그녀가 손가락을 입술에 가져가더니 손키스를 날렸다. 크고 촉촉한 쪼-옥. "레시피 제발 주시면 안 되냐고 간청해야 했다니까. 가족 대대로 내려오는 레시피였어. 너무 특출해. 우리가 함께 살 때 내가 만들던 것보다 훨씬. 이제 그만 주절거릴게. 어서들 먹어봐."

마니가 내 우묵한 그릇에는 엄청 많이 담고 찰스의 접시에는 터무니없이 적은 양을 담았다. 그는 우묵한 그릇에 음식을 담아 먹기를 싫어했다. 재료가 한데 섞이는 걸 안 좋아했다. 스파게티와 샐러드를 한입에 넣는 것도 싫어했다.

나는 그릇 가장자리에 대고 포크를 돌돌 말았다. 한눈에 질감이 다름을 알 수 있었다. 달걀이 스파게티 가닥 하나하나를 실크처럼 부드럽게 감쌌다. 이에 비하면 우리의 카르보나라는 투박한 스크램블드에그 덩어리가 굴러다니던 것과 마찬가지였다. 오해 말길. 난 아직도 우리의 카르보나라를 좋아하고, 그건 여전히 내가 제일 좋아하는 음식이니까.

"너무 맛있다." 찰스가 말했다. "진짜 솔직하게 말할게. 맛이 정말 똑같네."

마니가 손뼉을 쳤다. "내가 딱 듣고 싶던 말이야. 제인? 넌 어때?"

"음," 내가 말했다. "우리 카르보나라보다 더 좋다곤 할 수 없지만. 왜냐면 그렇게 말하면 배신인 것 같아서. 하지만 맛있어."

마니가 싱긋 웃었다. "좋아할 줄 알았어." 그녀가 내 와인잔을 다시 채웠다. "이 와인도 거기서 사온 거야. 정신 나간 짓이었지. 맛이 같을 수는 없을 테니까. 그래도 생각보단 무사히 물 건너온 것 같아. 안 그래?" 그녀가 물었다.

찰스가 끄덕였다. "맞아. 끝내주는 파스타에 훌륭한 와인이라니. 비가 내리지만 않았어도, 거기 있는 줄로 착각했을 거야."

네겐 이 말이 이상하게 들리고 안 믿길지도 모르겠지만, 그전까지 나는 그들 사이에서 불청객처럼 느낀 적이 한 번도 없었다. 나도 두 관계가 어느 정도 경쟁적인 면이 있음을 잘 알고 있었다. 그래도 대충 나란히 공존할 수 있을 줄 알았다. 하지만 나와 마니의 우정은 점점 그들 이야기 속의 한 단락처럼 느껴지기 시작했다. 그들의 절대적 사랑 외에 다른 공간은 없는 것 같았다.

조너선이 죽고 몇 개월 동안은 암울한 날들이었다. 내가 뭘 했고 어딜 갔고 누구와 이야기했는지 기억이 나지 않는다. 그러나 결국 나도 일터로 되돌아갔다. 마니는 그 주 주말에 나를 초대했다. 찰스는 늦게까지 일했다. 자주 열한시를 넘기거나 어떤 때는 이른 아침이 되어서야 돌아왔지만, 금요일 밤에는 야근하지 않는다는 원칙이 있었다. 주말은 신성하다나. 균형이 중요하다고 그는 말했다. 아무리 그래도 한 주의 끝에, 여덟시나 아홉시쯤 집에 돌아오면, 그는 녹초가 되어 있었다. 외출이나 친구는 고사하고, 다른 모든 활동을 거부했다. 그냥 집에 있고 싶어했다. 따라서 매주 이루어지는 나의 방문은 반복적으로, 거의 방해받지 않고 이어질 수 있었다.

그런데 그들의 결혼이 그 규칙적인 방문의 자연스러운 종료를 의미할지도 모른다는 생각이 들었다. 수년 동안 내 쪽에서만 방문하는 관계였지만, 나는 누구보다도 잘 알고 있었다. 모든 것은 결국 끝난다는 걸.

열시 반에 마니가 일어섰다. "자, 이제 그럼."

난 자리에 그대로 앉아 있었다. 그녀가 디저트 그릇 세 개를 팔꿈치 안에 차곡차곡 쌓아 균형을 잡았다. 그리고 텅 빈 과일 그릇과 크림 단지를 집어들고 주방으로 사라졌다. 그녀가 라디오를 켜는 소리가 들렸다. 현악기들이 어울려 낮고 부드러운 소리를 냈다. 세라믹 접시들이 짤강거리며 부딪쳤다. 냉장고와 식기세척기와 찬장을 열었다 닫았다 하면서 그녀의 발이 주방을 타박타박 오가는 소리가 들려왔다.

난 마니를 따라 주방에 갔어야 했지만, 그러지 않았다.

"결혼식 때," 내가 말했다. 좋은 생각이 아니라는 걸 본능적으로 알고 있었지만, 한번 말을 떼니 멈출 수가 없었다.

"멋진 날이었죠." 찰스가 하품하며, 그날 밤처럼 두 손을 머리 뒤에 얹었다. 정확히 같은 동작이었다. 셔츠가 다시 한번 벨트 부근에서 쭉 당겨졌다. "최고였어요."

"근데, 끝나갈 때," 내가 말했다.

"끝나갈 때?" 그가 반복했다. "그때 왜요?"

그는 정말로 어리둥절한 듯 보였다.

여기서 잠깐, 하나 말해둘 게 있다. 네게 미리 설명을 해주었어야 했는지도 모른다. 너는 살면서 거짓말을 한 적이 거의 없기 때문에 잊기 쉬울 테니까. 반면 나는 정말 많이 했으니. 내 경험으로부터 조금이라도 배울 수 있을 것이다.

첫째로 알아야 할 것은, 거짓말은 단지 이야기일 뿐이라는 것이다. 그것은 꾸며낸 허구다. 둘째는, 정말 이상하고 정말 터무니없는 거짓말도 때로 완벽한 진실처럼, 완벽하게 개연성을 띤 것처럼 느껴질 수 있다는 것이다. 우리는 이야기를 믿고 싶어한다. 셋째는, 따라서 거짓말을 그럴듯하게 늘어놓는다 해서 그게 무슨 대단한 재주는 아니라는 것이다. 하지만 무엇보다 중요하며 절대 잊지 말아야 할 점은, 우리는 스스로의 거짓말에 면역되지 않는다는 사실이다. 우리는 강조할 지점을 변경하고 긴장감을 증대시키고 사건을 과장함으로써 이야기를 수정한다. 이 수정된 이야기를 매번 발화할 때마다 발전시키면서, 결국은 스스로도 믿게 된다. 왜냐하면 우리는 이야기뿐 아니라 기억까지 수정하기 때문이다. 우리가 창조하고 상상한 순간들, 즉 우리의 허구가 점점 실제처럼 느껴지기 시작한다. 너는 수정된 이야기가 현실에서 그럴듯하게 펼쳐지는 것을 목도하게 될 것이다. 그러고 나면 어디까지가 진실이고 어디서부터 거짓말인지 알 수 없게 된다.

"끝나갈 때," 나는 반복해 말했다. 그가 어깨를 으쓱하며 눈썹을 찌푸렸다. "그날 저녁 끝에. 당신과 내가 같이 있을 때."

"당신과 나?" 그가 물었다. "제인. 왜 그래요, 진짜. 무슨 말이에요?"

거봐. 이제 너무 늦었다. 그는 그동안 기억을 수정하고 그 순간을 의도적으로 잘못 기억하고 말았다. 이제 더이상 단 하나의 확고한 진실은 없다. 그는 그 이야기를 반복해서 되새겨보았을까? 그때마다 자기 행동을 바꿨을까? 자신의 수정된 서사를 믿게 되어, 지금의 의심과 혼란이 진짜처럼 느껴지는 것일까?

순간 나 자신이 궤변이나 늘어놓는 멍청이처럼 느껴졌다. 그러나 그때 나는 무언가를 보았다. 찰스의 얼굴에 스치는 어둠을. 그의 이마에 주름이 잡혔다가 다시 팽팽하게 당겨졌다. 왼쪽 눈썹이 파르르 경련했다. 아마도 당혹감과 분노로, 뺨이 붉어졌다. 그가 입술을 할짝거리더니 이 사이에 집어넣고 입을 꾹 닫았다. 입술 가장자리가 하얗게 파리해졌다. 그는 알 수 없는 소리를 무심코 내뱉더니 입가를 물어뜯었다.

나는 더이상 아무것도 확신할 수 없었다.

"무슨 말인지 알잖아요." 내가 말했다.

"모르겠는데." 찰스가 두 손바닥을 테이블에 붙이고 손가락을 펼쳤다.

"알 텐데." 나는 확신까지는 할 수 없었으나, 그가 정말 알고 있으리라 생각했다.

"미안해요, 제인." 그의 얼굴이 돌처럼 굳고 이목구비가 단단해져 움직이지 않았다. "미안하지만, 무슨 말인지 모르겠어요."

"정말 몰라요?" 내가 물었다. 여전히 그가 실수라도 해서 진실이 드러나길 바라면서.

"대체 무슨 뜻이에요?" 그가 고개를 왼쪽으로 살짝 갸우뚱거렸다. 정말 궁금하다는 듯이. 내 질문에 정말 많이 당황했다는 듯이.

"내 생각에……" 하지만 내 생각이 뭔지 나는 몰랐다. "당신이 나를 만진 것 같아서요." 내가 말했다. "기억해요? 당신이 취해서…… 날 만졌잖아요."

그가 사람들이 놀랐을 때 짓는 전형적인 표정으로 얼굴을 구겼다. 그 표정은 가짜였다. 이마 위로 눈썹이 너무 높이 치켜올라갔고, 눈은 너무 퉁방울처럼 커졌고, 턱을 너무 내려서 입술이 가식적인 작은 o 모양을 하고 있었다.

"제인," 그가 말했다. "지금 '만졌다'는 게 무슨 뜻이에요? 설마……"

"기억나잖아요." 내가 말했다. "기억나는 거 알아요."

그가 얼굴을 펴더니 이번에는 걱정을 담은 기묘한 표정을 지었다. "제인, 미안해요. 무례하게 굴긴 싫은데, 무슨 말인지 정말 모르겠어요. 도와주고 싶어요…… 그렇게 생각한다니 유감이지만…… 그럼 아예 처음부터 되짚어보는 게 어때요? 당신이 기억하는 걸 말해봐요."

"끝나갈 때," 내가 말했다. "우리가 같이 앉아 있었을 때."

뭔가 달라졌다. 뭔가 잘못되고 있었다.

"계속해요." 그가 말했다.

"내 어깨에 팔을 둘렀잖아요." 내가 말했다.

바깥은 이미 어두워져 있었다. 희멀건 벽에 쳐진 붉은 커튼이 검어 보였다. 촛불이 스러지며 금속 촛대 위에서 명멸했다.

"자, 그럼, 내가 정말로 솔직하게 말해볼게요." 그가 말을 뗐다. "기억이 전혀 안 납니다. 당연하죠. 그날 아마, 하루종일 거기 있는 사람들 거의 다 안았을 거예요. 파티였잖아요. 축하연이었어요. 근데…… 제인, 정말 그것 때문이에요? 당신한테 두른 내 팔 때문에? 그게 그렇게 불편했어요? 아마 난 진짜로 아무 생각 없이…… 실제 둘렀다 해도…… 불쾌감을 줄 생각은 전혀 없었어요."

"아니," 내가 말했다. "아니요. 그게 다가 아니에요. 내 어깨에 두른 팔이 다가 아니에요. 그런 얘기가 아니에요. 당신 손." 내가 말했다. "손으로 만졌잖아요."

그때 나는 그가 더이상 나를 보고 있지 않다는 걸 알아차렸다. 대신 내 머리 위, 내가 앉은 자리 너머를 보고 있었다. 내 뒤의 무언가를, 누군가를. 문득 라디오가 꺼져 있다는 것을 깨달았다. 마니가 주방에서 타박타박 다니는 소리나 도자기 그릇이 짤강거리고 냉장고 문이 훅 떨어졌다 들러붙었다 하는 소리도 들리지 않았다. 유일한 소리라고는 식기세척기가 돌아가는 낮은 윙윙거림뿐이었다.

마니는 언제부터 거기 서 있었을까. 얼마나 들었을까. 확실한 건 찰스가 그녀를 의식하여 대화의 방향을 틀었다는 것이다. 그녀가 들었으면 하는 내용으로 몰고 갔다. 그에 대응하는 진실, 그와 나뿐이었다면 드러날 수도 있었을 진실이 아니라.

그가 어깨를 으쓱했다. 무슨 소린지 난 전혀 모르겠어. 의사를 전달하기 위해 딱히 말을 꺼낼 필요도 없었다. 나는 어깨 너머로 마니를 돌아다보았다.

그녀는 아직 앞치마를 두른 채였다. 회색 바탕에 흰 장식이 있고, 허리와 목에 묶은 크림색 끈은 밧줄 모양이었다. 식탁매트를 닦으려고 젖은 행주를 들고 있었다. 그녀가 고개를 왼쪽으로 갸우뚱했다. 초췌한 눈을 가늘게 뜨고 식탁 너머로 나를 쳐다보았다.

"무슨 일이야?" 마니가 물었다. 내 눈을 똑바로 마주보고 있었다.

그러나 내가 미처 대답하기 전에 찰스에게로 고개를 돌렸다. "괜찮아?" 그녀가 물었다.

그가 어깨를 으쓱했다.

"제인?" 그녀가 말했다. "뭐냐니까?"

너무 늦었다.

"그이가 널 만졌다니. 방금 그렇게 말한 거 맞아? 정확히 언제 만졌는데?"

나는 마니가 화가 났다는 건 알았지만, 멍청하게도 그게 날 위한 화는 아니라는 걸 몰랐다. 가슴속에서 심장이 터질 듯했다. 아래를 내려다보았다면 옷과 살가죽 밑에서 요동하는 심장이 보였을 것이다. 두 주먹이 꽉 쥐어졌다. 손이 축축했다.

아무것도 아니야, 라고 말하고 싶었지만 찰스는 이미 나를 꼭두각시처럼 궁지에 몰아넣었다. 이제 내가 말한 것 외에 다른 일이 일어난 척하기엔 너무 늦었다. 그는 영리했다. 정말 훌륭한 거짓말쟁이였다. 사실 너무 훌륭해서 자기 헛소리를 자기가 믿었을 것이다. 그게 아니라면 믿을 수 없이 설득력 있는 사람이거나. 어쨌든 두 경우 다. 나를 나 자신의 진실이 놓은 함정에 빠뜨릴 만큼 충분히 영특했다.

그는 나를 교묘히 거미줄 가장자리로 밀었다. 이제 난 한마디 거짓말로 빠져나갈 수 없었다.

"정확히 뭐 때문에 내 남편을 비난하는 거야?"

나는 진실이 연민 비슷한 감정의 환대를 받기를 바랐다. 마니가 나를 믿기로 선택하여, 나와 함께 이 문제를 해결하기를. 그러나 나는 그녀가 누구 편인지 알게 되었다. 그리고 그게 나는 아니었다. 솔직히, 내가 그런 기대를 했다는 것도 우스웠다. 에마조차도 나를 의심할 여지를 발견했다. 당연히 마니도 그랬다. 아마 너도 그렇겠지.

행주를 식탁에 내려놓는 그녀의 손가락이 부르르 떨렸다. 창백한 얼굴은 벌겋게 상기되었다. 목에서 붉은 반점들이 얼룩덜룩하게 올라와 가슴으로 번지고 있었다.

"뭐 때문이냐니까?" 그녀는 강경했다.

"나를 추행했어." 내가 말했다. "네 결혼식에서. 미안하지만 마니……"

"추행?" 그녀가 말했다. 목소리는 평소보다 낮고 차분했다.

그녀의 눈길이 우리 사이를 빠르게 오갔다.

나는 찰스를 보았다. 그는 흠잡을 데 없는 상태였다. 나보다 영리하게 잘 준비된 상태였다. 걱정과 짜증이 완벽하게 혼합된 얼굴이었다. 그의 눈은 말했다. 이 여자는 지금 도움이 필요해. 꽉 다문 턱은 주장했다. 이 허튼소리를 설마 믿는 건 아니겠지? 그의 자세는 외쳤다. 무슨 소린지 난 진짜 좆도 모르겠어.

"응." 나는 무릎 위에 꼭 쥔 손을 내려다보며 말했다. "추행."

"어깨에 두른 팔? 그거 말하는 거야? 단지 어깨?"이때쯤 마니는 거의 소리치고 있었다. 목소리의 높낮이가 불안정해서 마치 우는 것처럼 들렸다. "아니, 제인. 그래서 지금 이러는 거야? 그게 다야? 그렇다면 너 정말 정신이……"

"아니." 내가 말을 끊었다. "그게 다가 아냐. 절대. 네 남편이 나를 더듬었어." 말이 입속에서 불편하게 느껴졌다. "손을 내 옷 위에 댔어. 내 드레스 위에. 그때 난 아무 말도 못했지만, 그건 옳은 행동이 아니라고 생각했어. 네 결혼식 날이었잖아. 하지만 지금이라도 말해야 했어. 내가 무슨 말이라도 해야 했다는 걸 정말 모르겠니?"

마니가 고개를 돌려 찰스를 보았다. 눈썹을 들어올려 말없이 묻고 있었다. 나는 그게 무슨 뜻인지 해석할 수 없었기에 말을 계속이었다.

"거기서 더 나갔을 거라고 생각해." 내가 말했다. "그때 네가 오지 않았다면. 아마…… 정말 무슨 생각이었던 거예요?"나는 찰스한테로 고개를 돌렸다. "내가 그대로 놔뒀으면. 계속했을 거예요? 아님 그냥 날 비참하게 만들고 싶었던 거예요? 항상 그런 식이지. 아닌가? 항상 다른 사람보다 더 크고 더 나은 사람이고 싶어하니까."

"제인……"그가 말했다. "나는 잘 모르겠어요…… 지금 이게 다 무슨 일인지 모르겠고, 난 아무 뜻도 없었어요."

찰스가 자리에서 일어나 마니 옆으로 갔다. 팔을 마니의 허리에 두르고, 밧줄 모양의 앞치마 허리끈 안쪽으로 손을 집어넣더니 앞치마를 만지작거렸다. 나는 마치 부모와 싸우며 대드는 어린아이가 된 기분이었다. 그들이 거대하게 내 앞에 군림하며 잘못을 낱낱이 까발리면, 그 앞에서 기가 푹 죽고 마는.

갑자기 그의 어조가 바뀌었다. 그가 화를 냈다.

"빌어먹을, 제인." 그가 소리쳤다. 마니가 움찔했다. "내 결혼식이었다고요. 당신은 아내의 제일 친한 친구고요. 무슨 일이 일어났다고 생각하는지 모르겠는데…… 젠장 그만하라고. 맙소사. 이건 아니에요."

마니가 천천히 고개를 끄덕였다. 그가 스스로의 이야기를 믿든 말든 이제 그게 중요한 게 아니었다. 그녀가 확실히 믿는 것 같았으니까. 그녀의 얼굴이 붉으락푸르락했다. 분노어린 눈빛이 생일 케이크 촛불처럼 번뜩였다.

그는 내가 이제 독 안에 든 쥐라고 여겼을 것이다. 하지만 항상 다른 거짓말은 있지. 더 나은 거짓말.

언젠가 누군가 네게 거짓말은 거짓말을 낳는다고 말할 날이 올 것이다. 맞는 말이다. 하지만 그들은 그게 마치 문제인 듯 말할 것이다. 실은 해결 방법인데.

"찰스가 날 원한다고 말했어. 나랑 대화하는 게 늘 좋았다고 했어. 나도 같은 감정이냐고 물었어." 나는 말했다. "저 사람 손이 드레스 위로 나를 만졌단 말이야. 옷감 가장자리를 주무르면서 솔기를 더듬었어. 그래. 손이 다라면, 만진 게 다였다면, 나도 확신할 수 없었을 거야. 술을 너무 많이 마시면 사람이 그럴 수 있으니까. 자기가 무슨 생각인지, 뭘 하는지 모를 수도 있지. 근데 찰스가 그런 말을 했을 때, 난 알았어." 나는 말했다. "고의라는 걸."

마니는 다시 확신하지 못하고 있었다.

나의 말은 거짓말이었을까? 정말? 진심으로 단언컨대, 그때 딱 이 분만 더 있었어도 정확히 같은 일이 벌어졌으리라 본다. 그는 반드시 그 비슷한 말을 했을 것이다. 확실하게 말할 수 있다. 찰스는 본디 그런 남자니까. 그는 혀를 제대로 굴릴 줄 알았다. 이야기를 쌓아올릴 줄 알았다. 그의 말은 그 자체로는 공허하고 너절하고 쓰잘머리 없을 뿐인 그의 행동에 신빙성을 부여했다.

어쨌든, 그래. 맞아. 그건 거짓말이었다. 그것이 내가 마니에게 했던 세번째 거짓말이다.

또한 찰스가 살아 있는 동안 그녀에게 했던 마지막 거짓말이다.

# 14장

마니는 내게 돌아가달라고 했다. 모든 것이 말해졌고 또 말해지지 못한 후, 그녀는 똑바로 서서 말했다. "이 집에서 나가줄래."

난 충격받은 채로 앉아서 움직이지 않았다.

"가라고." 그녀가 반복했다. "지금. 제발."

찰스와 나는 서로를 쳐다보았다. 우리는 같은 생각을 하고 있었다. 마니의 표정을 확실히 읽을 수 없다는 것. 그녀가 전혀 즐겁지 않다는 건 알 수 있었지만, 그 표정에는 화는 소멸하고 대신 불분명한 무언가가 들어앉아 있었다. 그 어느 때보다 붉지만 단단히 맞물린 앙다문 입술과 날카로운 눈빛은 이전에는 본 적 없던 것들이었다. 피부는 흙빛으로 변해 무거웠다. 그 무게가 턱으로 내려앉고 있었다.

찰스가 그녀의 허리에 두른 손에 힘을 주며 부드럽게 끌어당겼다.

마니는 아무 반응도 하지 않았다. 허리께에 양손을 얹은 채 얼어붙은 듯 가만히 있었다.

나는 일어섰다.

"알겠어. 갈게." 내가 말했다. "확실히 내가 가길 바라는 거 맞아?"

마니가 재고할지도 모른다고 생각했던 걸까? 아마도 그래주길 바랐는지도. 하지만 그런 일은 일어나지 않았다.

"확실해." 그녀가 대답했다.

나는 현관으로 갔다. 고리가 일렬로 늘어선 옷걸이에서 레인코트를 내렸다. 라디에이터에 기대어 있는 우산 밑으로 물웅덩이가 고여 있었다. 문손잡이에 손을 대고 다시 한번 그들을 뒤돌아보았다. 그들은 방금 전과 정확히 같은 자세로 서 있었다. 나란히, 그의 팔이 그녀의 허리에 둘러진 채. 그들은 내가 정말 갔는지 확인이라도 하듯 내 쪽을 흘금 돌아보았다.

밖으로 나왔다. 집까지 걸었다. 몇 시간이 걸렸고 비는 세찼지만, 그 순간 내게 딱 필요한 것이었다. 빗물이 신발과 양말까지 다 적시고 발은 그 속에서 쭈글쭈글해지길 바랐다. 바람이 우산을 당기는 느낌, 내가 뭔가에 대적하고 있다는 느낌이 필요했다. 철벅철벅 행군하며 땅을 짓이기고 싶었다. 빗물이 발목과 팔꿈치까지 튀고 볼기뼈를 할퀴길 바랐다.

집 앞에 도착했다. 가방을 뒤적거리며 열쇠를 찾았다. 열쇠를 발견해 안으로 들어갈 때쯤에는 카펫이 빗물에 푹 젖어 탁한 갈색으로 얼룩져 있었다. 뜨거운 물로 샤워하고 난방을 켰다. 침대에 누웠지만 잠이 오지 않았다. 어딘가 다른 곳으로 가고 싶었다. 런던은 너무 크고 분주했다. 사람들은 신경질적이고 날카롭고, 대기는 자욱하니 사납기만 했다.

알람시계를 맞췄다. 몇 시간 후 알람이 울렸을 때 나는 여전히 깨어 있었다. 마침내 날이 밝았다. 어머니를 보러 갔다. 아주 잠시. 그녀는 날 알아보지 못했고, 난 끈질긴 질문 세례와 변함없는 헛소리를 버틸 인내심이 바닥난 상태였다. 나는 다른 기차를 타고 런던이 아닌, 더 먼 곳으로 향했다. 더 젊었을 때의 나 자신의 자취를 따라갔다.

낮곁에 비어에 도착했다. 짐은 작은 배낭이 전부였다. 곧장 우리의 호텔로 향했다. 내 다리가 저절로 그쪽으로 움직이고 있는 줄도 몰랐다. 우리 방은 그날 딱 하룻밤 비어 있었다. 창밖으로 해변이 내려다보이는, 2층 복도 끝 방.

침대 위에 가방을 내려놓고 밖으로 나가 해변으로 갔다.

밀려드는 파도를 가만히 서서 우두커니 바라보았다. 해가 났지만 파도는 여전히 성내며 자갈 해변에 부딪혔다.

"이쪽이야." 그의 말소리가 들렸다. "이쪽으로 가보자."

나는 절벽 쪽으로, 사 년 전 우리가 걸었던 길을 되짚어 따라갔다. 해변은 붐볐다. 여름휴가를 맞은 젊은 가족과, 이십대 아니면 팔십대 아니면 그사이의, 사랑에 빠진 연인들이 몰려와 있었다. 혼자 온 젊은 여자는 거의 없었다. 내가 그 해변에 마음의 상처를 안고 온 첫번째 여자일 리는 없었을 텐데. 파라솔과 모래성과 줄무늬 타월을 두르고 몸을 떠는 아이들이 보였다. 배드민턴 라켓과 바람막이 장치와 빨갛고 노랗고 파란 플라스틱 삽이 널려 있었다.

그 광경을 모두 뒤로하고 나는 걸었다. 길을 따라 오르고, 아스팔트길을 터덜터덜 지났다. 갈매기들이 여전히 끼룩거리며 머리 위를 날아다녔고, 내가 저들을 기억하듯 저들도 날 기억할지 궁금했다.

몇 달 만에 그 어느 때보다 조녀선이 가깝게 느껴졌다. 나는 마라톤 당일 아침 이후로 우리의 복층주택 근처에도 가지 않았다. 절대 그곳으로 돌아가지 않았다. 이사하고 집을 팔 때도 발걸음하지 않았다. 우리가 사랑했던 장소들은 두 번 다시 방문하지 않았다. 그날 밤 이후로 윈저 캐슬에도 가지 않았으며, 옥스퍼드 서커스도 거의 지나다니지 않았다. 하지만 그 마을은 친숙한 느낌이 들었고, 그곳에서는 어쩐지 통증이 누그러지는 것 같았다.

다음 마을에 있는 카페에 도착했다. 같은 야외 테이블에 앉아 같은 지점에서 바다를 바라보았다. 내 삶이 얼마나 많이 바뀌었는지를 생각하자 두려워졌다. 내가 그 변화를 얼마나 싫어하는지도. 다른 나. 남편과 함께하는 삶의 어귀에서 그와 여기 앉아 있던 내가 되고 싶었다. 그때의 나는 다가올 기념일과 새집과 아이들과 일평생 웃을 일과 사랑할 일만 남았다고 믿는, 참 나답지 않게도 낙천주의자였다. 지금의 내가 되고 싶지 않았다. 자기가 이끌기로 되어 있던 삶으로부터 닻이 올려진 채 영원히 떠도는 차갑고 비틀린 사람.

네게 그런 나 자신을 극복하고 앞으로 나아갈 방법을 찾았다고 말할 수 있다면 얼마나 좋을까. 슬픔과 분노를 딛고, 확신과 안정과 평온을 되찾았다고 말할 수 있다면 멋지지 않을까? 하지만 그런 일 따위 일어나지 않았다. 그런 적 없었다.

어부들이 보이지 않았다. 조금 일찍 왔더라면 분명 거기 있었을 텐데. 그 시각에 나는 아마 100킬로미터도 넘게 떨어진 곳에서, 알람시계가 울리길 기다리며 침대에 누워 있었을 것이다. 자동차 경적과 스모그가 가득한 세계에서. 다시 절벽 아래 해변을 거닐었다. 아침에 들어왔던 조수 때문에 아직 축축한 자갈들이 신발 밑창 아래서 오도독거렸다.

절벽 아랫부분에 잡초가 웃자란 샛길이 눈에 들어왔다. 가시덤불이 울창해 거의 보일락 말락 했다. 하지만 나는 그곳을 찾고 있었다고 생각한다. 그와 가까이 있을 수 있는 방법을 찾으려 애쓰고 있었던 것이다. 그가 앞서가면서 지그재그로 움직이고, 쐐기풀 숲을 오르고, 그러는 동안 무척 집중해 있던 모습이 떠올랐다.

나는 천천히 발걸음을 옮겼다.

비 때문에 길이 아직 미끄러웠다. 바위 위도, 길이 나 있는 지면도 진흙탕이었다. 양옆으로 울창한 수풀에서 뻗어나온 키 큰 가지들이 길 위에 그늘을 드리우고 있었다. 태양이 이 작은 길을 말리려면 얼마나 걸릴지 생각했다. 바다는 보이지 않았지만, 들을 수 있었다. 갈매기도 보이진 않았지만, 들을 수 있었다. 나는 온전히 혼자였지만 세상은 아직 저 바깥에 존재하고 있었다. 몇 분만 더 가면 되었다.

나는 위쪽 비탈면으로 향하는 길로 진입하는 계단에 도착했다. 왼쪽으로 나 있는, 내가 처음에 선택했던 길이었다. 고작 일이 분이긴 했지만, 그 길은 나를 조녀선으로부터 떨어뜨려놓았었다. 지금은 그와 일이 분을 함께할 수만 있다면 주지 못할 것이 없다. 어떤 희생도 감수할 수 있다.

나는 오른쪽으로 가기로 결정했다. 그쪽은 계단이 없었고 그냥 진흙길뿐이었다. 그나마 높이 올라온 덕분인지 지나온 길보다는 말라 있었지만, 그래도 질척거리고 위험해 보였다. 그의 발이 디뎠을 곳을 상상하면서, 오랜만에 그 자리에 부츠를 내디뎠다. 절벽면에 몸을 찰싹 붙였다. 그의 몸도 한때 여기서 같은 바위를 끌어안았을지 궁금했다. 그의 손이 내 등에 닿던 감촉이 생각났다. 그의 심장은 아마도 침착하고 규칙적으로 뛰고 있었을 것이다. 내 심장은 가슴속에서 벌렁거리고 있었지만.

앞에 쐐기풀 숲이 보였다. 이번에는 잘할 수 있으리라는 자신감이 들었다. 눈부시게 파란 하늘은 구름 한 점 없이 맑았다. 나는 유령을 믿고 그러는 사람은 전혀 아니었지만, 그 순간 조녀선이 내 곁에 있다고 확신했다. 몸을 돌려 등을 절벽 면에 닿게 한 뒤 바다를 내려다보았다. 파도가 발아래서 부서졌다. 술 취한 사람처럼 현기증이 났고, 거의 몽롱할 정도로 아드레날린이 치솟았다.

할 수 있을 줄 알았다. 그처럼 나도 두려움 없는 사람이 될 수 있을 줄 알았다.

잘못 생각했던 것이다.

나는 계속 오르기로 하고, 손바닥으로 왼쪽 절벽 면을 꽉 잡았다. 되도록 절벽 면에 몸을 가까이 붙이고, 앞뒤로 일직선을 이룬 발을 앞으로 움직였다. 쐐기풀을 조심스럽게 밟으며, 눈을 들어 전방을 주시했다.

"위에서 만나." 나는 속삭였다. 나 자신에게 한 말이기도 하지만 저 바다 너머에 한 말이기도 했다. "언젠가. 당신을 찾을 거야. 저 위에서 만날 거야."

그때 손이 조금씩 떨리기 시작했고, 나는 뜻밖에 내가 울고 있다는 것을 깨달았다. 숨을 쉬자고 생각을 해도 쉬어지지 않았다. 공기가 목구멍에 자꾸 걸렸다. 공기를 빨아들일 때마다 숨이 턱턱 막히기만 할 뿐이었다. 숨이 폐에서 계속해서 쏟아져나와 입속에서 엉겼고, 너무 빠르고 너무 세차게 몰아쉬는 통에 나는 뼈가 분리된 것처럼 몸을 떨고 있었다.

후들거리는 몸에 중심을 잡고 발을 제자리에 고정시키려 해보았지만, 잘되지 않았다. 나는 그 자리에 쭈그리고 주저앉았다. 작아질 대로 작아지고 싶다, 떨어지고 싶지 않다는 심정뿐이었다. 그렇게 무너져 있다보니 결국 가슴속에서 미약하게 호흡이 떨리는 것 말고는 거의 평정을 되찾았고, 계속 나오는 딸꾹질만 남게 되었다.

마침내 다시 몸을 일으키고 갈림길 쪽으로 되돌아갔다. 울퉁불퉁한 바위 표면을 살살 짚어가면서, 아무 생각도 감정도 없이 다치지 않도록 최대한 조심했다. 결국 나는 다른 길, 내가 처음 선택했던 왼쪽 계단 길을 택했다. 그리고 꼭대기를 향해 힘겹게 올랐다.

실패했다. 또다시.

나는 풀로 덮인 거대한 주춧돌 같은 절벽 꼭대기에 다다랐고 바다를 향해 다리를 쭉 펴고 앉았다.

그리고 울었다.

내 인생에 몇 번의 사랑이 있었지만, 가장 위대한 사랑은 죽음으로 벼려져 있을 거라고 생각한다. 나는 조녀선이 죽을 당시 그를 미친듯이 사랑하고 있었다. 우리는 오래오래 그럭저럭 살아진 삶으로부터 오는 격한 파도와 뭉툭한 트라우마로 상처 입지 않았다. 일평생 동안의 평범한 사랑에 닳아서 올이 다 드러나는 일도 없었다. 우리는 마지막까지 서로에게 정신없이 사로잡혀 있었다. 내가 가장 사랑했던 것들─그의 고지식함, 유능함, 양말을 접는 독특한 방식, 아침에 까치집을 지은 머리—에 지루해지거나 짜증났던 적이 없었다.

백번 양보해도, 그렇게 되었을 리 없다고 진심으로 믿는다. 그는 언제나 그저 최고인 사람이었다. 아침에 오렌지주스를 두 잔 따르면, 첫째 잔은 날 주고 두번째 잔을 자기가 마셨다. 내가 주스통 밑에 깔린 텁텁하고 쓴 부분을 싫어한다는 걸 알았으니까. 내 손이 차가우면, 자기 손도 차가울 텐데 장갑을 건넸다. 운전할 줄도 모르고 오래 앉아 있는다는 생각만 해도 싫은 나를 위해, 자기가 장거리 운전을 했다. 퇴근하고 집에 오면 표백제와 가구광택제 냄새가 날 때가 있었다. 그가 집안 대청소를 했던 것이다. 내가 할 필요 없도록. 내가 마니와 놀러 나가서 즐거운 시간을 보내고 행복하도록. 잘 시간이 되면 매일 밤 그가 모든 불을 다 껐다. 내가 어둠 속에서 계단을 오르는 일이 없도록. 그는 수백만 개의 작은 방식으로 나를 사랑했다. 그는 끝없이 스스로를 증명하는 사랑을 믿었다. 그 사랑은 실재했고 관대했으며 결코 미미하지 않았다. 그 사랑은 그가 떠난 자리에 영원히 응결되었다.

마니는 나의 두번째 위대한 사랑이다. 하지만 이제 난 그녀마저 잃은 느낌이었다. 이건 매우 다른 종류의 상실이었다. 조녀선은 일순간 사라졌다. 반면 마니는 썰물처럼 서서히 빠져나가고 있었다. 나는 변함없이 단단하게 그 자리에 붙박인 모래사장이었다. 마니는 바다였다. 우리 둘보다 센 어떤 힘에 의해, 나로부터 빨려나가 다른 곳으로 흘러들었다.

마니가 나를 선택할 수도 있었을 순간들이 있었다. 찰스에게 나가달라고 할 수도 있었다. 허리에 둘러진 그의 팔에서 물러설 수도 있었다. 그녀는 그러지 않았다. 그가 하는 말을, 그의 결백을 믿었고, 거짓말은 내가 하고 있다고 생각했기 때문에. 어떤 자연재해는 너무 강력해 완전한 복구가 불가능하다.

나는 일어섰다. 풀로 뒤덮인 절벽 가장자리를 따라 걷다가 호텔로 돌아갔다. 계산하고 바로 런던으로 돌아갈까도 생각해보았다. 하지만 어차피 숙박료는 지불해야 하기에, 작은 배낭을 풀고 목욕을 했다. 물이 너무 뜨거워 수도꼭지와 거울이 안 보일 정도로 욕실에 김이 서렸다. 옷을 벗고 물속으로 미끄러져들어갔다. 다시 수면을 박차고 얼굴을 내밀자 물이 머리칼을 잡아당겼다. 하늘에 낮게 걸린 해가 어둠 속 타일에 빛을 수놓았다. 창문 아래 도로에서 목소리들이 떠다녔다. 어린 소녀가 신나서 꺅 하고 소리지르자 나이 많은 남자가 따라 웃었다.

나는 욕조에서 몸을 일으켰다. 물이 종아리를 휘감으며 흘러내렸다. 밖에서 내가 안 보이도록 벽에 몸을 딱 붙인 다음, 수증기로 얼룩덜룩한 유리창을 통해 바깥을 내다보았다. 아주 어린 소녀였다. 아마 일고여덟 살쯤. 아이는 수영복만 입고 있었다. 아이의 아버지는 수영복 바지를 입었는데, 미처 마르지 않은 바지 때문에 티셔츠 밑단도 젖어 있었다. 콘월의 해변에서 휴가를 보낼 때, 하루 종일 모래 속에 따뜻이 누워 있다가 다음날 저렇게 걷던 아버지가 생각났다. 아마도 아이의 어머니로 보이는 여자가 타월 두 개를 어깨에 걸치고, 커다란 비치백을 발목 옆에서 흔들며 뒤따라 걸어갔다. 아이가 다시 깔깔거리며 배를 잡고 웃기 시작했다. 너무너무 우스워서 도저히 감당이 안 되는지, 말 그대로 몸이 반으로 접혔다. 제대로 걷지도 못했다. 아버지도 그런 아이를 보며, 아이의 희열과 서슴없음과 시끄러운 깔깔거림을 보며 같이 웃었다. 나는 몹시 그 가족의 일부가 되고 싶었다.

가운을 걸치고 세면대 밑에서 드라이기를 꺼내 침실로 갔다. 드라이기 코드를 꽂았다. 머리를 말릴 것이다. 옷을 입을 것이다. 그리고 그 가족의 일부가 될 것이다.

글자 그대로를 말하는 건 아니다. 글자 그대로 그 가족의 일부가 되겠다는 건 아니었다.

하지만 나는 나 자신 이상의 무언가의 일부가 되기로 했다.

다시 복도로 나가 로비를 통과했다. 밖으로 나가니 좁은 길이 나왔고, 양옆으로 작은 시내가 흘렀다. 사방에서 불빛이 반짝였다. 펍에서, 레스토랑에서, 다른 호텔에서. 나는 바다를 향해, 자갈 해변까지 가파른 내리막길을 따라 걸었다. 아이들이 아무것도 안 입고 어깨에 타월만 두른 채, 깡충거리며 맨 위까지 뛰어올라갔다가 부모들에게 다시 내려갔다. 하루종일 모래와 바다와 놀이에 시달린 부모들은 느릿느릿 올라갔다. 남자 두 명이 이마에 선글라스를 걸치고, 파라솔과 바람막이 장치를 들고 지나갔다. 여자 두 명은 머리를 단단하게 포니테일로 묶었고, 젖은 비키니 삼각형이 리넨 셔츠에 딱 붙어 비쳐 보였다. 내가 그 여자들 중 한 명이라고 상상해보았다. 등에 멘 배낭, 내 주위를 돌고 있는 아이들, 모래가 뒤덮인 팔꿈치. 어느새 내 옆에 조너선이 보였다. 오색의 영롱한 파라솔이 그의 어깨에 걸쳐져 있었다.

심지어 그즈음에도 나는 조너선 없는 미래를 그릴 수 없었다. 터무니없는 일이었다. 그때쯤이면 우리가 알았던 시간보다 그가 죽어 있던 시간이 더 길었기 때문이다.

어쩐지 그 시간이 금방 흘러간 듯 느껴졌다.

그가 죽기 전까지는, 남편을 잃는다는 것에 대해 그다지 깊게 생각해본 적이 없었다. 물론 네가 만약 내 생각을 물었다면, 나는 자신감 있게 사려 깊은 대답을 해주었겠지만. 조부모님이 세상을 떠난 후로, 가족을 잃는 아픔의 무게를 알고 있었기 때문이다. 그때의 상실감은 상당했다. 오래오래 그럭저럭 살아진 삶의 종결. 그럼에도 그들의 죽음이 대수롭지 않게 느껴졌던 것도 사실이다. 그런 죽음은 비극이 아니었다. 그들은 유령이 되지 않았다.

반면 조너선은 유령이 됐다. 난 아직도 모든 대화 속에 그를 데리고 다닌다. 모든 식사 자리에 데려간다. 나는 남편이 죽었다는 그 젊은 여자다. 결혼식장에 가면 그의 유령이 내 옆에 앉는다. 저 여자 결혼했었다는 거 알아? 그래, 근데 남편이 죽었대. 장례식장에 가도 마찬가지다. 저 여자는 몇 년 전에 남편을 묻었대. 알고 있었어? 그래, 남편이 죽었대.

그는 모든 미래, 모든 희망, 모든 꿈속에 있다.

그는 나를 따라다닌다, 언제나.

# 15장

집으로 오는 길에 나는 에마에게 들렀다. 그녀는 강 남쪽 원룸 아파트에 살았다. 가장 가까운 지하철역에서 걸어서 이십 분, 가장 가까운 버스정류장에서 십 분 거리였는데 가로등 없는 주차장을 가로질러야만 했다. 여유가 많진 않았지만 내가 조금 보태고, 어머니한테서 가끔씩 송금받는 돈으로, 그곳이 에마가 감당할 수 있는 최선이었다.

그녀가 부모님 집을 떠난 이후로, 우리는 더 가까워졌다. 우리가 하는 일마다 끼고 싶어했던 어머니로부터 멀어지자, 우리는 서로를 꽤 좋아한다는 사실을 알게 되었다. 에마의 솔직함은 기운을 북돋아주었다. 오직 자매만이 그럴 수 있는 방식으로. 그리고—좀스럽게 들리지 않길—누군가가 나를 필요로 한다는 느낌도 내게 충족감을 주었다.

에마는 고정적 직업이 없었다. 한때는 프리랜서 에디터로서 무지막지하게 바빴다. 원고가 리놀륨 타일에 산더미같이 쌓여 있었다. 마감기한을 맞추기 위해 밤새 일해도 언제나 일감이 넘쳐났다. 그녀는 무척 성실하고 철두철미했다. 문제가 있으면 파헤치고 까다로운 질문도 두려워하지 않았다. 하지만 집중도가 점점 떨어졌다. 모든 텍스트를 골똘히 생각했고 리듬을 깰까 두려워 우유부단해졌다. 작업시간은 길어졌고, 결국 아무도 그녀에게 새 프로젝트를 맡기지 않게 되었다. 그뒤로는 지역 자선단체에서 일하면서 시간을 보냈다. 하지만 전부 자원봉사였다.

나는 에마의 복도식 아파트 통로에 서서 선명한 빨간색 문을 두드렸다. 문틀에 못으로 고정된 초인종이 있긴 했지만, 제대로 작동했던 적이 없었다.

"나간다고요. 젠장 예의 없이." 내가 두번째로 문을 두드렸을 때 그녀가 소리쳤다.

"아." 그녀가 문을 열며 말했다. "언닌 줄 몰랐어."

"어련하시겠어." 내가 말했다. "사람들한테 원래 이렇게 문 열어줘?"

현관문이 열리면 하나밖에 없는 방이 바로 보였다. 거실, 주방, 식당, 침실이 하나의 작은 공간에 합쳐져 있었다. 한쪽 끝에 주방이 있었는데, 흰색 가구들은 비교적 새것이었지만 오렌지색 바닥 타일은 얼룩덜룩했다. 플라스틱 블라인드는 얇은 하얀 줄로 고정되었다. 그 밖에 커피테이블, 소파, 소형 텔레비전, 옷장, 그리고 책장 몇 개가 있었다. 작은 화장실 문 옆에 있는 라디에이터 위에는 매우 여윈 여자의 스케치가 커다랗게 액자에 걸려 있었다. 살림은 많지 않았지만, 에마는 꼭 많은 게 필요한 사람도 아니었다.

"어차피 아무도 안 와." 에마가 말했다. "뭐 팔려는 사람이나 가끔 오지." 그녀가 뒤로 물러서서 나를 안으로 들였다. "왜 왔어?"

"엄청난 환대네." 내가 대답했다.

"비꼬지 말고."

"비어 갔다 왔어."

"비어?" 그녀가 물었다. "데번에 있는?"

"조녀선이랑 갔던 데. 기억 안 나?"

"거길 왜 갔어?" 그녀가 물었다.

"마니랑 싸웠거든."

"말했구나."

나는 고개를 끄덕였다.

그녀가 소파 쪽으로 손짓했다.

"말하지 말라 그랬잖아." 그녀가 말했다.

"그러니까." 내가 대답했다.

"그러게 빌어먹을 그 말을 왜 해서." 그녀가 다크초콜릿 다이제스티브 비스킷을 세 개 꺼내 냅킨에 얹었다. "부스러기 안 흘리게 조심해."

나는 고개를 끄덕이며 회색 소파 끝에 앉았다. 밤에 펼치면 침대가 되는 소파였다.

"아무 일 없었던 것처럼 넘어가지 그랬어." 그녀가 말했다. "내가 말했잖아. 그랬으면 이렇게 되지 않았을 텐데."

"하지만 걔도 자기 남편에 대한 진실을 알아야 될 거 아냐. 너라면 남편에 대한 진실을 알고 싶지 않겠어?" 무언가를 말하지 못했지만 말할 필요가 있다면, 그건 말해야 하는 게 당연하다고 생각했다.

에마가 내 옆 소파에 앉았다. 바지가 약간 들리면서 발목을 이루는 뼈들이 드러나 보였다. 그녀는 양손으로 따뜻한 차가 든 머그잔을 꼭 쥐었다. 나는 비스킷을 한입 베어 물었다. 생각보다 부드러웠고 속은 거의 눅눅했다.

에마는 생각에 잠겨 말이 없었다.

"별로." 그녀가 말했다. "별로 안 알고 싶을 것 같은데."

"네 남편이 변태라도?" 내가 말했다. "그래도 알고 싶지 않아? 내가 네 남편이 변태라는 걸 알고 있다고 가정해봐. 네가 마니 입장이라고. 내가 말해주길 바라지 않을까?"

"언니 말을 안 믿을 것 같아." 그녀가 말했다.

내가 상체를 똑바로 세웠다. 부스러기 몇 개가 냅킨에서 부스스 흘러 에마의 소파 위에 떨어졌다. 그녀가 몸을 구부리고 그것들을 털어냈다.

"무슨 뜻이야?" 내가 물었다. "왜?"

"왜냐면," 그녀가 뜸을 들였다. "아 진짜, 순진한 척하시기는." 그녀가 마침내 말했다. "만약에 형부가 나한테 집적거렸다고 하면, 언니는 내 말 안 믿었을걸. 일분일초도."

"그래도 네 말을 일단 들어보고, 그리고……"

"그리고 형부 편을 들었겠지. 언니도 알잖아. 사람들은 남자 때문에 친구를 버리지 말라고들 하지만, 무슨 상관이야. 그러거나 말거나 다들 버리는데. 우정은 진짜 사랑, 연애 감정의 사랑이랑은 별개야. 후자가 무조건 이기니까. 항상 그래왔고. 앞으로도 그럴 거야. 언니도 나를 믿었을 거라고 생각하고 싶겠지만, 실제로는 나를 증오했을 거야."

"그건 달라." 내가 말했다. "조녀선은…… 그럴 사람이 절대……"

"아." 그녀가 끼어들었다. "다들 그렇게 생각한다니까. 그래서 마니 언니가 그 사람을 선택했다고 해서 비난할 수는 없는 거야." 그녀가 한숨을 쉬었다. "사람들은 자기가 그러는 줄도 몰라. 다른 사람한테 나쁜 일이 생기면 항상 이렇게 생각하면서. 작은 목소리가 속삭이지, 나한테는 그런 일이 일어날 리 없어."

나는 웃음을 터트렸다. 더 많은 부스러기가 티셔츠에서 떨어졌다. "참 속 편한 생각이네."

에마의 입가에 미소가 떠올랐다. 우리는 나쁜 일이 늘 일어나는 사람이 된다는 게 어떤 건지 알고 있었다. 어린 시절 내내 그렇진 않았다. 청소년기가 되었을 때 뭔가 변했다. 아버지에게 애인이 있다는 게 주지의 사실이 되었고 우리는 그런 가족, 그런 여자애들, 그런 남자의 딸들이 되었다. 에마가 먼저 무너졌다. 그녀는 그런 소녀, 마른 소녀, 먹지 않는 소녀가 되었다. 내 남편이 죽었다. 아버지가 떠났다. 어머니가 진단을 받았다. 한번 시작되면, 한번 그런 사람이 되고 나면, 그런 사람임을 멈출 수 없다.

에마와 나는 타인의 빤한 응시와 비밀과 수군거림의 역사 속에 하나가 되었다. 그래서 우리 둘 다 사람을 집어삼킬 듯한 대도시에서 사는 익명의 삶을 택했는지도 모른다.

"날 용서해줄까?" 내가 물었다.

"모르지." 에마가 대답했다.

"해줄 것 같아. 용서하게 내가 만들 수 있을 것 같아."

"녹음해서 그 언니한테 보내려고?" 에마가 히죽거렸다. 그녀는 그 이야기를 좋아했다.

"그 얘기 안 하기로 했잖아." 내가 대꾸했다. 그녀는 항상 나를 놀리면서 내 긴장을 풀어주려고 했다. "그리고, 아니, 안 보내."

"보낼 수만 있다면 보낼걸." 에마가 주장했다. "내가 언니를 알지. 그게 언니 스타일이야. 조용할 때 몰래 침입해서 옷장 속에 기어들어가기. 블랙 형사님. 만나뵙게 되어 반갑습니다. 무술 강습 들은 거 하며. 혹시 까만 쫄쫄이 바디슈트도 갖고 있는 거 아냐?"

"그러기엔 찰스가 너무 똑똑해." 내가 말했다. "자기를 절대 불리하게 만들 사람이 아니야."

"환장하겠네." 그녀가 웃음을 터뜨렸다. "언니 진짜 생각해봤구나."

"네가 말을 꺼내니까 방금 생각한 것뿐이야." 항상 그런 식이었다. 자기가 먼저 시작했으면서 나에게 뒤집어씌우고 있었다.

"진정해." 그녀가 말했다. "부스러기 사방에 다 흘리고 있잖아."

"근데 어쩐지 넌 다 괜찮아질 거라고 생각하는 것 같네?"

"아마도. 결국은 그 언니도 깨닫게 되겠지."

"무슨 말이야?"

"그러니까, 설마 끝까지 가겠어? 그 결혼?"

"왜 그렇게 말하는 거야?"

에마가 웃음을 터트렸다. "언니가! 언니가 이때까지 나한테 말해줬잖아. 그 사람이 했던 모든 행동. 그 오만방자와 건방과 가식적인 위선과 골때리는 불쾌한 언사 말이야. 자기가 그러는 줄도 모른다며." 그녀가 말했다. "내가 제일 좋아하는 에피소드는 바에서 있었던 그 일이야. 찰스가 어떤 여자를 비집고 지나가야 하는데, 보통 사람처럼 실례한다고 말하지 않고, 자기 손을 여자 엉덩이에 얹고 그 여자를 옆으로 비키게 했다며. 이 얘기 해준 거 기억나지? 그래서 그 여자가 뒤로 돌아서 '뭐야? 방금 뭐야?' 하면서 발끈해가지고 면상에 대고 뭐라 하니까, 찰스가 겁나서 멍청한 여자라고 하고 여자가 꺼지라고 했던 거. 언니도 자주 꺼지라고 말해봐."

"그래야겠네." 내가 말했다. "그럼 마니도 확실히 날 용서하겠지."

"그거야." 그녀가 말했다. "다른 사람들이 자기 남편한테 자꾸 꺼져, 이러면 조만간 그 언니도 알아먹겠지. 맘 편히 먹어. 잘 풀릴 거야."

넌 어떻게 생각하니? 너라면 누구 편을 들었을 것 같아? 그 사람? 나?

나를 택했으리라 생각할게. 솔직히, 아니라면 너도 멍청한 거지, 그는 이미 죽었으니까.

네가 그를 알고 있었다면, 알 기회가 있어서 네 의견을 형성할 수 있었다면, 너도 내 말에 귀를 기울이며 동의하고 날 믿었을 거다. 넌 그가 고압적이고 징벌적인 사람이라 여겼겠지. 우리는 함께 앉아서 그의 잘못을 목록으로 작성하고 비웃었을 거고. 난 너의 동맹이 되었을 것이다.

하지만 그런 일은 절대 일어나지 않아. 왜냐하면 네가 그를 알게 될 일은 절대 없을 테니까. 그래서 네가 이 이야기를 듣는 게 중요하다는 거야. 난 딱 한 번만 말해줄 거고, 그게 바로 지금이야.

지금부터 그가 어떻게 죽었는지 들려줄게.

잘 들어.

# 4

네번째 거짓말

# 16장


찰스가 죽던 날 나는 일찍 일을 끝마쳤다. 나는 그날 일어난 모든 일을 하나하나 명확히 기억하고 있다. 아침 알람소리에 일어나 냉장고를 열어보니 시리얼을 타 먹을 우유가 떨어졌던 것에서부터, 그날 밤 모든 일이 벌어진 후 집에 늦게 도착했던 것까지. 마치 영화의 필름처럼 그날의 이미지를 되감기할 수 있다. 그 이미지들이 내게 특정한 감정이 들게 한다고, 이를테면 후회나 공포나 수치심을 일으킨다고 말할 수 있으면 좋겠지만, 그렇지는 않다. 그날은 여러모로 무척 평범한 날이었다.

사실이냐고? 난 지금 정말이지 솔직해지려고 무척 노력중이다. 하지만 어떨 땐 네가 진짜로 어떻게 생각할지 어느 하나도 알 수가 없다. 예를 들어, 내가 그날을 따분했다고 하는 것도 단지 그날 이야기는 차라리 하고 싶지 않아서라고 생각할지도 모르겠다. 어찌됐든 상관없다. 난 네게 진실을 말한다고 약속했고, 사건들 자체는 부인할 수 없다.

회사일은 예상했던 대로 두어 주 동안 조용했다. 여름 내내 비가 많이 오고 구름이 드리웠지만, 9월의 시작은 밝고 따스했다. 고객들의 불만전화 건수는 작년 그맘때에 비해 십 퍼센트 더 적었다. 다들 집밖으로 나가 공원과 야외 펍으로 몰려들었을 것이다.

금요일이었다. 나는 주말을 앞두고 상담 서비스가 공식적으로 끝나기 삼십 분 전에 일찍 퇴근하기로 했다. 핸드백을 집어들고 무심하게 사무실 밖으로 나갔다. 누가 보았을까 궁금했지만 그렇지는 않았다고 생각한다. 봤다 해도 상관하지 않았을 것이다.

보도는 한산했다. 아직 퇴근시간 대이동이 시작되기 전이었다. 보통 가던 역으로 가서 집까지 가는 노선을 탈까도 생각해봤지만 그러지 않기로 했다. 어쨌거나 금요일이었다. 금요일은 집에 가지 않는 날이었다. 나는 마니와 찰스 집으로 갔다.

다른 지하철역으로 향했다. 거기까지는 많이 걸어야 하지만 중간에 갈아타지 않아도 됐다. 몇 분 만에 중간쯤에 자리를 잡고 앉았다. 차량 중간 자리는 연금생활자들의 지팡이와 임신한 여성들의 불룩한 배에 방해받을 일이 적었으니까. 캐주얼한 복장의 어린 커플이 맞은편에 앉아 있었다. 남자애는 운동복 바지와 그에 맞춰 입은 스웨터 차림이었고, 여자애는 레깅스에 네이비블루 후디를 입고 있었다. 열여섯 정도로 돼 보였는데, 그럼 아직 학교에 있을 시간 아닌가 싶었다. 어쨌든 그들은 엄청 멋졌다. 자기만족적이고 서로 홀딱 반해 있었다. 남자애의 손이 여자애의 허벅지에 얹혔는데, 적절하다기에는 살짝 높았지만 사랑스러웠다. 음탕하지 않았다. 여자애의 머리는 남자애의 가슴에 정박해 있었다. 나는 여자애의 귀에 남자애의 심장박동소리가 들리지 않을까 상상했다. 남자애가 턱을 기울여, 키스까지는 아니고 살짝 닿을 정도로만, 여자애의 이마에 반복해서 입술을 눌렀다. 모두가 자신들도 저렇게 남들 시선 신경 안 쓰고 홀딱 사랑에 빠지고, 순수하고 싶다고 바라는 동안, 그들은 그런 사람들을 전혀 의식하지 않았다.

한참 그 젊은 커플에 정신을 팔고 있다보니, 그들이 일어나 내리고 난 뒤에야 문득 마니와 찰스에게서 어떤 대접을 받을지 걱정되기 시작했다. 들어오라고 할까? 문을 열어주기나 할까? 나는 늘 이런 걱정을 한아름씩 안고 다녔다. 지금 생각하면 전부 다 쓸모없는 것들인데. 예를 들면 손톱 상태, 회사 내 정치 문제로 의미가 변질된 소문, 어머니가 말한 것과 말하지 않은 것 따위의. 조너선은 맥락을 부여해서 그 걱정들을 떨치는 방법을 가르쳐주었다. 내 손톱은 나나 신경쓰지 아무도 관심 없다. 소문이 아무리 안 좋아야 직장 하나 잃을 뿐이다. 어머니의 말은 내가 통제할 수 있는 영역 밖이다. 이 논리를 나는 이 새로운 걱정에 적용시키려 해보았지만, 두려움이 누그러지기는커녕 증폭되었다. 더 큰 맥락에서 볼 때, 이것은 단지 문이 열리느냐 마느냐, 그들이 내게 잔인하게 대하느냐 아니냐의 문제가 아니었기 때문이다. 내 가장 중요한 인간관계의 궤도에 관한 문제였다. 어머니와의 경우처럼 한 걸음 물러나서, 단순히 마니의 상황이 안 좋은 것뿐이라고 생각할 수만은 없었다. 최악의 경우가 오더라도 내 인생의 작은 귀퉁이 하나만 흔들리는 척할 수는 없었다. 수많은 작은 귀퉁이들이 있기에 그것들이 텅 비어버리면 방 전체가 황량해질 것이기 때문이다.

마니와 나는 일주일 동안 연락하지 않았다. 그렇게 엄청난 기간 같아 보이지 않는다는 것도 알지만, 우리에게는 유례없던 일이었다. 학교에서 우리는 언제나 함께였다. 버스에서 몹시 큰 소리로 깔깔대며 등교하여, 교실에 나란히 앉아 수업을 듣고, 학생식당에서 함께 점심을 먹었다. 대학에 입학해서도 매일같이 연락했다. 너무 많은 일들이 일어났으니까. 걔가 재밌어할 거야, 또는 흥미를 보일 것 같아, 또는 걔랑 관련 있는 얘기네, 싶은 순간들이 너무 많았다. 심지어 어른이 되어서도 적어도 하루 한 번은 대화했다. 꼭 전화 통화가 아니더라도, 가끔은 문자로, 이메일로, 사진 한 장으로. 마치 아이들이 창문 밖으로 종이컵에 실을 연결해 대화하듯이 우리에게는 항상 연결되어 있는 채널이 있었다.

대화를 어떻게 재개해야 할지 뾰족한 수가 떠오르지 않았다. 그 생각을 할 때마다 불안이 용솟음쳤다. 마니가 선택의 기로에 섰을 때 나를 택하지 않았다는 사실을 시인하고 싶지 않았다. 최초로 내게 자기 집에서 나가라고 했다는 사실도 인정하고 싶지 않았다. 이제는 돌이킬 수 없다고는, 차마 생각할 수 없었다. 베이크드빈을 얹은 토스트 저녁식사, 해지는 바다, 이날 요상하게 말려 있던 머리 사진을 그녀에게 보내고 싶었다.

그냥 내려서 집으로 갈까 생각해보았다. 집에 갔다면 모든 게 괜찮았을 거라고 생각한다. 배달음식을 시켜 먹고 영화를 보았을 것이다. 하지만 나는 그러지 않았다. 마니를 만나고 싶었다. 그녀를 만나야만 했다.

나는 완전히 편한 척하기—이건 익숙한 지하철역이야, 늘 걷던 길이야, 잘 아는 건물이야—와 갑자기 몰아치는 절망적인 두려움 사이를 오락가락했다. 그래도 마니가 우리의 우정을 완전히 희생하지는 않을 거라는 확신만큼은 있었다. 하지만 지금 생각해보면, 그만큼 확신했었는지 잘 모르겠다.

그 정도로, 그렇게 절대적으로 확신했다면 내가 한 그 짓을 과연 했을까?

"안녕하세요." 로비에 들어서자 수위가 인사했다.

"안녕하세요, 제러미." 나는 웃으며 대답했다. 그는 일어나서 내게 다가와 이제 이 빌딩에 출입금지이므로 당장 나가라고 말하지 않았다. 나는 다소간의 안도감을 느끼며 엘리베이터를 기다렸다.

찰스가 아직 퇴근하지 않았기를, 마니하고만 이야기하면서 내 시점에서 그 상황을 설명할 수 있기를 마음속으로 바랐다. 난 그녀를 납득시킬 수 있었다.

엘리베이터는 비어 있었다. 올라가면서 거울에 비친 내 얼굴을 쳐다보았다. 나는 마니가 언젠가 이런 삶을 살게 되리라 늘 생각했었다. 쪽모이세공 바닥과 샹들리에와 수위, 그리고 언제나 깨끗하여 지문이나 얼룩 하나 묻어 있지 않은 거울이 달린 엘리베이터가 있는 삶.

그들의 집 앞에 다다랐다. 초인종을 울렸다. 대답이 없었다. 머리 위 전구가 나가, 나는 웅덩이처럼 고인 회색의 어둠 속에 싸여 있었다. 옆집 현관 위에 달린 전구에서 나오는 금빛만이 양옆에서 희부옇게 비쳤다. 꽤 아름다웠다고 해야 하나. 빛 사이에 선 어둠이라니. 조금 불안하기도 했다. 거기서 조금 서성이다가, 어느 정도 적당한 시간이 흘렀다 싶었을 때 다시 초인종을 눌렀다. 이번에는 조금 더 오래 누르고 있었다.

다시, 아무 대답이 없었다.

문에 귀를 대봤다. 마니의 목소리나 라디오 소리, 발코니 밑에서 차 지나가는 소리가 나는지 잘 들어보았다. 하지만 내 피부가 두툼한 목재 현관문에 마찰되는 소리만 들릴 뿐이었다. 나는 한 발짝 물러나 양옆을 둘러보았다. 아무도 없었다. 같은 층 주민도, 방문객도, 그 복도에는 아무도 없었다.

핸드백을 뒤졌다. 아직 갖고 있었다. 안 쓴 지 오래되었지만—필요가 없었으니까—언젠가 쓸 일이 있을지 몰라 보관해두었다. 열쇠는 가방 안감에 따로 달린 작은 주머니 안에 깊숙이 들어 있었다. 주로 진통제와 탐폰과 립밤을 넣어두는 숨은 칸이었다.

다시 한번 가만히 서서, 무슨 소리가 안 나는지 귀기울여보았다. 그리고 열쇠를 열쇠구멍에 밀어넣었다. 손을 뗀 뒤 주변을 둘러보며 한번 더 이웃들을 확인했다. 여전히 나뿐이었다.

어두운 계획 따위는 없었음을 네가 알았으면 한다. 그때만 해도 이후에 무슨 일이 일어날지 몰랐으니까. 알 도리가 없었으니까. 나한테 열쇠가 있다는 걸 기억해냈을 때도, 금세 그것을 발견했을 때도, 정말 뒷일은 전혀 생각하지 않았던 것 같다.

그냥 꽃이나 좀 가져다 놓고 따뜻한 카드 한 장 남기고 올까 했다고 말하고 싶다. 그들에게 특별 요리를 직접 해서 대접할 계획이었다고 한다면 더 좋을 것 같다.

하지만 그런다면 모두 거짓말일 테지. 네게 이미 경고했던 유의 거짓말. 너무 그럴듯해서 스스로 믿고 싶어지는 거짓말 말이다.

그때 나는 찰스가 십 분도 안 돼 죽으리라는 생각을 할 이유가 없었다.

안으로 들어갔다. 이 시점에서 네가 반드시 알아야 할 게 있다.

넌 내 의도를 충분히 이해해야 한다. 그러니까 아마도 나는, 아래층과 위층을 빠르게 훑어보고 다시 현관 밖으로 나와, 둘 중 한 명이 오기를 기다리겠다고 생각했던 것 같다. 뭘 움직이거나 뭘 가져가거나 너무 오래 머물 생각은 없었다.

그를 죽일 생각 같은 건 전혀 하고 있지 않았다.

일단 주방을 가볼 생각이었다. 냉장고를 보고 싶었다. 그러면 내가 환영받을지 아닐지를 알 수 있을 터였다. 샐러드 칸에 딸기가 있으면 나를 기다리고 있었다는 뜻이었다. 냉동실에 아직 안 뜯은 아이스크림 통이 있다면 그녀는 확실히 내 편이었다. 아이스크림은 오직 나를 위해서만 샀으니까. 그랬다면 아직 끝난 게 아니구나, 우리의 우정이 완전히 붕괴되지는 않았구나, 마니는 날 보낼 생각이 없구나, 라는 점을 알 수 있었을 것이다.

거실 벽난로 선반에는 우리가 함께 찍은 사진들이 놓여 있고, 계단 아래쪽 선반에는 이번 결혼식 때 새로 찍은 사진이 은색 액자에 담겨 있었다. 이것들이 사라졌다면 걱정해야 될 일이었다. 그동안 내가 그녀에게 사준 물건들이 몇 개 있었다. 계단 밑 수납장에 항상 기대어 있는 보라색 우산, 그녀의 책상 위에 놓인 방울 장식이 달린 분홍색 램프, 아래층 화장실의 뻐꾸기시계.

지난 칠 일 동안 그들 관계에 생긴 변화의 증거를 기대했던 것 같기도 하다. 가령 이런 걸 발견했더라면 근사했을 테지. 찰스의 옷장이 비어 있고, 그의 옷과 신발과 슈트가 모두 사라져 있다든가. 잡지와 책갈피와 USB도 침대 협탁 안에 안 보인다든가.

그랬다면 마니가 집에 돌아왔을 때, 나는 다시 복도에서 그녀를 기다리고 있었겠지. 전혀 아무것도 모르는 척, 그녀가 찰스 대신

날 택할 줄 전혀 몰랐던 척하면서. 그녀는 무너지듯 흐느끼며 나한 테 털어놓았겠지. 그와는 항상 안 맞았다고. 그는 자기주장만 세고 때로 멀게 느껴졌다고. 내가 용기를 내 솔직하게 말해줘서 얼마나 다행인지 모른다고.

하지만 나는 위층에 올라가지도, 찰스의 옷장 안을 들여다보지 도 않았다. 주방에 가보거나 냉장고를 열어보지도 않았다. 벽난로 선반 위도 보지 않았다. 거기까지 가지도 못했다.

# 17장

때가 되면, 신문기사들은 다른 주장을 하게 된다. 그들은 내가 매우 교묘하게 사건을 조작하여 완전범죄를 저질렀다는 뉘앙스를 풍길 것이다. 하지만 그것은 사실이 아니다.

나는 문을 열었다. 아주 살짝만. 소음은 최대한 내고 싶지 않았다. 아파트 안으로 들어갔다. 고개를 돌려 마지막으로 복도를 한번 더 훑었다. 나를 본 이웃들이 다음 몇 주 동안 언제라도, 젊은 여자가 찾아와서는 집으로 들어가더라고 무심결에 언급하는 상황을 원치 않았다. 고맙게도 여전히 아무도 없었다. 재빨리 문을 닫고 체인을 채웠다. 아마 이건 조금 계산된 행동이었는지도 모르겠다. 그들이 돌아온다면, 화장실로 급히 달려가 세면대 밑에 있는 물뿌리개를 갖고 나와 화분을 돌봐주는 척할 생각이었다. 아니면 재빨리 주방으로 달려가 주전자에 물을 올리거나 혹은 빨래를 개거나. 뭔가 도움이 되고 대체로 용인될 만한 일들. 그래서 자신들의 서랍을 뒤적거리는 나를 발견하지 않도록.

집안에는 불이 꺼져 있었다. 눈이 어둠에 적응하느라 몇 초가 흘렀다. 그를 바로 발견한 건 아니었다. 계단 발치에 그가 있는 줄 처음에는 몰랐다.

나는 소스라치게 놀랐다. 등짝이 문에 쿵 부딪히고, 옆구리 갈비뼈가 현관문 손잡이에 찍혔다. 내가 본능적으로 몸을 웅크리자, 핸드백이 어깨에서 미끄러져 금속 버클이 바닥에 부딪히며 찰칵 열렸다. 내 물건들이 마룻바닥으로 와르르 쏟아지고, 립스틱, 지갑, 열쇠가 요란한 소리를 내며 바닥을 때렸다.

그가 죽었는지 궁금했다. 이상한 희열이 느껴졌다. 뭔가 흥분되었다고 해야 하나. 그가 죽었다 해도 그게 꼭 이 세상 최악의 일은 아닐 거라는 듯이.

내가 다시 고개를 들었을 때, 찰스는 눈을 뜨고 있었다. 등을 바닥에 대고 누워 있었는데, 왼쪽 발목이 비틀리고 어깨가 이상한 각도로 휘어 있었다. 관자놀이에 핏자국이 작게 말라 있고, 마룻바닥에도 작은 암적색 얼룩이 보였다. 그는 파란 줄무늬 플란넬 파자마 바지에 대학 로고 스웨터를 입고 있었다. 그가 그렇게 편하게 입은 모습을 본 건 처음이었다.

그가 끄응 신음했다.

그가 죽지 않았다는 사실에 순간적으로 잠깐 실망했다. 그리고 그 실망은 분노로 뒤덮였다.

그러고도 살아 있었다는 사실 자체가 너무도 찰스답지 않은가? 그렇게 떨어졌으면 사람이 죽고도 남았을 텐데. 아니, 찰스는 아니었다. 그는 너무 집요한 작자여서, 다른 어느 곳도 아닌 항상 그곳에, 언제나 분명하게 존재하고 있었다.

그가 쿨럭거렸다.

"제인," 그가 쉰 목소리로 말했다.

그가 헛기침을 했고, 가슴이 들썩이며 어깨까지 떨림이 이어져 몸이 움찔거렸다.

"아, 제인," 그가 말했다. "하느님 감사합니다."

나는 불을 켰다. 그가 눈을 빠르게 몇 번 깜빡였다.

"굴러떨어졌어요." 그가 말했다. "언제였지…… 내가…… 지금 몇시예요? 어깨. 어깨가 탈구됐어요. 그리고…… 일어날 수가 없어서. 발목. 그리고 등도…… 아, 당신이 와주다니. 당신이 와줘서 너무 기뻐요. 내 전화기. 앰뷸런스."

그가 미간을 찌푸렸다. 혼란스러웠던 것이다. 내가 등을 현관문에 딱 붙인 채 그 자리에 그대로 서 있었기 때문이다. 발밑에는 핸드백에서 쏟아진 물건들이 흩어져 있고, 보통 사람이라면 그 상황에 하고 있을 일을 나는 아무것도 하지 않았다.

조녀선이 날아가던 모습이 생각난다. 택시는 그를 밑에서부터 치었고, 그 힘으로 그는 몇 미터 멀리 인도에 떨어졌다. 나는 어떻게 반응해야 할지 생각할 겨를도 없었다. 본능적으로 그의 옆으로 뛰어가 그 옆에서 무너져내렸다. 마치 내가 그를 살릴 수 있는 능력을 갖고 있다는 듯이, 그를 만지며 흐르는 피를 막고 부러진 곳을 찾으려 했다. 그의 몸속으로 들어가고 싶었다. 안에서부터 잘못된 부분을 고치고 싶었다. 나는 영화에서 사람들이 그러는 것처럼 말도 안 되는 소리를 마구 외쳤다. 정신 차려, 눈 떠, 걱정 마, 정신만 차리면 다 괜찮을 거야, 제발 돌아와.

하지만 나는 찰스에게 달려가지 않았다. 뭐가 잘못된 것인지, 어디가 아픈지, 내가 뭘 해야 하는지 차례차례 물어보지 않았다. 바닥에 떨어진 내 전화기를 집지도, 몇 미터 멀리 그의 손이 닿지 않는 곳에 떨어져 있는 그의 전화기를 주우러 가지도 않았다.

나는 아무것도 하지 않았다.

"제인," 그가 말했다. 이마에 주름이 지고 커다랗게 뜬 눈에 공포가 어렸다. 그가 머리를 바닥에서 약간 들어올리자 상처가 벌어져 다시 피가 흐르기 시작했다.

"찰스," 내가 대답했다.

"제인, 도와줘요." 그가 말했다. "전화 좀 해줄래요? 앰뷸런스를 불러요. 아니면…… 그냥 나한테 내 전화기 좀 가져다줄래요? 저쪽에 있어요. 바로 저기……"

나는 앰뷸런스를 불렀어야 했다. 그건 당연히 지금도 알고 있고 그때도 알고 있었다. 사람이 바닥에 쓰러져 있는데, 뼈는 휘어지고 몸은 뒤틀리고 이마에는 피가 흘렀다. 명백히 즉각적인 의료 처치가 필요한 상황이었다. 하지만 나는 아무것도 하지 않았다. 본능이었다. 조녀선에게 보였던 것과 정확히 같은 무의식적 반응이었다. 다만 정확히 반대였을 뿐. 그때는, 자발적으로 모든 걸 하려 했었다. 이번에는, 아무것도 하지 않았다.

"제인," 그가 말했다. "제발. 전화 좀……"

"내가 가고 나서 무슨 일이 있었나요?" 나는 그의 말을 끊었다. "지난주에. 내가 가고 나서. 어떻게 됐어요?"

그 상황에서 그런 말을 하다니 이상하겠지. 나도 안다. 하지만 타당한 말이었다. 내가 거기 있었던 이유가 결국 그것 때문이었으니까. 그것 때문에 난 그 아파트 안으로 들어갔다. 나는 대답을 원했다. 무슨 일이 일어났는지 알고 싶었다. 앞으로 상황이 나아질지, 마니와 계속 친구이고 전부 예전처럼 돌아갈 수 있을지 알아야만 했다.

"이봐요, 제인." 그가 말했다. "도와줘요." 그가 얼굴을 찡그렸다. "제발…… 내 전화기 좀 가져다줘요. 제발."

나는 그의 전화기 쪽으로 걸어가 발로 멀리 차버렸다. 실제로 차버리고 나서야 내가 뭘 한 건지 깨달았다. 미리 생각해서 한 행동이 아니었다. 마치 내가 숙적이 가장 약해진 순간에 숙적을 맞닥뜨린 영화 속 캐릭터인 것처럼 느껴져 마땅히 그렇게 행동해야 할 것 같았다. 그래서 그렇게 했을 뿐이다.

"질문을 했잖아요." 내가 말했다. "대답을 해줄래요?"

"아무 일도," 그가 대답했다. "아무 일도 없었어요. 제인. 어서, 지금…… 당신 지금 이러는 거 미친 짓이에요. 나 뇌진탕도 온 것 같은데. 제인. 지금 몇시죠? 여기서 얼마나 이러고 있었는지 모르겠네." 기침이 나와 몸이 움츠러들자 그는 이를 갈았다. "계속 정신이 들었다 나갔다…… 아, 시발, 제인. 알겠어요. 마니는 머리끝까지 화가 났어요. 됐어요? 누구 말을 믿어야 할지 혼란스러워했어요. 아직도 그런 것 같아요. 나는 내 입장을 계속 이야기했는데 마니는 자꾸 당신의 헛소리 가지고 물고 늘어졌어요."

나는 미소 지었다. 정당성을 입증받은 기분이었다. 그때 나는 이야기를 살짝 과장했었고, 그러길 잘했다는 생각이 들었다.

"계속해요." 내가 말했다.

"그게 다예요!" 그가 소리쳤다. 다시 몸을 움찔했다. "다른 건 없어요. 마니는 일주일 내내 나한테 차갑게 굴었다가 다정해졌다가 했어요. 사실 우린 오늘 당신이 올 줄은 몰랐네요. 와줘서 기쁘긴 하지만…… 글쎄요. 마니는 화가 많이 났었죠, 맞아요. 우리 둘다한테. 그래도 그런 일이 정말 있었다고 믿지는 않아요. 왜냐면 그런 일은 없었으니까, 제인, 그런 일은 절대. 계속 그 이야기를 꺼내긴 했어요. 하지만 이제 나아질 겁니다, 우리 둘, 괜찮아질 거예요. 하지만 제발 지금은…… 이 얘기는 다음에 할 수 있잖아요. 약속하죠. 꼭 얘기합시다. 지금은 제발……"

그가 몸을 떨기 시작했다. 쇼크를 일으키는 중이었을까. 그게 뭔지는 정확히 몰라도, 병원에서 조녀선의 사망선고를 기다리고 있었을 때 구급대원과 의사와 간호사가 그 말을 했었다.

나는 쭈그리고 앉았다. 손바닥 밑의 나무 바닥은 차가웠다. 마니가 없는 아파트의 느낌은 달랐다. 지난번에는 좋았는데. 불빛 없음, 아무 향내 없는 고요. 움푹한 공동과 공허, 좋았는데.

하지만 찰스가 모든 걸 망치고 있었다. 그가 있으니 어둠이 숨통을 틀어막는 것 같았다. 우리 머리 위로는 선명한 한줄기 빛뿐이었다. 눈에 거슬리는 램프 하나가 더러운 레몬 색깔 불빛을 비추고 있었다. 타고 있는 향초도, 따스한 오렌지색 불빛도 없었다. 텅 빈 건 아니었다. 하지만 찰스 혼자 채우기에는 역부족이었다.

"우리끼리 시간을 보낸 적이 거의 없었네요." 내가 말했다. "마니 없이."

"다음에 꼭 그렇게 하도록 하죠." 그가 말했다.

"그래요." 내가 대답했다.

찰스의 고통이 심해지고 있음을 알 수 있었다. 그는 몸을 움직이지 않으려 했지만, 말을 할 때 혹은 분노가 치밀 때 자기도 모르게 몸이 꿈틀거렸고, 그때마다 얼굴이 일이 초간 찌그러졌다.

"어쩐 일로 이렇게 일찍 퇴근했어요?" 내가 물었다.

"지금 정말로 도움이 필요해요." 그가 말했다. "제발, 제인."

"오늘 출근 안 했어요?"

"편두통이 있어서. 그래서 떨어진 것 같아요. 제인, 그뿐이에요."

"자주 있어요?" 내가 물었다. "편두통?"

"가끔." 그가 말했다. "몇 달마다 한 번씩. 이제 제발……"

"난 한 번도 없었는데." 내가 대답했다. 저 아래서 자동차 소리가 들리지 않았다. "문을 안 열었네요. 발코니 문."

"계속 누워 있었어요."

"라디오도 안 켰어요?"

"자고 있었어요. 마니는 인터뷰 작성하러 도서관에 갔고 나는 계속 침대에 있었어요. 저기, 나 지금 많이 안 좋은 것 같아요. 당신 대체……"

"걔는 언제 오죠?"

"이제 곧. 곧 올 거예요. 지금 몇시죠? 이제 금방 올 거예요."

"몇신지 모르겠네. 오늘 일찍 와서."

"마니한테 전화하는 게 어때요?" 그가 제안했다. "전화해서 물어봐요. 내가 여기 있다고 알리고 언제 오는지 물어봐요. 아마 지금 오는 중일 거예요. 보고 싶죠, 그죠? 내 전화기 써요. 자주 거는 번호에 저장돼 있어요. 전화해요. 지금. 스피커폰으로 돌려서 나도 들을 수 있게 해요. 어서, 제인. 아니면 당신 전화기로 하든가. 거기 바로 뒤에 있네……"

나는 손가락을 내 입술에 갖다댔다. 그가 조용해졌다.

생각할 시간이 필요했다.

속에서 두려움이 솟아나 뭉근히 끓어올랐던 기억이 난다. 그때 내가 느껴야 마땅했던 감정이 시작되었던 것이다. 몇 차례 심호흡을 했던 것이 떠오른다. 병원에서 여경이 가르쳐주었던 대로. 여섯까지 코로 숨을 들이마신다. 여섯 동안 참는다. 여섯까지 입 밖으로 내쉰다.

그 행위가 불안감을 빠르게 잠식시켰던 것 같다. 이후로는 그런 감정이 느껴지지 않았다. 나는 바닥을 50센티미터 정도 기어가 찰스 옆에 앉았다. 손이 닿을 만한 가까운 거리였다. 내게 뭐라고 중얼거리거나 간청할 때 그의 목울대가 움직이는 게 보였다.

그가 훌쩍이기 시작했다. 우는 건가 싶었다.

하지만 다음 순간 그는 버럭 화를 냈다.

# 18장

"제인," 그가 말했다. "이건 미친 짓이야. 도와줄 거야, 말 거야?"

나는 어깨를 으쓱했다. 아직 잘 모르겠어서. 안 도와줄 계획도 없었는데 그렇다고 도와줄 계획도 없어서였다.

"여기 이렇게 고통 속에 누워 있게 놔둘 겁니까? 아님—악 시발, 계속 심해지는데 이거—거기 그렇게 앉아서 바라보기만 하려고? 내가 당신을 더듬었다고 생각해서, 그것 때문에? 그럼 한번 따져봅시다. 그래보자고."

내가 고개를 끄덕였다고는 생각하지 않는다. 이어진 폭언 세례에 난 동의한 적 없었다고 생각한다.

"내가 그랬느냐고? 내가 당신을 더듬었느냐고?"

그의 격노, 활화산처럼 타오르는 분노가 스스로에게 고통을 일으키고 있었지만, 그는 단 일 초도 멈출 생각이 전혀 없어 보였다.

"내가 말이야, 이건 말해줘야겠어. 당신이 이 세상에 남은 마지막 여자라도 당신은 안 건드려. 그보다 더 최악인 건 없거든. 생각만 해도 지금 좀 메스꺼운 것 같아." 그가 말을 멈추고 숨을 몰아쉬었다. "아니면 지금 시발 머리 부상 때문에 메스꺼운 것일 수도 있는데. 지금 누가 봐도 우린 아무것도 안 하고 있네? 그치?"

그가 움찔하더니 눈을 감고 숨을 깊게 들이마셨다. 마지막 순간인가 싶었지만, 아니었다.

"내가 널 원한다고 말했다고? 좆같은 소리 하고 있네. 어찌나 귀여우신지. 누가 자기를 원할지도 모른다고 생각하다니. 좋아, 좋아. 좋은 일이야, 그죠? 자기 확신이 있다는 건." 그가 고통으로 으르렁거리더니, 폐에서 짧게 터져나오는 마지막 숨을 내뿜고 말을 이었다. "다른 이야기 하나 해드리지. 네가 꼭 들어야 할 이야기야. 이제 어떻게 될까? 나는 병원에 가고 아내는 내 옆에 있겠지. 아내한테 지금 이 이야기를 들려주면 퍽도 좋아하겠다, 그지? 넌 끝난 목숨이야, 제인. 완전히 끝났어." 그는 고음의 껵껵대는 신음소리를 내면서도 말을 멈추지 않았다. "좋아. 기다려보자고. 결국 누가 유리해질까. 넌 아냐."

"그럴 리 없어." 내가 대답했다. 화가 치밀었는데 뭣보다 심사가 뒤틀렸다. 그가 말을 멈추게 하고 싶었다.

"어디 한번 두고 보자고. 어떻게 될지는 뻔하지. 제인. 누가 너한테 신경이나 써줄 것 같아? 조용히 쭈그러질 준비나 하라고. 이제 내 차례야."

나는 그의 목에 갖다대려고 손가락을 뻗었다. 그가 내 손에서 벗어나려 몸을 뻗대며 신음했다. 고통에 가득찬, 통증에 짓눌린 그르렁거림. 뺨은 너무 부어오른 나머지 살가죽이 늘어나 풍선처럼 반짝였다. 눈은 어두워지고 핏발이 서 있었다.

다시 한번 시도해보았다. 이번에는 그가 움직이지 않았다. 완벽하게 정지된 채로 있었다.

"왜 이래, 제인." 그가 말했다. "뭐하는 거야? 부탁이야, 제발. 그만해. 제발."

그는 고통을 최소화하기 위해 얼굴을 움직이지 않으려 노력하면서 잇새로만 말했다. 내 손가락 밑에서 목의 진동이 느껴졌다.

"뭐하는 거야? 도와줘. 제발 나 좀……" 그가 다시 움찔했다. "손 좀 치워줄래? 손 떼. 지금 당장. 어서."

어쩐지 기분이 좋았다.

그 순간을 되짚어보면, 바닥에 앉아서 부상당한 남자의 목에 손가락을 대고 있는 저 여자가 누군지 모르겠다. 여자의 미소가 낯설다. 저 눈도 낯설다. 그녀가 완전히 다른 사람처럼 느껴진다.

나는 검지로 그의 목을 쓰다듬은 다음 손바닥 전체로 어루만졌다. 그가 조용해졌다. 더이상 아무런 움직임도 없었다. 턱 주변에 수염이 까슬까슬했다. 오후가 되면 남자들 얼굴에 거뭇거뭇하게 올라오는 수염이 그의 얼굴 전체에 퍼져 있었는데, 아마도 하루나 이틀 면도를 하지 않은 것 같았다. 그가 눈을 감았다. 나는 올라왔다 꺼졌다 하는 그의 가슴을 지켜보았고, 빨려들어갔다 나왔다 하는 숨소리를 들었다. 손바닥으로 그의 뺨을 쓸었다.

마니의 손바닥도 거기 닿았을까. 아침에 한 침대에서 잠을 깼을 때, 아니면 첫 키스 때. 나는 다른 쪽 손바닥을 그의 반대편 얼굴에 대고 머리를 안정되게 받쳤다. 손가락이 그의 머리카락 속으로 조금 들어가자 모근을 덮은 기름기가 느껴졌다.

"제발, 제인." 그가 속삭였다. "그만해요. 미안해요. 아까 그 말은 진심이 아니었어요. 우리 그냥…… 우린 다 잊을 수 있을 겁니다. 약속해요."

"널 도와줄 수 없을 것 같아." 내가 대답했다. "미안해. 하지만 안 될 것 같아."

"그럼, 나가라고." 그가 강경하게 말했다. "그냥 여기서 나가. 참을 만큼 참았어. 나가."

갑자기 분노가 치밀었다. 내가 정말, 이 주 연속으로 이 집에서 쫓겨나야 되겠어? 안 돼. 그럴 순 없지. 절대 그럴 순 없었다. 통제권이 있는 사람은 나였고, 의사결정권자도 나였다. 내게 어디로 가라느니, 뭘 하라느니, 와도 되니 마니 할 수 있는 사람은 없었다. 그게 찰스일 리는 더더욱 없었다. 그는 자기 할말을 다 했다. 이제 내 차례였다. 이제 내 시간이었다.

나는 숨을 깊이 들이마셨다.

"난 아무데도 안 가, 찰스." 나는 아주 침착하게 말했다. 화났다는 사실을 그에게 알리고 싶지 않았다. 그가 당장 느끼고 있는 두려움 이상의 두려움을 느끼게 하고 싶지 않았다. "난 여기 있고 싶어. 여기 있을 거야."

그쯤 되었을 때 나는 내가 어떻게 할지 확실히 알았던 것 같다. 과도한 동정이나 공감 때문에 그의 두려움을 경감시키고 싶었던 건 아니다. 그가 두려움을 덜 느끼길 원했던 이유는, 최후의 순간에 공포가 격발할 때 그 강도가 더 세지도록 하기 위함이었다.

"좋아." 그가 말했다. "있으려면 있든지. 내가 막을 방도는 없는 것 같네."

"없지." 내가 대답했다. "네가 할 수 있는 건 아무것도 없어."

그가 눈을 감았다.

이때가 나의 가장 아름다운 모습이었다고는 할 수 없다. 네게 이런 말은 할 필요가 없다는 것도 안다. 이런 나를 옹호할 말도 딱히 없다. 나는 그저 그가 고통받는 모습을 보는 게 즐거웠다. 그의 어깨가 탈구되고, 오른팔이 완전히 쓸모없어지고, 그게 그에게 고통을 야기한다는 사실이 좋았다. 이마에 흐르는 피와 시간 감각 없이 누워 있는 그, 뇌진탕에 걸린 그가 좋았다. 부러진 발목과 퉁퉁 부은 뺨과 핏대 선 눈이 좋았다. 그때까지 본 그의 모든 모습을 통틀어 가장 좋았다.

나는 두 손 사이에 그의 머리를 단단히 붙들고, 손바닥을 펼쳐 그의 뺨에 찰싹 붙였다. 그의 양쪽 눈가에서 눈물이 흘러내렸다.

넌 내가 찰스를 싫어하는 만큼 누군가를 싫어해본 적이 없을 테고, 따라서 그 순간이 내게 얼마나 만족스러웠는지 아마 모를 것이다. 아찔한, 술에 취한 것 같은 격렬한 행복감. 찰스 덕분에 그런 감정을 경험하게 될 줄은 상상도 못했다.

내가 손을 약간 움직였다. 그가 신음했다.

"미안." 내가 속삭였다.

"제인." 그가 껙껙거렸다.

나는 무릎 꿇은 자세로 고쳐 앉았다. 내 무게가 그의 몸 위로 쏠리도록. 그리고 손 위치를 다시 잡았다. 내 생각에, 그는 알았을 것이다. 그때 그는 알았을 것이다.

심호흡을 했다. 여섯까지 들이마시고, 여섯까지 참고, 여섯까지 내쉬기. 고개를 돌려 계단을 올려다보았다. 파란 테두리가 쳐진 크림색 양탄자와 마호가니 브라운 광택제를 바른 목재 난간을. 그리고 단숨에 양손을 돌렸다. 크게 툭 하는 소리가 났다. 그의 목이 내 밑에서 부러졌다.

내가 내려다보았을 때, 그의 눈은 감겨 있고 얼굴은 평화로워 보였다. 턱이 풀리고 이마의 주름이 펴져 있었다. 고통은 사라졌다.

성공했다. 정말로 성공할 줄은 몰랐는데.

# 19장

나는 주변을 빠르게 둘러보고 내 물건들을 주워 담았다. 전화기
와 집 열쇠를 다시 핸드백 속에 넣었다. 그리고 작은 황금빛 열쇠,
나를 언제든 이 아파트에 들어올 수 있게 해준 그 열쇠를 집어, 옆
에 있는 작은 그릇에 다른 십여 개의 열쇠들과 함께 조용히 놓았
다. 왜 조용히 하려고 했는지는 모르겠지만, 왠지 그래야 할 것 같
았다.

불을 껐다. 전등 스위치 위로 웃옷을 문질렀다. 내 지문은 이 집
어디에나 이미 널려 있을 가능성이 컸지만 조심해서 나쁠 건 없었
다. 현관문 체인을 풀고, 금속 체인이 구부러진 곳마다 카디건 옷
감을 밀어넣어 꼼꼼하게 닦았다. 문을 열었다. 안쪽 손잡이를 닦은
다음 밖으로 나갔다.

복도로 나오자 다시 웅덩이 같은 어둠 속이었다. 문을 당겨 닫으
면서 자물쇠가 딸깍하는 소리를 귀기울여 들었다. 그리고 마침내,

안도의 한숨을 내쉬었다.

나는 이웃집 현관문 쪽으로 몇 발짝 옮긴 다음, 바닥에 주저앉아 등을 벽에 기대고 무릎을 끌어당겼다. 거기는 조금 더 밝았기 때문에 크게 무섭지 않았다.

핸드백에서 책을 꺼내 허벅지에 펼쳤다. 읽지는 않았지만—책갈피는 이미 여러 챕터 뒤에 꽂혀 있었다—뭐라도 하는 척하는 게 안심이 되었다. 시간이 더디 흘렀다. 손목시계에서 부드럽게 째깍째깍 하는 소리가 들렸다. 마니는 내가 방문하리라고 생각지 않을 것이기 때문에 아마 느긋하게 오고 있을 터였다. 어쩌면 친구와 술 한잔하러 갔거나, 집에 오다가 저녁을 사러 갔거나, 남은 햇볕을 충분히 즐기면서 걷고 있는지도 몰랐다. 내가 알 길은 없었으므로 난 그저 앉아서 기다렸다.

그럼에도, 찰스의 시체가 문 너머 몇 미터 떨어진 곳에 누워 있다는 사실은 절박하게 인식하고 있었다. 내가 알고 있는 그대로의 그의 모습, 발목이 뒤틀리고 목이 부러져 완전히 죽은 채 뻗어 있는 그가 눈앞에 그려졌다. 내가 느끼고 있는 감정이 무엇인지 설명하려 애써보았다. 슬픔은 아니었다, 전혀. 만족감도 아니었다. 사실상 거의 무감각 상태였다.

나는 최선을 다해 정신을 가다듬고, 그가 거기 있다는 사실을 모르는 체하려 했다. 나 자신에게 말했다—나는 그들의 아파트에 들어간 적 없다, 나에게는 열쇠가 없었다, 그렇지? 따라서 들어가고 싶어도 못 들어간다. 그는 여전히 고통스럽게도 영속적으로 존재한다. 스스로에게 내가 알고 있는 것들은 잘못됐다고 주지시켰다—나는 아파트에서 아무 소리도 못 들었다. 초인종을 두 번 눌렀지만 아무 대답이 없었다. 마니와 찰스 둘 다 집에 없는 걸로 보아 그는 직장에, 그녀는 슈퍼마켓이나 꽃집, 어쩌면 도서관에 있으리라 여겼다. 나는 아무것도 보지 못했다. 나는 그저 여기 앉아 아무것도 모른 채 책을 읽고 있었다.

안 돼. 웃지 마. 그만해. 당장.

네가 왜 웃는지 안다. 하지만 이 이야기를 계속 듣고 싶으면 너도 내 시점에서 상황을 봐야 한다. 그건 급하게 내린 결정이었다. 사실 결정이랄 것도 없었지. 그렇게 하겠다고 선택해서 한 게 아니다. 그냥 저질렀을 뿐이다. 그러니까 동기나 고의 여부 같은 것들을 깊게 생각하지 말아야 한다. 그런 건 없었으니까. 본능이었다.

오히려 네가 물어야 할 질문은, 그리고 네가 주의를 기울여 잘 들었다면 당연히 나와야 할 질문은, 내가 그 순간 후회를 했느냐는 것이어야 한다.

음, 아직은 그 질문에 대답하지 않을 것이다.

네가 그 질문을 정말 했더라면 솔직히 말해주었겠지만. 하지만 넌 나를 비난하느라 바쁘니까.

아무튼. 어디까지 했더라?

나는 어느 정도는 무의식적으로, 스스로에게 면죄부를 주고 있었다. 내 거짓말을 리허설하고, 그 사건 자체가 벌어진 적 없는 척했다.

펼쳐진 책장을 훑으며 까만 잉크들의 연속을 눈으로 따라갔다. 단어와 의미는 머릿속에 하나도 들어오지 않았다. 단락을 마구 뛰어넘었다. 페이지를 넘겨가며 글자들의 형태를 연구했다. 구부러진 모양, 뼈대, 틈. 텅 빈 문장들과 글줄 하나하나를 따라가며 시간을 때우면서 얼마나 거기 앉아 있었을까.

마침내 복도 끝에 마니가 나타났다. 그녀는 레인코트를 입고 있었다. 단추를 턱밑까지 채우고 후드를 눌러쓴 채 손목에는 쇼핑백을 매달고 있었다. 그녀가 주머니를 뒤적뒤적했다. 처음에는 티슈가, 다음엔 오렌지색 기차표가 딸려나왔다. 그녀가 고개를 들었고 나를 보았다.

"아," 그녀가 말했다. "너구나." 그녀가 현관문에서 조금 떨어진 곳에 멈춰 섰다.

나는 몸을 일으켰지만 그대로 빛 속에 있었다. "비 와?"

"막 오기 시작했어." 마니가 티슈와 티켓을 다시 주머니에 집어넣었다. "네가 올 줄은 몰랐어. 오래 기다렸어?"

나는 고개를 저었다. 아까 들어오다가 수위를 만났던 게 생각났다. "한 시간쯤." 내가 말했다. "일찍 퇴근했고 책도 있어서."

"너…… 저녁 먹으러 온 거니?" 그녀가 물었다.

그녀가 문으로 다가가 핸드백에 손을 집어넣어 열쇠를 찾았다.

방금 전까지 나는 매우 침착했었다. 호흡도 적당했고 맥박도 일정하게 천천히 뛰었다. 그런데 갑자기 심장이 두근두근하고 인중에 땀이 배어나오기 시작했다.

잡히는 건 전혀 두렵지 않았다고, 어쨌든 이 순간에는 그랬다고 밝혀두는 것이 중요할 것 같다. 그럴 가능성을 희미하게 염두에 두고 있긴 했지만, 그것이 불가능하도록 가능한 모든 조치를 취했다고 오만하리만큼 자신했다. 대신, 나는 마니의 반응이 두려웠다. 솔직히 말하면 그녀가 어떻게 나올지 몰라 겁에 질려 있었다.

"저녁 안 먹어도 돼." 내가 말했다. "그냥…… 얘기가 하고 싶었을 뿐이야."

내 손에 들려 있던 책이 어색하게 흔들리며 허벅지를 톡톡 쳤다.

마니가 한숨을 쉬었다. "그 책 좋아하는데." 그녀가 말했다. "그 부분 읽었어? 그 왜……"

"스포일러다!" 내가 외쳤다. 큰 소리를 질렀더니 오히려 안도감이 찾아오며 엄습하던 혼돈이 일부 물러갔다.

마니가 깜짝 놀라 뒤로 주춤했다.

"세상에." 그녀가 말했다. "진정해."

나는 심호흡을 했다. 들이마시고 멈췄다가 내쉬기. 지금은 정신줄을 놓을 때가 아니었다. 나는 웃음을 터트렸다. 웃음소리가 이상하고 왠지 가식적으로 들렸다.

"있잖아," 마니가 말했다. "난 아직 이야기할 준비가 됐는지 잘 모르겠어. 하지만 들어가자. 시도는 해볼 수 있겠지. 근데 찰스가 아파서 침대에 누워 있어. 하루종일 자고 있거든. 그이를 방해하고 싶지 않아. 늘 있는 편두통 때문인데, 시끄럽게 떠드는 소리는 편두통에 최악이거든. 그래서…… 내가 그만 가달라고 하면 가줄 수 있지?"

나는 고개를 끄덕였다.

마니가 현관 쪽으로 다시 몸을 돌려 열쇠를 열쇠구멍 안에 밀어 넣었다. 열쇠가 길을 찾아 동굴 속으로, 오목오목한 홈을 긁으며 들어가는 소리가 들렸다.

"이렇게 널 봐서 좋다." 그녀가 말했다. "네가 와줘서 정말 반가워. 난 그냥……"

"괜찮아." 내가 말했다. "다 이해해. 복잡한 문제니까."

"맞아." 그녀가 나를 보며 미소 지었다. "내 말이 그 말이야. 복잡한 문제야."

그녀가 문을 열었다, 몇 센티미터 정도. "그리고 네가 와서 저녁 식사를 함께하는 건 대환영이야. 당연하지. 난 다시 모든 게 보통 때로 돌아갔으면 좋겠어. 넌 나의 단짝이니까." 그녀가 활짝 웃었다. "좋아. 우리 와인 따르고 파스타 먹으면서 얘기해보자."

"그래." 내가 말했다. 목구멍으로 신물이 넘어와 쓰라렸지만 무시하고 나도 미소 지었다. "고마워. 오길 정말 잘한 것 같아. 나도 다시 보통 때로 돌아갔으면 좋겠어."

마니가 다시 문을 밀었다. 나는 눈을 감았다.

정말 비열하지 않니? 나는 그녀가 등을 돌리자마자 나도 모르게 눈을 질끈 감고 말았다. 겁쟁이였으니까. 그녀의 반응을 생각하자 그 자리에 돌처럼 굳어버렸다. 나는 그녀가 무엇을 경험하게 될지 알고 있었다. 남편이 눈앞에서 바닥에 널브러져 죽어 있는 게 어떤 느낌인지 나는 안다. 그런 충격이 사람에게 무슨 짓을 가하는지도, 그것이 속에서 커지고 커져서 결국 믿을 수밖에 없게 된다는 것도 알고 있다. 그러다 끝나지 않는 최종적인 단계인 애도로 어떻게 진화하는지도. 그녀의 가슴이 부서지리라는 걸 나는 알았다.

"찰스?" 그녀가 외쳤다. "찰스!"

마룻바닥 위를 달려가는 그녀의 발소리가 들렸다. 쇼핑백이 탁 떨어지고 그녀의 무릎이 바닥에 세게 부딪쳤다.

나는 눈을 떴다. 그녀를 따라 들어가다 문간에 잠시 멈춰 섰다.

그가 죽었다는 데는 의문의 여지가 없었다. 피부 색깔이 변해 있었다. 분홍빛과 복숭앗빛은 사라지고 없고 누르스름한 회색이었다. 그녀는 그의 몸 위로 웅크리고, 그의 어깨를 쥐고 흔들었다. 만약 그가 살아 있었다면, 탈구된 어깨를 그렇게 잡은 것이 그를 고통 속으로 몰아넣었을 것이었다. 하지만 그는 죽었으니까 이젠 상관없으리라 생각했다.

"이게 무슨……?" 내가 외쳤다. 라디에이터 밑에 있는 머리핀 하나가 눈에 들어왔다. 내 것이었다. 나는 핸드백 안의 내용물을 바닥에 와락 쏟았다. 내 물건들이 사방팔방 흩어졌다. 책이 쿵 내려앉고 휴대전화가 그 옆에 떨어졌다. 나는 손을 뻗어 전화기를 집어들고 긴급구조대 번호를 누른 뒤 전화기를 귀에 댔다. "앰뷸런스요." 상대가 전화를 받자마자, 그들이 입을 떼기도 전에 내가 소리쳤다. "앰뷸런스 부탁합니다."

"어디시죠?"

주소를 줄줄 읊었다. "빨리요." 그리고 덧붙였다. "빨리 와주세요."

마니는 찰스의 가슴에 머리를 묻고 울고 있었다. "죽었어." 그녀가 비명을 질렀다. "제인! 이 사람 죽었어."

"죽은 것 같아요." 나는 전화기 너머의 사람에게 외쳤다. 달리 뭘 해야 할지, 무슨 말을 해야 할지 알 수 없었다. 나는 점점 마니의 모든 비명 하나하나에 진짜 발작적으로 반응하고 있었다.

"왜 그렇게 생각하시나요? 저희에게 되도록 많은 정보를 주십시오. 구급대원들은 이미 출발했습니다."

"마니, 어째서……? 색깔이 이상해요." 내가 말했다. "노란색이고 몸이 비틀렸어요. 계단에서 구른 것 같아요."

마니가 다시 비명을 지르더니 나를 정면으로 쳐다보았다. 눈은 거칠고 초점이 없었다. 그녀가 소리쳤다. "우리가 살려보겠다고 해." 그녀는 자기 몸을 그의 몸 위로 올리고 양손을 가슴 중간에 놓은 후 펌프질을 시작했다.

"지금 심폐소생술을 하고 있어요." 내가 말했다. "오시면 아파트 수위가 있어요, 제러미라고. 그 사람이, 엘리베이터도 있는데, 엘리베이터를 타야 할 거예요."

"지금 가고 있습니다. 곧 도착합니다."

"계속해, 마니." 내가 말했다. "괜찮니……? 지치면 내가…… 내가 할 수 있어." 나는 숨을 헐떡이고 있었다. 아드레날린이 솟구쳐 온몸을 타고 흘렀다.

"숨을 쉽니까?" 교환원이 물었다. "숨을 쉬고 있는지 말해줄 수 있습니까?"

"숨쉬고 있어?" 내가 소리쳤다.

"아니요." 내가 말했다. "아니요, 안 쉬는 것 같아요."

"지금 가고 있습니다."

"더 빨리 오셔야 해요." 나는 소리쳤다. 그리고 그 말은 진심이었다. 정말 그들이 서둘러 운전해 빨리 도착하길 바랐다. 비록 그들이 할 일은 없다는 걸 알고 있었지만. 너무 늦었다는 것도.

"곧 도착합니다." 반대편 목소리가 말했다. "하고 있는 것을 계속하십시오. 잘하고 계십니다."

사이렌소리가 들렸다. 마니는 울고 있었고, 레인코트는 땀에 완전히 젖어 있었다. 나는 여전히 전화기를 귀에 댄 채, 그들의 공허하고 쓸모없는 말을 들으며 미친듯이 서성거렸다.

"왔어." 나는 그녀에게 말했다. "왔어. 거의 다 왔어."

마니는 찰스의 가슴에 대고 하던 펌프질을 멈추고 그 위로 쓰러져 통곡했다. 그녀는 알고 있었다. 그가 떠났음을. 현관문을 열었을 때, 발목이 비틀리고 어깨가 탈구되고 목이 부러진 채 누워 있는 그를 보았을 때부터, 그녀는 알고 있었다.

나는 쭈그리고 앉아서, 작게 원을 그리며 그녀의 등을 쓰다듬었다. 내가 옆에 있다는 것이, 필요할 때는 언제나 내가 있다는 사실이 전달되길 바랐다. 이윽고 엘리베이터가 철컹거리며 우리 층에 도착했다. 문이 긁는 소리를 내며 열렸다.

나는 펄쩍 뛰어 문밖으로 상체를 내밀었다. "여기예요." 내가 외쳤다. "여기요."

세 명의 구급대원이 달려왔다. 목이 없다시피 한 과체중의 늙은 남자 한 명. 민첩하고 건장해서 내게 재빨리 달려온 젊은 남자 한 명. 뒤로 물러서서 초조해하며 아무 말도 안 하고 아파트 안으로 들어오지도 않았던, 아마도 신참인 젊은 여자 한 명.

"저분 성함이 뭐죠?" 젊은 남자가 외쳤다.

"제 남편이에요." 마니가 말했다. 그녀는 구급대원들이 접근할 수 있도록 찰스의 시체로부터 엉금엉금 물러났다. "찰스예요." 그녀가 말했다. "이 사람 이름은 찰스예요. 서른세 살. 편두통이 있어요."

몇 주 후 우리는 이 말을 떠올리며 웃음을 터트렸다. "내가 그렇게 말했다는 게 아직도 안 믿겨." 마니가 말했다. "편두통이 있어요, 라니. 맙소사. 편두통."

너도 나이를 먹어가면서 여러 모습으로 나타나는 죽음과 함께 살아가게 될 테고 죽음이 네 세상에 늘 존재하는 일부가 될 텐데, 그러면서 배우게 될 것이 있다. 죽음은 몇 달이 지나고 몇 년이 흐르면 점점 부드러워진다는 사실이다. 날카로운 날을 잃는다. 깊게

베이지 않으며 따라서 많은 피를 흘리지도 않는다. 어떤 때는 며칠 전에는 울었던 일에 지금은 웃고 있는 자신을 발견할 수도 있다. 하지만 부드러운 날도 여전히 날이다. 무심코 던져진 말 또는 기념일 때문에 갑자기 날카로워지거나, 행복한 순간들의 기억에 어느 정도는 갈려나간다. 슬픔에 논리나 우리 모두가 따라가야 할 통상적인 길은 없다. 단지 참을 만한 때와 참지 못할 때가 있을 뿐이다.

나도 마니의 입에서 그 말이 튀어나오는 것을 들었다. 편두통이라고. 심지어 그 당시에도 나는 그 말에서 유머를 보았다. 상황은 편두통보다 훨씬 나쁜 것이었지만, 나를 흔들어 깨운 건 바로 그 말이었다. 바로 직전까지 나는 그를 필사적으로 되살리려 아등바등하며 비명을 지르는 그녀를 지켜보면서, 그 이상한 감정, 아찔한 흥분을 다시 한번 느끼고 있었다. 공황상태와 히스테리 사이에서 오도 가도 못한 채, 그 해변의 작은 소녀처럼 몸을 반으로 접고 깔깔대기 일보직전이었다.

하지만 그 말이 모든 것을 바꿨다.

갑자기 찰스와는 상관없는 일이 되었다. 바닥에 아코디언처럼 납작 짜부라진 그의 굳은 몸이 문제가 아니었다. 그의 행동, 나의 증오, 우리 사이에 있었던 갈등이 문제가 아니었다. 그가 죽었다는 사실, 또는 그의 죽음에 대한 진실도 상관없었다. 찰스는 전혀 중요하지 않았다.

그 모든 일의 중심은 마니였다.

세상이 내게 했던 짓을 난 마니에게 했다.

후회했느냐고 내게 물었어야 했다고 네게 그랬지. 내가 일말의 후회를 처음으로 느낀 때는 바로 그 순간이었다.

쇼핑백에서 굴러나온 과일이 복도와 주방에 흩어져 있었고, 비닐 포장된 닭이 마룻바닥 위에서 번들거리고, 내 머리핀이 라디에이터 밑에서 반짝였다. 하지만 그런 것들은 중요하지 않았다. 나는 마니 생각뿐이었다. 구급대원들이 아무 쓸모도 없을 작업을 하느라 내 시야에 들어왔다 나갔다 했다. 우리는 그들이 결국 자리에서 일어나 한 걸음 뒤로 물러서서 목을 가다듬으리라는 사실을 알고 있었다.

마니는 계단 맨 아래 칸에 웅크리고 앉아 있었다. 레인코트가 어깨에서 흘러내려와 허리춤에서 팔에 걸쳐졌다. 그녀는 더이상 울지 않았다. 하지만 몸을 후들후들 떨고 있었는데, 그 요동이 너무 격렬해 마치 몸속에서 무언가가 밖으로 탈출하려는 듯했다. 입은 벌어져 있고 눈은 붓고 핏발이 섰다. 목이 막힌 신생아가 미약하게 구역질하는 것 같은 작고 끔찍한 소리가 입에서 계속 흘러나왔다. 그녀는 작아졌다. 무릎을 구부려 어깨까지 끌어당기고 팔로 감쌌다.

내가 그녀를 무너뜨리고 말았다. 내가 그녀를 무너뜨렸음을 그때 알았다.

진부한 말을 늘어놓을 생각은 하지 말길. 그런 사람들, 이해하지도 못하면서 이해한다고 말하는 사람들이 최악이다. 넌 그런 사람이 아니고.

그때 난 모든 게 내 잘못이라는 걸 깨달았다. 내가 마니를 그 지경까지 몰아갔다. 내가 한 말, 내 거짓말 때문이었다. 그리고 그의 머리를 돌린 사람이, 목을 부러트린 사람이 나였음을 네 앞에서 내가 어떻게 부인할 수 있을까.

자책은 생각지도 못했던 것이었다. 게다가 너무 강렬해서 내 행동을 거의 후회할 뻔했다. 희망의 씨앗이 싹트지 않았다면. 마니와 나는 사랑 때문에 멀어졌다. 이제 그 벌어진 틈은 텅 비어서, 새로 채워지고 보수될 일만 남았다. 결국 그 틈은 전혀 존재한 적 없었던 것처럼 보이게 될 것이었다. 내가 그 기회를 만들어냈다. 그녀의 고통과, 앞으로 그녀가 겪을 일들을 생각하면 슬퍼졌다. 그렇다고 죄책감을 느끼진 않았다. 주로 안도감을 느꼈다.

그날 이후로 상황은 많이 달라졌다. 그건 누구보다도 네가 잘 알 것이다. 이제 그 일도 거의 일 년 전 일이 되었다. 너는 그 일이 참 오래된 것처럼 느껴지게 한다.

그날 밤 늦게, 경찰과 의사와 장의사가 다녀간 후, 우리는 내 아파트로 왔다.

엘리베이터를 타고 올라가 복도로 나왔다. 내가 사는 아파트는 어느 모로 보나 호화롭지 않았다. 잘 닦인 바닥이나 오점 없는 거울 벽 같은 성공의 상징은 아무것도 없었다. 그러나 내 옆에 있는, 내가 열한 살 때부터 알아온 이 여성은 부와 성공에 감동받고 그러는 사람이 아니었다. 그때도 마찬가지라는 걸 나는 알고 있었다. 그런 건 그녀의 죽은 남편이나 좋아했다. 그는 돈과 도락과 사치를 좋아했다. 그것들은 허울이며 장식일 뿐 본질을 바꾸지는 못한다는 사실을 우리 둘은 예전부터 쭉 알고 있었다.

마니는 우리집에서 시간을 보낸 적이 많지 않았기 때문에, 나는 그녀와 함께 있게 되어 좋았다. 나는 그녀에게 내가 제일 좋아하는 파자마를 건넸다. 그녀가 한참 동안 목욕하는 사이, 우유와 설탕을 탄 홍차를 준비해두었다.

침대에 누워 그녀를 기다렸다. 욕조 마개가 빠지고 물이 배관을 타고 내려가는 소리가 들렸다. 욕실 문이 열리고, 그녀가 복도로 나와 라디에이터에서 파자마를 집는 소리도 들렸다. 불이 꺼졌다. 그녀가 내 방으로 들어와 침대 위 내 옆으로 올라왔다. 해가 떠오르기 시작해 지평선 위로 슬며시 머리를 내밀고 블라인드 가장자리를 비췄다.

마니가 옆에 있다는 사실 때문에 나는 잠이 오지 않았다. 그녀는 고개를 창 쪽으로, 내 반대편으로 돌리고 모로 누워 있었다. 숨소리는 평안하고 규칙적이었다. 너무 피곤해서 빠르게 곯아떨어졌으리라.

나는 똑바로 누워 양손을 배 위에 얹고 깍지를 꼈다. 뭐든 할 수 있다는 자신감이 차올랐다. 이럴 계획은 아니었지만—이 점을 분명히 기억해주기 바란다—결과가 불만족스럽지는 않았다.

"제인?" 그녀의 목소리가 목구멍을 뚫고 올라왔다.

나는 대답하지 않았다.

"무슨 소리 안 났어?" 그녀가 베개에 대고 속삭였다. "아무 소리라도?"

여전히 대답하지 않았다.

"제인?" 그녀가 다시 말했다. 이번에는 조금 더 크게.

"뭐?" 내가 반쯤 잠들었다는 듯이 느릿느릿 대답했다.

"그 사람 소리 들었어? 그이가 떨어졌을 때, 소리 들었어? 아니면 그후에라도?" 그녀가 물었다. "너 거기 있었잖아. 그럼 분명……"

"아무 소리도 안 났는데." 나는 팔꿈치에 몸을 괴고 그녀가 누워 있는 쪽의 어둠을 응시했다.

"아무 소리도? 거기 있는 내내. 전혀 아무 소리도?"

"응. 난 아무것도 몰랐어…… 아무 소리도 못 들었거든. 내 생각엔 찰스가……"

"이미 죽어 있었을 거라고." 그녀가 내 말을 잘랐다. "그래. 아마 죽어 있었겠지."

이것이 내가 마니에게 한 네번째 거짓말이었다.

달리 뭐라고 할 수 있었겠나? 그 질문들에 어떻게 솔직히 대답할 수 있었겠나? 그럴 수 없었다. 그때도 그렇게 생각했고 지금도 그 생각에는 변함없다. 하지만 신기하게도 우리를 우리의 궤도로 다시 밀어올린 것은, 그때의 부인, 나 스스로 주장한 나의 결백이었다.

진실은 그녀에게 훨씬 가혹했을 것이다.

그럼 그녀에게는 아무도 남지 않았을 테니까.

# 20장

사람이 죽었다고 삶이 끝나진 않는다. 그런데 정말 그렇게 된다면 근사하지 않을까? 네가 죽으면 네가 존재하는 모든 기억이 그 기억의 주인들에게서 증발되어 창공의 대기로 흩어진다면. 바로 그 순간, 모든 사람들과 모든 장소로부터 지워진다면.

나는 조너선을 기억하지 못하게 될 것이다. 그와의 사랑과 결혼을 기억하지 못할 것이다. 그의 주근깨와 실팍한 허벅지와 손등에 울룩불룩하던 핏줄을 잊게 될 것이다. 확실히 그런 기억을 잃는다는 건 슬픈 일이겠지. 그러나 기억을 잃어버렸음을 모를 테고, 따라서 그리워해야 한다는 사실도 모를 것이다. 애도는 없을 것이다.

찰스도 기억하지 못하겠지. 그에 대한 증오도, 그를 살해한 것도 잊겠지. 단단한 턱과 날카로운 콧날과, 무언가를 생각할 때 턱을 괴던 자세를 잊을 것이다. 내게 도움을 구걸하던 그를 기억하지 못할 것이다.

마니는 그를 만난 적 없게 될 것이다. 그 아파트로 이사한 일도, 그를 사랑하여 그와 결혼한 일도 없던 일이 될 것이다. 그는 완전히 사라지고 없을 것이다.

하지만 세상은 그렇게 돌아가지 않는다. 빈 서판, 새 출발, 깨끗이 베인 상처는 없다. 우리가 매번 내리는 결정의 지저분한 후폭풍만이 있을 뿐이다. 그 이유는, 나를 가장 절망에 빠뜨리는 부분이기도 한데, 삶은 한쪽 방향으로만 움직이기 때문이다. 우리가 내리는 모든 결정은 돌에 새겨진다. 영원히, 없었던 일로 할 수 없다. 절대로 되돌릴 수 없다. 설사 특정 결정을 돌이킬 방법, 특정 실만 풀방법을 찾는다 해도 이미 내려졌던 결정은 언제나 내려진 것이다.

너는 첫 직장을 잡는다. 첫 직장은 이제 다시는 잡을 수 없다. 너는 도시에 아파트를 구해 살기로 한다. 다음에 어디서 살든 뭘 선택하든, 도시의 그 아파트에서 살았던 건 살았던 것이다. 이것은 끝이 없다. 한번 내려진 결정은 언제나 구속력이 있다. 너는 파트너를 고른다. 아마도 그와 결혼한다. 아마도 그가 아이들의 아버지가 된다. 그러면 그 순간부터 네가 어떤 결정을 내리든 그는 언제나 그 아이들의 아버지다. 다음에 무엇을 하든 한번 내려진 선택은 그대로다.

불가항력이다. 나는 내 결정의 끝없는 속박으로부터 벗어날 수 없다.

삶이 거미줄 같다면 훨씬 낫지 않을까. 선택들의 미로가 하나의 중심점으로부터 방사형으로 뻗어나간다면. 우리는 온갖 종류의 선택을 할 수 있고, 되돌릴 수 없는 결정은 없을 텐데. 항상 처음으로 돌아갈 다른 길이 있을 테니 말이다. 반면 현실의 우리에게는 단

하나의 직선 줄이 주어진다. 여러 개의 선택지는 없으며, 끈덕진 타성과 오직 하나의 방향만 주어진다.

조녀선은 죽었다. 찰스도 죽었다. 하지만 그들은 우리를 떠나지 않았다.

십자말풀이를 할 때마다 찰스가 생각난다. 그가 마지막 문제를 어떻게 풀지 알고 있을 때, 나는 모르는 답을 알고 있을 때 무슨 말을 할지 궁금하다. 발톱이 약간 긴 남자를 보면 찰스가 생각난다. 그의 못생긴 발과, 여름에 집에서 샌들을 고수하던 것이 생각난다. 너무 꼭 맨 넥타이를 볼 때마다 찰스가 생각난다. 어떤 남자가 와인 메뉴를 달라고 해서 한참 정독하고, 예외 없이 가장 비싼 와인으로 결정할 때 찰스가 생각난다. 내 기억 속에 박힌 그의 존재의 면면들이 너무 많다. 그는 내가 바라는 만큼 결코 그리 멀리 있지 않다.

반대로 조녀선은 결코 충분히 가까이 있지 않다. 나는 런던마라톤대회를 구경할 수 없다. 밝은색 라이크라 운동복을 입고 가슴팍에 자기 번호를 단 참가자들, 그들의 헤드폰, 스웨트밴드, 단단히 동여맨 운동화를 못 보겠다. 자선단체 주자들의 화려한 코스튬과 무모한 장치들과 얼굴에 떠오른 미소와 그들이 유발하는 웃음을 못 참겠다. 모두 조녀선을 상기시키니까. 내가 알고 사랑했던 조녀선이 아니라 죽은 조녀선을.

좀더 긍정적인 방식으로 그를 떠올리게 하는 것들도 있다. 주말에 남자들이 무리를 이루어 자전거를 타고 빠르게 지나갈 때. 그들은 도시를 벗어나 교외로 달린다. 언덕 위로 힘겹게 돌격했다 날아서 내려오며, 주행 거리를 재고, 시골길 펍에서 맥주 한 잔과 샌드위치를 즐긴다. 조너선이 좋아하던 것들이다. 에인절역에 갈 때마다 그가 생각난다. 우리가 아침마다 헤어지던 곳이었기 때문이다. 항상 몇 분 정도 늦을 듯 말 듯하게, 구운 베이글과 바나나를 허겁지겁 해치우고, 계단 밑 수납장 속 신발 무더기를 미친듯이 사냥한 다음, 승강장까지 돌진했다. 오렌지주스를 따르다가 앙금이 딸려 나올 때마다 그가 생각난다. 나는 통을 절대 흔들지 않으며, 마지막 잔은 늘 과육으로 텁텁하기 때문이다.

이것이 살아남았다는 것의 의미다. 유령과 함께 살아간다는 것의 의미다.

마니와 나는 같은 하나의 줄에 늘러붙어, 죽음과 함께 살아간다. 이전에 존재하던 우리 모습은 절대 복구할 수 없다.

내가 가엾니?

죄책감에 비뚤어진 여자로 보이니?

혹시라도 그렇다면, 걱정은 접어두길.

나는 내가 한 일을 후회하지 않는다. 어떤 결정도 후회하지 않는다. 다만 그 결정들이 조금 더 유연했으면 좋겠고, 그래서 그 결정을 했을 때와 아닐 때의 삶을 동시에 조망할 수 있으면 좋겠다 싶을 뿐이다. 예를 들어 이 삶에 조너선은 있고 찰스는 없다면 어떨까. 그런 조건하에서 마니와 나의 관계는 어떻게 되었을까? 여성들이 단짝친구와 남편을 동시에 가지는 세상도 있을까? 아니면 항상 한쪽을 희생해야만 할까? 나는 나의 연대표를 마음대로 조작해 최상의 삶을 만들어보고 싶다. 최악이라고밖에 할 수 없는 이 삶에 남아 있고 싶지 않다.

조너선이 죽었을 때 내 삶도 끝났다면 좋았을 것이다. 하지만 끝나지 않았다. 애도는 꼭 그런 식으로 이루어지지는 않는다. 어쨌거나 살기로 했다면, 아무리 밀쳐내더라도 기꺼이 끊어내지 않는 한, 우리는 그 삶에 들러붙고 만다. 따라서 나는 내키지 않더라도 조너선 없이 살아갈 수밖에 없었다.

그리고 이제, 마니는 찰스 없이 살아갈 수밖에 없다.

결론은, 이 이야기가 계속되었다는 것이다. 너도 내가 이 이야기를 지속하는 걸 마다하지 않길 바란다. 어쨌든 시간은 있다. 너도 여기 혼자 있고 싶진 않을 테니.

찰스의 죽음 이후 이어진 날들 동안, 나는 내가 돌이킬 수 없는 결정을 내렸다는 사실을 깨달았다. 그리고 그 결과를 끌어안고 사는 삶에 만족했다. 그래, 물론, 주기적으로 슬퍼졌다. 마니의 눈이 퉁퉁 부어 있고 입술은 갈라졌고 마음의 상처가 얼굴에 그대로 쓰여 있을 때. 하지만 죄책감은 없었다. 오히려 낙관했다. 나는 내가 거미줄을 만드는 방법을 발견했다는 생각이 들었다. 그러자 조금 더 안전하고, 단단한 느낌이 들었다.

내가 너무 흥분한 것 같다.

네가 알아야 할 것은 이것이다. 나는 내 단짝친구를 되찾고 싶었다. 그리고 그렇게 되었다.

한동안은.

# 5

다섯번째 거짓말

# 21장

  장례식은 사람들로 가득했다. 턱선이 날렵하고 최신 유행 스타
일의 검은 슈트를 입은 사람들이 대부분인 찰스의 동료들이 도착
했다. 아내들도 데리고 왔는데, 하나같이 금발에 아름답고, 몸에
착 달라붙는 검은 드레스에 에나멜 스틸레토 차림이었다. 그들은
찰스의 비서 데비도 대동하여 왔다. 데비는 그 무리 가운데 몸무게
가 57킬로그램이 넘고 키는 165센티미터가 안 되는 유일한 여성
이었다. 육십대인 그녀는 작고 단단한 체격으로, 잿빛 머리를 짧게
쳤고, 단정하게 차려입은 재킷이 단추 부근에서 살짝 조였다. 나는
그녀를 한 번 만난 적이 있었다. 두어 해 전 어느 금요일 밤에, 서
류를 전달해주러 그녀가 아파트에 왔을 때.
  찰스의 중고등학교, 대학교 동문들도 속속 도착했다. 다들 검은
선글라스를 이마에 걸쳤고, 목에는 얇은 검은 넥타이를 두르고 있
었다. 그들은 교회 정문 앞을 서성거리면서 다 피운 담배를 난간에

비벼 끄거나, 꽁초를 보도블록에 던져 발로 비볐다. 두어 명은 아이들도 데리고 왔는데, 키가 허리까지 오는 아이들은 검은 바지에 하얀 셔츠를 입었고, 그중 세 명은 벌써 무리 지어 지나치게 시끄럽게 떠들며 놀고 있었다. 찰스도 관 속에서 넥타이를 비틀린 목에 꼭 조이고 있을지 궁금했다.

찰스의 누나 루이즈도 뉴욕에서 돌아왔다. 남편이 뒤에서 난생처음 혼자 힘으로 어린 두 쌍둥이와 큰딸을 돌보고 있었다. 루이즈는 아이들이 잘 있는지, 잘 먹었고 잘 닦였고 기저귀는 잘 갈아졌는지 전전긍긍했다. 그러다가도 홱 돌아서면 자기가 그곳에서 제일 고통스러운 사람임을 증명하려 애썼다. 나는 아마 그건 사실이 아닐 거라고 생각했다. 어쨌거나 그녀는 기이하게 과장된 슬픔을 당당하게 연기하고 있었다. 티슈는 어디선가 끊임없이 공급되는 듯했으며, 그녀는 규칙적으로 마스카라를 다시 그리는 데 열을 올리면서, 쉬지 않고 딸꾹거리며 눈물을 쏟았다. 찰스의 어머니도 참석할 예정이었다. 하지만 루이즈 말로는, 몸이 좀 나아졌었는데 갑자기 다시 안 좋아져 극도로 기력이 쇠하면서 긴 이동을 할 수 없게 되었다고 했다. 마니의 부모는 와 있었다. 오빠도 올 예정이었지만 일이 복잡해졌다고 했다. 갑자기 빠져나올 수 없었고 뉴질랜드에서 날아오는 티켓값이 너무 비싸기도 했다면서, 상황이 진정되는 대로 오겠다고 약속했다.

마니는 아무것도 신경쓰지 않는 듯 보였다. 그녀는 장례식 전까지 우리집에서 쥐죽은듯 지냈다. 침실과 주방과 화장실만 미끄러지듯이 오갔다. 이따금 조각상처럼 소파에 가만히 앉아, 수년 전 첫 방영되었을 때 이미 다 봤던 드라마 DVD를 보았다. 거의 울지도 않았다. 하지만 한밤중에 수차례 자다 말고 벌떡 일어나 비명을 지르다가, 정신이 들면 사과하고 곧바로 다시 눕곤 했다. 그녀는 아직 태풍의 눈 속에 있었다. 그녀가 처한 현실이 그녀 주위를 돌며 소용돌이치고 있는 동안, 그녀는 한중간에 갇혀 후려쳐지고 내뱉어지기를 기다리고 있었다.

처음 몇 주 동안 그녀는 인터넷을 완전히 끊었다. 모든 알림을 끄고, 그 장벽을 넘어오는 모든 메시지를 무시했다. 한 이틀간은 슬퍼하는 사람들과 염려하는 사람들과 의심하는 사람들 모두에게 답하려 했지만, 너무 소모적인 일이었다. 말을 건네는 사람은 너무 많고 시간은 충분하지 않았다. 그녀는 자기 일과 휴대전화로 연결된 세상뿐 아니라 주변의 더 큰 세상과도 절연했다. 마치 누군가의 지시를 기다리는 것처럼, 그저 멍하게 앉아 있기만 했다. 그녀는 이 주 동안 집밖으로 나가지 않았다. 장례식이 첫 외출이었다.

결혼식 때 봤던 사람들이라 나는 거의 다 알아봤지만, 몇몇은 낯설었다. 그중 한 여성에게 시선이 끌렸다. 아마도 나와 비슷한 나이인 듯했고, 검은 바지와 굽 있는 부츠, 말끔한 남색 니트 차림이었다. 키가 크고 마네킹처럼 늘씬했는데, 제자리에 가만있기만 해서 거의 투명인간 같았다. 블루블랙 색깔의 머리는 굉장히 짧았고, 예리한 눈은 녹색이었다. 손가락은 은반지로 뒤덮여 있고, 등뼈 맨 위에 음표 모양의 문신을 하고 있었다. 혼자 온 듯 보였다. 예배 때 뒤에 서 있었고, 매장의식 때도, 리셉션 때도 뒤에 있었다. 줄 달린 검은 가죽가방을 어깨에 메고 있었는데, 거기서 작은 빨간 공책을 꺼내더니 적어도 두 번은 뭐라고 휘갈겨 적었다.

"저 사람 누군지 알아?" 나는 여자를 가리키며 마니에게 물었다. 여자는 황급히 로비로 빠져나가는 중이었다. 리셉션은 큰 창이 강을 굽어보는 작은 공간에서 열리고 있었다. 소규모 회원제 클럽이라기보다는 무슨 회의장 같은 곳이었다.

마니가 고개를 저었다.

그녀는 몸만 이곳에 있을 뿐이었다. 하이힐이 너무 높아 몸이 휘청거리고 눈은 눈물로 게슴츠레했다. 마음은 다른 데, 남편의 시체 위로 쓰러졌을 때, 아직 희망이 있는 척하면서 붙잡고 또 붙잡았던 시간 속에 갇혀 있었다. 그녀는 겁먹은 아이처럼 팔다리를 덜덜 떨었다. 입술은 오그라들었고 뺨은 축축이 젖어 있었다.

나는 남편의 장례식을 떠올리면 마치 어안렌즈를 통해 보는 것 같다. 이미지가 마음속에서 굴절되어, 풍선처럼 불룩하고 기괴한 모양으로 둥글어진다. 문상객들이 시야 안으로 유유히 밀려들어 왔다 유유히 밀려나간다. 그들의 갸우뚱거리는 고개, 희미한 미소, 무감각한 눈길. 너무 가까이 있어 내 얼굴에 닿던 그들의 뜨거운 입김, 내 손과 어깨를 꼭 그러쥐던 방식. 그들은 날 볼 때 뭘 보았을까. 나도 그녀만큼 부러질 것 같고 정신이 다른 데 가 있는 듯 멍해 보였을까?

오후가 지나갔다. 마니와 나는 함께 앉아, 파티오 문을 열고 나가 담배를 피우는 찰스의 동창들을 쳐다보았다. 대학 동문들은 그를 기리는 술을 돌렸다. 루이즈는 먼 친척쯤 돼 보이는 사람의 어깨에 얼굴을 묻고 격렬히 흐느끼고 있었다. 나는 사람들과 어울리면서, 안면이 있는 이들과 대화를 시작해보려 했다. 조의를 표하고 기억을 공유해보려고. 하지만 그들은 각자 이야기할 사람이 따로 있는 듯했다. 항상 그래왔듯이 사람들은 이렇게 말하며 나를 피하고 싫어하는 듯했다. "대화 즐거웠어요, 하지만 가봐야겠네요. 친구가 기다리고 있어서" 또는 "소식 나눠서 좋았어요. 저는 바에서 한 잔 더 해야겠습니다" 또는 "오, 리베카가 저기 있네요. 잠깐 실례해도 될까요?"라고. 그래서 마니가 내 팔뚝을 잡고 일어나 나를 입구까지 끌고 가며, 제발 집에 데려다달라고 간청했을 때 안도했다.

우리는 택시 안에 말없이 앉아 있었다. 평소보다 이르게 우리 뒤로 해가 넘어가고 있었다. 가을이 다가오고 있었기 때문이다. 사이드미러에 비친 깊어진 오렌지 빛깔도 뭔가 달랐다. 영화 속 작별 장면 같았다. 자신감이 다시 차올랐다. 마치 세상이 내가 끼어들어주어 고맙다고 인사하는 듯했다.

우리집에 도착했다. 마니는 드레스를 벗고, 내가 제일 좋아하는 파자마로 갈아입으러 갔다.

"난 몰랐어." 그녀가 다시 돌아와 주방의 스툴에 걸터앉았다. "이렇게 끔찍할 줄은 나도 몰랐어. 네가 이런 걸 겪고 있었을 때, 이토록 끔찍했을 줄은 정말 몰랐어."

"넌 할 수 있는 건 다 했어." 나는 머그잔 두 개에 끓는 물을 따랐다. "그리고 어쨌든……"

"아니." 그녀가 말했다. "그렇게 말해줘서 고마워. 하지만 그렇지 않다는 건 너도 잘 알잖아."

나는 밀크티를 그녀 앞에 놓았다. "마셔. 훨씬 나을 거야."

마니가 고개를 끄덕이며 따뜻한 머그잔을 양손으로 감싸쥐었다.

조녀선이 죽기 전에는, 큰 상실을 겪고 나면 사람이 동정심이 더 많아지는지 궁금했다. 나 자신이 엄청난 비극을 겪고 보니, 가능한지는 모르겠지만 대답은, 정말 그렇다이면서 동시에 전혀 그렇지 않다라고 확신한다. 나의 동정심은 커졌지만 공감 능력은 낮아졌다. 마니의 슬픔의 무게를 친숙하게 이해할 수 있었지만, 루이즈의 앵돌아짐과 히스테리와 전반적인 헛수작에는 공감할 수 없었다.

그런데 마니가 우리 둘의 상실을 비교했을 때, 그녀를 향한 연민이 조금 옅어졌다. 그녀가 진정 괴롭고 통렬한 비탄에 빠져 있음은 잘 알고 있었다. 그러나 착하고 친절하고 사랑스러운 남편을 잃는 것과, 전혀 그렇지 않은 남편을 잃는 건 완전히 다른 문제다.

# 22장

남편이 죽은 후 그 몇 주간의 이야기를 들려줄까. 두말할 필요 없이 내 생애 최악의 시기였다. 어떤 말로 표현하든 무참히 쓸모없을 뿐이다. 믿을 수 없는 상실을 겪을 때, 몸 전체에 퍼지는 발작적 떨림을 언어로 표현하기란 불가능하다. 죽음 자체는 어디에나, 언제나, 모든 기억 속에, 그 사람과 함께하고 싶은 모든 순간마다 있다. 그러나 그것은 슬픔을 받치는 여러 기둥 중 하나일 뿐이다. 전체로서의 슬픔은 한 사람의 상실 이상이다. 삶의 상실이다.

그 첫 몇 달 동안, 이전에 없었고 이후로는 더더욱 있을 리 없는 순간들을 나는 잔인하고 매정하게 그리워했다. 한쪽 어깨에는 과거의 기억들—첫 만남, 결혼식, 신혼여행—이 얹혀 있었다면, 다른 쪽 어깨에는 아직 만들지 못한, 함께 살며 만들려 했던 기억들이 얹혀 있었다. 우리에게 생겼을 아이들, 살게 되었을 집, 여행했을 곳. 나는 지나치게 감정이 북받치는 과거와 감정을 빼앗긴 미래

사이에 못박혔다.

슬픔의 크기에 압도당하여 내 삶에서 내 자리를 찾을 수 없었다. 마음속에서 평정을 찾으려 싸웠다. 가만히 앉아 그를 추모하며 애도할 수 없었다. 극복 불가능한 게 너무 많아서, 한순간도 집중할 수 없었다. 나는 산만하고 변덕스러웠다. 완전히 넋이 나가 있었기 때문에 지금도 그때를 정확히 설명하기 힘들다.

하지만 그 몇 주는 중요하다. 어떻게 보면 그때가 이 모든 사달의 발단이었다.


그날 밤 그가 죽은 직후 나는 복스홀 아파트로 갔다. 예전에 내가 썼던 방에는 내 것이 아닌 물건들이 많았다. 구석에 놓인 의자에 개켜 있는 옷가지나, 확실히 남자 것으로 보이는 청바지, 옷걸이에 걸린 셔츠 세 벌. 나는 대신 마니의 침대로 기어들어갔다.

갈라진 입술이 짰다. 목이 타고, 뇌가 두개골 속에서 고동쳤다. 눈구멍이 지끈지끈 욱신거리며 광대뼈에 부딪혔다. 얼굴이 부어 피부가 땅겼다. 나는 천장을 멀거니 바라보았다. 바깥의 가로등 불빛이 블라인드를 통과해 패턴을 그렸다. 나는 나를 비우고 마음을 편안히 먹으려, 몸을 제대로 가누려 했다. 내가 다른 곳에 있다고 상상해보려고 했다. 하지만 갈 곳이 없었다. 그가 없는 곳은 아무데도 없었다.

복도에서 들리는 소리에 잠에서 깼다. 열쇠가 돌아가고, 웃음소리가 났다. 목재 느낌을 준 플라스틱 바닥을 밟는 발소리가 들렸다. 마니의 키득거림은 금방 알아차렸지만, 다른 목소리 하나는 분명 남자 목소리였다. 더 저음이었고 더 넓은 가슴통에서 울려나와 진동하는 소리였다.

그들이 주방으로 갔다. 대화를 나누는 소리가 웅얼웅얼 계속 들려왔다. 다시 현관문이 열렸다 닫혔다. 라디오가 켜졌다. 나는 주방으로 갔다. 그곳에서 마니가 상자 위에 몸을 구부리고 뽁뽁이로 샴페인잔을 싸고 있었다.

"진짜 빨리 왔네." 그녀가 일어서며 고개를 돌렸다. "아, 너 여기서 뭐해? 왜 그래? 야. 뭐야? 무슨 일이야?"

찰스가 삼십 분 후에 돌아왔다. "상자 더 가져왔어." 그가 현관에서 외쳤다. "여섯 개면 될 것 같아? 더 가져올까 하다가 잘 모르겠어. 그리고……" 그가 문간에 멈춰 서더니 짧게 덧붙였다. "아."

마니와 나는 소파 위에서 부둥켜안고 있었다. 어디가 누구의 시작이고 누구의 끝인지 분간할 수 없었을 것이다. 내 머리가 그녀의 가슴에 안기고 그녀의 팔은 내 등 전체를 감쌌으며 우리의 다리는 촉수처럼 엉켜 있었다.

그때 나는 그를 처음 보았다. 깔끔하고 키 크고 잘생긴 남자였다. 어깨가 떡 벌어졌고, 흰색과 분홍색 스트라이프 셔츠를 잘 다려서 청바지 안으로 넣어 입고 있었다. 맨 위 단추가 풀려 있어, 목 밑까지 올라온 가슴털이 보였다. 턱선은 단단하고 콧날은 날카롭고 눈썹은 거의 검정이었다. 머리는 매우 진한 갈색으로 양옆에 새치 몇 가닥이 섞여 있었다.

"잠깐만." 마니가 내 머리에 대고 속삭이더니 사라졌다. 현관에서 소곤거리는 소리가 났다. 현관문이 열렸다 닫히고 그녀가 다시 돌아왔다.

그후로 한동안 그를 못 보았다. 나는 몇 주 동안 아파트 밖으로 나가지 않았다. 마니는 내가 외출도 좀 하기를, 적어도 더러운 침대에 종일 누워 땀에 절어 울면서 스스로를 고문하지 않기를 바랐다. 결국 그녀는 내게 잔심부름을 시키기 시작했다. 케이크를 구우려고 하는데 버터가 필요하다고, 시리얼 타 먹을 우유가 떨어졌다고, 조금 내려가면 모퉁이에 편의점이 있었는데 하다 하다 거기서 노트패드까지 사다달라고 부탁했다.

아마 한 달쯤 후였을 것이다. 나는 슈퍼마켓에 갔다 오다가, 막 나가려던 그와 현관에서 마주쳤다. 그는 슈트에 보라색 실크 넥타이를 매고 있었다.

"안녕하세요." 그가 문이 안 닫히게 잡은 채 말했다. "제인 맞죠? 막 가려던 참인데, 어쨌든 만나서 반가워요. 그리고 얘기 들었는데, 유감이에요."

그는 나를 지나쳐 복도 끝으로 사라졌다.

나는 그대로 문을 잠시 잡고 있다 탁 하고 닫았다.

그 이후로 그는 좀더 주기적으로 나타나기 시작했다. 주중에도 저녁에 잠깐씩 들러, 자기 주소로 온 택배를 놔두고 가거나 자기 물건을 가지러 왔다. 그의 물건들이 여기저기 많았다. 가지런하게 쌓인 스웨터, 줄줄이 늘어선 신발, 창턱에 정렬한 손목시계. 어떤 때는 자고 갔다. 아마 그 몇 달 전에 내가 아직 이즐링턴에 살았을 때, 그녀가 남자가 생겼다고 얘기했던 것 같기도 하다. 하지만 당시 마니는 남자가 끊이지 않았다. 항상 누군가와 데이트를 했고, 새로 만난 남자에 대해 내게 메시지를 보냈다. 그녀는 그들에게 금방 푹 빠졌다가 바로 무관심해지곤 했다. 곧 그는 점점 더 자주 드나들기 시작했다. 어느 날 밤 그와 마니가 속닥거리며 싸우는 소리가 들렸다. 그는 이럴 거면 빌어먹을 새 아파트는 왜 구한 거냐고 말했다. 그녀가 새집을 사자고 했을 때, 자기는 혼자 사는 걸 생각했던 게 아니라고, 얼마나 더 이러고 있어야 하느냐고, 대체 계획이 뭐냐고.

그때 나는 처음으로 찰스에게 무관심 아닌 다른 감정이 생겼다.

그전까지 그는 내게 미미한 존재였다. 물론 아파트에서 마주치긴 했지만, 나는 내 슬픔 말고는 대체로 아무것도 안중에 없었다.

하지만 그 순간이 상황을 바꿨다. 모든 것을 바꿨다. 내 속에 불을 붙였다. 느닷없이 슬픔을 압도하는 증오가 생겨났다. 그 분노는 사뭇 신선하고 흥미로웠는데, 몇 주 동안 잊고 있던 힘과 의지력을 샘솟게 했기 때문이다. 어쩌면 사람이, 성인씩이나 돼서, 그토록 지독하게 타인에게 무심할 수 있을까. 그가 자신의 동거 계획을 내 슬픔, 내 죽은 남편보다 우위에 뒀다는 사실이 믿기지 않았다. 그렇게 끔찍하고 구제불능인 사람 주변에서 몇 주를 보내놓고도 깨닫지 못했다는 것도 믿기지 않았다.

그다음 마니의 반응은 빤하다고 생각했다. 그녀는 내가 생각하는 그대로 말할 것이라고 생각했다. 그가 이기적이고 자기중심적이라고, 그런 태도를 바꾸지 않는 한 절대 같이 살지 않을 거니까 아주 고마워 죽겠다고. 우린 수십 년—수십 년—지기인데, 자기 생각을 먼저 해주길 바라는 게 제정신인지, 그게 얼마나 불가능한 부탁인지 어찌 모를 수 있냐고.

나는 그날 밤 함께 이 일을 웃어넘기는 우리 모습을 상상했다. 분노는 순식간에 사그라지고, 그 한바탕 광풍이 내게 다시 불꽃을 일으킬 것이었다. 피로와 슬픔과 공황이 아닌 다른 감정에 대한 경험이 상쾌한 구강청결제가 되어줄 것이었다.

다만 그들의 대화가 그런 식으로 흘러가지 않았을 뿐. 마니가 중얼거리는 소리가 들렸다. 소리치거나 화난 목소리도 아니고, 조용히 이야기하는데 안 들릴 정도로 조용하진 않았다.

"알아," 그녀가 말했다. "알고 있어. 나도 자기랑 같이 살고 싶어. 자기도 잘 알잖아. 이렇게 되리라곤 나도 예상 못했어."

다음날 저녁, 마니는 내게 저녁을 요리해주었다. 그녀는 내 남편이 죽던 날 밤, 새 남자친구의 이사를 도와주고 있었다고 설명했다. 그다음날 아침에는 이 아파트도 내놓았다고 했다. 사귄 지 얼마안 됐다는 점은 인정했지만, 조너선과 나 역시 서둘러 시작했는데도 행복해 보이더라고 말했다. 그들은 도시 반대편 아파트 한 채를 구입했다. 사귄 지는 몇 개월밖에 안 되었지만 그것은 옳은 결정이었다고 그녀는 말했다. 즉흥적 결정이기도 했다. 함께 길을 걷다가 우연히 아파트를 지나치는데, 마침 부동산중개인이 다른 커플에게 그곳을 보여주고 나오길래 안으로 들어갔다. 계약이 성사되리라고는 예상하지 않았다. 그들이 제시한 금액이 너무 낮은, 심하게 낮은 가격이었기 때문이다. 하지만 뜻밖에 계약은 이루어졌고, 그후로 일은 일사천리로 진행되었다. 안 그래도 내게 전화해 좋은 소식을 전할 생각이었다고 했다. 우리를 저녁식사에 초대해 새집의 첫 손님으로 맞을 계획이었다고. 괜찮은 아파트였다. 적어도 그렇게 될 것이었다. 좋아하게 될 거라고, 그녀는 말했다.

그런데 갑자기 모든 게 일시정지되었던 것이다. 내게 일어났던 일이 일이니만큼 그녀도 어쩔 수 없었을 것이다. 하지만 이제 우리둘 다 삶의 다음 단계를 생각할 때였다. 그녀 말로는 이 아파트 집세와 새 아파트 융자금을 모두 내느라 허리가 휜다고 했다. 그녀가 그 집으로 이사갈 생각을 하는 것도 어찌 보면 당연했다. 할일은 너무 많은데 되고 있는 건 하나도 없었으니까. 나더러 혹시 이 집에 들어올 생각이 있냐고도 물었지만, 그럴 생각이 없어도 괜찮다고, 원하는 곳을 찾도록 도와주겠다고 그녀는 말했다.

나는 마니가 언젠가는 사랑에 빠지게 될 테고, 그럼 그 집에서 나가리라고는 예상하고 있었다. 그래도 충격은 컸다. 그토록 빨리 그렇게 될 줄은 몰랐다. 게다가 그런 식으로는.

그날 오후 나는 그곳을 나와 에마 집으로 들어갔다. 그러나 에마의 이상한 세계는 내겐 심히 이상했다. 텅텅 비어 있는 냉장고, 이상한 규칙들. 그래서 새 아파트를 임대했다. 혼자 살기는 처음이었다. 십 년 전에 지은 그 건물은 모든 세대가 완벽한 정사각형이었다. 침실, 욕실, 거실이 테트리스처럼 딱딱 맞춰져 있었다. 이전 거주자에게 페인트칠이 허용되었는지 침실은 군청색, 욕실은 오렌지색, 소파 뒤의 벽은 노란색이었다. 위치도 좋았고 예산 범위 내에 있었다. 딱히 거슬리는 부분은 없었다. 하지만 나는 그곳에 있기 싫었다. 마니와 함께 있고 싶었다. 그래서 찰스를 끊임없이 저주했다. 나의 외로움, 나의 슬픔, 나의 애상. 그 모든 것을 찰스 탓으로 돌렸다. 부분적으로는 그럴 수 있었기 때문에. 부분적으로는, 지금도 그렇게 생각하지만, 그가 진심으로 엄청나게 나쁘게 굴었다고 생각해서.

지금 아는 걸 그때도 알았다면, 내 삶에서 그가 곧 사라지리라는 사실을 그때도 알았다면, 그를 그토록 미워했을까? 결국은 저울이 균형을 찾으리라는 것을 알았다면 위안받았을까?

그에게 감사할 점을 찾아냈을지도 모른다. 그 덕분에 내가 억지로라도 다시 일어섰던 것도 사실이다. 나는 거의 두 달간 휴직 상태였는데, 그의 이기심 덕에 잃어버렸던 기운을 되찾았다. 나는 수년간—사실 살면서 거의—혼자 밤을 보낸 적이 없었다. 하지만 그가 내 친구를 빼앗고 나를 쫓아냈다. 나의 옹호자들, 치어리더들, 조언자들은 떠나갔다. 나를 돌봐주며 절대적이고 아낌없는 사랑을 주는, 나를 중심에 두는 사람은 아무도 없었다. 조녀선 외에는. 마니 외에는 명백히 아무도.

# 23장

나중에 나는 장례식장에 왔던 수수께끼의 여성이 밸러리 샌즈라는 사람이라는 것을 알게 되었다. 그녀는 서른두 살의 이혼녀로, 기자였다. 지역신문사에서 십 년간 일하면서, 종종 명예훼손을 일삼는 자신만의 웹사이트를 운영했다. 그녀는 진짜 이야기, 자신의 명성을 뒤바꾸어줄 만한 뭔가 강력하고 진실한 이야기를 찾고 있었다.

### 레즈비언 커플, 남편들을 살해하다

이것이 그녀가 고른 헤드라인이었다. 블로그의 하얀 배경에 대문자의 암적색 활자가 마치 피를 바른 것 같았다. 우리는 아무것도 모르고 있었다. 우리 일이 온라인에 떴으며 그녀가 조사중이라는 사실을, 이미 모든 일이 벌어진 후에야 알게 되었다. 장례식이 있고 약 이 주 뒤 우리는 그 게시 글을 발견했다. 겨우 '괜찮다'는 말이 머잖아 마니에게 가능할지도 모르겠다 싶은 때였다. 상황이 잦아들면서 애도의 무게는, 그렇다, 흩어지고 있었고, 희석시킨 시럽처럼 옅어지고 있기도 했다. 우리는 한두 번 웃기도 했다. 나는 내가 연루되었음이 절대 발각될 리 없다는 절대적 평화와, 발각되면 어쩌나 하고 신경을 곤두세운 공포 사이에서 갈팡질팡했다. 첫 주에는 장례식이 있었고, 이후의 시간들은 훌쩍 흘러갔다. 나는 대개 침착하게 지냈고 공포는 간헐적으로만 치솟았다.

많은 의문점이 제기된 건 아니었다. 초반에는 사소한 몇 가지뿐이었고, 모두가 사건에 내한 가상 뻔한 설명을 진실과 동의어로 여겼다. 찰스는 편두통으로 고생하던 사람이었고, 현기증과 어지럼증이 있었고, 계단에서 굴러 바닥에 닿았을 때 목이 부러지면서 거의 즉사했다는 것. 찰스가 그날 정말 편두통이 있었다는 건 마니가 구급대원들 앞에서 증언했다. 또한 찰스의 편두통은 가벼운 어지럼증, 흐릿한 시야, 가끔 평형장애까지 동반했다는 게 특징이었다.

마니의 친구, 가족, 지인, 우리를 전혀 모르지만 단지 충격받은 사람들 모두의 의문은, 진실이 아니라 믿음에 대한 것이었다. 얼마나 호되게 굴렀으면 젊은 남자가 그렇게 쉽게 죽을 수 있나? 떨어질 때 어떤 느낌이었을까? 살아날 확률은 얼마였을까? 얼마든지 다르게 떨어졌을 수도 있을 텐데, 그가 살아남았을 경우의 수가 백만 가지는 되지 않을까?

하지만 나는 사건의 진실 문제를 피해갈 수 없다는 것도 알고 있었다. 첫 부검 결과는 다행히도 사람들의 짐작을 뒷받침했다. 부검 결과 그는 당일 먹은 게 거의 없었다. 커피 조금, 그리고 알약 몇 개가 다였다. 그 약은 자꾸 재발하는 어지럼증을 동반한 편두통을 위한 것이었다. 섭취한 양은 처방된 양보다 살짝 많았다. 알려진 바대로 부상은 심각했다. 발목이 부러지고 어깨가 탈구되었으나, 그를 죽음에 이르게 한 치명상은 목뒤의 치상돌기 골절이었다. 멍도 많이 들어 있었고, 알고 보니 광대뼈도 골절됐는데, 굴러떨어지면서 부딪혔으리라 추측되었다. 의심스러운 정황은 아무것도 없었다. 그래서 시체는 봉합되어 장례식장으로 보내졌다. 그저 몹시도 운이 없었던 사고로, 매우 슬픈 일임이 틀림없다는 결론이었다.

나는 덜 두려워하게 되었다. 경찰이나 감옥이나 진실에 대해 생각하지 않았다. 수사당국에는 구급대원이든 병리학자든, 상상력이 풍부한 사람은 아무도 없었다. 신기하지 않나? 나야 이래저래 따질 입장은 아니지만. 나의 두려움은 장례식이 끝나고 나중에 그 게시글을 보고 나서야 끓어오르기 시작했다. 누군가 진실을 조사하기로 마음먹고, 의문을 품고, 이 죽음에 더 어두운 무언가가 개화해 있음을 꿰뚫고 있었기 때문이다.

밸러리는 커리어를 바꿔줄 이야기를 찾고 있었다. 그녀가 지역 신문사 일을 애초부터 싫어했던 것 같지는 않다. 하지만 거기서 너무 오래, 십 년을 일한데다 늘 단순한 지역행사 취재만 배정받아왔다. 애완견 대회, 자선 빵 판매행사, 대기 명단이 긴 인기 레스토랑에서의 연예인 추적 활동. 그녀는 그 이상을 원했을 것이다. 어느 날 밤 그 이야기가 현관문을 열고 걸어들어와, 소파의 그녀 옆자리에 앉았을 때는 분명 흥분되었을 것이다.

밸러리는 룸메이트 조애나와 삼 년째 함께 살고 있었다. 딱히 불행했던 것은 아니었지만 그저 허무했던 수년간의 결혼생활 끝에,

밸러리는 기차역에서 남편과 헤어졌다. 세 들 집을 찾아다녔고, 같이 살게 된 조애나와 금세 친구가 되었다. 조애나는 수습 구급대원이었고, 밸러리는 삶과 죽음과 피칠갑이라는 인간사의 가장 극단적 순간들의 융숭한 성찬을 즐겼다. 조애나가 두 명의 남자 대원과 그날 겪은 일을 이야기했을 것이다. 한 명은 나이가 많고 과체중이었고 다른 한 명은 더 젊었던 그 대원들 말이다. 상류층 아파트 단지—그렇게 묘사하지 않았을까, 나라면 그런 표현을 썼을 것 같다—에서 사고가 있었다고 했을 것이다. 그래서 현장에 갔다고. 젊은 남자가 계단에서 굴렀는데, 아내와 아내의 절친한 친구가 현관에 뻗은 비뚤어진 시체 앞에 같이 있더라고. 그 두 젊은 여자들의 분위기가 뭔가 기묘하더라고 말했을지도 모른다.

밸러리는 구미가 당겼다.

호기심이 생긴 그녀는 자신의 의혹을 이야기로 발전시키려 했다. 이 일을 경력의 전환점으로 삼으려면, 꼭 필요한 사람들에게 꼭 필요한 질문을 해서 답을 얻어내야 했다. 더러운 전말과 껄끄러운 진실을 파헤쳐야만 했다.

처음에는 아무것도 없었다. 장례식에도 가봤지만 별다른 건 목격하지 못했다. 찰스의 비서와 대화를 시도했다. 데비는 그가 정말 편두통이 있었다고 당연하다는 듯 확인해주었다. 그녀는 마니의 아파트 주변에서 얼쩡거렸지만—제러미가 그녀를 CCTV에서 목격했다—마니는 당시 그 집에 있지 않았기 때문에, 발견할 만한 게 많지는 않았을 것이다. 아직까지는 가장 명백한 진실이 가장 가능성 있는 진실이었다.

밸러리는 마니에 대한 조사를 끝낸 뒤에 아마도 나에게 관심을 집중하기 시작하지 않았나 싶다. 나는 그녀를 회사 건물 안내데스크 앞에서 한 번 보았다. 그녀는 로비 담당 경비원과 담소중이었다. 그는 나이가 많고 대머리에 배가 불룩한 남자였다. 그녀는 훨씬 나이가 어렸고, 짧은 머리와 날카로운 광대 때문에 키가 더 커 보였다. 그녀가 안내데스크 위로 몸을 기울이던 게 기억난다. 그녀가 과장된 웃음을 터트리자 깊게 파인 스웨터가 벌어졌고, 활짝 벌린 입에서 하얗고 고른 치아가 드러났다. 그녀가 그에게서 뭘 얻으려 하는 걸까 궁금해했던 기억이 난다.

그때 말고는 나를 캐고 다니는 건 못 보았다. 그렇다고 캐고 다니지 않았다는 건 아니다. 제대로 들여다보기만 한다면 온라인에 정보가 많았다. 그리고 아마도 그렇게 했을 것이다. 내가 대학 잡지에 쓴 글도 있었고, 그중 몇몇은 조너선에 대한, 그의 죽음과 마라톤대회에 대한 글이었다. 그가 경기 끝나고 찍었던 인터뷰 영상도 아직 그대로 있었다. 우리 회사 홈페이지에도, 내 실명을 써서 고객서비스 향상에 관해 작성한 글이 한두 개 올라가 있었다.

그녀는 이 모두를 다 뒤져 영감이 될 만한 정보를 찾아냈을 것이다. 미스터리를 진짜로 풀었다고 생각했는지도 모른다. 하지만 그녀의 웹사이트 글은 또다른 거짓말을 주장하고 있었다. 그 글에 따르면, 내가 조너선을 죽였다. 달려오는 자동차 앞으로 밀어서. 그러고 나서 그의 집을 팔아 상당한 이득을 취하고 생명보험금도 쓸어담았다. 내 말이 아니라 전적으로 그녀의 말에 따르면, 나는 남편을 죽여 부자가 되었다.

그게 다가 아니었다. 그녀의 글은 계속되었는데, 증거도 없고 출처도 없는 개소리를 한껏 늘어놓고 있었다. 그녀에 따르면 마니와

나, 이 악독한 암여우들은 사실은 몰래 사귀는 사이로서, 전략이
한 번 성공하자 지체 없이 두번째 똑같은 계획을 실행했다.

**결혼. 살인. 돈.**

페이지 맨 끝에는 이렇게 선명히 적혀 있었다. 그녀는 우리가 지
고의 환락 속에 살고 있다고 적었다. 죽은 남편들의 손아귀에서 갈
취한 거금을 흥청망청 사용하면서.

# 24장

　우리는 밸러리라는 이름을 들어볼 일도, 그녀의 글을 읽을 일도 없었을 것이다. 그 글이 중앙지 타블로이드에 게재되지만 않았다면. 그녀의 웹사이트는 팔로워가 몇천 명은 되었고, 그들은 주로 런던의 젊은이들이었으므로 언젠가는 글을 보았을 확률이 크다. 마니의 팬들 중 한 명이 알려주었을 수도 있다. 하지만 똑같은 확률로 우리의 삶이 방해받지 않고 지속되었을 수도 있었다.

　불행히도 그 글은 전국적으로 발행되는 신문의 일면에 실렸다. 온 나라의 '트루 크라임' 열풍에 대해 보도하는 기사였다. 관련 블로그가 수천 개, 팟캐스트가 수백 개라고 했다. 우리 이야기는 그 사례 중 하나였다.

　기사에는 밸러리의 블로그 게시 글이 온라인상에서 급속히 퍼졌다고 적혀 있었다. 페이스북과 트위터에서 십만 회 이상 공유되었는데, 이례적이진 않지만 확실히 놀랍다고 했다. 기사가 사실인지도 모른다. 사람들은 정말로 각자의 남편을 살해한 두 젊은 여자 이야기에 관심이 있는지도 몰랐다. 그런 사람들을 탓할 수는 없다고 생각한다. 나라도 그랬을 테니까. 하지만 그 특집기사는 사실 가면이 아니었을까. 명예훼손에 상당한 이야기를 게재해놓고, 법적 제재 없이 잡음과 논란을 일으켜 돈을 벌기 위한 교묘한 수단이 아니었을까 하는 냉소적인 의심이 든다. 기사는 밸러리의 웹사이트를 수차례 인용하면서, 살인 혐의가 "제기되었다"고만 썼을 뿐 우리에게 직접적인 범죄 혐의를 씌우지는 않았다.

기사 내용은 신문의 몇 페이지를 넘겨야 볼 수 있었지만, 일면에 작지만 선동적인 헤드라인이 찍혀 있었다. 마니와 나는 곧장 친구와 가족으로부터 쏟아진 메시지의 홍수 속에 파묻혔다. 그들은 우리가 그런 짓을 했을지도 모른다는 의심 때문이 아니라, 우리의 입장에서 충격에 빠진 상태였다. 그들은 이렇게 말했다. 한마디도 믿을 수가 없더라. 어쩜 그런 쓰레기 같은 소리가 다 있니? 세상이 어떻게 되어가길래 지금 이 시대에 팩트 체크를 제대로 안 한단 말이야? 그들은 정작 주변의 소중한 사람들은 그딴 잠꼬대에 아무도 관심 두지 않는다고 열심히 우리를 안심시켰다.

그때까지도 우린 기사를 못 본 상태였다. 그런 웹사이트가 있는지도 몰랐다. 나는 플란넬 파자마의 요란한 무늬를 검은색 긴 레인코트로 가리고, 편의점으로 달려가서 신문을 한 부 샀다. 아파트로 돌아와 식탁에 펼쳤다. 마니와 나는 함께 읽었다. 우리의 눈이 왼쪽에서 오른쪽으로 미끄러지며, 동시에 같은 줄을 빠르게 읽어내려갔다. 동일한 대목에서 함께 얼굴이 일그러졌고, 동일한 끔찍한 거짓말에서 함께 이마가 찌푸려졌다.

마지막은 밸러리의 말로 끝났다. "사람들이 이 이야기에 매료되는 것도 충분히 이해합니다. 그러나 살인에만 집중하는 태도나 죽음 자체가 관심의 이유라고 보는 태도는 잘못됐습니다. 저뿐 아니라 제 많은 고정 독자들의 관심은, 멜로드라마나 스캔들이라기보다는 진실입니다." 그리고 그녀의 웹사이트 주소가 적혀 있었다.

나는 소파 밑에서 노트북을 꺼내 조리대 위에 놓았다. 사이트는 로딩이 느렸다. 원본을 찾는 사람들이 우리만 있는 건 아니었으리라고 생각한다. 마침내 붉은 제목이 화면에 떴다.

사실을 말하자면 밸러리의 글은 말이 안 되는 부분이 많았다. 사건에 대한 그녀의 해석은 실제 사실과 아귀가 전혀 맞지 않았다. 나는 조녀선을 죽이지 않았다. 그는 택시 운전사에 의해 살해됐다. 그 운전사는 오십대 후반으로, 음주운전으로 부주의에 의한 사망 사고를 일으켰기 때문에 체포되어 형을 살고 있었다. 경기후퇴와 연이은 부동산 위기 때문에 집을 팔아도 주택담보대출금을 갚고 나자 남는 게 거의 없었다. 생명보험금 나온 것 또한 한푼도 쓰지 않았다.

밸러리는 우리가 이 엄청난 성공—다시, 그녀의 표현이다—에 몹시 고무되어, 사 년이라는 적지 않은 시간을 기다려 계획을 다시 실행했다고 주장했다.

"두번째는 어떻게 했을까요?" 그녀는 적었다. "오늘 이야기는 이만 여기서 마칠까 하기도 했습니다. 여러분이 다음주 업데이트를 기다리도록 말이죠. 하지만 이렇게 감질나게 끝낼 수는 없죠. 그래도 빈 공간을 아래에 남겨두겠습니다. 잠깐 시간을 들여 생각해봅시다. 과연 그들이 두번째는 어떻게 했을까?"

스크롤을 내렸다.

"약물." 그녀는 적고 있었다. "여러분도 그렇게 생각했습니까? 더 처참한 방식을 떠올렸다면 두 여자를 과소평가한 것입니다. 제인 블랙은 남편의 죽음에 직접적으로 책임이 없습니다. 그를 죽인 차를 직접 운전하지 않았습니다. 원하는 결과를 얻기 위해 단순히 상황을 조종했을 뿐입니다. 마니 그레고리-스미스도 마찬가집니다. 그녀는 남편을 계단 아래로 밀지 않았습니다. 우리는 그가 죽을 때 그녀가 도서관에 있었다는 사실을 알고 있습니다. 그러나 그녀는 그날 아침, 커피에 정량을 초과한 몇 알의 알약을 더 집어넣었을 겁니다."

헛소리였다.

하지만 진실은 중요하지 않았다. 내가 전에 말했듯이, 가장 이상해 보이는 허구도 충분히 진실처럼 느껴질 수 있다. 그럴듯하게 거짓말을 하는 게 무슨 대단한 재주는 아니다. 그것은 훌륭한 이야기였다. 그게 제일 중요했다.

당시 나는 침착하게 반응하지 못했다고 해야 할 것 같다. 사람이 실리적이지가 못했다. 난 젠장 미친듯이 부아가 치밀었다. 속이 불타는 것 같았다. 상한 음식을 먹었을 때처럼 신물이 역류했다. 이상한 아드레날린이 솟구쳐 그 흥분이 사지에 경련을 일으켰다. 찰스를 처음 막 증오하기 시작했을 때처럼 화가 끓어올랐다. 마니도 같은 기분이리라 생각하고 슬쩍 고개를 돌렸는데, 그녀는 울고 있었다.

"어떻게 이럴 수 있어?" 그녀가 소곤거렸다. 목소리가 너무 작고 공기 같아서 거의 바람 빠지는 소리처럼 들렸다. "어떻게 이런 걸 쓸 수가……? 이건 사실이 아니잖아. 어떻게 거짓말을 할 수가 있어? 이 여자 말은 그러니까—오, 세상에—어떻게 이런 말을 할 수가 있어? 대체 누구야?"

마니가 화면 중간에 떠 있는 한 문장을 가리켰다. 그녀의 검지가 떨리고 있었다. 그 부분은 다른 텍스트에서 따로 떨어져 굵게 표시되어 있었다.

"걔들은 항상 가까웠어요." 두 여자의 친구는 말합니다. "항상 둘이서만 놀았죠. 은밀했다고 해야 하나."

"이건 대체 또 누구야?" 그녀가 빈 머그잔을 조리대 위에 탁 내려놓았다. "누가 젠장 이런 말을 한 거야? 사람이 어쩌면 이래? 우리 남편들이 둘 다 죽은 마당에. 어떤 년이…… 젠장 이거 누구야, 제인? 누구야?"

"마니," 이십 년 동안 그녀가 이성을 잃는 걸 한 번도 본 적이 없었기 때문에, 나는 조금 흠칫했다. 그녀는 항상 냉정한 편이었다. 그때는 그 누구보다 격하게 화를 내고 있었다. "잠깐 생각을 해보자."

"생각? 생각할 시간이 어디 있어 젠장. 제인, 이미 다 퍼졌을 거야. 이 빌어먹을 기사가 전국의 도어매트에 깔렸을 거라고. 커피한 잔과 엿같은 토스트 한 조각과 함께 읽히길 기다리고 있을 거라고. 슈퍼마켓에도, 신문가판대에도, 빌어먹을 공항에도. 이제 다들 노트북을 집어들겠지. 우리도 그러지 않았니? 이미 태블릿으로 보고 있을걸. 흰 바탕에 검은 글씨들이 화면에 반짝거리고 있을걸."

"마니. 우리 좀……" 그렇게 흥분한 그녀를 보는 것도 어쩐지 스릴 있었다.

"우리 부모님이 보셨을까?" 그녀가 말했다. "아, 안 돼. 부모님도 읽으셨을 거야. 빌어먹을. 아직 안 읽으셨다 해도 얼마나 걸리겠어. 오래는 아니겠지. 이웃집 사람이 가서 문을 두드리겠지. 아니면 골프 클럽 놈팡이가 정중하게 문자를 보내거나. '이런, 따님께서 망할 타블로이드를 장식하셨네요. 부모한테 못할 짓 아닙니까.' 그러면서 킬킬거리겠지. 그러면 그제야 알게 되시려나? 이미 망할 인터넷에 다 퍼졌는데. 분명 노발대발하실 거고, 부모님 동료들도 읽을 거고. 맙소사, 제인. 이제 우리 어떡하지?"

그러더니 분기냉천하던 모습은 등장할 때만큼 빠르게 사라지고, 마니는 다시 울고 있었다. 손으로 머리를 감싸쥔 채 몸을 부들부들 떨었다. 그 모든 기세와 의기는 주변의 공기로 흩어졌다.

내 두려움이 재발한 건 그때였다. 그것은 열병처럼 커졌다. 시작은 마니의 분노였다. 그것의 형태가 보이고 진동이 느껴졌다. 나는 그녀의 분노가 언젠가 나를 향하리라는 것을 알았다. 그리고 가장 뻔한 결론, 이미 확정된 사실에 대해 누군가는 어딘가에서 미심쩍게 여기고 있었다는 확실한 깨달음이 왔다.

밸러리가 그 글을 쓴 방식, 문장의 형태에는 말 자체보다 훨씬 불길한 뭔가가 있었다. 그건 단지 시작일 뿐이라는 게 어렴풋이 느껴졌다. 내 두려움에 철썩 들러붙은 어떤 예감이, 최악은 아직 오지 않았다고 말하고 있었다.

# 25장

　몇 시간 후 다른 매체들로부터 전화가 걸려오기 시작했다. 그 집으로 처음 이사갈 때 나는 일반 유선전화를 설치했었다. 그렇게 하면 인터넷이 훨씬 쌌기 때문이다. 곧 그 결정을 후회했다. 메시지는 끝이 없었다. 어떤 건 길고 서술적이었고, 어떤 건 짧으면서 한 방을 노렸다. 하지만 일단 그 수가 너무 많았고 미처 삭제할 겨를도 없이 계속 쏟아졌다. 곧 이메일과 문자도 오기 시작했다. 우리 이야기는 그들의 독자, 청자, 시청자들의 상상력을 자극했다. 그래서 우리가 그에 대해 뭐라고 해야겠는가? 코멘트를 해준다? 그들은 시종여일 자기들은 다른 기자, 다른 라디오 진행자, 다른 방송국과 다르다고 장담했다. 다른 매체들은 수치 올리기에만 관심 있고, 이 소동과 열풍에 올라타기만을 원한다. 하지만 우리는? 아니다. 절대 그렇지 않다. 우리는 진심이다. 지금이 사실관계를 바로잡을 기회, '지금이 당신들에게 결정적 기회'다, 라고 말했다.

웃지 마. 웃긴 일 아냐. 뭐 때문에 웃고 있어? '사실관계를 바로 잡을'? 뭐 그건 좀 웃기긴 하다. 나야 당연히 그렇게 할 생각이 없었으니까.

어쨌든 마니와 나는 두 레즈비언 살인마에 대한 공상이라는 거짓말이 진실보다 훨씬 사람들을 자극한다는 걸 알고 있었다. 혹은 적어도, 추정된 진실보다는. 죄악 속에 동거하는 두 명의 마키아벨리 같은 과부들에 대해 누가 읽고 싶지 않겠는가?

우리는 아무 답변도 하지 않았다. 유선전화 선을 뽑고 휴대전화를 끄고 모르는 사람이 보낸 이메일은 모두 스팸메일함으로 돌렸다. 현관문을 잠그고 이 주 동안 아파트 밖으로 나가지 않았다. 며칠마다 음식을 온라인으로 주문하고 최신 영화를 불법 스트리밍으로 보았다. 나는 직장 상사에게 따로 연락하지 않았는데, 사무실에서도 그 기사를 본 듯했기 때문이다. 그들은 돌아올 수 있는 대로 연락 달라는 짧은 메시지를 남겼다.

마니와 나는 그 소동도 결국은 사그라지리라 확신했다. 알려지기를 기다리는 더 재밌는 이야기는 언제나 있다. 고맙게도 신문에서 사용한 사진은 너무 크게 확대되는 바람에 끔찍하게 깨져 있었다. 대학 시절 첫 여름방학 때 찍은 사진이었는데, 우리의 코스튬 의상이 섹시하다는 건 부인할 수 없었지만, 우리를 알아보기 힘들게 하는 데 일조하고 있었다. 마니의 사진이라면 그녀의 웹사이트나 SNS에 올린 것들이 더 있었다. 내 사진도 회사 홈페이지 어딘가를 뒤져보면 분명 더 있었을 것이다. 그러나 우리가 같이 나온 사진은 그것 하나인 듯했다. 우리는 단지 참을성 있게 기다리기만 하면 되었다.

그럼에도 나는 우리 삶에 자신을 느닷없이 밀어넣은 그 골치 아픈 여자가 누군지 알고 싶었다. 나는 인터넷을 샅샅이 뒤졌다. 어쩌다 그녀의 결혼에 관한 정보를 발견했다. 그녀의 전남편과 전남편의 새 부인과 그들의 결혼식 웹사이트까지. 이리저리 스크롤하다보니, 급기야 결혼식 장소와 케이터링업체에 남긴 좋은 리뷰까지 나왔다. 인스타그램에는 그녀의 집 사진이 올라와 있었다. 현재 살고 있는 아파트, 보자마자 바로 알아본 룸메이트, 발코니에서 둘이 여름에 와인을 마시는 모습. 발코니 맞은편 카페의 간판이 보였고, 그 정보를 이용해 인터넷에서 그녀가 사는 곳을 알아내기는 어렵지 않았다. 몇 주 전부터 그녀는 탭댄스 강습을 받고 있었다. 6인조로 공연하는 동영상도 몇 개 올려져 있었다. 모두가 빙글빙글 돌고 딸가닥거리면서, 마치 팔다리가 고무로 만들어진 듯 광란의 발을 놀렸다. 직업 관련 정보야말로 가장 쉬웠다. 그녀의 웹사이트에 올라와 있는 이전 글들 중에, 우리에 대해 쓴 것만큼 흥미를 끄는 글은 없었다.

그때만 해도 밸러리의 삶을 수십 년 전까지 거슬러올라갈 생각은 없었다. 나중에 결국은 그렇게 하고 말았지만. 하지만 말 그대로 손가락 하나로, 몇 번의 클릭만으로 얻을 수 있는 정보량에 기가 막혔다. 나 역시 그만큼 노출되어 있고, 내 사생활도 쉽게 침해될 수 있다는 사실이 섬뜩했다. 나는 그녀를 이후로도 계속 지켜보았다. 그녀는 스스로의 행방을 드러내는 사진과 함께 위치를 태그하고, 자기 일정과 다가올 지역행사 소개글을 올렸다.

틀림없이 그녀도 나를 지켜보고 있었을 것이다.

몇 주만 더 기다렸더라면, 그 소동도 조용해졌을 터였다. 하지만 마니는 그러지 않았다. 그럴 수 없었다. 온라인에 올라온 그 허구의 이야기가 그녀 안에서 점점 확대됐다. 살인, 약물, 죽음. 하루하루 이야기는 더욱 구체성을 띠어갔다. 그녀는 잘 때도 그 생각뿐이라 그 장면이 꿈에 나왔다. 어쩔 수 없이 점점 무기력해지고 불안해졌다. 잠깐 잠들라치면 다시 악몽에 시달렸다. 자신이 커피에 알약을 떨어뜨리는 장면이 생생하게 떠오르는 것 같았다. 까치발을 하고 세면대 위 약장에 든 통에 손을 뻗어, 포장재에서 알약을 톡톡 터트려 꺼낸 다음, 남편을 독살시키는 장면이 머릿속에 그려졌다. 마니는 며칠 동안 잠을 못 이루더니, 괴상망측한 환영을 보기 시작했다. 정말 자신이 그를 밀어버린 건 아닐까 의심하기 시작했다. 내내 거기 있었던 건 아닐까? 계단 꼭대기에서 남편 뒤에 서 있었던 건 아닐까? 벽에 걸린 액자와 발밑의 카펫이 눈에 선했다. 그를 만지고, 손가락으로 그의 어깻죽지를 쓸고 손바닥을 펼쳐 그의 등뼈에 착 붙였던 느낌이 실제처럼 또렷했다. 그녀는 물만 마실 뿐 아무것도 먹지 않았다. 잠도 자지 않았다. 제정신이 아니었으며 고열에 시달렸다. 그 거짓말이 자신을 잠식하기 전에 그녀는 사실을 바로잡아야만 했다.

"날 위해서 그랬던 건 아니야." 후에 마니는 말했다. "나를 위해서 한 게 아냐. 난 다 참고 견딜 수 있었어. 하지만 찰스는? 그이는 사람들이 말하는 그런 여자와 결혼했을 사람이 아니야. 그들은 찰스를 무슨 순진해빠진 멍청한 남자처럼 만들어놓았는데 그이는 절대 그렇지 않아. 그 사람이 그렇게 규정당하는 걸 두고 볼 수만은 없었어."

마니는 첫 기사가 나고 이 주 후에 밸러리를 만났다. 재활용 쓰레기통에서 신문을 다시 발굴해 기자의 이름을 찾아냈다. 웹사이트에 다시 들어가서 이메일을 보냈다. 그리고 다음날, 내 아파트 건물 1층에 있는 카페에서 같이 아침을 먹자는 답신을 받았다.

알았다면 말렸을 것이다. 그러나 내가 일어났을 즈음에 옆자리는 이미 차가워져 있었다.

밸러리는 마니에게 다소 실망했을 거라고 생각한다. 추악한 전말과 폭로, 자신의 사건 해석을 확실히 해줄 뭔가를 기대했을 텐데. 마니가 이렇게 고백하기를 기다렸는지도 모른다. 그날 아침 알약을 넣었다, 지시사항을 주의깊게 읽지 않았다, 아니 전혀 읽지 않았다, 너무 걱정돼 조급한 마음에 자기도 모르게 정량을 초과했다, 라고. 물론 마니는 그렇게 말하지 않았다.

이야기는 뜻밖에 지루하게 펼쳐졌으리라 추측해본다. 마니는 찰스의 편두통에 대한 이야기를 끝없이 늘어놓았을 것이다. 뇌종양이 아닐까 걱정하던 차였다고 최소한 두 번은 말했겠지. 하지만 의사가 워낙 좋은 사람, 훌륭한 의사여서 신뢰했던 터였고, 그는 한결같이 그냥 편두통일 뿐이라는 의견을 고수했다. 그런데 그 편두통은 한번 찾아올 때마다 정도가 꽤 심각했다. 항상 그랬다. 그날 집에 있었어야 했다. 그를 돌봐줄 수도 있었다. 물 한 잔과 샌드위치라도 갖다주고 뭐든 수발을 들어줬어야 했다. 그를 살릴 수도 있었다. 이렇게 마니는 말했을 것이다.

밸러리는 마니를 쳐다봤을 것이다. 가냘프고 하얀 여자. 빗지 않아 헝클어진 머리에 눈 밑에는 다크서클이 졌고, 미세하게 오들오들 떨고 있는 그녀를 보고 깨달았을 것이다. 자신의 글은 비록 재미난 이야기일망정 사실일 수는 없다고. 커피잔에 눈물을 쏟고 있는 그토록 가녀리고 상심해 있는 여자가 살인마일 수는 없었다.

밸러리가 좌절감을 느꼈을지 궁금하다. 분명 다른 걸 원했을 텐데. 파트1의 뒤를 이을 파트2, 즉 더 자세하고 극적인 정보와 흥분이 필요했을 텐데. 대신 그녀는 모순만 안게 되었다. 조금만 조사해도 금방 벗겨질 혐의뿐이었다.

밸러리는 화가 났을 것이 틀림없다. 하지만 똑똑하기도 했다. 그녀는 마니의 말을 다시 자기식으로 조작했다. 그들의 대화 속에서 나온 사소한 폭로와 비탄에 빠진 과부로부터 짜낸 토막 정보를 조작하여, 더 흥미진진한 글을 올리기로 했다.

마니는 갓 구운 크루아상을 사들고 집으로 돌아왔다. 복스홀 아파트에 살 때 우리끼리 주말마다 특별히 사 먹던 것이었다. 이것이 앞날에 대한 그녀의 관점에 변화가 생겼음을, 새로운 일상을 향한 여정이 다시 시작되었음을 의미하는 줄로 나는 착각했다. 아무것도 모르고 있다가, 다음날 아침 나는 에마의 전화를 받았다. 그녀는 밸러리 웹사이트의 업데이트 알림에 등록했었는데, 아침 일찍 새 글이 올라왔다는 메일이 도착했다고 말했다. 메일에 따르면, '새로운 증거'가 발견됨에 따라 밸러리는 먼젓번 글을 수정했다. 이번에는 진짜 진실, 훨씬 더 어두운 진실을 까발리고, 두 여자가 죽은 남편들과 맺은 관계뿐 아니라 서로의 관계에 대한 자세한 내용도 포함되었다고 했다.

나는 노트북을 열고 그 페이지에 들어갔다.

밸러리는 내가 질투에 눈이 멀었다고 썼다. 뜻밖에 마니가 찰스와 행복해졌고, 그녀가 다른 사람과 만족하며 사는 꼴을 내가 못 참았다는 것이었다. 자기는 마니를 위해 살인을 저질렀는데, 마니는 나를 위해 같은 짓을 저지르기를 거부하자 내가 공포에 휩싸였던 것이라고 했다. 그 글은 길고 복잡했다. 거의 모든 말이 헛소리였다. 요는, 그 모든 게 전적으로 내 탓이라는 것이었다. 마니는 찰스를 죽일 수 없었다. 왜냐하면 "아마도 진심으로 그를 사랑했기" 때문에, 라고 밸러리는 적었다. 그래서 나는 마니가 원래의 거래를 파기하지 못하도록 필요한 다음 단계를 밟았다. 내가 그 모든 악랄한 책략의 조종자였다. 내가 진정한 빌런이었다. 내가 그를 죽였다.

"또한 마니 그레고리-스미스는 알리바이가 확실한 반면, 그녀의 단짝인 제인 블랙의 경우는 그렇지 못합니다. 어떤 결론을 내릴지는 여러분 각자에게 맡깁니다." 밸러리는 적고 있었다. "이 미스터리도 이제 구름이 걷히기 시작하는 것 같군요."

내가 저지른 살인에, 내가 혐의를 받는 느낌이 어떤 줄 아니? 믿을 수 없을 만큼 두렵다.

뭐야?

왜 날 그렇게 봐?

아, 알겠다. 밸러리가 다른 누구보다 진실에 근접했다는 걸 인정하라는 거겠지. 경찰, 해부병리학자, 친구들, 가족들보다도 더. 그리고 넌 그녀 말이 맞는지 궁금한 거고. 그녀는 진실의 작은 조각을 발견해냈던 것일까? 너는 내가 마니를 질투했었는지 알고 싶구나.

아니. 확실하게 말할 수 있는데 나는 마니를 질투하지 않았다. 그녀의 삶과, 일상을 장식한 자질구레한 것들을 질투한 적은 없었다. 나는 그녀의 자신감, 다정함, 친절이 때로 부러웠다. 부러움과 질투는 매우 다르다. 이 말이 답변이 될까?

하지만 넌 나한테, 찰스를 질투했냐고 물었어야 마땅하다. 그리고 사실 난 그를 질투했던 것 같다. 유치하게 들리지 않았으면 하는데, 어쨌든 그는 한때 나와 어울렸던, 내 것이었던 사랑, 나를 선택했던 사랑을 갖고 있었기 때문이다.

밸러리는 마니를 만나 이야기했다고 구체적으로 언급하진 않았다. 하지만 그녀가 말하는 새로운 증거라는 것과, 호흡을 가누지 못해 가슴에 그러쥔 다 식은 커피 한 잔을 못 마시는 눈물 젖은 과부에 대한 묘사를 통해서, 무슨 일이 있었는지 알 수 있었다.

나는 거실로 갔다. 마니는 소파에 앉아 훌쩍이고 있었다. 노트북이 무릎 위에 열려 있었다. 그녀는 무겁게 숨을 몰아쉬며 내게 사과했다.

"내가 더 악화시켰어." 마니가 말했다. "그 여자가 너한테 다 뒤집어씌우게 만들었어. 다 내 잘못이야. 네가 다 그랬다고 썼더라. 읽어봤니? 정말 미안해, 제인. 정말, 정말, 미안해." 그녀는 노트북을 닫고 커피테이블 위에 내려놓았다. "나는 내 말이 진실이라는 걸 그 여자가 알아듣고 있다고 생각했어. 자기 오류를 깨닫고 정정 글을 올리거나 할 줄 알았어. 빌어먹을, 내가 멍청했지. 그렇게 다 사라질 줄 알았다니." 그녀가 고개를 두 손에 떨궜다. "그 여자가 사과할 줄 알았어." 그녀의 목소리가 손바닥에 덮여 작아졌다.

"네 잘못 아냐." 나는 대꾸했다. 이제 솔직해지기로 했기에 하는 말이지만, 그때 사실 난 좀 짜증났었다는 것을 인정해야 할 것 같다. 난 마니에게 우리가 어떻게 해야 할지 미리 말했지만, 마니는 내 말을 가뿐히 무시했다. 하지만 나쁜 의도는 아니었으니까. 스스로 돌이킬 수 있으리라 생각했을 것이다. "너라고 이렇게 될 줄 알았겠니." 내가 말했다.

나는 침착해지려고 노력했다. 발목을 접어올린 그녀의 플란넬 파자마와 소파 위에 쪼그려앉은 다리를 쳐다보았다. 목과 가슴 부분에 풀려 있는 셔츠 단추 사이로, 울긋불긋한 두드러기가 퍼져 있는 게 보였다. 마니에게는 강한 내가, 그녀를 돌봐줄 내가 필요했다.

사실 난 그런 식의 파문이 일어나리라고는 예상하지 못했다. 부검 결과가 나오고 장례식도 치러지면서, 그런 나의 믿음은 더욱 굳어졌다. 경찰과 검시관도 그들이 처음 발견한 사실 이상을 조사해야 할 이유가 없었다. 하지만 나는 진실의 다른 조각들이 다른 곳에 여전히 숨겨져 있다는 것을 알고 있었다. 그리고 우리 삶에 갑자기 툭 등장한 그 이상한 여자가 그 조각을 파헤치고 캐내어 긁어담을 심산인 듯했다. 더욱 진실처럼 느껴지는 무언가를 발견할 때까지.

나는 밸러리가 일으킨 그 소동이 신속히 가십과 뉴스와 다른 거짓말에 의해 묻히길 바랐었다. 그러나 두번째 글이 올라온 다음에는? 나도 확신할 수 없었다. 그녀가 진실을 찾아 어디까지 갈지 알수 없었다.

나도 메시지를 보내볼까, 도저히 용납할 수 없는 행동이라고 맞서볼까도 싶었다. 하지만 내가 그녀를 자극하면, 그녀의 의지가 수그러들기는커녕 더 굳세질 상당한 위험이 도사리고 있었다.

심호흡을 했다. 우리가 해야 할 일은 분명했다. 침묵의 힘을 믿어야 했다. 이후 몇 주 동안 그 글이 퍼질 대로 퍼지게 내버려둔다. 결국 기존의 진실만이 유일하게 살아남은 진실이 될 때까지. 내 진실이 가능한 최후의 진실이 되고, 우발적으로 계단에서 구른 사고였다는 사실만 남게 될 때까지.

그 순간 나는 밸러리 문제에만 너무 집중한 나머지, 다른 문제가 커지고 있음을 간과하고 말았다.

마니는 늘 영리하고 이성적이며 역동적인 사람이었다. 눈물과 슬픔과 혼란 따위에 영향받지 않았다. 그녀에게는 아마 창의력과 관계된, 놀라운 능력이 하나 있었는데, 두루뭉술한 생각을 구체화하고, 분리된 조각들로부터 직소퍼즐을 완성하는 능력이었다. 불현듯 나는 그녀가 그 순간 그 능력을 발휘하고 있다는 것을 깨달았다.

"연락하지 말 걸 그랬어." 마니가 말을 이었다. 단어 하나하나마다 목소리의 높낮이가 흔들렸다. "믿을 만한 사람이 아니라는 걸 왜 몰랐을까. 난 왜 아직도 사람을 믿는 거지. 왜?"

"그만해." 나는 옆에 앉아 그녀의 손을 쥐었다. "네 기분만 나빠져. 끝난 일이야. 다 소용없어."

"그리고 말이 안 되잖아." 마니가 말을 이었다. 뺨 위로 눈물이 줄줄 흘러내렸다. "어떻게 네가 찰스를 죽였다고 할 수가 있어? 최소한 첫번째 글은 이론적으로 가능하기나 했지. 내가 그 사람에게 약물을 먹였을 수는 있잖아. 먹였다는 건 아니지만, 물론. 그럴 수는 있다는 말이야. 근데 너는 심지어 그이가 죽을 때 아파트에 없었잖아. 아무 소리도 못 들었고. 어떻게 그런 헛소리를."

"마니, 그만해. 잊어버려."

"네가 그래서 어쨌다는 거야? 찰스를 계단에서 밀고 집에 갔다? 그리고? 그날 저녁 다시 왔다? 넌 심지어 그이가 아픈 것도 모르고 있었는데. 회사에 있을 거라고 생각했을 거 아냐."

"그렇지." 내가 말했다. 심장이 조금씩 빨리 뛰기 시작했다. 침을 삼키기가 힘들어졌다. 목 안쪽에서 편도선이 부풀며 바짝바짝 타들어갔다. 그게 목구멍을 틀어막아 공기가 가슴까지 도달하지 못하고 있었다. 그녀의 손을 쥔 내 손이 점점 축축해졌다.

"그리고 네가 굳이 왜 그러겠어? 내 말은, 그이랑 너랑 절친한 사이고 그런 건 아니었지. 실은 좀 안 좋긴 했잖아. 특히 서로 큰 오해가 있었고. 하지만 아무리 그래도 그건 그냥 말이 안 돼."

마니의 목소리가 점점 커지고 흔들리면서 새된 소리로 바뀌어갔다. 손동작이 조급해지며 손이 거칠게 흔들렸다. 뺨이 장밋빛 분노로 타올랐다.

"네가 찰스를 현관 앞에 죽은 채 놔뒀다. 지금 그 여자가 하는 말이 그거야? 나타나서, 죽이고, 돌아갔다? 그리고? 몇 시간 후에 떡하니 다시 나타나 내가 그 사람을 발견하는 걸 바라봤다고? 돌아도 단단히 돌았네, 그 여자."

마니는 스스로 제어가 안 되었고, 나도 그런 그녀를 제어할 수 없었다. 그녀는 어떤 면에서 그게 말이 안 되고, 사실일 리 없고, 절대 불가능한 일인지 계속 주절거렸다. 내가 자기 남편을 살해했을 가능성과 살해했을 리 없는 가능성의 예시를 무한히 늘어놓았다. 그 게시 글이 그녀에게 그런 질문들을 열어젖혔던 것이다. 그리고 닫는 방법을 나는 몰랐다. 다른 방향으로 그녀를 이끌어보려 했지만, 그녀는 다시 자기 질문으로 돌아갔다. 갑자기 갈빗대가 허파가 들어가기에 너무 비좁은 느낌이 들면서, 폐가 뼈를 압박했다. 그녀가 그대로 올바른 결론에 도달한다면, 내 얼굴이 평정을 유지할 수 있을지 확신할 수 없었다.

"우리가 미친듯이 사랑에 빠져 있었다, 그 여자 말은 그거지? 너

랑 내가? 그래서 우리가 네 남편을 죽였고. 그래. 말 되네. 그러고
나서 내가 찰스와 사랑에 빠졌고." 분노를 뚫고 작은 흐느낌이 터
져나왔다. "그리고 네가 나를 다시 차지하려고 찰스를 죽였고? 이
거야? 이게 이 사건의 전말이야?"

　나는 마니가 계속 그렇게 큰 소리로 분노를 터트리며 자신의 혼
란을 해소하려 하리라 생각했다. 그것만으로도 충분히 두려운 일
이었을 것이다. 그러나 그녀는 그러지 않았다. 그녀는 거기서 멈췄
다. 그리고 나를 물끄러미 바라보았다.

　"그게 이 사건의 전말이야?" 그녀가 반복해 말했다. 눈은 휘둥
그레진 채로 턱이 앞으로 쑥 나오고 입술이 파르르 떨렸다. "그 여
자 말은 그거지. 응?"

　나는 고개를 저었다. 곤혹스러운 척, 두렵고 메스꺼운 척. 그녀
는 말이 없었다. 그사이를 틈타 나는 대화를 시도해 필사적으로 그
상황을 끝내려 했다.

　"생각해봐." 내가 말했다. 눈썹을 치켜올리고 억지로 웃으려 해
보았다. "그냥 한번 생각해봐."

　마니의 눈에 뭐가 보이고 있을지 궁금했다. 분홍색인 내 뺨, 겁
을 집어먹은 나의 눈, 얼어버린 숨? 아니면 내 얼굴에 진실이 쓰여
있었을까? 그녀의 눈물만큼 선명하게.

　"생각해보라고." 그녀가 나지막이 내 말을 반복했다.

　"그거야." 내가 말했다. "그건 불가능한 일이야. 내가 그런 짓을
한다고? 난 절대 그런 짓 못해."

　이것이 내가 마니에게 했던 다섯번째 거짓말이다. 난 그녀에게
내가 이미 한 짓을 절대 할 수 없으리라고 말했다. 이미 그녀에게

상처를 입히고는 절대 그럴 수 없으리라고 말했다. 거기 앉아 온몸으로 그녀를 기만하는 동안, 그녀가 계속 나를 믿으리라는 확신이 들었다. 그리고 그녀는 정말 나를 믿었다. 그녀는 천천히 고개를 젓더니 한숨을 쉬었다. 쿠션에 몸을 기대고 손가락으로 머리를 쓸어올렸다.

그녀가 나를 진짜 신문하고 있었다고는 생각하지 않는다. 대답을 듣기 위한 질문이 아니었다. 그러나 그 의심의 소리는 아무리 희미했다 하더라도 나를 불안하게 했다. 마치 목에 작은 뼈가 걸린 것처럼, 진실이 빠져나가려고 발악하는 듯했다. 내 작은 일부는 앞으로 튀어나가 이렇게 말하며 인정받고 싶어했다. "그래. 그게 사건의 전말이야." 또는, "응. 내가 널 위해서 그랬어."

하지만 나는 우리가 가진 것을 지키기 위해 거짓말을 하고 또 하리라는 것도 알고 있었다.

"어떻게 할지 결정해야 할 것 같아." 내가 마침내 말했다.

마니가 눈 밑을 훔친 뒤 손가락을 파자마에 문질러 닦았다. 허리 위로 말려 올라간 상의를 다시 내렸다. "우리가 뭘 할 수 있겠니." 그녀가 자리에서 일어나 주방으로 걸어가며 말했다. 조금 진정되고 자제력이 생긴 것 같았다. "이미 글은 공개됐어. 제인, 내 말대로 해." 그녀가 말을 이었다. "그 여자와 결판내려는 생각은 아예 하지도 마. 온라인상에 더 심한 개소리를 늘어놓을 거야. 우리는 진실을 알고 있고, 그건 우리 친구들, 가족들도 마찬가지야. 그게 제일 중요한 거 아니겠어? 이 상황이 정당하다는 건 아냐. 나도 미치도록 화가 나. 정말이야. 이렇게 아무 말이나 원하는 대로 지르고 자기는 쏙 피해버릴 걸 생각하면 정말 짜증나. 이런 거짓말에 피해

보는 사람은 생각도 않고. 하지만 일단은 좀 가라앉길 바라자."

"알았어." 내가 대답했다. "끝나길 기다리자."

아드레날린이 서서히 묽어지기 시작했다. 나는 마침내 크게 한 번 숨을 내쉬었다. 거의 졸도하는 줄 알았다. 너도 눈치챘겠지만, 그녀는 정말이지 아주, 아주, 근접했었으니까.

그거 아니? 이 다섯번째 거짓말이 나를 질겁하게 만들었다는 걸. 그때 나는 내가 어떤 위험을 감수했던 것인지—알다시피 본의 아니게 그렇게 되었지만 어쨌든—새삼 깨달았다. 앞으로 그 결정이 내 삶에 어떤 영향을 미칠지도 깨달았다. 나는 조심해야 했고, 중심을 잃지 않을 필요가 있었다.

다음날부터 나는 계속 신문을 읽었다. 신문들은 다시 우리 이야기로 도배되었다. 기고문, 가짜 뉴스, 출처 불명의 인용. 하지만 그것도 종내는 가라앉았다. 다른 정치 스캔들이 터져 헤드라인을 잠식하더니 수개월간 관련 보도가 이어졌다.

나는 우리에 대한 기사들을 신발상자에 넣어 침대 밑에 두었다. 그것들은 내가 천하무적이 아님을, 항상 뒤돌아보고 확인해야 함을 상기시켜주었다. 계속 거짓말을 하라고 상기시켜주었다.

# 26장

어떤 여성들은 모성애를 갖고 태어나지만, 어떤 여성들은 아닌 것 같다. 논쟁이 있는 문제이고, 다른 사람도 아닌 너한테 내가 할 말은 아닌지도 모른다. 그래도 한 번은 언급할 만하다고 생각한다.

나는 늘 어머니가 되기를 꿈꿨다. 어렸을 때 플라스틱 인형을 요람에 재우고 목욕도 시켰다. 얇은 분홍색 천으로 된 좌석이 해먹처럼 달려 있는 파스텔색 유아차에 넣고 밀고 다녔다. 인형들을 일렬로 쭉 늘어놓고 차례대로 기저귀를 갈았다. 무늬가 들어간 면 아기 옷을 입히고, 똑딱단추를 다리 사이에 잠갔다. 그 인형들은 전부 똑같이 생겼었는데, 딱딱하고 둥근 배에 볼에는 장밋빛 분홍색이 칠해져 있고 선명한 파란 눈이 깜박거렸다. 내가 제일 좋아했던 인형은 애비게일이었다. 애비게일은 대머리에 팔다리가 움직이지 않았다. 한쪽 눈은 떴다 감았다 깜박일 수 있었지만, 다른 쪽 눈은 끈적거렸고 플라스틱 속눈썹이 서로 엉겨붙어 있었다. 한번 열린 눈은 다시 감기려 하지 않았고, 똑바로 앞만 쳐다보았다. 그러는 동안 다른 눈은 위협하듯 윙크를 일삼았다. 그럼에도 나는 애비게일을 사랑했다.

좀더 커서는 인형에서 벗어나 아기로 옮겨갔다. 거리에서 유아차가 지나가면 안을 들여다보았다. 카페에서 몸을 구부리고 의무적인 우쭈쭈 소리를 내며 필수적인 질문들을 했다. 너무 귀엽다, 몇 살이에요, 어쩌면 이렇게 예뻐요. 나는 어른들의 그러한 율동에 기꺼이 동참했다. 나의 삶에도 언젠가, 유아차를 밀고 있는 내게 다른 여자가 다가와 우쭈쭈를 폭포수처럼 쏟아놓는 날이 있으리라 생각했다.

그러고 나서 조너선이 죽고, 나는 상상했던 그 미래에 의문을 제기하기 시작했다. 나는 과연 유아차를 원했나? 혀 차는 소리와, 질문과, 외모 평가와, 조막만한 심장이 내 심장에서 떨어져나와 내몸밖에서 영원히 살아가기를 원했던가? 부모 노릇을 하며 먹이고 치유하고 보살피기를? 아니. 그렇지 않았다. 그 사람 없이는 아니었다.

네가 원한다면, 내 인생에서 만난 모든 여성들의 목록을 뽑아서 중간에 일직선을 긋고, 두 부류로 나눠 보여줄 수 있을 것 같다. 모성애를 타고난 쪽과 아닌 쪽. 에마와 나는 한쪽에 같이 있을 것이다. 마니는 다른 쪽일 것이다.


평안이 찾아오면서, 마니는 전반적으로 삶을 긍정적으로 바라보기 시작했다. 화를 덜 내고 덜 변덕스러워졌다. 괜찮은 것 같다가도 심하게 몰아치는 상실감의 후폭풍을 덜 두려워하게 되었다. 우

256

리는 수월하고 평화롭게 공존할 수 있는 방법을 찾았다. 그녀는 자주 울었지만, 웃기도 했다. 요리도 했다. 심지어 가장 좋아하는 편집자에게 짧은 글도 몇 개 보냈다. 그녀는 자기 우편물 수신지를 내 주소로 돌렸는데, 그게 내게는 이상하게 위안이 되었다. 매일 우리집 우편함에서 내 이름 옆에 있는 그녀의 이름을 보는 게 좋았다. 후원업체에서 새로 출시한 조리도구 컬렉션인 핑크 세라믹 선물세트를 보냈을 때는 심지어 동영상도 몇 개 찍었다.

이따금씩, 주로 아침 식탁 앞에서, 아니면 밤늦게 잠 안 자고 파자마 바람으로 소파에 앉아 있을 때, 마니는 내게 고개를 돌리고 이런 말을 했다.

"죽음은 정말 오래가는 것 같아. 그치?"

"그래." 나는 말했다. "가장 오래가지."

"한 달이 지났는데도." 그게 육 주가 되고, 두 달이 되었을 때도, 그녀는 말했다. "이게 정말 내 삶인지 나도 잘 모르겠어. 앞으로 몇 달, 몇 년, 심지어 수십 년을 살아도 찰스는 그 매일매일 죽어 있으리라는 생각을 하니까 그게 도저히 믿어지지 않아."

나는 전문가인 양 우쭐했다. 나의 안내가 한동안은 효과가 있었다. 마니를 내 삶 속으로 다시 데려오는 건 큰 기쁨이었다. 우리는 잘, 아주 잘 지냈다. 친밀하게 서로의 모든 과거와 세세한 것들을 속속들이 공유했다. 떠나버렸거나 병들었거나 우리를 무시하는 부모들을 한탄했다. 한 명은 너무 의존적이고 한 명은 없는 것이나 마찬가지인 형제자매들을 비웃었다. 우리의 십대 시절을 정의했던 모험을 추억했다―최초의 일과 최후의 일과 두 번 다시 하지 않을 일을. 공유한 것이 너무나 많았기에 우린 다시 하나가 되었다.

마니는 차츰 회복했다. 물론 완전히는 아니었지만 소소하게 눈에 띄게 달라졌다. 다시 요리하는 그녀의 모습은 감격스러웠다. 손톱에 매니큐어를 바르고, 다음날 아침에 까진 부분이 보이면 투덜거렸다. 어느 날 오후, 거울에 머리를 비춰보며 머리카락을 몇 묶음 들어올리더니 얼굴을 찌푸렸다. 그날 저녁 머리끝을 깔끔하게 다듬고 돌아왔다. 음악을 들었고 뉴스를 시청했다. 주기적으로 항상 울었다. 그러나 삶을 잠식하던 슬픔도 그보다 나은 다른 것들에 조금씩 자리를 내주었다.

그런데 갑자기 상황이 돌변했다. 마니가 퇴행하여 첫째 주의 혼돈으로 복귀했다. 잠을 못 이뤘다. 피곤에 절었다. 끙끙 앓았다. 먹지도 않았다. 겨우 뭘 먹으면, 이를테면 아무리 적은 양의 토스트나 과일이라도 극심한 발작적 구토를 일으켰다. 나는 우리 둘 모두를 그 공포에서 구해내기 위해 집에 음식을 사다놓지 않았다. 배고픔은 강렬했다. 피로는 더 극심했다. 영양도 휴식도 공급받지 못했던 그녀는 이상한 메스꺼움을 좀체 떨치지 못했다.

혹은 그렇다고 당시 우리는 생각했었다.

초저녁이었다. 막 블라인드를 열고, 밖에서 열리고 있는 불꽃놀이를 구경하려던 참이었다. 마니와 나는 식탁에 앉아 있었다. 봉지째 끓이는 간편한 인스턴트 쌀밥을 먹으면서 아무 말도 하지 않았지만 어색하지 않았다. 우린 다시 함께하는 식사에 익숙해졌다. 세계는 엉겨붙었다. 묘한 한 쌍인 우리 말고, 더이상 서로의 삶에 간헐적으로 끼어드는 방문객은 없었다.

"생리를 안 해." 그녀가 포크를 그릇 옆에 내려놓았다. "그간 있었던 일도 그렇고, 스트레스라고 생각했거든. 근데 벌써 삼 개월째야."

"그냥 스트레스야." 내가 말했다. "유행성 독감이거나. 너 살도 많이 빠졌잖아. 네 모습을 봐. 구토를 그렇게나 많이 했으니…… 아!"

"테스트해봐야겠어." 그녀가 말했다.

나는 헛기침을 하며 목에 걸린 쌀 알갱이를 내려보냈다. 그러고는 식탁에서 일어나, 현관으로 가서 옷걸이에서 핸드백을 꺼냈다. 현관문을 열고 나가 엘리베이터를 타고 거리로 나갔다. 코트를 입지 않아 추웠지만 모퉁이 편의점까지 걸어갔다.

나는 십 분도 채 되지 않아 테스트기를 사서 돌아왔다.

마니는 내가 나갔을 때와 정확히 같은 자세로 앉아 있었다. 그릇 양옆에 팔꿈치를 대고 그 사이에 얼굴을 괸 채로.

"여기 있어." 내가 말했다. "지금 해봐."

그녀는 그것을 말없이 받아들고 화장실로 갔다. 손목에서 비닐봉지가 축 늘어졌다.

너한테 굳이 결과는 양성이었다고 말할 필요는 없겠지.

나는 술에 취했다. 테킬라를 병째 마셨고, 너무 오래돼서 찐득찐득하기만 한 럼주를 연달아 들이켰다. 이미 많은 면에서 어머니스러워지기 시작한 마니는 플라스틱 샷글라스에 사과주스를 따르며 두려움과 공포를 더욱 절제된 방식으로 익사시켰다. 새벽 두시에 우리는 이상하고 불필요한 얌전을 떨면서 수영복을 입고 김이 피어오르는 욕조에 들어갔다. 새벽 세시에 토스트에 꿀을 발라 빵 덩어리 하나를 다 해치웠다. 우리는 비애와 충격과 히스테리 사이에서 방황하며, 질질 짜고 파안대소를 터트리다 마침내 잠들었다. 그 잠은 오래가지 않았다. 다음날 아침은 내내 차가운 도자기 변기 위에 얼굴을 숙인 채 보냈다.

자신의 삶이 우리처럼 전개되기를 바라는 사람은 아무도 없을
것이다. 나는 과부가 되었고 하는 일은 장래성이 없었으며 단 한순
간도 비참하지 않은 적이 없었다. 마니는 과부가 되었고 임신했고
선망받던 삶에서 맹렬히 추락중이었다.

"집에 가야겠어." 다음날 아침 마니가 말했다. "정돈된 생활을
해야겠어. 병원에도 가보고 일도 다시 해야겠어. 집으로 돌아가야
겠어."

그녀는 테이블에 앉은 자리에서 그대로 청소업체에 전화했다.
티끌 하나 없이 치워주세요, 그녀는 말했다. 찰스의 물건은 칫솔,
옷 할 것 없이, 그의 것으로 보이는 건 뭐든 상자에 싸서 창고에 넣
어달라고 말했다.

며칠 후 우리는 그녀의 아파트로 갔다. 청소업체에서 현관에 흰
바탕에 검은 장식의 두꺼운 러그를 깔아놓은 것을 보고 우리는 소
스라쳤다. 나는 밑에 뭐가 있을지 궁금했다. 검은 핏자국, 아니면
바니시 발린 바닥이 긁힌 자국, 아니면 그냥 죽음의 냄새? 하지만
가장자리를 들춰 밑을 보고 싶은 충동을 억눌렀다. 찰스의 물건들
몇 가지가 안 보였다. 문 뒤에 걸려 있던 그의 코트, 벽을 따라 일
렬로 단정히 늘어서 있던 신발. 그럼에도 그는 여전히 곳곳에 있었
다. 책장의 책과, 벽에 걸린 사진과, 현관에서 그녀의 우산 옆에 고
이 기대어 있는 검은 장우산에 그가 있었다.

"정말 괜찮겠어?" 방마다 휙휙 돌아다니는 마니를 따라다니며
나는 말했다.

그녀는 인상을 찌푸리더니 계단을 올라갔다.

"여기 살고 싶은 거 말이야." 내가 말했다. "확실히 맘 정한 거

야? 같이 다른 곳을 알아볼 수……"

"아냐." 그녀가 계단 꼭대기에서 내게 고개를 돌렸다. "여기여
야 해. 여기 사는 게 맞아. 이 작은 녀석 말이야." 그녀가 손을 자기
배에 갖다댔다. "이 녀석도 아버지를 조금이라도 알아야지. 여기가
한때 우리집이었으니까. 그게 맞아. 이 집이어야만 해."

마니의 시선이 나를 지나쳤다. "바로 이 지점이야." 그녀가 말했
다. "아마 정확히 여기. 내가 지금 발을 디딘 곳. 여기서 그이가 아
마 마지막 숨을 쉬었을 거야. 아이도 그걸 알아야 하지 않겠어?"

넌 어떻게 생각해? 알고 싶을 것 같아? 나라면, 만약 아버지가
죽었다는 연락을 받는다면 처참할 것 같긴 하다. 자식을 버린 불륜
남인 지금의 그를 그리워한다는 말은 아니다. 과거 한때의 그를 그
리워할 것 같다.

내가 태어나고 한 십 년 동안은, 아버지도 착실하고 흔들림 없고
정직하고 진실한 사람이었다. 항상 같은 자리에서 나를 격려했다.
좋은 아버지이기를 그만둔 후 일어난 모든 일에도 불구하고, 그전
에는 전혀 이기적인 사람이 아니었다. 상처 입고 흠결 있는 사람이
될망정 그런 최악의 모습으로 자신이 규정되기를 원치 않았다. 그
러다 뭔가 바뀌었다. 수십 년간 그의 피부 밑에서 들끓던 난제들,
즉 조바심과 불안과 변덕이 모공을 뚫고 겉으로 배어나오기 시작
했다.

나라면 아버지가 죽은 곳에 가보고 싶을까? 아닐 것 같다. 나에
게 아버지는 그때 현관문에서 죽은 사람이었다. 손에 여행가방을
들고 웃으며 우리를 남기고 떠났을 때.

"새로 시작하는 것도……" 내가 말했다.

"크리스마스 전까지는 돌아오고 싶어." 마니가 말했다.

"몇 주밖에 안 남았는데……"

"파티를 열 거야. 내가 장식하고 요리할 거야. 트리도 필요하고 칠면조도 있어야겠네. 정말 제대로 해볼 거야."

"너무 갑작스럽다. 마니, 너무 갑자기 이러는 것 같아. 너도 부담될 테고."

"난 이미 마음 정했어. 너도 와야 돼. 에마도. 파티는 꼭 열릴 테니까."

"그날 우리는……"

"엄마 말이구나. 맞아, 그렇지. 아침에 가지? 그럼 갔다가 오면 되지."

"난……"

"무조건 와야 해." 마니의 얼굴이 갑자기 경직되고 눈이 커졌다. "난 지금 네게 크리스마스를 함께 보내자고 초대하고 있는 거야. 초대를 받아들이든 말든 네 마음이지. 하지만 그때 난 여기에 살고 있을 거고, 파티는 반드시 열릴 거야."

마니와 나는 공통점이 거의 없다. 그녀는 개방적이고 따스하고 상냥하고 겁이 없다. 나는 폐쇄적이고 차갑고 골나 있고 두려움이 많다. 그녀는 빛이요 나는 어둠이다. 하지만 둘 다 지독하게 고집이 세다. 그녀는 어떤 것에는 절대 마음을 바꾸지 않는다. 그럴 때의 그녀는 매수하거나 뇌물을 먹이거나 내 편으로 만들 수 없다.

"알겠어, 그럼." 나는 말했다. "참석할게."

"이사도 도와줄 거지?"

"당연하지."

"좋아. 시작하자. 새 침대 사이즈부터 재야겠어."

그래서 그게 우리가 한 일이었다. 그녀는 죽은 남편의 아파트에서 잘 수는 있어도 그의 침대에서 잘 수는 없었기에, 우린 새 침대 사이즈를 적었다. 그날 오후 그녀는 새 침대를 주문했다. 소형 더블로. "혼자 잘 거니까." 그녀가 말했다. 머리판은 블러시핑크에 버튼백 무늬로. "찰스는 절대 핑크를 택했을 리 없으니까." 밑에는 서랍이 딸린. "아기에게 필요한 모슬린 담요, 기저귀 같은 걸 보관하려고."

마니는 이 주 후 침대가 도착한 날 이사했다. 나는 현실적으로 생각하려고 노력했지만 다시 무언가를 빼앗기는 기분이었다. 나는 그녀의 여행가방과 우리집 찬장을 점령했던 주방용품들을 꾸렸다. 현관문 앞에 있던 그녀의 신발들을 상자에 넣었다. 이른아침 택시에 짐을 모두 실었다. 발아래와 무릎에도 가방이 놓였다. 그렇게 그녀는 나를 떠나갔다.

너무 호들갑인 건 알고 있다. 마니가 가버려 슬프긴 했지만, 한편으론 그 슬픔은 합리화될 수 있었으니까. 그녀가 그렇게 정신을 다잡고 흡족해하는 모습을 보니 나도 기뻤다. 그녀를 돌보고 아끼고 힘이 돼주는 것도 즐거웠지만, 언제까지나 그런 식으로 살 수는 없었다.

세상에는 나약한 사람들이 가득하다. 그들은 타인에게 기대, 언제나 부가적인 지지와 부가적인 힘에 의존한다. 이를테면 에마는 믿을 수 없을 만큼 취약하다. 하지만 마니는 아니다. 이사하기 며칠 전부터 그녀는 다시 일을 시작했다. 휴대전화를 켜고 동영상을 업로드하고 업데이트를 공유하면서, 주변에 구축했던 세계와 다시 교류했다. 어쩐지 그녀는 그러한 지지대를 딛고 더 강해진 듯했다.

"이제 가도 돼." 우리가 짐을 로비로 옮겨 엘리베이터를 타고 하나씩 집안으로 모두 들였을 때, 마니가 말했다. "이제부터는 혼자 할 수 있을 것 같아."

"짐 푸는 게 남았는데." 나는 말했다. "나 없이도 괜찮겠어?"

"응, 괜찮아." 그녀가 말했다. 그녀는 손을 문틀에 대고 발은 똑바로 마룻바닥을 디딘 채 문간에―자기 집 문간에―서 있었다. 나는 현관 밖 복도에 있었다. "이제 됐어." 그녀가 말을 이었다. "고마워."

"하지만……"

"내일 전화할게." 그녀가 문을 닫았다.

나는 왠지 화가 나면서도 자랑스러웠다.

당황스럽기도 했다. 왼쪽과 오른쪽을 번갈아 둘러보았지만 아무도 없었다. 내가 쫓겨나는 걸 본 사람은 아무도 없었다. 나는 삼 개월 전쯤 내가 앉았던 자리를 우두커니 바라보았다. 다른 사람, 다른 시대, 다른 세상의 일처럼 느껴졌다. 그리고 집으로 돌아왔다.

그러니까 내 말은 이거다. 마니에게는 가족이 있었지만―누구나 가족은 있듯이―그 가족은 내게 한 번도 진짜 가족처럼 느껴진 적이 없었다. 어렸을 때 나는 가족이란 흔들릴 수 없고 깨질 수 없는, 고정되고 움직이지 않는 것이라 믿었다. 여동생은 언제나 나의 여동생이며 부모는 언제나 나의 부모라고. 한참 후 아버지가 떠나고 어머니가 나와 절연하고 나서야, 내가 틀렸음을 알게 되었다. 가족은 전혀 고정되어 있지 않았다. 나의 성장기는 그렇게 지나갔다. 나는 따로 나만의 가족을 만들어야 한다는 사실을 너무 늦게 깨달았다. 타인이 사랑하고 싶어할 사람이 되어야 한다는 걸 몰랐던 것이다.

하지만 마니는 훨씬 어릴 때 이 교훈을 터득했다. 그녀의 가족은 풍랑 위에 있었다. 어떤 때는 밀려오고 어떤 때는 밀려나갔기에, 완전히 예측 불가였다. 그녀는 이 가족, 그녀의 새로운 가족은 다르기를 바랐다. 그녀는 거미줄 위에 이번 새 줄을 공들여 만들 힘이 있었다. 자신이 원하는 형태의 가족을 만들 수 있었다. 이것이야말로 그녀가 원하던 것이었다.

# 27장

　난 항상 가을을 사랑했다. 끝나가면서도 완전히 끝나지는 않은 느낌이 좋다. 벽난로에서 타오르는 불과 창가에 드리운 커튼과 두꺼운 울 스웨터와 발을 감싸고 발가락을 포근히 받치는 부츠가 좋다. 할퀴는 바람과 하늘을 부드럽게 보이게 하는 구름과 추운 곳에서 따뜻한 곳으로 들어갈 때의 느낌이 좋다. 여름은 버거울 정도로 기대에 가득차 있다. 기쁘고 들뜨고 밝아야 할 것만 같은 압박이 있다. 겨울은 심지어 나한테도 너무 어둡다.

　하지만 이 도시에서 12월만큼은 늘 이상한 달이다. 달력의 흐름을 따라가지 않는 변칙의 달이다. 12월에만 도시의 골조가 다르게 느껴진다. 도시의 외관, 분위기, 가장 어두운 달을 앞두고 건물 사이를 빠져나가는 인파에는 평소와는 다른 느낌이 있다.

　어떤 변화는 몇 주에 걸쳐 천천히 일어난다. 건물들 사이에 조명이 대롱대롱 매달려, 초저녁부터 찾아오는 밤의 어둠을 배경으로 반짝거린다. 쇼윈도는 연말연시에 걸맞게 정비된다. 크리스마스 방울과 소나무와 썰매와 눈으로 장식된다. 거리에 사람이 적어진다. 마지막 주가 다가오면, 지하철에서, 보도를 걸으며, 회사 회전문으로 밀려들어갔다 밀려나오기를 반복하며 한 해를 보낸 나 같은 직장인들은 연휴 동안 연차를 내고 소파에서 웅크리고 지낸다. 관광객들이 무리 지어 다닌다. 하얀 털방울 달린 빨간 모자를 쓴 그들은 쇼핑백과 카메라를 들고, 아기를 가슴팍에 아기 띠로 매고 있다. 장난감가게와 평소에 쓰이지 않는 곳에 임시로 지어진 스케이트장으로 흘러들었다 흘러나오기도 하고 잘못된 방향의 에스컬레이터 앞에 서기도 한다. 그럼에도 그들의 수가 부재의 수와 균형을 이루지는 못한다. 도시를 비운 절반과 각자의 집에 주둔한 도시민의 수를 상쇄하진 못한다.

어떤 변화는 일순간에 일어난다. 우리는 갑자기 같이 출퇴근하는 사람들에게 미소 짓는다. 탕비실에서 동료들과 예의바른 대화를 나눈다. 쉬는 동안 계획이 어떻게 되는지 묻는다. 요리는 누가 해요, 세상에나, 고작 이틀 동안 아이들이 많기도 하네, 어른보다 많겠네요. 마주치는 모든 사람들에게, 자기도 모르게 메리 크리스마스를 외친다. 평소엔 괴팍해 보이더니 불 들어오는 크리스마스 핀을 슈트 재킷에 꽂고 있는 로비 담당 남자에게, 엘리베이터에서 어색하게 웃음 짓는 부장에게, 아침마다 커피를 사는 카페의 바리스타에게, 쓰레기 수거인에게, 청소부에게, 탕비실 세면대에서 머그잔을 씻고 있는 여성 직원에게. 도시의 구조가 바뀌어 우리는 갑자기 전보다 나은 사람이 된다. 더 친절하고 행복하고 낙관적인, 가장 멋진 모습의 우리가 된다.

파트너가 없거나, 아이들과 떨어져 지내거나, 부모가 오래전에 죽은 동료는 안중에 없다. 도로변에 앉아 있는 노숙인 여성은 여전히 못 본 척한다. 그녀는 남루한 침낭을 깔고 어깨에 담요를 두르고 있지만, 추위가 흰자위까지 스며 있다. 우리는 연말연시의 기쁨 속에 여전히 존재하는 슬픔을 애써 무시한다.

당시 나는 둘 모두 가능한 상태였다. 슬픔과 기쁨 모두를 불러올 수 있었다. 나에게는 오찬을 주최하는 단짝친구와 아름다운 여동생이 있었다. 떠나버린 아버지와 죽은 남편과 치매에 시달리는 어머니가 있었다.

올해는 기쁨은 거의 없이 슬픔만 있지 않을까 싶다. 너도 알겠지만, 좀처럼 털어낼 수 없으니까. 계속 악화되기만 할 뿐이다. 지금 이 순간에도 마찬가지다.

돌이켜보면 그해가 나의 마지막 기쁨의 해였다. 나는 크리스마스이브 자정이 막 지났을 때 에마에게 전화를 걸었다. 우리는 다음날 아침 제일 먼저 어머니부터 방문하기로 했었다. 입 밖에 내어 약속한 건 아니었지만, 되도록 일찍 갔다 오면 나머지 오후 동안 신경쓸 필요 없으리라는 묵시적 동의가 있었다. 에마가 가기 싫어하고 무서워한다는 것도 알고 있었다. 그녀가 온갖 변명을 대면서 빠져나갈 궁리를 하지 않을까 싶기도 했다. 전화를 걸고 신호음이 가는 동안, 에마가 안 받을지도 모른다는, 어머니를 피하기 위해 날 무시할지도 모른다는 생각이 들었다.

"어떻게 할까?" 에마가 마침내 전화를 받았을 때 내가 물었다. "지하철역에서 만날까? 거기서 같이 걸어갈래?"

"좀 괜찮으시대? 어때? 병원에서는 뭐라고 해?" 에마가 대꾸했다.

"아직 감기 기운이 있대. 그래도 한 시간 정도는 괜찮을 거야."

"아, 하지만 아직 그러면……"

"에마." 내가 말했다. "좀."

"모르겠어, 언니." 에마의 목소리는 걱정을 부풀려 연기하느라 과장되어 있었다. "건강이 안 좋으신데…… 우리가 가면 바이러스가 다 옮을 테고…… 우리 그냥 미룰까? 다음주 어때?"

"엠, 우리 어머니야. 그리고 크리스마스라고."

"난 이번에는 패스할래. 언니만 괜찮으면." 에마가 말했다. "마니 언니네 집에서 만나도 될까? 두시나 세시쯤에. 주소 좀 문자로 보내줄래?"

"엠……"

"고마워, 언니. 사랑해. 메리 크리스마스."

그녀가 전화를 끊었다.

나는 전화기를 망연히 쳐다보았다. 성질이 났지만, 그런 식의 대화가 수년 동안 매번 다른 가면을 쓰고 나타났기 때문에 크게 놀라운 일도 아니었다.

에마가 어머니에게 화나 있는 것은 당연했다. 어머니는 그녀의 상태가 최악이던 시절에 아무 도움도 주지 않았으니까. 하지만 나도 화나 있었다. 나 역시 화낼 자격이 있었다. 나는 비록 잠깐이었지만 절연당하고 완전히 버려졌을 뿐 아니라, 어린 시절 내내 무시당했다. 에마가 항상 편애의 대상이었기 때문이다. 그녀는 이걸 몰랐다. 내 관점에서 보려 하지 않았다. 에마는 항상 불안해하고 날이 서 있었으며, 자기 문제에 정신이 팔려 있고 자기 감정에만 골몰했다. 그것은 그녀를 이기적으로 만들었다. 그녀는 내가 어머니를 보러 가지 않을 리 없다는 것을 알고 있었기에 안 가겠다고 할 수 있었다. 나는 그럴 수도 없었고, 그런 적도 없었다. 너무 잔인하니까.

하지만 내가 만약 대화를 이렇게 시작했다면? 용기가 없어서 못 가겠어, 한 시간 동안 분노를 억누를 자신이 없어, 이번에는 네가 떠안을 차례야. 에마가 항상 그러듯이 내가 그렇게 했다면? 내가 그녀의 버팀목이 돼주기를 멈추고 그녀더러 내 버팀목이 돼달라고 요청했다면?

이 질문에 대한 대답은 나도 아직 모르겠다. 평생을 타인의 도움에 의지한 사람이 타인을 도울 수 있을까? 장담할 수 없을 것 같다. 만약 네가 다른 사람의 인생에서 그런 역할을 기꺼이 떠안는다면, 다음과 같은 사실을 받아들여야 한다. 그들은 항상 자기 자신을 우선시할 것이며, 그 관계의 구조는 절대 뒤집어질 수 없다는 걸. 그들은 자신을 희생하여 너를 돕기 전에, 네가 나락에 떨어지게 그냥 놔둘 것이다.


나는 일찍 도착했다. 공휴일이라며 요금을 세 배로 부른 택시기사가 기회가 있을 때마다 속도위반을 했기 때문이다. 그 속도, 진동, 완전히 억류당한 채 타인에게 나를 내맡겨야만 하는 느낌이 싫었다.

어머니의 병실로 들어갔다. 어머니는 침대에 똑바로 앉아 있었다. 오렌지색 티셔츠에 밝은 파란색 카디건을 걸치고 있었는데, 카디건의 왼쪽 어깨가 흘러내려와 있었다. 목깃의 조가비 모양 프릴 중 하나에 크리스마스 배지가 꽂혀 있었다. 색색의 방울 장식이 달린 트리 모양으로, 분홍과 노랑이 조그맣게 반짝거렸다.

"저 왔어요." 나는 활짝 웃으며 말했다. 그리고 문틀에 걸린 겨우살이 밑을 지나 안으로 들어갔다. "좀 어떠세요?"

"괜찮아." 어머니가 말했다. "많이 나아졌단다."

나는 구석에서 팔걸이의자를 침대 쪽으로 끌어당겨 옆에 앉았다. 어머니가 처음 그 시설에 들어갈 때, 나는 우체국의 게시판에서 명함을 봤던 용역을 불러서, 어머니의 물건들을 그곳으로 몇 개 옮겨달라고 했다. 그중 그 팔걸이의자는 가장 부피가 있는 물건이었다. 몇몇 간호사들이 눈썹을 치켜올렸지만 나는 꼭 필요한 물건이라며 고집을 굽히지 않았다. 뿐만 아니라 집에 있던 어머니의 킹 사이즈 침대를 장식하던 쿠션 네 개, 액자 몇 개, 술 달린 램프, 책 한 무더기, 보석함도 가져갔었다. 이날 나는 소소한 몇 가지를 추가했다. 물컵을 놓을, 어린 시절 사진을 박은 미끄럼 방지 코스터. 자잘한 점박이 무늬 회색 꽃병. 꽃다발은 전날 지하철역 꽃집에서 크리스마스 분위기로 포장된 것으로 샀다. 그리고 태블릿 PC. 영화도 보고 옛날 홈비디오도 보고 가끔 기력이 나면 내게 이메일도 쓸 수 있을 것이었다. 그 무렵 점점 어머니로부터 이메일이 뜸해지고 있었다.

지금 돌아보면 당시의 나는 어머니를 보살피고 엄마 노릇―이게 꼭 들어맞는 단어인지는 모르겠지만―을 하느라 너무 많은 시간을 썼다. 그런 나 자신의 헌신에 나도 놀랐다. 어릴 때 나는 항상 인정받기 위해 필사적이었다. 학업 성적이 몹시 우수해서, 상장도 받고 선생들로부터 칭찬도 들었다. 집안일 돕기는 거의 아침 수준이었다. 식사를 준비하고, 식기세척기에서 그릇을 꺼내 정리하고,

침구를 갈았다. 나는 생기 넘치는 유쾌한 아이가 되어 우리집에 긍정적인 영향을 주려 했다. 이날 가져간 소품들이나 매주 거르지 않은 규칙적인 방문도, 관심받으려고 어머니 앞에서 춤추던 수많은 방식들의 최신 사례일 따름이었다.

나는 카디건을 다시 어머니의 어깨 위로 올려주었다. 나를 빤히 쳐다보는 어머니의 동공이 확대되어 있었다. 약이 투여되었을 것이다. 감기 때문에, 아니면 아마도 그저 진정시키려고. 다행히 그 약이 에마의 부재를 지우고 있는 듯했다. 그녀의 부재는 눈에 띄지 않고 순식간에 지나갔다. 약기운에도 불구하고 어머니는 그날 여러모로 이성이 아직 작동하고 있어서, 올 때 지하철은 어땠는지, 오후엔 뭐할 건지 말해달라고 나를 닦달했다.

"마니하고 찰스 집에 가니?" 어머니가 물었다.

"마니 집에요." 내가 대답했다.

"찰스는?" 어머니의 눈썹이 이마 한중간에 고랑을 만들었다.

"없어요." 나는 고개를 한쪽으로 떨궜다. 어머니의 표정이 혼란에서 염려로 바뀌었다. 나의 그 동작 다음에는 항상 나쁜 소식이 뒤따라왔기 때문이다. "저번에 말했잖아요. 기억 안 나요?" 나는 한숨을 쉬었다. "찰스는 죽었어요."

"죽었어?" 어머니가 공포에 질렸다. 목소리가 높아지고 얼굴이 불신으로 일그러졌다. 이 얘기를 들을 때마다 매번 같은 반응이었다. "언제?"

"몇 달 전에."

"어떻게?"

"계단에서 굴렀어요. 알고 있잖아요. 기억하고 싶지 않을 뿐이지."

"아니야. 정말. 그런 거 아니란다. 정말 끔찍하구나."

"그렇죠. 저도 거기 있었어요." 왜 그랬을까. 그전까지 자세한 얘기는 한 번도 안 했었는데. 어쩌면 어머니가 훔칠 종류의 슬픔은 아니라는 걸 깨닫길 바랐는지도 모른다. "마니와 제가 그 사람이 계단 밑에 뻗어 있는 걸 발견했어요. 우리가 발견했어요."

"죽은 걸?"

"네."

"혼자 죽었구나." 이 말을 하는 어머니는 슬퍼 보였다. 그게 특히 참을 수 없는 지점이라는 듯이. 문득 누군가의 상실이라는 간결한 속성 말고는 죽음에 대해 우리가 깊게 얘기해본 적 없었다는 생각이 들었다. "너무 비참하구나."

"안타까운 건, 그때 제가 바로 그 집 앞에 있었다는 거예요. 마니가 집에 오기를 기다리고 있었거든요. 걔는 도서관에 갔었어요. 그래서 저는 거기 앉아서 책을 읽으면서 한 시간을 기다렸죠."

"네가 뭐라도 할 수 있었을 텐데." 어머니가 말했다. 반은 질문이고 반은 진술이었다.

"아마도요." 내가 말했다. "무슨 소리를 들었으면 그랬겠죠. 열쇠가 있었다면."

이런 말은 대체 왜 했을까. 그런데 왜 했는지 알 것도 같다. 나는 어머니가 날 보호해주기를, 내 안을 들여다보고 고장난 내면을 봐주기를, 고쳐주기를 바랐다. 그게 어머니가 하는 일 아닌가? 그게 안 된다면, 고장난 곳을 발견하거나 치료할 수 없다면, 적어도 내가 생명을 구하는 사람이지 빼앗는 사람은 아니라고 생각해주길 바랐다. 할 수 있는 일이 있었다면 했을 사람이라고, 그럴 수 있는 상황이었다면 더 훌륭하게 행동했을 사람이라고.

"열쇠." 어머니가 말했다.

"예전에 하나 있긴 했는데," 내가 말했다. "둘이 휴가 갔을 때 화분에 제가 물 주러 갔었거든요. 지금은 없어요. 이제는. 돌려줬어요."

어머니가 고개를 끄덕였다.

"데이비드 기억나요?" 내가 물었다. "우리 옆집 남자. 우리가 어디 멀리 가면 그 사람이 어머니 화분에 물 줬었잖아요."


나는 두시 조금 넘어서 마니 집에 도착했다. 그녀의 아파트에는 사람이 너무 많았다. 활기와 비애와 가식이 어울리지 않게 뒤섞여 넘쳐흘렀다. 현관에는 은색 크리스마스 방울이 달린 트리가 놓여 있었고, 꼭대기에서 천사가 반짝였다. 계단에도 장식이 세심하게 흩뿌려져 있었다. 접시 위에는 조그만 민스파이가 산더미처럼 쌓여 있었다. 명랑한 크리스마스 음악이 스피커를 통해 흘러나왔다. 마니는 목에 반짝이 리본을 매고 있었다.

그걸로 왠지 그녀의 목을 조르고 싶었다.

"제인!" 마니가 열려 있는 현관문 앞에서 어정거리는 나를 보더니 외쳤다. "생각보다 일찍 왔네. 어머니는 어쩌고? 들어와. 들어와. 뭐 마실래? 와인? 셰리주?"

나는 작은 선물을 건넸다. 감성적이면서도 과하지 않고 동시에 상대를 존중하는 선물을 찾느라 애를 먹었다. 결국 쿠키커터 세트로 낙점했다. 터무니없이 비싸게 느껴지긴 했지만. 몇 년 전 우리의 첫번째 아파트에서 몇 분 거리에 있던 가게에서 그녀가 가리켰던 것이었다. "정말 완벽하지 않니?"라고 그녀가 말했었다. 커터들은 쌍쌍의 가슴 모양이었다. 형태와 크기가 각양각색이고, 여러 종류의 젖꼭지 모양 커터가 따로 딸려 있었다. 왜 그런 게 마음에 드는지 난 이해할 수 없었다.

"고마워." 마니는 포장도 뜯지 않고 그대로 라디에이터 옆 바닥에 내려놓았다. 그 옆에는 다른 선물과 와인이 든 종이가방들이 놓여 있었다. "어서 들어와. 에마는 벌써 와 있어. 주방에 있을 거야. 애가 더…… 넌 마지막으로 걔를 본 게 언제야? 아까 와인 달라고 그랬나?"

"이 사람들 다 누구야?" 내가 물었다. 적어도 스무 명, 아니 서른 명은 잔뜩 들어차 있었지만 나는 모두 모르는 사람들이었다.

"굉장하지 않니?" 마니가 대답했다. "정말 매력적인 사람들이야. 저 사람은 데릭이야." 그녀가 체크 셔츠에 루돌프 넥타이를 맨 중년의 남자를 가리켰다. "세 층 아래에 살아. 올 초에 부인이 세상을 떠났어. 암으로. 우린 공통점이 있는 거지. 그리고 저쪽은 메리와 이언이야." 마니가 족히 아흔은 되어 보이는 커플을 가리켰다. 남자는 민스파이를 먹으려는 중이었지만, 페이스트리 대부분이 부스러기가 되어 재킷에 떨어졌다. 여자는 멋들어진 흰머리를 핀으로 아름답게 고정시켜 목 한쪽으로 늘어뜨리고 있었다. "1층에 사는 분들이셔. 어제 로비에서 만나서 초대했어. 저기 저 사람은 제나야. 내 네일 해주시는 분이고. 저쪽은 이소벨. 아파트 청소하시는 분. 너도 아마 만난 적 있을 거야. 남편과 별거중이라 혼자 있을 것 같다는 거야. 안 돼, 그건 옳지 않아, 라고 생각해서 어서 오시라고 말했어. 잘했지?"

"그래, 마니. 정말. 근데…… 넌 좀 어때? 내가 뭘 도와줄까?"

"다 순조롭게 잘돼가고 있어. 오븐에는 칠면조 두 마리가 들어 있고. 냄새나지? 좋지 않니? 다과는 이미 많이 차려놨고. 휴대전화 있지? 그럼, 사진 좀 찍어줄래? '누구나 환영받는' 크리스마스 파티 열기, 라는 주제로 포스팅할 생각이거든."

"아기는? 너 충분히 쉬었어?"

"이제 배가 좀 불러오기 시작하는 것 같아. 보여?" 그녀가 몸을 옆으로 돌렸다. "믿어지니?"

"언니!" 에마가 내 팔을 덥석 잡더니 나를 끌어안았다. "메리 크리스마스! 잘 지냈어?"

에마가 다시 몸을 뒤로 뺐다. 나는 그 자리에서 그대로 굳어버렸다. 양팔을 동생의 허리에 둘러, 손바닥으로 맞은편 팔꿈치를 감쌀 수 있다는 사실에 어안이 벙벙했다. 근 몇 년 동안 그만큼 악화됐던 적은 없었다. 나는 한 걸음 뒤로 물러나 에마의 얼굴을 흘긋 보았다. 볼이 너무 심하게 꺼져서 피부 밑에 있는 치아 형태까지 보일 지경이었다. 막대기 같은 손목이 그녀에게는 너무 큰 스웨터 밑으로 삐죽 삐져나와 있었다. 딱 붙는 스타일의 청바지는 허벅지가 헐렁헐렁했다.

"저기 저 남자," 그녀가 말을 이었다. "보여? 새먼핑크 셔츠 입은 남자. 나랑 이십 분은 이야기했을걸. 겨우 빠져나왔네. 마니 언니, 나쁜 뜻은 아닌데, 물론 언니의 훌륭한 친구겠지만, 사람이 좀……"

"빨간 코듀로이 바지?" 마니가 물었다.

에마가 고개를 끄덕였다. "그리고 종이 왕관 모자."

"누군지 나도 모르겠는데. 혹시 저 사람이 이런 말…… 잠시만." 그녀가 주방을 헤치고 나아가 그에게 자신을 소개했다.

"민스파이?" 내가 접시를 내밀었다.

"벌써 몇 개 먹었어." 에마가 이미 무척 배가 부르다는 듯이 복부를 문질렀다. "이따 칠면조 요리도 먹어야 하니까."

우리는 시선을 마주쳤다. 말없는 대화가 오갔다.

전혀 안 먹는구나.

먹고 있어.

거짓말.

아닌데.

거짓말하지 마.

언니야말로 거짓말한다고 날 나무랄 자격이 있어?

또는,

전혀 안 먹는구나.

배 안 고파.

배고프잖아. 뭐라도 먹어.

이래라저래라 하지 마.

또는,

꼴이 왜 그래.

젠장, 뭐래.

진짜로. 마지막으로 언제 먹었어?

신경 꺼.

이중 아무 말도 굳이 입 밖으로 꺼낼 필요는 없었다.

"하지 마." 에마가 말했다.

나는 고개를 끄덕였다. "내가 할 수 있는 게 있기는 하니?"

"아니." 그녀가 대답했다. "엄마는 어때?"

"괜찮으셔. 피곤해하시지만, 그래도 많이 나아지셨어."

"짜증내셨어? 나 때문에. 안 가서?"

짜증내셨다고 말하고 싶었다. 어머니가 실망하여 심지어 버림받은 느낌까지 받은 바람에 내가 더 좋은 딸이 될 수 있었다고. 사실은 전혀 눈치조차 채지 못했고, 그래서 에마는 잊힌 자식이 되어 치매의 구덩이 속으로 추방되었다고 까발리고 싶기도 했다. 하지만 내가 결코 편애받는 자식, 중요한 딸이 아니라는 건 우리 사이에서 공공연한 사실이었다.

"아니." 내가 말했다. "아무렇지도 않으시던데."

에마가 마음이 놓인다는 듯 고개를 끄덕였다. "다행이야. 미안해. 못 가서. 난…… 그냥 못 가겠더라."

"다른 얘기 하자." 내가 말했다. 다른 가족들한테도 이렇게 넘을 수 없는 선, 말할 수 없는 수많은 말들이 있는 것일까. "그거 어머니 스웨터야?" 내가 물었다.

"응!" 에마가 활짝 웃었다. "기억나? 이 옷을 보면 항상 그때 그 크리스마스가 생각나. 아빠가 크리스마스이브에 산타클로스 복장으로 우리 방에 몰래 들어오셨을 때. 근데 장난감 상자 위로 엎어져서 우리 다 깨우고 완전 시끄럽게 난리 났었잖아. 결국 온 가족이 응급실 갔었지."

"기억나." 내가 대답했다.

"우리는 파자마 입고 있고 엄마는 이 스웨터 입고 계셨지. 대기실에 있는 사람들은 다쳤는데도 다들 술 취해서 헬렐레했고. 기억나? 스카치테이프 디스펜서에 손 쓸린 남자도 있었잖아."

"그리고 한밤중에 우리한테 사탕 준 간호사도."

"분홍 머리 간호사."

"맞아!"

"그 이후로 항상 머리를 분홍색으로 염색하고 싶었어."

"그럼 해." 내가 말했다.

"그래야 할까봐." 에마가 대답했다.

"아무 문제 없는 사람이야." 마니가 다시 대화에 끼어들었다. "알고 보니까 나도 아는 사람이더라고. 찰스 회사 우편물 부서에서 일해. 어쨌든 문제는 해결됐으니까. 칠면조 보러 가야겠다. 사진 좀 찍어달라니까?"

그날에는 슬픔이 있었다. 슬픔은 벽난로 선반 위에 나란히 놓인 신혼여행 스냅사진 액자로부터 흘러나왔다. 트리에 매달린 '우리 부부의 첫 크리스마스'라고 새겨진 나무 방울 장식에도 있었다. 아마 결혼선물로 받은 게 아니었을까. 그때만 해도 그 결혼이 해를 넘기지 못하리란 걸 누가 알았을까? 우리 모두의 옆에 앉아 있는 유령들에게도 슬픔이 있었다. 마니 옆에, 내 옆에, 다른 손님들—떠돌이와 부랑자들—옆에도. 모두가, 사랑했지만 잃어버린 사람들을 곁에 데리고 왔다.

그날에는 기쁨도 있었다. 아주 많이. 나는 흐름에 순응하면서 해결될 수 없는 문제들은 무시하기로 했다. 그리고 음식과 대화와 늦은 오후에 시작된 게임에 열중했다. 낯선 사람들이 너도나도 정답을 외치고 팀원들과 하이파이브를 했다. 나는 몸으로 말하기 게임에서 이겼는데, 딱히 이기고 지고가 없는 게임이긴 했다. 스크래블에서는 졌다. 이언이 여덟 글자짜리 단어를 세 개나 놓으면서 오백 점을 훨씬 넘겼다. 카나스타 카드놀이에서는 에마와 내가 제나와 이소벨을 물리쳤다.

일곱시쯤 되어 손님들이 모두 돌아갔다. 마니는 앞치마를 풀고 소파에 앉아 작게 튀어나온 배 위에 팔을 얹었다.

"내가 할까?"

"간단히 후딱?" 마니가 말했다.

우리 우정은 '간단히 후딱 정리' 위에 쌓여왔다. 중학교 일학년 때, 그러니까 우리의 우정이 시작된 첫해의 담임이었던 칼라일 선생은 정리정돈과 청결에 광적으로 엄격한 사람이었다. 지금 생각하면 그건 분명 꽤 심각한 강박장애였다. 당시 우리는 그녀를 그냥 결벽증 걸린 또라이라고 생각했다. 늘 그렇듯이 진실이란 당면했을 당시에는 전혀 눈에 안 보이니까.

거의 매일 아침, 어떤 때는 한 번 이상, 담임은 학급 전체에 '간단히 후딱 정리'를 하도록 시켰다. 그 말은, 코트와 니트를 교실 뒤편 옷걸이에 걸기, 가방을 의자 밑에 일렬로 맞추기, 교과서를 책상 안에 넣기, 늘어진 포니테일 새로 묶기, 머리끈 손목에서 빼기, 삐뚜름한 옷깃 금지, 풀어진 신발끈 금지, 접어올린 셔츠 소매 금지 같은 끝없는 작은 요구사항들을 뜻했다.

우리는 늘 시키는 대로 따르긴 했지만, 그 표현은 우리 사이의 은어, 우리 우정을 정의하는 농담이 되었다. 부모, 형제자매, 다른 반 학생들, 다른 학교 학생들은 이해하지 못하는, 처음으로 우리끼리만 공유한 무언가가 되었다.

마니와 에마는 크리스마스 영화를 두 편 연달아 보았다. 둘이 함께 있는 모습이 마치 어렸을 때로 되돌아간 것처럼 편해 보였다. 그사이 나는 여기저기 돌아다니며 설거짓거리를 식기세척기에 집어넣고, 접시와 유리잔을 씻고, 조리대를 닦았다. 마침내 질서가 회복되자 나도 그들의 담요 속에 자리를 잡았다. 집은 고요하면서도 시끄러웠다. 식기세척기가 윙 돌아가고, 벽 어딘가에서 물이 똑똑 떨어졌다. 물소리는 굽도리널을 따라 계단을 타고 올라갔다. 나는 그 소리를 죽이기 위해 텔레비전 볼륨을 높였다.

세번째 영화의 오프닝 시퀀스가 벽에 비쳤을 때, 휴대전화가 허벅지에서 진동했다. 나는 전화기를 꺼냈다. 뭘 기대했었는지 잘 모르겠다. 아마도 아버지가 보낸 뜻밖의 메시지가 아닐까 했을 것이다. 하지만 실제로 마주한 것은 밸러리 샌즈가 보낸 이메일이었다.

제목은 이랬다. **꼭 읽기를 바랍니다. 삭제하지 마세요.**

의심스러웠지만 호기심도 일었다. 두번째 글 이후로, 그녀로부터 한마디 소식도 듣지 못하던 참이었다. 그사이 처음의 불안감은 차츰 줄어들었다. 나는 그녀의 침묵을 받아들였다. 이제 그녀도 끝낼 생각인 줄 알았다. 그런데 다시 나타난 것이다. 한 해 중 가장 사적인 날, 가족과 친구, 가정과 행복을 위한 날에, 잘 알지도 못하는 사람에게 이메일을 보낸 것이다.

나는 이전만큼 규칙적으로 그녀를 온라인상에서 따라다니지 않았다. 가끔씩만 어디 갔는지 확인하면서 그녀의 하루를 머릿속에 그려보았다. 그녀는 매주 적어도 두 번은 댄스 스튜디오에서 강습을 받았다. 최근 그곳에서 주최한 공연에 참가하진 않았지만 구경은 하러 갔다. 신문에 연말 관련 기사도 몇 개 실렸다. 임시 스케이트장에 빗물이 넘친 사건, 인기도 없는 연예인이 번화가에서 한 점

등식, 노숙자 문제와 고독에 대한 다소 깊이 있는 기사. 하지만 그녀가 매일 도시 어디어디를 돌아다녔는지 추적하거나, 태그된 장소마다 조사하진 않았다. 내가 그렇게 게으름 피우는 사이, 그녀는 계속 우리에게 관심을 집중하고 있었던 것일까.

이메일을 열었다. 담요 밑으로 휴대전화에서 나오는 불빛을 감췄다. 그녀는 자신의 첫번째 글이 완전히 정확한 건 아니었다면서, 마니를 만나자마자 의혹을 잘못 해석했음을 뼈아프지만 신속히 인정할 수밖에 없었다고 말했다. 다시는 같은 실수를 하지 않을 것이라며 나에게 메리 크리스마스를 빌어주었다. "그러나," 그녀가 말했다. "당신 말도 완전히 정확하다고 볼 수는 없어요." 그녀는 확실히 자신의 직소퍼즐에 잃어버린 조각이 있다고 말했다. 그런데 무언가가 더 있고, 감추어진 것이 더 있으며, 여전히 폭로가 필요한 부분이 더 남아 있다는 것을 알 만큼은 충분히 파헤쳤다는 것이었다. 그녀는 내게 답장을 보내라고 종용했다. 남은 빈칸을 채워달라고, 마지막으로 진실을 털어놓으라고 부추겼다. 장담하건대 자기가 반드시 답을 찾아낼 것이라며.

나는 전화기를 소파 쿠션 틈새에 밀어넣었다. 다시 그 감정이 몰려오고 있었다. 두려움이 싹을 틔우고 불안이 재점화되었다.

그때 갑자기 마니가 몸을 움찔했다. 어깨에서 담요가 흘러내렸다. 그녀는 재빠르게 손을 배 위에 얹었다. "뭔가 느껴졌어." 그녀가 말했다. "뭔가 느꼈어."

"뭔데?" 에마가 말했다. "뭘 느꼈어?"

"모르겠어. 아기였나? 나비 같아. 두근거릴 때 느낌처럼 뱃속에 나비가 있는 것 같아."

"나도 만져보자." 에마가 마니의 손을 치우고 그 자리에 자기 손을 갖다댔다. "아무것도 안 느껴지는데. 아무 느낌도 없어."

"음, 지금은 멈췄어."

"아," 에마가 실망하며 손을 다시 거뒀다. "다음에는 더 빨리 알려줘. 나도 느껴보게."

나는 그 배가 그후로 몇 달 동안 점점 불러와, 마니의 살가죽 밑에서 팽창하고 늘어나는 것을 지켜보았다. 마침내 그것은 셔츠 밑에 끼인 공처럼 불룩하게 들어앉았다. 책장을 빨리 넘기면 그림이 움직이는 것처럼 보이는 플립북이 후루룩 넘어가듯이, 그녀는 매주 1센티미터씩 달라졌다. 우리는 다시 옛날의 일과로 돌아가 금요일마다 저녁을 함께했다. 어린 소녀일 때부터 알아온 한 여성이 어머니가 되기까지 지켜본다는 건, 아름답기도 하면서 무척 이상야릇했다. 그 성장의 단계마다 나는 그녀를 보호했다. 맨 처음에는 부모로부터, 그다음에는 남자친구들로부터, 그다음에는 상사로부터. 마지막으로 경멸스러운 남편으로부터.

그리고 늘, 심지어 지금도, 진실로부터.

에마와 나는 그날 밤 그 집에 머물렀다. 우리는 한 침대에서 잤다. 해변의 카라반에서 부대끼며 자던 어린 시절로 돌아간 것 같았다. 아침식사 자리에서 에마가 밸러리에 대해 물었다. 마니는 그 사람을 한 번 만났다가 본의 아니게 두번째 글을 촉발했지만, 다 자기 잘못이고, 내 말이 맞았음을 깨달았다고 설명했다. 참고 기다렸어야 했다고. 나는 양해를 구하고 침대를 정리하러 가는 척하면서 그 자리에서 빠졌다. 숙취 상태에서 그 대화를 끌어갈 자신이 없었기 때문이다. 우리가 막 나가려는데, 에마가 계단 발치의 러그를 내려다보며 말했다. "오, 이거 봐. 여기가 우리 언니가 마니 언니 남편을 죽게 내버려둔 데야." 그러곤 눈동자를 굴렸다. 에마의 유머는 불편할 정도로 어둡고 사악하며 거리낌이 없었다. 마니는 웃음을 터트렸다. 너무 직설적이라 오히려 개의치 않는 듯. 나도 그 농담의 일부가 되기 위해 미소 지으려 노력했다.

하지만 나는 알고 있었다, 여전히 모든 것이 무너질 수 있고 진실이 나를 찾아올 수 있다는 것을. 진실은 가까이에, 언제나 근처에 있었다, 절대 완벽히 과거에 머물지 않았다.

# 28장

아침도 어둡고 저녁도 어둡고 밤은 여전히 더 어두웠다. 유백색 하늘에서 눈이라도 내릴 듯이 날이 쌀쌀했다. 헐벗은 나무는 가지만 남아 금방이라도 부러질 것 같았다. 대기는 차갑고 매서웠다. 피부가 너무 건조해 계속 가려웠다. 각질이 일어나 침구와 타월에 묻고, 매일 하루가 끝나고 옷을 벗으면 옷에서 후두두 떨어졌다.

그달 초부터 나는 야근을 하고 있었다. 연휴에도 일하며, 아이들이 개학하는 1월 중순까지 회사로 돌아올 수 없는 학부모 직원들을 커버했다. 그달 말까지는 복귀하지 않을 대부분의 최고위급 임원들도. 연초야말로 카리브해나 극동 지역에서 보내기에 완벽한 시기였기 때문이다.

매일 아침 책상 앞에 도착하자마자 밸러리의 이메일을 다시 읽고 답장을 어떻게 쓸지 머리를 굴렸다. 요리조리 말을 만들어보았다. 제발 그만하고 다른 이야기를 찾으라고 권유하는 정중한 버전,

맞장을 뜨는 난폭하고 화난 버전, 가끔은 낮은 목소리로 소곤소곤 다 털어놓는 버전도 있었다. 그러다 근무시간이 시작되면, 그보다는 한결 쉬운 업무에 일부러 정신을 팔았다.

우습지만, 왠지 그녀가 나를 지켜보고 있다는 느낌이 항상 들었다. 이따금 정말 그녀를 보기도 했다. 적어도 봤다는 생각이 들었다. 우리집 밖에서, 사무실에서, 지하철 플라스틱 창문에 비쳐서, 승강장에서, 다음 객차에서. 머리를 짧게 친 여자가 사방에 보였다. 그러면 나는 실눈을 뜨고 목뒤에 검은 문신이 있는지 확인했다.

나도 모르게 머릿속으로 찰스의 죽음을 재생했다. 그때의 내 감정—아드레날린, 기대감, 안도감—을 되짚는 게 아니라, 실질적인 문제에, 밸러리가 언젠가 발견할지도 모르는 단서들에 집중했다. 지문은 없었다. 목격자도 없었다. 의혹을 제기하는 곳도 없었다. 더이상 시체도 없었다. 땅 밑 2미터 아래에서 썩어가는 뼈뿐이었다.

더이상 나올 것이 없으므로 그녀도 결국은 포기하리라는 절대적 자신감과 극단적인 공포 사이에서 나는 허둥거렸다. 확실히 두려움이 고조되고 있었다는 것은 인정해야 할 것 같다. 그녀가 나의 연루를 드러낼 느슨한 실 한 가닥을 잡아챌 것 같다는 생각이 갈수록 굳어졌다.

그달 말이 되어서야 나는 밸러리에게 답장했다. 금요일이었다. 마니 집에 가고 있어야 했지만, 월요일에 마니가 전화해서 레스토랑 오픈행사에 초대받았는데 딱 한 주만 쉬자고 한 터였다. 나는 늦게까지 남아 일했다. 할일을 깨끗하게 마무리하고, 심지어 몇 개월 동안 목록에 쌓여 있던 일들까지 모두 해치우고 나서 답장을 썼다.

"미안해요." 나는 적었다. "답장하는 데 너무 오래 걸렸습니다. 사과는 고마워요."

어떠니? 너무 아첨하는 투인가? 난 그녀에게 호감을 얻고 싶었다고.

"제가 염려하는 바는, 당신이 우리에게 집착하고 있다는 겁니다. 사실 우리가 그렇게 시간을 바칠 만한 사람들은 아닌데요."

그녀의 집착이 직업적인 흥미 이상임은 분명했다.

"더이상 캐낼 것은 없어요." 나는 적었다. "내 남편은 비극적 사고로 죽었어요. 찰스도 마찬가지고요. 그리고 찰스는 아시다시피 제 가장 친한 친구의 남편이죠. 억장이 무너지는 일이에요. 끔찍한 우연이기도 하고요. 하지만 정말 그게 다예요. 지금쯤이면 이 메일도 쓸데없는 것이 되었기를 바랍니다."

무용한 바람이겠지.

"당신의 조사도 같은 결론에 도달했으리라 생각해요. 따라서 이런 말이 필요 없을지도 모르지만, 우리에 대한 조사를 멈추고 글도 그만 써주신다면 좋겠어요. 우리도 살아갈 방도를 찾아야 하니까요."

보내기 버튼을 누른 지 몇 초 만에 바로 답장이 왔다.

"만납시다."

"됐어요." 내가 적었다.

"알고 싶어할 만한 게 있어요."

"별로 그런 거 없을 거 같은데요." 내가 답장했다. "하지만 무슨 내용인지 말해보세요. 보고 결정할게요."

텅 빈 사무실을 둘러보았다. 아홉시가 다 되어갔다. 모두 진작 퇴근하고 아무도 없었다. 나는 마치 다음 메시지를 끄집어내려는 것처럼 전화기를 손에 쥐고 흔들었다. 받은 메일함은 비어 있었다. 엄지손가락으로 화면을 내리면서 반복적으로 새로고침을 했다. 탕비실 개수대에서 머그잔을 씻을 때도 전화기를 조리대 위에 얹어놓고 화면을 켜두었다. 컴퓨터를 끄면서도 손에 쥐고 있었다. 코트를 입고 나서는 마치 소매 속에서 무슨 일이 일어나기라도 한 듯이 휴대전화를 껐다가 켰다. 건물을 나가 지하철역까지 걸어갈 때도 앞쪽에 꼭 쥐고 갔다.

그날 밤 잠자리에 들 때도 베개 옆에 두고 볼륨을 한껏 올렸다. 메시지가 올 때마다 깜짝깜짝 놀랐다. 밤늦게 도착한 고객 불만족 건의 자동 업데이트, 내 정보를 무단 수집한 쇼핑몰 광고메일, 다음날 아침의 교통정보.

밸러리한테서 온 것은 없었다.

기다리고 또 기다렸다. 마침내 잠들었지만, 잠시 뒤 전화기에서 알람이 울리며 어머니에게 갈 시간임을 알렸다. 나는 늘 하던 대로 욕실로 가서 샤워하며 준비를 시작했다. 아니나다를까 메시지는 그때 도착했다.

십 분 후, 타월 하나는 가슴에 여미고 다른 하나는 머리에 붕대처럼 감싼 채 침실로 돌아왔을 때, 나는 메시지를 발견했다. 고개를 가누려고 애쓰며 메시지를 읽었다.

"사건이 있기 일주일 전에 무슨 일이 있었습니다." 그녀는 적고 있었다. "뭔지는 모르겠지만 말이죠. 하여간 당신의 이웃들(재밌는 여성들 같았어요)이 자정 넘어 외출하다 당신이 집에 들어가는 모습을 봤다고 했습니다. 온통 젖어서 물을 뚝뚝 흘리고 있었다고 했어요. 울고 있는 것 같았다고요. 금요일마다 당신이 마니와 찰스 집을 방문한 건 공공연한 사실이죠. 그들 말로는 보통은 열한시경에 돌아왔다고 하더군요. 그 주에 무슨 일이 있었던 거죠?"

"아무 일도 없었어." 나는 고함을 쳤다. "젠장."

답장을 해야 했다. 침묵은 오해를 낳을 여지가 있었다. 하지만 뭐라고 써야 할지 혼란스러웠다. 그날 싸웠다고 말해버리면 내게 동기가 생기게 된다. 게다가 나를 놀라게 한 건 메시지 내용뿐 아니라 그녀가 정보, 소위 증거를 획득한 방식이었다. 그녀는 우리 아파트에 왔었던 것이다. 우리집 바로 바깥에 왔었다. 이웃들에게 묻고 다녔다.

나는 침대에 앉았다. 머리에 둘렀던 타월이 풀어져, 머리카락이 등에 닿아 차가웠다.

"울고 있었다고요?" 내가 적었다. "아니에요. 하지만 흠뻑 젖었던 건 맞아요. 그래서 우는 것처럼 보였을 수도 있겠네요. 그날 밤 그 집에서 우리집까지 걸어왔어요. 그래서 그렇게 늦게 도착했고 평소보다 젖었던 거죠. 그뿐이에요."

보내기 버튼을 눌렀다.

너, 그렇게 사람을 빤히 쳐다보지 마. 그거 무례한 거다. 그리고 어떤 사람들은 비 맞으면서 걷기를 좋아한다는 거 모르니? 기분전환이 되거든. 자연과 가까워지는 기분이 얼마나 상쾌한데.

답장이 없었다.

나는 지난번에 밸러리가 보낸 메일부터 쭉 다시 읽어보면서, 그 중 하나에서 맨 밑의 서명란에 있는 링크를 클릭했다. 그녀의 웹사이트로 바로 연결됐다. 그곳에는 다시, 붉은 대문자 글씨로 다음과 같이 적혀 있었다.

**기다리시라. 아직 많은 것들이 남아 있다.**

# 29장

2월이 왔다 갔다. 밸러리로부터는 아무 소식이 없었다. 웹사이트에도 새로운 글은 올라오지 않았다. 나는 해가 떠 있는 내내 일했기 때문에, 서머타임제로 시간이 앞당겨졌음에도 해를 보지 못했다. 그달에는 거의 아무도 만나지 않았다. 마니만 빼고. 그녀는 언제나처럼 나를 위해 요리해주었다. 임신 때문에 몸이 얼마나 늘어나고 아프고 땅기는지, 감정적으로 얼마나 다른 생명에 책임의식을 느끼는지 털어놓았다.

"그 사람 없이 여기 있는 게 너무 이상해." 우리가 만날 때마다 그녀는 말하곤 했다. "아직 이 아파트에 있는 그이가 느껴져. 가끔은 냄새도 맡을 수 있어. 애프터셰이브 냄새. 그리고 항상 그 사람 생각이 나는, 되게 남성적이고 약간은 퀴퀴한 그런 냄새가 있어.

하지만 중요한 건 미래에 집중하는 거야." 그녀는 새로운 기회에 대해 이야기했다. 빨판이 달려 있어 테이블에 흡착 가능한 아기 그릇을 받았는데, 그 김에 웹사이트에 아기들을 위한 레시피 공간도 만들어볼까 한다고. "슬픔에 절어 있을 수만은 없어." 그녀는 반복해 말했다. "나와 아기를 위한 삶을 설계해야 해."

마니는 앞날에 대해, 앞으로 무슨 일이 일어날지, 그 없는 삶은 어떨지 자주 얘기했다. 가끔 그 속에 나를 언급하는 걸 잊는 듯했다. 나는 그 이야기 속에 나를 다시 삽입해야겠다는 책임감을 느꼈다.

"내가 여기 잠깐 와 있어도 돼." 내가 말했다.

"오, 너무 고마워." 그녀가 대답했다. "하지만 꼭 그럴 필요는 없을 것 같아."

"내가 자주 들를게. 어떻게라도 도울게."

"그래. 처음 몇 주는 심신의 안정이 필요할 것 같긴 하지만."

나는 마니가 마음을 바꾸리라 확신했다. 나도 한때 아이들과 함께하는 삶을 꿈꿨지만, 그 속에서도 그녀는 여전히 중심에 있었다. 함께 커피숍에 가고, 공원에서 유아차를 밀면서 함께 산책하며, 아기를 번갈아 안고 다녔다. 나는 그녀에게 내가 필요해질 거라고 믿었다. 아기를 기르는 데는 마을 전체가 필요하다는 말도 있듯이, 그만큼 곁에 친구와 가족이 있어야 할 테니까.

그녀의 삶의 다음 단계에서 나는 적합한 친구가 아닐 수도 있다는 생각은 미처 하지 못했던 것이다.


나는 바쁘게 일했다. 직원 다섯 명을 새로 뽑았다. 여자 두 명, 남자 세 명. 회사는 기하급수적으로 팽창하고 있었다. 매주 더 많은 주문이 들어왔고, 새로운 소매업체가 우리 플랫폼을 선택했다. 동시에 회사 시스템, 직원, 구조가 그러한 변화를 감당하기에 미흡

하다는 게 드러나면서 항시적 불안감이 존재했다.

　나는 고객서비스 부서 테이블 상석에 앉았다. 우리 테이블은 '제이디'라고 불렸다. 여자 이름이 더 부드럽고 편안한 심리를 조성한다는 이유로, 화물적재구역에서 9층 사무실까지 모든 작업장에 여자 이름이 달려 있었다. 희한하게 '제인'은 없었다. CEO가 '-이'로 끝나는 소녀 같고 여성스러운 이름을 좋아했던 것 같다.

　신입사원들은 제이디의 양옆 벤치의자에 앉았다. 두 여성 사원은 오십대로, 최근에 이혼하고 규칙적인 수입이 절박하게 필요한 상태였다. 대학을 갓 졸업한 젊은 남자 두 명은 빠르게 통장을 두둑이 불리는 게 목표였다. 세계여행을 다니며 서핑과 다이빙과 스키를 즐기고, 갭이어*를 보내고 있는 순진한 열여덟 살짜리들을 꾀는 꿈에 부풀어 있었다. 남자들 중 가장 나이 많은 사원은 사십대 초반이었다. 이름은 피터였다. 그는 십 년 넘게 은행에서 일하면서, 십만 파운드대 연봉과 그에 상응하는 보너스를 받던 사람이었다. 이 년 전까지는. 도심의 붉은 벽돌 건물 맨 가장자리의 널찍한 사무실에 앉아 있던 어느 날, 그는 갑자기 심장이 점점 빠르게 뛰더니 가슴이 폭발할 것 같은 고통을 느꼈다. 폐에 물이 차오르는 것 같고, 심장이 늑골 밖으로 터져나갈 듯이 쿵쾅거리고 고동치고 우르릉거리고, 눈알이 눈구멍에서 삐져나오려 했다. 그는 가슴을 부여잡았지만, 호흡이 점점 희미해지며 마침내 의식을 잃었다.

　갖가지 검사와 확인과 스캔을 거친 후, 몸 상태는 양호하며 의

---

* 고등학교를 졸업한 뒤 바로 대학에 진학하지 않고 여행, 봉사 등 다양한 경험을 쌓는 시간을 말한다.

학적으로 아무 문제가 없다는 진단이 내려졌다. 다 괜찮았다. 그는 다음날 직장으로 복귀했다. 그날 오후 다시 심장이 폭발했다. 그다음날에도 같은 일이 발생했다. 그다음날도. 결국 피터는 출근하지 않고 집에 머물게 되었다. 의사는 스트레스라고 진단했다. "마치 그게 질병인 듯이 말하더라고요." 면접 자리에서 그가 말했다. "마음의 상태이기도 하지만요." 의사는 직장을 쉴 수 있도록 진단서를 작성해주었다. 그의 공황발작은 그렇게 끝을 맺었다. 하지만 깊고 끈적거리는 우울이 시작되었다.

그는 솔직했다. 몇 달 쉰다는 게 일 년으로 늘었고, 마침내 용기를 내 십이 회짜리 심리상담을 등록했다고 말했다. 상담은 교외에 위치한 작은 테라스하우스의 비좁은 방에서 이루어졌다. 처음에 그는 촌스러운 벽지에 직접 그린 듯한, 순간에 응결된 파랑새만 뚫어져라 응시했다. 아니면 움직일 때마다 쩍쩍거리는 가죽의자나 심리치료사 인중에 난 가늘고 하얀 털, 그녀의 어깨를 스치는 귀걸이의 딸랑거림 같은 것에 집중했다. 하지만 그는 어차피 그녀의 손바닥 위에 있었다. 결국 무심코 자기 진실을 털어놓기 시작했다. 수십 년 전부터 깊숙이 꿍쳐놓은 비밀들, 세상과 사람과 인생에 대한 진정한 자기 생각을(심지어 사람으로서 해선 안 되는 생각들까지).

나는 본능적으로 단번에 그에게 끌렸다. 그는 고객들과 대화하는 법, 데이터 입력하는 법 같은 꼭 필요한 기술들을 갖추고 있었다. 자신은 밑바닥부터 다시 시작하고 싶고, 기업의 사다리를 차근차근 올라가겠다고 말했다. 그가 자신의 실패를 순순히 인정하는 방식이 내게는 이질적으로 느껴졌다. 그는 스스로에게 솔직할 뿐 아니라 낯선 사람, 그러니까 면접관인 나에게도 마찬가지였다. 나는 이해할 수 없었다. 왜 진실을 말할까?

당시의 내가 지금 이 순간을 예측했을 리가 없겠지. 솔직한 나, 거짓말을 다 털어놓는 나라니.

피터는 새로 뽑은 다섯 명 가운데 내가 제일 좋아하는 사원이었다. 또한 가장 능력 있는 사원이기도 했다. 그는 타고난 문제해결사였다. 고객들도 그를 좋아하는 듯했다. 컴퓨터도 그를 좋아했다. 이 일에서 그렇게 되기가 쉽지 않은데 말이다. 그가 주변에 있으면 나는 기분이 좋아졌고 일도 더 잘됐다. 능률이 오르고 동기부여가 되고 자신감이 생겼다. 내가 그를 뽑았다는 사실이 뿌듯했다.

3월의 마지막날이었다. 신입들이 들어온 지 딱 육 주가 지난 시점이었다. 나는 여덟시 조금 넘어 사무실에 도착했다. 메일함을 열었더니 상사에게서 이메일이 와 있었다. 일곱시 반에 도착한 메일이었는데, 중요한 일로 할 얘기가 있으니 즉시 자기 사무실로 올라오라는 내용이었다.

나는 몸을 돌려 왔던 길을 되돌아갔다. 엘리베이터 안의 열두 명의 사람들 사이를 비집고 들어갔다. 모두가 단정한 치마 정장과 핀스트라이프 재킷을 입고 위층으로 올라가는 중이었다. 내 운동화가 잘 닦인 타일에 닿으며 끽끽거렸다. 6층, 7층, 8층에서 그들이 내리면서 나를 흘긋흘긋 쳐다보았다. 대관절 무슨 일로 9층까지 가나 궁금해하며. 그들도 나와 마찬가지로, 내가 곧 해고되리라 추측했을 것이다.

상사는 도시가 한눈에 내려다보이는 사무실을 갖고 있었다. 한 장의 판유리가 한쪽 벽에서 다른 쪽 벽까지 쭉 뻗은 사무실이었다. 그는 책상에 앉아 있었다. 넥타이가 풀려 있고 눈 밑에는 그늘이

졌으며 어두운 피부색은 누리끼리해져 있었다. 마치 온몸에서 온기란 온기는 모두 빨려나간 사람처럼. 문은 열려 있었지만, 어쨌든 나는 그의 이름이 적힌 문패 밑을 똑똑 두드렸다. 덩컨 브린. 고객 서비스 부장.

그는 흠칫하더니 흘긋 올려다보았다. "제인." 그가 말했다. "어서 들어오게. 앉지. 뭐 좀 줄까? 커피?"

나는 고개를 저었다.

"일찍 출근했군. 뜻밖이라는 건 아니야. 자네에 대한 좋은 소리를 워낙 많이 들어서."

어깨가 이완되고 긴장했던 위장도 풀어졌다. 나는 너무 낮은 감이 있는 팔걸이의자에 풀썩 앉았다. 고상해 보이도록 위장했지만 실은 평범한 사무실 의자였는데 축을 중심으로 갑자기 돌아갔다. 나는 몸을 고정하려고 두 발을 땅에 박았다.

"자네에 대한 좋은 얘기를 많이 들었네. 뿐만 아니라 좋은 결과들도 직접 내 눈으로 봤어. 무슨 말인지 알지? 알 거라고 생각해. 고객 불만 건수가 늘고 있어. 알다시피. 그런데 고객 수도 늘고 있지. 좋은 일이야. 여기까지는 별로 놀랍지 않아. 그쪽으로는 해야 할 일이 별로 없네. 하지만 우리가 할 수 있는 일이 무엇이냐, 그리고 자네가 해내고 있는 일이 무엇이냐 하면, 첫번째 통화가 불만족스러워 다시 전화를 거는 고객 비율을 떨어뜨리는 것이지. 게다가 자네 팀이 데이터를 기반으로 설계한 처리 과정 덕분에, 전화가 걸려오는 비율 자체가 대폭 감소했네. 전체 주문 수 대비해서, 전년도 일사분기 대비 삼분의 일로 줄었어. 이건 정말 대단한 일이야. 그렇지? 그게 자네 팀이 한 일이야. 자네가. 자네가 뽑은 신입들이.

그 점을 인정하네. 그렇게 겁먹은 표정 짓지 마. 좋은 뉴스니까. 자네를 승진시키기로 결정했네."

그가 서랍을 열더니 봉투를 하나 꺼내 책상 위로 밀었다. 겉면에 내 이름이 작게, 검은 대문자로 타이핑되어 있었다.

"더 자세한 내용은 그 안에 적혀 있네. 한마디로 말해서, 자네는 이제 고객서비스 차장이야. 전략을 짜고. 수치화하게. 지금 하고 있는 그대로 하면 돼. 팀을 훈련시키게! 더욱 강도 높게. 할 수 있겠나?"

나는 고개를 끄덕였다. 내가 끼어들어 말할 여지가 거의 없었다. 있다 해도 무슨 말을 해야 할지 몰랐다.

"자, 받게. 조건이 마음에 드는지 읽어보고, 사인하면 돼. 그리고 인사과에 갖다주게. 효력은 즉시 발효될 거야. 잘했어, 제인. 승부사. 우리가 찾고 있던 인재야. 이제 돌아가게. 아래층에서 할 일이 이제 더 많아졌으니까."

이 만남이 우스꽝스럽지 않았다는 말은 못하겠다. 덩컨 브린은 좋게 말해도 이상한 남자였다. 그는 짧은 문장으로만 말했다. 그것도 자주 소리치면서. 그리고 모든 단어에 따라붙는 희한한 손동작이 있었다. 여하튼 이상하긴 했지만, 좋긴 좋은 일이었다.

그곳에서는 내가 중요한 사람이었다. 거긴 내 노력이 인정받는 곳이었다. 내가 누군가에게는 의미 있는 사람이었다. 나는 내 자리로 돌아가 새 팀원들에게 소식을 전했다. 피터는 점심시간에 밖에 나가더니, 빵집에서 산 갈색 종이봉투를 들고 돌아왔다.

"축하 머핀입니다." 그가 말했다. "당신 거예요. 잘했어요."

# 30장

하루가 거기서 끝났으면 좋았을 텐데. 그렇지가 않았다.

피터와 나는 늦게까지 일했다. 나는 수개월 동안 새로운 소프트웨어 시스템을 개발해왔고, 몇 주 내로 가동할 예정이었다. 나머지 팀원 네 명은 다섯시에서 여섯시 사이 모두 퇴근했다. 부모나 아이들에게로 돌아가거나, 펍에서 친구를 만나거나, 국립극장에 최신 연극을 보러 갔다. 피터는 집에 가도 아무도 없었다. 부인은 그가 우울증을 겪던 시절 떠났다. 나 역시 아무도 기다리는 사람이 없었다.

"당신은 바보예요." 피터가 모니터 위로 고개를 들었다.

"네?" 잘못 들은 건가 하며 내가 대답했다.

"당신은 바보라고요, 제인." 그가 반복했다.

나는 얼떨떨했지만 기분이 나쁘진 않았다. 내가 바보라는 사실은 아주 많은 면에서 부인할 수 없었으니까. 피터는 현명한 남자였으므로 그가 뭐라고 하는지 듣고 싶었다. 머리를 식히고 싶기도 했다.

그가 싱긋 웃으며, 고갯짓으로 문 위에 걸려 있던 커다란 흰 시계를 가리켰다. 시간은 막 자정을 넘어가고 있었다.

"알겠어요?" 그가 말했다.

나는 고개를 저었다.

"만우절."* 그가 씩 웃었다. 나는 실망했고 실망한 자신이 멍청하게 느껴졌지만, 동시에 그의 황당한 유머가 썩 마음에 들었다.

"재밌네요." 내가 말했다. "피터도 사정은 마찬가지인 것 같긴 하지만요. 퇴근 후에도 일이 있을 텐데, 우리 둘 다 여기서 너무 늦게까지 이러고 있네요."

우리는 잠시 서로를 물끄러미 바라보았다. 기분이 좋았다. 수면 위로 떠오르는 모든 더러운 일들의 와중에도 이것은 뭔가 좋은 일이었다. 정말 오랜만에 나는 내 노력을 인정받았다. 그보다 더 좋은 건, 나를 놀릴 만큼 날 좋아하는 사람이 있다는 것이었다. 이번 여름은 그렇게 나쁘지 않을지도 모른다는 생각이 들었다. 당연하다는 듯이 신나고 즐겁게, 명랑하게 보낼 수 있을지도 모른다는. 하지만 이것도 오래가지 않았다. 너도 지금쯤은 내게 그런 일 따위는 없다는 걸 알고 있겠지?

왜냐하면 바로 그때 전화벨이 울렸기 때문이다. 우리는 동시에 상체를 곧추세웠다. 소음 그 자체에 놀랐을 뿐 아니라, 정신을 번쩍 들게 만드는 산통을 깨는 곡조가 한밤중에 너무 높고 발랄했기 때문이다.

"받아야겠어요." 나는 전화기를 볼에 갖다댔다. "여보세요?"

---

* April Fools' Day. 글자 그대로 풀이하면, '4월 바보들의 날'.

"제인 블랙 씨라는 분과 통화를 하고 싶은데요." 여자의 목소리는 똑 부러졌고, 상류층 말투에 격식을 차린 어조였다. "그런데…… 제인 블랙 씨 아닌 분들과 너무 많이 통화를 하는 바람에 그런데요. 이번에는 잘 연결이…… 지금 전화 받으신 분이……?"

"제가 제인이에요." 내가 말했다. 나는 피터를 마주보지 않도록 의자를 돌렸다. "지금 제대로 연결되었어요. 죄송해요." 나는 그녀와 비슷한 목소리로 덧붙였다. "불편을 끼쳐드려서."

"저는 릴리언 브라운이라고 합니다. 간호삽니다. 여기는 세인트 토머스병원입니다. 지금 전화를 받으시는 분이, 그 환자 이름이 뭐더라……" 그녀가 고개를 숙여 노트를 확인하고 있는 순간이 영원처럼 느껴졌다. 종이가 바스락거리며 넘어가고, 이름을 찾는 그녀의 손가락이 종이를 삭삭 스쳤다. "에마 백스터 씨. 이분의 최근친 맞으십니까?"

갑자기 숨이 막혔다. "네. 제가 언니예요. 무슨 일이죠? 혹시……? 무슨 일이에요?"

"쓰러지셨어요. 지금은 아까보다는 괜찮아졌습니다. 하지만 아직 안심되지 않는 부분이 있어서요. 혹시 오실 수 있나요? 환자분은 방금 병원에 오셨습니다. 아직 퇴원할 상태는 아닙니다. 그런데 끝까지 고집을 부리시네요. 여기 있고 싶지 않다고."

"곧 가겠습니다. 삼십 분 정도 걸릴 거예요. 제가 간다고 전해주세요."

"고맙습니다, 블랙 씨. 감사드립니다."

통화가 끊겼다.

"가봐야겠어요." 나는 피터에게 말했다.

나는 마지막으로 불을 끄고 나가려 했지만, 그가 컴퓨터를 끄고 화장실 갔다가 싱크대에서 머그잔을 씻는 동안 기다리고 있을 시간이 없었다.

나는 손으로 천장을 가리켰다. "나갈 때 꺼주실래요?"

"물론이죠." 그가 말했다. "큰일은 아니길 바라요."

나는 고개를 끄덕이며, 의자 등받이에 걸쳐 있던 코트를 집어들었다.

"고마워요." 내가 대답했다.


병원은 조용했다. 흰 벽과 타일 바닥과 익숙한 소독약냄새가 도서관 같은 효과를 주어서 그런지, 모두 발소리를 죽이고 숨죽여 걸었다. 복도에는 신발이 바닥에 부딪히는 소리와 코트 소맷자락이 몸을 스치는 바스락거림뿐이었다.

나는 안내데스크로 가서 거의 속삭이듯이 물었고, 4층 급성기내과 병동으로 안내받았다. 표지판을 따라갔다. 내가 그곳에 있다는 현실을 벽에 걸린 액자들을 보며 잊어보려 했다. 사진 속에는 암에 걸린 아이들이 웃고 있고, 노년 여성들이 손을 흔들고, 어머니들이 신생아를 꼭 끌어안고 있었다.

그동안 에마 때문에 많은 병원들을 다녔다. 오 년 동안 그녀는 간신히 '양호'라고 불릴 만한 상태로 불안정하게 분류되어온 터였다. 나는 병동 안으로 들어갔다. 데스크에 앉은 간호사는 통화중이었다. 환자가 급작스레 수술실로 실려갔는데, 수술이 오래 걸릴 것 같다면서 다음날 아침으로 예정된 환자 이송을 취소하고 있었다.

서성이며 그녀가 전화를 끊기를 기다렸다. 동시에 그 대화가 끝나지 않기를, 그다음에 올 일이 미뤄지기를 간절히 바랐다.

"기다리셨죠?" 그녀가 마침내 말했다. "누구 때문에 오셨나요?"

"제 동생인데요." 내가 말했다. "에마 백스터요."

"2호 병실입니다." 그녀가 대답했다. "저 문으로 가시면 바로 있어요."

"감사합니다." 내가 말했다. 하지만 그녀는 이미 컴퓨터와 그 옆에 산더미처럼 쌓인 서류 쪽으로 등을 돌린 상태였다.

2호 병실에는 침대 여섯 개와 환자 다섯 명이 있었다. 낮은 소음이 끊임없이 흘렀다. 부드럽게 코고는 소리, 단속적인 삐삐 소리, 텔레비전의 조용한 웅얼거림. 턱까지 이불을 끌어올리고 자고 있는 할머니 두 명이 보였다. 안쪽 시트는 연약한 몸 밑으로 단단히 끼워넣어져 있었다. 더 젊은 여성도 있었는데, 삼십대 내지 사십대로 보이는 그 여성은 한쪽 다리가 위로 들려 있고, 선불로 쓰는 개인 스크린을 정면에 두고 보고 있었다. 침대 하나는 비어서 시트가 깔려 있지 않았다. 여분의 의자나 카트도 없었다. 다른 침대 하나는 커튼이 쳐져 있고, 얇은 파란 커튼 너머에서 부드러운 쌕쌕거림이 들려왔다. 그 대각선 맞은편, 창문 가까이에 동생이 있었다.

에마가 나를 바로 알아본 것은 아니었다. 그녀는 휴대전화를 보고 있었는데, 화면이 얼굴에 푸르스름한 빛을 드리웠다. 그 탓에 그녀의 골격이 더욱 부각되었다. 움푹 팬 구멍 속에 들어앉은 너무 큰 눈, 푹 꺼진 뺨, 목에 불거진 힘줄. 전화기를 쥔 손가락은 너무 길고, 마디는 울퉁불퉁하고, 손목뼈는 살갗을 뚫고 나올 것 같았다.

나는 느리게 숨을 토해냈다. 굳었던 위가 억지로 긴장을 풀려는 듯 신음했다.

에마가 고개를 들더니 싱긋 웃었다. "왔네." 그녀가 전화기를 테이블에 내려놓았다.

"그럼, 오지." 나는 나무의자를 끌어다 그녀 옆에 앉았다. "어떻게 된 거야?"

"기절했었어." 그녀가 말했다. 그때 아마 내가 눈동자를 굴렸거나 눈썹을 치켜올렸을 것이다. 그녀가 인상을 찌푸리며 방어적으로 변했으니까. "정말이야." 그녀가 주장했다. "그 이상도 이하도 아니었어. 저 사람들이 오버하는 거야. 그리고 그 간호사. 브라운인가. 그 사람이 언니한테 전화했어? 정말 가만있지를 못하더라고."

"자기 직무에 충실한 거지."

"그럼 지금쯤 나를 집에 돌려보냈어야지."

"누가 앰뷸런스를 불러준 거야?"

"응."

"그럼 단순히 기절한 게 아니었네. 그냥 기절한 거면 구급대원들이 도착했을 때쯤 깨어났을 테니까."

"아, 언니, 정말 그만해. 이러지 말라고."

"저 사람들은 널 걱정하는 거야. 아님 벌써 내보내줬겠지."

"걱정은 필요 없어."

나는 한숨을 쉬며 내 손을 에마의 손 위에 포갰다. 몇 주 전 피터가 그랬던 것처럼, 그녀가 자신감을 갖고 마음을 열어 내게 속사정을 털어놓고 진실을 공유하길 바랐다.

"병원에서는 문제가 뭐라는데?" 내가 물었다.

"심장." 에마가 민망한 듯 고개를 돌렸다. 나는 그녀를 꼭 끌어안고 다 괜찮을 거라고, 우리 모두 어차피 되고 싶었던 사람이 되는 건 아니므로 숨지 말라고 말해주고 싶었다.

"괜찮아." 대신 나는 속삭였다. "해결 방법이 있을 거야."

그녀가 나를 돌아다보았을 때 눈은 눈물에 젖어 있었다.

"아니. 난 절대 건강……" 그녀가 구역질이 날 것처럼 얼굴을 구겼다. "건강해질 수는 없을 거야."

"하지만……"

"난 안 돼." 그녀가 말을 이었다. "절대 안 돼. 십 년 동안 쭉 그래왔고." 그녀가 이불 속으로 몸을 더욱 밀어넣으며 고개를 창문으로 돌렸다. "이러다 난 죽을 거야. 언니도 알고 나도 알잖아. 그게 이 문제를 끝낼 유일한 방법이야."

"제발, 에마. 왜 그래. 아니야. 이겨낼 수 있는 방법은 반드시 있어. 그건 네가 누구보다 더 잘 알 거야. 네 자신을 봐. 지금까지도 잘해왔잖아." 이 말은 사실일 수도 있고, 어떤 이들에게는 정말로 그러하겠지만, 에마에게는 결코 사실일 수 없다는 것을 나는 알고 있었다. 그녀 말이 맞았다. 나는 알고 있었다. 이미 수년 전부터.

에마는 잘 버텨왔지만 어느 순간 무너졌다. 이제는 아무리 좋아진다 한들 회복은 불가능했다. 그녀는 병자들만 거주하며 다른 사람은 접근 불가능한 가장자리 세계에 존재하기 시작했다. 그녀는 카운트다운 속에 살았다. 마음속 깊은 곳에서 시계가 남은 의지력을 측정하며 째깍째깍 가고 있었다. 그녀의 의지력이 점점 희미해지고 있다는 것을 우리 모두 알고 있었다.

"넌 이겨낼 수 있어." 나는 고집스레 말했다. "넌 강해."

"알아." 그녀가 대답했다. "하지만 아프기도 해. 그 두 개가 공존 불가능한 건 아니야. 난 포기하지 않을 거야. 하지만 끝이 실재한다는 것도 과감히 인정하고 싶어."

"그래. 나도 다 알아. 단지……"

"난 점점 더 나빠지고 있어. 언니도 보이지 않아? 언니가 날 볼 때 얼굴에 다 쓰여 있어. 이제 내가 통제할 수 있는 영역을 벗어난 것 같아. 이젠 어쩔 수 없어."

"일상은 새로 세울 수 있을 거야." 지금 돌이켜봐도 이때쯤 나는 거의 간청하고 있었다.

"언니는 이해 못해. 그게 언니 잘못은 아니야. 언니가 이해하길 바라지도 않아. 하지만 난 이 싸움에서 졌어. 그게 나야."

"아니야. 넌 지금 이게 다가 아니."

눈가에 눈물이 차올랐다. 당시 나는 에마도 끔찍하게 서러우리 라 생각했지만, 어찌 보면 그녀는 그냥 무척 지치고 답답했을 것이 다. 무수히 많은 사람들이 자기 마음을 몰라줘서. 자기도 이해가 안 되는 병을 이해해주지 않아서.

"아니." 그녀가 말했다. "언니는 그렇길 바라겠지만 이젠 아냐. 옛날 옛적이면 몰라도. 아마도. 하지만 이젠 아니야. 조너선 처음 만났을 때 언니가 어땠는지 기억해?"

"에마……"

"가만있어봐. 내 말 끝내게 해줘. 기억나? 난 기억나거든. 언니 는 완전히 형부한테 흠뻑 빠졌었지. 언니가 말하고 행동하는 모든 것에, 아마 언니의 모든 생각 속에도 형부가 있었을걸. 그런 상태 가 바로 지금의 나야. 사랑에 빠져 있을 때와 같아. 완전하게 소진 되어버리는 것. 멈출 수 없는 것. 그게 나야."

"아니야." 내가 말했다. "네가 지금 묘사하는 건 소름 끼치고 비참해. 사랑은 눈부신 거야, 엠. 알게 될 거야. 언젠간 너도."

에마가 웃음을 터트렸다. 나는 울고 싶었다. "아니." 그녀가 말했다. "내 인생의 큰 사건들은 이제 다 지나갔다고 생각해. 이젠, 하나 남은 마지막 길뿐이지."

나는 그녀를 잡아 흔들고 싶었다. 우매함으로부터 흔들어 깨우고 싶었다. 그녀 속으로 깊이 들어가 저 악마를 꺼내고 싶었다. 나는 그녀를 구원할 수 없었지만, 과거 어느 지점에서는 그럴 수 있었을 것이다. 뼈가 부스러지고 근육이 닳아 없어지고 심장이 멈추려 하는 지경이 되기 전에, 이 모든 것을 멈출 방법이 있었을 것이다. 그녀가 끝내 이렇게 되지 않도록 막을 수 있었던 지점 어디에선가, 나는 실패했다.

다가오는 발소리가 났다. 우리는 침묵에 빠졌다. 간호사 한 명이 침대 가장자리에 불쑥 나타났다.

"블랙 씨?" 그녀가 말했다. "릴리언입니다. 아까 통화했죠. 이제, 에마, 서류 작업은 모두 끝났으니 준비되는 대로 돌아가셔도 됩니다."

"하지만⋯⋯" 내가 입을 열었다.

"내가 퇴원 수속 했어." 에마가 말했다. "여기 사람들이 날 위해 할 수 있는 건 없어."

나는 그녀가 병원에 있도록 설득하려 했다. 그녀는 거절했다. 재활시설에서 몇 주 보내는 건 어떠냐고도 설득했다. 그녀는 거절했다. 기운을 되찾고 회복하는 동안 우리집에 얼마간 있으라는 제안도 했다. 그녀는 거절했다.

나는 에마를 택시에 태워 집에 데려다준 후 침대에 누였다.

그게 그녀를 보는 마지막이 되지 않을지 두려웠지만, 난 녹초가 되어 있었고 과민반응하고 있었으며, 뭣보다, 잘못 생각하고 있었다.

그날 하루가 거기서 끝났으면 좋으련만, 여전히 그렇지가 않았다.
나는 휴대전화를 베개 위 내 옆에 놓아두었다. 밤중에 갑자기 동생이 날 필요로 할 수도 있으니까. 거의 잠들 무렵 정신이 무의식 속으로 혼미해질 때, 전화기가 진동했다. 손이 그대로 벌떡 튀어올라 자석처럼 전화기로 끌려갔다.

전화기는 더이상 울리지 않았다. 진동은 곧장 멈췄지만 작은 빨간 동그라미가 메일 아이콘 위에 떠 있었다. 메일함을 열었더니 이름 하나가 보였다. 밸러리 샌즈.

당신은 그 아파트에 일주일 동안 머물렀죠.

다른 아무 말 없이 그 문장 하나뿐이었다. 나는 일어나 앉았다. 베개를 침대 머리맡으로 밀어 몸을 기대고, 그 의미가 무엇인지 생각해보았다.

맞는 말이었다. 그녀는 거의 언제나 맞는 말만 했다.

찰스가 그들이 휴가 가 있는 동안 내게 화분에 물을 줘달라고 부탁했었다. 그래서 그렇게 했을 뿐이다. 다만 초대받은 것이 아닌데도 거기서 계속 지내면서 거의 일주일 동안 그 집에 살았을 뿐.

그 일에 대해 얼마나 알고 있을까?

그래서 이제 그녀는 어떻게 할까?

한 가지 사실이 수면 위로 서서히 떠올라 분명해지기 시작했다. 나의 두려움은 우정이 위협당할 때만 모습을 드러냈다. 나는 경찰이나 감옥 때문에 동요하진 않았다. 시체도 없고, 동기도 없고, 이미 작성된 사건 보고서를 의심할 이유도 없었다. 하지만 내가 점점 뚜렷하게 인식하게 된 것은, 내 거짓말에서 작은 실이 몇 가닥 튀어나와 있고, 그게 당겨질 경우 마니와의 우정이 파탄 난다는 점이었다. 문제는 바로 그 튀어나온 실에 밸러리의 관심이 제대로 꽂혔다는 것이었다. 그녀는 우리가 파헤쳐지는 꼴을 꼭 봐야겠다는 심산인 게 분명했다.

# 6

**여섯번째 거짓말**

# 31장

　찰스가 죽은 지 육 개월이 넘었다. 나는 잠을 제대로 이루지 못
했다. 몇 년 만의 일이었다. 어렸을 때는 쉽게 잠들진 않았지만 편
히 잘 잤다. 보통은 밤늦게까지 책을 읽다가 손전등을 이불 밑에
껴안고 잠들었다. 하지만 십대 시절에는 내내 불면증 때문에 고생
했다. 밤새도록 베개를 고쳐 베고 몸을 뒤척이며 물을 몇 컵씩 마
셨다. 물은 후텁지근한 방안의 탁한 공기를 그대로 흡수해 쿰쿰한
먼지 맛이 났다. 나는 조너선이 옆에 있을 때 가장 잘 잤다.
　한 번의 단순한 행위가 그토록 효과적이어서 그가 그다지도 간
단히 죽었다는 사실, 죽음이 그렇게 손쉬웠다는 사실이 종종 믿어
지지 않았다. 나는 주기적으로 그 장면으로 돌아가 이야기를 바꿔
가면서 내 역할을 발전시켰지만, 전혀 무섭지 않았다. 오히려 얄궂
게도 위안이 되었다. 내가 내 삶의 주체임을 확인할 수 있어 안심
이 되었다.

그리고 다시금, 그 주체성이 필요한 때라고 생각했다. 중심을 잡기 위한 뭔가가 필요했다. 그 당시 네게 설명하려 했다면 정확한 말을 찾을 수 없었겠지만, 균형을 잃어간다는 느낌이 있었다. 일시적인 안정상태도 있었지만 딱 그 몇 달간이었고, 상황은 다시 뒤숭숭해지고 있었다.

4월 중순, 마니에게 진통이 온 날은 금요일이었고, 나는 피곤한 상태였다. 전날 밤 열한시 반에 외출한 이웃들 때문에 잠을 제대로 자지 못했다. 그들은 끝없이 키득거리면서 와인병을 달그락거리고, 떠나갈 듯이 속닥거리더니, 새벽 세시가 넘어서 돌아왔다. 나는 에마에 대한 꿈, 마니에 대한 꿈, 찰스에 대한 꿈 사이를 겅중겅중 전전해 다녔다.

대학 시절 이후로는 에마의 시체가 나오는 꿈을 꾸지 않았다. 그러니까 아마 십 년도 더 되었을 것이다. 그런데 그 장면이 꿈에 다시 나왔고, 전보다 더 무섭고 선명했다. 나는 서로 완전히 관련없는 서사들 사이를 포복해 다녔다. 회사에 있는 꿈을 한창 꾼다. 수백 통의 전화가 동시에 걸려오고 응대할 직원 수가 부족해지고 대기 시간이 몇 시간에 이르자, 나는 9층의 통창 사무실로 불려간다. 또는 불안과 관련된 전형적인 꿈을 꾸고 있다. 사람들 앞에서 나체로 서 있거나 이가 몽땅 빠지는 꿈. 그러다 갑자기 서류 캐비닛이나 치과 진료실에서, 에마의 축 늘어진 몸을 발견하는 것이다. 구석에 처박힌 그녀는 사지가 뻣뻣하고 눈은 생선 눈처럼 흐려져 있다. 숨이 막혀 깨어나면, 땀을 흘리며 차갑고 축축한 시트 속에서 몸을 떨었다.

찰스가 갑자기 꿈에 나타나는 일도 드물지 않았다. 그는 사무실의 다른 책상이나 치위생사 스툴에 앉아 있었다. 슈트에 타이, 또는 그때 그 줄무늬 파자마에 대학 로고 스웨터를 입고 있었다. 그는 꿈속에서 벌어지는 사건에 참여하거나 나에게 뭐라고 직접 말하지는 않았다. 그는 그저 거기 있었다. 악몽의 귀퉁이에서 사건이 어떻게 펼쳐지나 구경했다. 나는 내 행동으로 인해 그의 유령이 내 앞에 나타난 것인지, 꿈속의 그의 존재가 내 안에 깊숙이 자리한 죄책감이나 수치심의 전조인지 궁금했다. 하지만 중요한 건 내가 그를 보아도 전혀 당황하지 않았다는 사실이다. 그는 그저 거기 있었다. 실제 삶에서 그저 거기 없는 것처럼.

마니가 내게 전화했을 때, 나는 한창 악몽을 꾸는 중이었다. 내 방 옷장 거울 속에 갇혀서, 담요 사이에 썩어 있는 에마의 시체를 쳐다보고 있었다. 밖에서 누가 잔디를 깎고 있었는데, 그 굉음이 지축을 뒤흔들었다. 울림이 계속되고 엔진이 그르렁거렸다. 마침내 나는 억지로 눈을 떴다.

전화기가 침대 협탁에서 진동하고 있었다. 덜덜거리면서 협탁 끝에서 낙하하더니 충전기에 연결된 채로 바닥에서 덜거덕거렸다. 나는 손으로 바닥을 더듬으며 아직 울리고 있는 전화기를 집어들었다.

"여보세요?" 목이 잠겨 있어 쉰 목소리가 흘러나왔다. 나는 기침을 해서 밤새 쌓인 가래를 없앴다.

"제인?"

여자였는데 모르는 목소리였다. 목소리에 뭔가 숨차고 절박한 느낌이 있었다.

심장이 조금씩 빠르게 뛰기 시작했다.

에마가 아니라는 건 바로 알 수 있었다. 그녀는 내가 잘 아니까. 목소리도 아니었을뿐더러, 말 중간에 이렇게 침묵이 흐르는 걸 못 견뎠을 것이다. 아니면 그녀의 친구일지, 아니면 다른 간호사, 아니면 어머니 요양병원에서 온 전화일지도 몰랐다.

"네, 맞는데요." 내가 지나치게 딱딱한 말투로 응답했다.

상대가 숨을 들이마셨다. "저기…… 잠시만." 그리고 큰 한숨. "됐다, 세상에, 이제 됐어. 나……"

"누구시죠?" 내가 끼어들었다.

"아, 나야. 미안해. 당황했지. 마니야. 제인, 나야."

이런 말도 안 되는 시간에? 아직 바깥은 어둑어둑했다.

"마니?" 내가 물었다. "뭐……? 왜 전화한 거야? 아직 한밤중이야!"

"한밤중은 아니야." 그녀가 말했다. "여섯시 다 돼가. 너 깨어 있을 줄 알았어."

"무슨 일이야?" 내가 물었다. "뭐 잘못됐어?"

"나 지금," 그녀가 말했다. "당황하지 마. 나…… 시작된 것 같아. 아기 말이야. 혹시 네가 와줄 수 있나 해서. 너 출근 전에 연락하려고 지금 전화했어. 아직 시간은 있어. 근데 이 찌르르한 게 너무 심해지네. 세시부터 깨어 있었던 것 같아. 통증이 계속 있다 없다 해. 원래 그런 거겠지만. 근데 잠은 다시 못 자겠더라. 그래서 기다리다가 너한테 전화한 거야. 이미 말했다시피 네가 지금쯤 깼을 거라 생각했어."

우리는 수년 동안 같이 살았기 때문에 서로의 생활을 구석구석

알고 있었다. 비밀도, 실수도, 모르는 사실도 없었다. 내가 어느 날 아침 일어나 마니의 하루를 대신 살 수도 있을 것이다. 그녀의 차를 마시고, 그녀의 헬스장에 갔다가, 그녀의 샤워젤을 사용하고, 그녀의 목소리로 이야기하며, 그녀의 단어를 사용한다. 그냥 마니가 되는 것이다. 그녀 또한 나에 관해 똑같이 할 수 있을 터였다. 내 일과와 습관을 알고 있었으니까. 또한 내 평생 단 한 번도 새벽 여섯시 전에 출근한 적은 없다는 사실도 알고 있었다.

"언제 가면 돼?"

긴 침묵이 이어졌다.

"지금 갈까?" 내가 물었다. "내 물건들 가져가면 돼. 샤워는 너희 집에서 하면 되고."

"응." 마니가 대답했다. "제발. 괜찮다면 그래줄 수 있니?"

그녀는 내게 사랑한다고, 정말 사랑한다고 말했다. 매우 이례적인 일인데다 솔직히 말해서 전혀 그녀답지 않았다. 우리 우정은 그런 우정이 아니었다. 우리는 진솔하게 사랑한다고 입 밖에 내어 말하거나 영원을 약속하지 않았다. 어쩌면 그게 패착이었을까. 어쨌든 그녀가 지금 몹시 겁에 질려 있고 내가 정말 필요하다는 건 알 수 있었다.

누군가가 날 필요로 한다는 느낌만큼은 마음에 들었다. 특히 마니가 날. 거미줄을 거슬러올라 예전에 우리가 있던 곳으로 되돌아간 기분이었다. 우리 둘만 있고, 우리가 친구이며, 이 단순한 사실을 복잡하게 만드는 것은 아무것도 없던 때로.

나는 청바지와 스웨터를 주워 입었다. 충전기를 콘센트에서 홱 잡아빼 가죽 여행가방에 던져넣었다. 조너선이 죽기 전해에 크리스마스 선물로 내가 준 가방이었다. 구석 의자 위에 쌓인 세탁한 옷 무더기에서 속옷, 여분의 티셔츠, 작은 타월을 꺼내 가방에 쌌다. 화장실에서 세면도구 파우치를 가져왔다. 파우치 앞주머니에 칫솔을 끼웠다. 온갖 물건들이 그 속에 들어 있었다. 샴푸 샘플, 이 빠진 빗, 컬러풀한 비닐 포장의 탐폰, 고무마개 부분에 검정 찌꺼기가 끼어 있는 마스카라. 그대로 지퍼를 잠근 뒤 역시 가방 속에 던져넣었다.

계단을 후다닥 뛰어내려갔다. 한 번에 두 개씩. 숨이 가빠지면서 퀴퀴한 입냄새가 뿜어져나왔다. 나는 마니의 집에 삼십 분도 채 안 돼 도착했다. 얼굴은 땀으로 번들거리고 상기되었지만, 문을 열어주는 그녀의 얼굴에 번지는 안도감을 보니 흐뭇했다.

남자 한 명이 슈트에 동물 문양 넥타이를 매고 지나갔다. 머리는 아직 덜 말랐고 서류가방을 흔들며 걷고 있었다. 그가 방금 마라톤을 뛴 사람처럼 벌게져서 숨을 세차게 몰아쉬는 나를, 종아리까지 오는 복숭아색 나이트드레스를 입고 배가 산만해서 문간에 서 있는 마니를 쳐다보았다. 그는 재빨리 고개를 돌리며 중얼거렸다. "안녕하세요."

"안녕하세요." 마니가 노래하듯이 말했다.

남자가 모퉁이를 돌아 사라지자, 마니의 손이 옆으로 튀어나와 문틀을 잡았다.

"오, 안 돼." 그녀가 웅얼거렸다.

그러고는 배를 감싸안고 뒷걸음질했다.

집안은 난장판이었다. 거실에서 TV 화면이 춤추고 있고, 주방에는 라디오가 켜져 있고, 계단을 타고 위층에서도 음악이 흘러나오고 있었다. 현관은 사방에 옷이었다. 계단 난간에 걸쳐진 카디건, 구석에 쌓인 스카프, 옷걸이에 겹겹이 걸린 재킷과 코트들. 온갖 물건들 역시 사방에 진을 치고 있었다. 차 찌꺼기가 남은 머그잔과 빈 물컵은 주방 방향으로, 반쯤 남은 비스킷과 사탕 껍질과 뜯지 않은 감자칩 봉지는 거실 전체에, 모슬린 담요와 아기 옷과 작은 양말들은 계단에 널브러져 있었다.

나는 충격으로 일그러진 얼굴을 환한 미소로 바꾸었다.

"올 것이 왔네." 나는 흥얼거리듯이 말하면서, 양다리에 중심을 번갈아 옮기고 양 손바닥을 한 번 크게 짝 마주친 다음 꼭 마주 쥐고 어색한 지그를 추었다.

마니가 신음했다.

"알아." 내가 말했다. "알아. 지금 진통이 오고 있구나."

"젠장." 그녀가 색색거리며 거실 쪽으로 뒤뚱거렸다.

마니가 발을 바깥으로 벌려 양손을 허리 아래쪽에 힘주어 짚고 걸어가는 것을 지켜보며, 나는 곧장 넋이 나가버리고 말았다. 이건 정상적인 상황이며, 매일같이 매 순간 전 세계 여자들이 겪는 일이라고 나 자신에게 상기시켰다. 하지만 확실히 보통 때와는 거리가 먼 장면이었다. 우리는 아이였을 때 만나 그후 젊은 여성으로서, 아내로서 알고 지냈지만, 이제 그녀가 어머니라니? 그 엄청난 사실은 불가능하게 느껴졌다.

마니가 악 소리를 질렀다.

나는 그녀를 황급히 쫓아갔다.

그녀는 파란색의 거대한 공기주입식 짐볼 위에 앉으려 하고 있었다.

"그렇지." 내가 말했다. "잘하네. 좋아. 심호흡해. 바로 그거야. 들이마시고. 내쉬고. 들이마시고. 그다음……"

"지금 장난해?" 그녀가 말했다. "그만해. 입 좀 다물어."

"알겠어. 응." 내가 말했다. "난 여기서 그냥 기다릴게."

나는 가죽가방을 다리 사이에 끼우고 소파 끝에 걸터앉았다. 마니는 열정적으로 위아래로 움직이면서 오므린 입술 사이로 맹렬하게 숨을 내보냈다. 마침내 몸을 뒤로 젖히고 가슴을 펼쳐 복부를 한껏 앞으로 내민 다음, 숨을 크게 토해냈다. 그때부터 다시 부드럽게 몸을 퉁기기 시작했다. 엄청난 무게가 위로 올라갔다 내려왔다 했다.

"이제 우리 가야 되는……"

"병원?" 그녀가 말했다. "아니, 아직 아냐. 하지만 진통시간은 점점 길어지고 있어. 여하튼, 잘 지냈어? 미안해. 새벽부터 깨워서." 그녀가 난장판인 집안을 보라며 손짓했다. "도저히 감당이 안 됐어."

마니는 지저분한 것을 혐오한다. 무조건 못 참는다. 희한하게도 이 점이 몇 안 되는 우리 사이의 공통점이다. 우리는 일하는 방식이 무척 다르다. 매우 다른 환경에서 효율이 오른다. 나는 고요 또는 낮게 들리는 작은 소리를 좋아한다. 마니는 라디오나 음악이나 텔레비전을 좋아하고 셋 다라면 더 좋다. 나는 내성적이다. 나만의 공간과 고독과 혼자인 시간이 필요하다. 그녀는 외향적 성격의 교과서라 자신감 넘치고 사교적이며, 대화와 의견 교류 같은 나라면 바로 기 빨렸을 것들에 뛰어나다.

내가 이미 말하지 않았나? 그녀가 빛이라면 나는 어둠이라고.

318

하지만 지저분함 앞에서 우리는 둘 다 아무것도 아니었다.

　진통 자체의 고통과 불편과 두려움은 마니가 알아서 해결할 수 있었을 것이다. 지금 생각해보면, 그런 것들 때문에 내가 거기 있어야 했던 건 아니었다. 다만 그 난장판 속에서는 그녀가 아무것도 제대로 할 수 없다는 게 문제였던 것이다.

　"무슨 말인지 알 것 같아." 내가 말했다. "도대체 왜 이렇게 된 거야?"

　"내 말이." 그녀가 말했다. "집안 꼴이 말이 아니지. 난 그냥 흐름에 몸을 맡기려고 했거든. 필요한 거 먹고 진통에만 집중하자고. 그러다가 이제 좀 치우고 준비하자 싶었는데 진통이 더 심해졌어." 그녀가 손으로 머리를 다시 감싸쥐었다. "그래서 이 꼬락서니가 된 거야."

　"그렇구나." 내가 말했다.

　마니가 나한테서 뭘 바라는지 알게 되었다. 뭐가 필요했던 건지 이해했다. 항상 그랬다. 또한 그녀는 자신이 원하는 건 뭐든, 내가 묻지도 따지지도 않고 해주리라는 사실을 알고 있었다.

　"넌 저쪽에 가 있지 그래?" 내가 말했다. "그럼 내가 간단히 후딱 정리할게."

　마니의 얼굴에 미소가 떠올랐다. 이 벼랑 끝에서, 우리 삶의 다음 단계의 초입에서, 다시 한번 '간단히 후딱 정리'할 시간이 주어졌다는 게 나쁘지 않았다. 오히려 우리 사이가 변하지 않겠구나, 지금이 아무리 중요한 순간일지라도 부담을 느낄 필요는 없겠구나, 다 괜찮겠구나 하고 안도했다. 물론 나중에 순전한 착각으로 판명 나게 되지만.

마니가 짐볼 위에서 퉁퉁거리는 동안, 나는 방방이 돌아다니며 옷을 모아 제자리를 찾아주고, 쓰레기를 쓰레기통에 버리고, 너무도 이상하고 작고 신선한 냄새가 나는 담요들을 개켰다. 창문을 열었다. 코트를 걸칠 필요도 없는, 한 해 중 가장 밝은 시기였고 집안으로 들어오는 미풍이 상쾌했다. 집이 티끌 하나 없이 깨끗해졌을 때, 나는 빠르게 샤워하고 홍차 두 잔을 탔다. 마니의 것은 우유 많이, 내 것은 극소량으로. 그리고 소파에 앉아 이십사 시간 뉴스 채널을 보며 그녀의 손을 꼭 쥐었다.

"엄마한테 전화 좀 해줄 수 있니?" 그녀가 물었다.

이건 예상 못했던 것이었다. "뭐? 왜?"

"오고 싶어하시지 않을까? 최소한 알기는 하셔야 할 것 같아서."

"그래." 내가 말했다. "정말로 해?"

그녀가 고개를 끄덕였다.

"알겠어, 그럼." 나는 현관으로 가서 서성거렸다. 벽에 걸린 애먼 코트들을 정리하고, 떨어진 깃털 하나를 발로 차 굽도리널 틈새로 밀어넣은 다음, 마니의 어머니에게 전화를 걸었다. 그리고 그녀가 받지 않자 안도했다. 나는 중얼중얼하는, 무슨 말인지도 분명치 않은 음성메시지를 짧게 남기고, 몇 분 후 마니에게로 돌아갔다.

이른 오후쯤 되자 마니의 진통이 삼 분 간격으로 왔다. 내가 택시를 불렀고, 우리는 함께 병원으로 향했다. 그녀는 가벼운 여름 원피스로 갈아입었다. 다른 옷을 입기에는 너무 덥고 불편하다고 했다. 우리는 뒷좌석에 같이 앉았다. 차가 덜컹거릴 때마다 그녀가 신음하며 눈을 감았다. 마치 어둠이 고통을 참을 만하게 만들어준다는 듯이.

병원에 도착했다. 마니는 발을 끌며 로비를 지나 엘리베이터로 향했다. 나는 산부인과 병동 분위기에 깜짝 놀랐다. 허여멀건 벽과 타일 바닥과 소독약냄새 같은 기본적인 요소들은 일반 병동과 똑같았지만 뭔가 달랐다. 아마도 조명이나, 직원들의 얼굴에 가득한 미소, 파스텔 색조의 유니폼 때문이 아니었을까. 별로 위협적인 느낌이 없었다.

복도를 지나며 아픈 사람들과 많이 마주친 참이었다. 송장 먹는 귀신 같은 할머니들이 침대에 실려 어디론가 이송되었는데, 침대 위에서 그들의 몸은 한없이 작았다. 하지만 산부인과 환자들은 모두가 한껏 부풀어올라 땀흘리며 글자 그대로 폭발하고 있었다. 생명으로.

파란색과 흰색 배색의 튜닉을 입은 조산사가 웃으며 우리를 분만대기실로 안내했다.

"여기예요." 그녀가 말했다. "편하게 계세요. 다섯시에 다시 확인하러 오겠습니다."

마니가 침대 틀을 부여잡았는데 몸이 옆으로 휘청했다. 그녀는 뺨을 부풀리며 다시 눈을 감았다.

"옆에 있어줄래?" 그녀가 속삭였다. "끝까지? 아기가 나올 때까지?"

"물론이지." 내가 말했다. "당연히 있을 거야."

당연히 있는 것 말고 달리 할 일이 뭐가 있었겠는가?


오드리 그레고리-스미스는 4월 24일 저녁 일곱시 십분에 태어났다. 아기는 작았고 화나 있었고 얼굴이 벌겠으며 꼭 쥔 두 주먹처럼 눈을 질끈 감고 있었다. 두피에는 금발이 듬성했고, 무릎과 팔꿈치와 손가락 마디마다 주름이 조글조글했으며, 분홍색 장미 꽃봉오리 같은 입술이 볼록 튀어나와 있었다.

마니가 기쁨과 공황 사이에서 자신의 작은 딸을 꼭 끌어안았다. 그러면서 토할 것 같은데 아기를 떨어뜨릴까 겁난다며, "여기 누가 책임자예요?"라고 부산스러운 분만실을 향해 갑자기 소리쳤다.

나는 손을 뻗어 그녀의 손 위에 내 손을 얹었다. "너잖아." 겁줄 생각은 없었지만 사실 아닌가? "이제 네가 책임자야."

"오, 젠장." 그녀가 혼란스러운 미소를 지었다. "거참, 걱정이네. 그치?" 그러고는 흐느끼기 시작했다.

나는 쉬잇 하고 마니를 달래며 머리를 얼굴 뒤로 넘겨주었다.

"엄마는? 오고 계신대?" 그녀가 나를 올려다보았다.

"모르겠는데." 내가 말했다. 나는 그녀의 어머니가 이렇게 중요한 순간에 여기 있을 자격이 없다고 생각했다.

"전화했지, 응?" 그녀가 물었다.

"응." 내가 대답했다.

"응?" 그녀가 반복했다.

"응. 정말." 내가 말했다.

"온다고 하셨어?"

"아니, 꼭 그런 건 아니고. 전화를 안 받으셨어. 그래서 메시지 남겼어. 지금쯤 들으셨을 것 같은데. 널 걱정시키고 싶지 않았어. 어머니가 바로 병원으로 오실 줄 알았지. 근데 내 생각엔…… 지금 다시 전화할까? 좋은 소식을 어서 알려드릴까?"

"아냐." 마니가 말했다. "그러지 마."

정확히 내가 듣고 싶었던 말이었다. 왜냐하면 그 순간은 그 아이의 삶에서 가장 중요한 사람들만을 위한 시간이었기 때문이다.

# 32장

마니는 병원에서 밤을 보낼 예정이어서, 나는 집으로 혼자 돌아
갔다. 택시가 도시의 뒷골목을 미끄러지는 동안, 그날 하루 사이에
얼마나 많은 것이 바뀌었는지 생각했다. 그리고 세계가 뒤흔들리
는 그런 일이 다른 사람들에게는 어떻게 매일 일어나고 있는지도.
그런 중요한 날들이 삶을 규정하는 분기점이 아닐까. 누군가가 생
기고 누군가를 잃는 날들. 새로운 가능성과, 그 순간 내 인생의 형
태와, 나를 위해 존재하는 그 새로운 사람을 생각하자 나는 들뜬
기분이 되었다.

아침에 너무 일찍 집을 나서는 바람에 블라인드를 걷어놓지 못
했다. 안으로 들어가자 집안이 깜깜했다. 전화기에서 깜박이는 빨
간 불이 바로 눈에 들어왔다. 새 메시지가 있다는 신호였다. 나는
벽을 더듬어 전등 스위치를 켰다.

몇 주 전 나는 유선전화를 다시 연결했다. 메시지들은 하나도 빠

짐없이 그대로 남아 있었다. 몇 개 들어보았다. 다른 세상에서 온 듯한 목소리들. 몇 달 전, 그러니까 우리 아기가 태어나기 전에 녹음된 목소리들이었다. 하지만 점점 조너선과 찰스에 대해 묻는 메시지들이 나와 모두 삭제해버렸다.

깜박이고 있는 삼각형 버튼을 눌렀다.

"한-개의-새로운-메시지가-있습니다." 기계 여자 목소리가 말했다. "오늘-오후-열시-이십삼분에-수신되었습니다."

"안녕하세요오." 다른 여자 목소리, 인간 목소리가 말했다. 현관 벽에 부딪혀 우렁차게 울리는, 끝을 늘어뜨려 말하는 '요오'. "알고 싶을 것 같아서 전화했어요." 목소리는 낮고 어쩐지 허스키했다. "그동안 내가 조사를 좀 했다는 걸 말이죠. 당신이 말한 것과 벌어진 일들 다. 그리고 새로 발견한 내용도 있어요. 숨겨진 이야기가 있었다는 거 알아요. 지금도 숨겨져 있죠. 내가 다 알아낼 거라고요. 내 말 알죠?"

그녀는 혀 꼬부라진 소리를 내고 있었다. 종일 술을 들이켠 사람처럼. 자음은 약하고 모음은 길게 늘어지면서 음절들이 뒤엉켜 굴러다녔다. 시계를 보았다. 거의 열한시였다.

"그래서 여하튼," 그녀가 말했다. "거기 한 시간 이상 있었다는 거 알고 있어요. 경찰 보고서에는 기다렸다고 말했다고 되어 있더군요. 아래층 사람이 누가 소리치는 걸 들었다는 사실, 알고 있나요? 그날 조금 이른 시간에, 라고 했어요. 어쨌든 누가 소리치는 걸 들었다는 거예요. 이상하다는 생각이 들었죠. 찰스는 즉사했을 텐데? 그럼 비명을 지를 시간이고 뭐고 없었을 텐데? 이것 말고도 더 있죠, 그죠? 그 집에서 당신이 머물렀던 시간. 뭐하러 남의 집에서 그렇게 오랜 시간 있었을까? 그리고 사건 일주일 전에요. 그냥 빗속에서 걸었다고요? 아닌 것 같은데. 분명 뭔가 있어요. 당신도 다알고 있으면서 모른 체하지 맙시다. 답장은 할 필요 없어요."

"새로운-메시지가-없습니다." 기계가 로봇처럼 단조롭게 말했다.

오후 내내 나를 채웠던 확고한 기쁨이 즉각 우유처럼 멍울져버렸다.

그 이웃 사람은 무슨 소리를 들었다는 것일까? 주방으로 가서 수도꼭지를 틀었다. 차가운 수돗물이 손에 맞고 튀었다.

아래층에 사는 사람은 누굴까? 코트를 벗어 식탁에 밀어넣어져 있는 의자 등받이에 걸쳤다.

찰스가 굴러떨어지고 나서 시끄럽게 비명을 질렀던 것일까? 라디오를 켜고 다이얼을 돌려 볼륨을 높였다. 집안이 노래로, 나에게는 아무 의미 없는 곡조로 에워싸였다.

이건 그의 사망 추정 시각이 변경될 수도 있는 문제였다.

텔레비전을 켰다. 몇 달 전에 리모컨을 잃어버려서, 텔레비전 화면 옆에 있는 버튼을 눌러 소리를 키웠다.

소파에 앉았다. 공포가 급속도로 팽창했다. 가슴이 답답하고 호흡이 가빠졌다. 그녀는 점점 가까워지고 있었다. 바로 등뒤까지 쫓아온 그녀가 느껴질 지경이었다. 머리카락이 목뒤를 간질이고, 옷감이 어깨 부분에 닿는 게 느껴졌다. 초조했다. 기쁨에 차 있던 내 몸이 공포로 뛰어드는 것을 거부하고 있었다. 몸속 깊숙이 도사리고 있는 뭔가가 느껴졌고, 나는 그것을 필사적으로 추방하기 위해 물소리와 음악소리와 목소리들의 불협화음을 향해 사납게 울부짖었다.

그리고 그대로 가만히 앉아 있었다.

기분이 조금 나아졌다. 더 깨끗하고 상쾌해졌다. 그리고 가벼워졌다.

일어서서 수도꼭지를 잠그고 라디오를 끄고 텔레비전을 끈 다음다시 앉았다.

집중해야 했다.

침착하라고 스스로를 다독였다.

자, 그러니까 누군가가 무슨 소리를 들었다.

이상적인 상황은 아니었다.

그렇다고 무슨 대재앙도 아니었다.

왜냐하면 사람이 서로 이웃해 살다보면, 다른 사람이 시끄럽다는 건 금방 알 수 있으니까. 그것도 매우 시끄럽다는 걸. 대저택 한채에 밀집해 들어찬 열두 세대 아파트는 항상 너무 빽빽하게 느껴졌다. 아기 우는 소리, 어머니들이 쉿 조용히 시키는 소리, 음악소리, 디너파티 웃음소리, 바닥에서 세탁기가 덜덜덜 돌아가는 소리, 문이 쾅 닫히고, 발이 바닥을 구르고, 알람시계와 전화기가 울리는소리가 들렸다. 싸우는 소리가 벽을 타고 점점 크게 올라오기도 했다. 항상 나오는 레퍼토리. '넌 내 말을 안 듣더라' '잔소리 좀 그만해' '내 입장은 왜 생각 안 해주니'.

누가 그의 비명을 들은 것이 꼭 불가능한 일은 아니었다. 하지만중요하지는 않았다. 그가 즉사하지 않았다는 확실한 증거는 없었다. 굴러떨어지는 남자의 비명은 아이가 놀면서 지르는 꺅 소리나, 불만 많은 십대의 분노였을 수도 있었다. 그의 절망에 찬 울부짖음과 고통에 몸부림치는 분노의 소리는 너무 어려 결혼하여 너무 오래 살아버린 근심 많은 커플의 언쟁소리였다고 해도 아무 문제 없었다.

새로울 건 없었다. 주목해야 될 것도 없었다.

그녀의 작은 발견은 변화를 불러올 만한 힘이 없었다. 기껏해야 정황증거였다. 무의미하다고 간주될 것이었다. 그래서 나는 남은 공포를 마지막까지 조각조각 헤쳐 분해한 뒤, 각 부문별로 차례대로 파기했다.

하지만 더 큰 문제가 남아 있었다. 확실히 해결을 봐야 하며 그렇게 쉽게 버릴 수만은 없었던 문제는, 그녀의 불굴의 고집이었다. 그녀를 제거해 입을 막아야만 했다. 그녀가 앞으로 더이상 아무것도 발견하지 않게끔, 발견하지 못하게끔 만들어 우리 우정을 위협하지 못하도록 해야 했다.

나는 먹을 게 없나 주방 찬장을 훑었다. 긴 하루였다. 피곤했다. 두통이 이마를 벗어나 눈앞에 떠 있는 것 같았다. 식빵 봉지에 식빵이 몇 조각 남아 있었다. 나는 곰팡이를 손으로 뜯어내고, 식빵을 토스트기에 구웠다. 네 장 다. 버터를 두툼하고 노릇노릇하게 바른 다음 버터가 반투명으로 녹아내리는 것을 지켜보았다. 주도권은 내가 쥐고 있었다. 앞으로도 내가 쥘 것이었다. 나는 각각의 토스트 위에 꿀을 짠 뒤, 토스트를 기울여 꿀이 표면에 퍼지도록 했다. 갈색으로 잘 구워진 토스트 위에 황금빛이 풍성하게 흘러내렸다. 마니가 떠올랐다.

나는 빵을 침대로 가져가 천천히 먹었다. 에마와 접신이라도 한 듯 부스러기가 떨어지지 않게 조심했다. 피터에게 메시지를 보내

왜 결근했는지 설명했다. 그는 바로 축하한다는 답장을 보내왔다. 기분이 풀리면서, 나도 축하를 받을 자격이 있다는 기쁨이 조금 되살아났다.

불을 껐다. 휴대전화 화면의 불빛을 받으며 밸러리가 올린 새 사진들을 쭉쭉 훑어내렸다. 북적거리는 식당에서 룸메이트와 유난스러운 색깔의 칵테일을 들고 있는 사진, 자기 집 발코니에서 황혼을 배경으로 찍은 또다른 사진이 올라와 있었다. 그녀와 다른 사람 다섯 명이 함께 무대에서 춤추는 놀라운 영상도 있었다. 영상 밑에는 다가올 여름에 열리는 공연을 준비하는 장면이라고 적혀 있었다.

다음날 아침을 위해 알람을 맞췄다. 스스로에게 행복해지라고, 용감해지라고, 두려워 말라고 말했다. 나는 이것을 끝장낼 방법을 찾을 테니까.

# 33장

마니를 볼 생각에, 오드리를 볼 생각에 흥분되어 다음날 일찍 병원에 도착했다. 산부인과 병동 입구에서 병실을 물었고, 복도 반대편 끝으로 안내되었다. 나는 지시대로 7번 침대로 갔다. 그곳에는 얇은 파란 커튼이 쳐져 있었다. 커튼 사이를 약간 벌리고 그 틈에 대고 말했다.

"안녕?"

"어서 들어와." 마니가 대답했다.

그녀는 다리에 담요를 두르고 빨강머리는 위로 틀어올린 채 똑바로 앉아 있었다. 하늘색 병원 가운을 입고 있어도 변함없이 아름다웠다. 피부는 팽팽하고 부드러우며 눈은 깨끗하고 맑았다.

"좋은 아침." 내가 침대 발치에 걸터앉자 매트리스가 쑥 꺼졌다.

"누가 우릴 보러 왔는지 볼래?" 마니가 노래하듯이 말했다. 내가 아니라 가슴에 안겨 있는 아기를 보며, 금속성의 고음으로. 그녀가 오드리를 내 쪽으로 돌려 작은 볼의 주름, 자면서 생긴 자국, 벙긋거리는 입술을 볼 수 있도록 해주었다. "누구게?" 마니가 높은 목소리로 흥얼거렸다.

"안녕, 오드리." 내가 말했다.

"안녕, 제인 이모." 마니가 여전히 목소리를 높게 울리면서 말했다.

"잠은 잘 잤어?" 내가 물었다.

"그다지." 그녀가 말했다. "하지만 괜찮아. 다 괜찮아."

마니가 생긋 웃으며 아기를 다시 몸 쪽으로 당겨 안았다. 민첩하지만 아기 머리가 흔들리지 않게, 그러면서도 우아하게 돌려서.

"몸은 어때?" 내가 물었다.

"그냥 그래." 그녀가 대답했다. "온몸이 쑤셔. 하지만 이럴 거라고 예상했어. 그래도 행복해. 기분좋아."

"요 녀석은 다 괜찮고?" 나는 손을 뻗어 손가락을 아기 바로 위에서 요리조리 놀렸다.

"아주 좋아." 마니가 대답했다.

"그래." 내가 대답했다.

"아, 맞다." 그녀가 말했다. "할말 있었는데. 좀 이상한 일이긴한데 잊기 전에 말할게. 그 기자한테서 메시지가 왔어. 알지? 그때 그 사람? 어젯밤에 메시지를 남겼더라고."

그 순간 내 얼굴이 어떤 표정이었을지 궁금하다. 손은 그 자리에서 그대로 굳어버렸다는 건 알고 있다. 목구멍 뒤에서 시척지근한 덩어리가 느껴졌고, 나도 모르게 구역질이 나오는 바람에 의심스럽게 보이지 않도록 딸꾹질 같은 소리를 내야 했다.

"그 여자가 너한테 연락을 했다고?" 내가 물었다.

"음성메시지를 남겼어." 마니가 대답했다.

"나한테도 남겼던데." 내가 말했다.

병실이 갑자기 너무 춥게 느껴졌다. 카디건 밑에서 팔에 소름이 오소소 일어났다. 이가 달달거리지 않도록 입을 앙다물었다. 마니는 나의 그런 변화를 전혀 눈치채지 못한 것 같았다. 대신 오드리에게만 온 신경을 집중하고 있었다. 오드리의 하얀 면 모자가 미끄러져 눈을 덮었다.

"원하는 게 뭐래?" 내가 물었다. 울렁거림이 머릿속과 뱃속뿐만 아니라 뼈와 근육에서도 느껴졌다. 파동이 몸속의 모든 조직을 층층이 통과해 부풀어오르는 것 같았다.

"모르겠어." 마니는 모자를 오드리의 머리에 다시 씌우려 했다.

"무슨 말이야?" 내가 물었다.

"알잖아, 그 여자에 대해서 생각하고 싶지 않아. 좋은 사람이 아니야. 지금 내 삶에는 좋은 것들이 넘쳐나니까. 그런 사람에게 내 머릿속을 내주고 싶지 않아."

"답신 전화 했어?" 내가 물었다.

마니가 나를 올려다보았다. "오늘 아침에야 메시지가 온 줄 알았어. 사실 어머니인 줄 알았어. 아니면 들어보지도 않았을 거야."

"근데?" 내가 계속 물었다.

마니가 오드리의 머리에서 모자를 들어올리더니 손으로 돌돌 말았다. "머리가 아직 너무 작네."

"마니," 내가 톡 쏘았다. "나 좀 봐줄래? 그 여자가 뭐라고 했어? 메시지에서? 뭐라도 발견했대? 아직도 우리를 조사하고 있대?"

"세상에, 제인." 그녀가 모자를 내 쪽으로 던졌다. 모자는 공중에 걸려 있다 우리 사이 파란 침대보 위에 안착했다.

"뭐야?" 내가 물었다. "그 여자가 우리에 대해 다시 글을 쓸지도 모르는데, 넌 아무것도 알고 싶지 않다는 거야? 그 빌어먹을 웹사이트에 나는 다시 올라가고 싶지 않아. 지난번 글은 생각하기도 싫거든. 넌 안 그래? 너한테는 하나도 중요한 문제가 아닌가보네?"

"진정해." 그녀가 말했다. "여긴 병원이야. 그리고 뭐하러 그렇게 신경써? 기자 한 명이 우리를 조사하든 말든 무슨 상관이야? 원하는 대로 시간 낭비하라 그래. 나올 건 아무것도 없으니까. 그 여자가 자기 시간을 낭비하든 말든 우리랑 무슨 상관인데?"

오드리가 칭얼거리기 시작했다.

"오구, 아냐, 아냐, 아냐." 마니가 아기를 얼렀다. "울지 마라, 우리 아가." 동그랗게 말린 오드리의 몸이 공중으로 들어올려졌고, 그때 나는 모든 게 이해가 되었다.

그 메시지에서 그 여자가 뭐라고 했든 무의미했다. 새로운 폭로, 새로운 증거, 뒤바뀐 사실 같은 건 없었다. 있었다면, 그 대화는 애초부터 그렇게 흘러가지 않았을 테니까. 마니는 비밀을 담아두는 사람이 아니었다. 화가 계속 쌓이게 내버려뒀다가 끓어올라 터지게 하는 사람이 아니었다. 말해야 할 게 있었다면 말했을 것이다.

다만 내가 너무 나 자신의 공포에 함몰되어버렸던 것이다. 나도 모르게 잠잠한 대기에 풍파를 일으켜 경솔하게 두려움을 드러내고 말았다. 나는 마니도 마찬가지 심정이었을 줄 알았다. 하지만 그녀는 기사나 메시지나 여타 끊임없는 간섭을 두려워할 이유가 없었다. 여전히 우리가 모든 것을 함께 알고, 함께 느끼고, 우리 사이에 빈 공간이 생기면 곧바로 메워진다고 착각했던 내가 바보였던 것이다. 당연하게도 더이상 그렇지 않았다. 이후로도 그럴 일은 없을 터였다.

분위기를 진정시켜 내 불안을 감출 필요가 있었다. 나의 그런 모습에 그녀가 충분히 놀랄 법도 했으니까.

"오드리 이제 괜찮아?" 내가 물었다.

마니 입에서 튀어나올까 두려웠던 말과 커튼이 쳐진 그 작은 칸막이 공간의 완벽한 정적이 기묘한 대조를 이루어 사람을 심란하게 만들었다.

"그런 것 같아." 마니가 오드리를 다시 가까이 당겼다. 그녀는 배낭에서 다른 작은 모자를 꺼냈다. 배낭에는 돌돌 말린 아기 옷과 프릴 달린 양말이 잔뜩 있었다. 그녀는 모자를 오드리의 이마에 슬쩍 둘러 아기의 눈썹 위에 꼭 맞게 씌웠다.

"미안해." 내가 말했다. "네 말이 맞아. 우린 그냥 그 여자를 무시해야 돼. 알아서 그만두겠지."

"바로 그거야." 마니가 대답했다.

조산사가 왔다. 지난번과 다른 사람이었다. 그녀가 이제 오드리를 검진할 것이었다. 청력을 검사하고 몸무게를 잰 후 병원 벽 너머의 세상으로 공식적으로 방면해줄 터였다. 이번 조산사는 나이가 더 많고, 다정하고 생글거리며, 매우 자신만만하고 품위 있는 분위기를 풍겼다. 그녀의 갑작스러운 방해가 나는 고마웠다.

"댁으로 어떻게 돌아가실 예정이죠?" 그녀의 눈이 우리 셋 사이를 빠르게 오갔다.

"제가 택시를 예약할 참이었어요." 내가 대답했다. "지금 할까요?"

"카시트는 있나요?" 그녀가 물었다.

나는 병실 뒤편에 놓여 있는 카시트를 향해 고개를 끄덕였다.

"좋습니다." 그녀가 말했다. "준비는 끝나신 것 같네요." 그녀가 오드리의 발가락을 간질였다. "이 운좋은 꼬마 소시지는 이렇게 사랑스러운 엄마들이랑 집에 가는구나?"

나는 그녀의 말을 고쳐주지 않았다.


"제인." 마니가 말했다. 우리는 병원 밖에서 택시를 기다리고 있었다. "뭐 하나 물어봐도 돼?" 햇빛이 쨍쨍했음에도 여름 원피스를 입은 그녀는 몸을 떨었다.

"물론." 내가 대답했다.

담요에 둘둘 싸인 채 이미 카시트에 앉힌 오드리가 칭얼거리더니 재채기를 했다.

"너 오늘 좀 뭔가 다른 것 같아." 그녀가 말했다. "무슨 일 있었어?"

"난 괜찮아." 내가 말했다.

"그 기자 때문이야? 그 메시지 때문에?"

병원 정문에 앰뷸런스 한 대가 섰다. 사이렌이 계속 날카롭게 울렸다.

"제인." 그녀가 짜증난 목소리로 말했다.

"뭐?" 내가 물었다. "뭐라고 했어?"

사이렌소리가 멈췄다. 차 뒤에서 바퀴 달린 들것이 내려지더니 건물 안으로 급히 들어갔다. 녹색 유니폼의 구급대원 두 명과 파란 수술복의 의사가 따라갔다.

"아직 그 기자 신경 쓰여?"

"아마도." 내가 말했다.

마니가 한숨을 쉬었다. "이해해. 어떻게 보면 나도 그 여자 때문에 안 좋아지기만 했어. 그 여자는 날 속였어. 만났을 때만 해도 좋은 사람인 줄 알았거든. 사람이 괜찮더라고. 그리고 예쁘고. 친절하고 인정도 많은 것 같았어. 정말 믿을 수 있다고 생각했는데. 하지만 다 연기였던 거지. 그렇지 않니? 그러니까 내 말은 이거야. 큰 교훈을 얻었다는 것. 세간의 비난을 감수하는 게 얼마나 비참한지 나도 알아. 나도 그게 뭔지 안다는 걸 꼭 기억해줘. 하지만 그 여잔 이제 중요하지 않아."

나는 다 이해한다는 듯이 고개를 끄덕였다. 모두 맞는 말이라는 듯이. 나도 근거 없는 오명 때문에 마음깨나 태웠다는 듯이.

"아니면 다른 문제 때문이야?" 마니가 물었다. "그 여자가 무슨 중요한 말이라도 한 거야? 메시지에서? 그게 문제인 거야?"

나는 고개를 저었다.

"너한테 뭐라고 했는데?" 마니가 아랑곳없이 물었다.

나는 안전한 대답을 찾기 위해 뜸을 들였다. 그리고 말했다. "너한테 한 말을 나한테도 똑같이 하지 않았을까."

"난 처음 부분만 들었거든." 그녀가 말했다. "남긴 사람이 누군지 깨닫자마자 지웠어. 근데 내용이 뭐였어? 뭐라고 했는데?"

한차례 안도의 전율이 몸을 훑고 지나갔다. 두려워할 필요 없다고 생각했던 게 맞았던 것이다. 마니가 새롭게 알게 된 것은 없었다. 그러나 이 잠깐의 해방감은 더욱 미묘한 두려움에 짓눌렸다. 내 바람처럼 밸러리가 하등 신경쓸 필요 없는 무의미한 메시지를 남겼던 것이 아니라, 난 단지 운이 좋았던 것이다. 마니가 그 메시지를 삭제하지 않았다면, 그녀가 뭘 알게 되었을지 누가 알겠는가?

"제인?" 그녀가 물었다.

"사과하러 전화했더라고." 내가 말했다.

나는 가짜 메시지를 즉석에서 지어냈다. 이제 내 입으로 이 단어를 올리기도 부끄럽지만, 그게 진실이다. 아무 거리낌 없이, 다른 거짓말들을 꾸며냈던 것처럼 거짓말을 마음껏 부풀렸다.

"최근에 안 좋은 일이 있었다고 하더라. 전남편이 최근에 재혼했대. 그래서 자기도 모르게 일에 너무 몰두한 것 같다고. 상처를 주었다면 미안하다고 용서를 바란다고 했어."

그것이 여섯번째 거짓말이었다.

나는 다른 거짓말들과 같은 이유에서 이 거짓말을 했다. 하지만 이번 거짓말은 느낌이 달랐다. 문제에 대한 일시정지였을 뿐, 완전한 중지가 아니었기 때문이다. 밸러리는 마니에게 접근했다. 다시 접근할 게 분명했다.

뭔가를 해야 한다는 압박감이 차올랐다. 그 문제를 해결해야만 했다.

"아," 마니가 나를 물끄러미 바라보았다. "이상하네. 메시지 초반에는 꽤 악에 받친 것 같았거든. 정확히 뭐라고……?"

"그런 건 안 중요해." 내가 말했다.

"그래. 맞아." 그녀가 말했다. "근데 자꾸만 기억이 날 듯 말 듯 하네. 뭔가 듣자마자 짜증이 확 치미는 말을 했었거든. 뭔지 알지? 그래서 그 여자인 줄 바로 알아챘단 말이야. 더이상 듣고 싶지 않더라. 또 적대적으로 굴면서 터무니없는 거짓말만 잔뜩 늘어놓을 테니까. 솔직히, 그런 걸 들을 기분이 아니었어. 하지만…… 아, 기억이 안 나."

"내 생각엔 그 여자 술 마시고 있었던 것 같아." 내가 대답했다.

"아마도." 그녀가 말했다. "그래도 분명 뭔가 있긴 있었는데."

마니는 알고 있었을까? 나를 의심했던 것일까? 당시에는 알 수 없었다. 그러나 그럴 가능성은 적다고 생각했다. 그 기자는 불안정한 존재였으니까. 우리를 스토킹하고 괴롭히고 인터넷에 악의적인 거짓말을 올리는 사람이었으니까. 반면 나는 마니의 믿을 만한 친구였다. 확실하고 안정되고 영원한 친구. 이 둘 사이에 의견이 상충한다면, 어느 쪽을 믿을지는 자명하지 않나. 그래도 여전히 일말의 의심스러운 구석은 있었다. 전에는 마니가 그렇게 쉽게 내 말에 반박했던 적이 없었기 때문이다.

"왔다." 그녀가 말했다. 택시가 우리 앞에 섰다. "우리 택시야."

나는 집까지 같이 이동했다. 오드리의 카시트를 클립으로 제자리에 고정하고, 기저귀가방, 담요, 여분의 옷을 포함한 그녀의 물건들을 아파트까지 옮겼다. 마니가 열쇠를 가지고 씨름하는 동안 나는 집 문 앞에서 서성였다. 열쇠가 긁는 소리를 내며 구멍 속으로 들어갔다. 마침내 문이 활짝 열렸다.

집은 우리가 나올 때 그대로였다. 거실 한중간에 파란 짐볼이 놓여 있는 것만 빼면 깔끔하게 정리되어 있었다. 현관은 걸리적거리는 것 없이 깨끗했다. 계단 발치에는 여전히 검은색과 흰색 배색의 러그가 자리잡고 있었다.

내가 가방들을 종아리까지 늘어뜨려 쥐고 그 자리에 그대로 서 있는데, 마니가 고개를 돌리고 내게 말했다. "이제부터는 우리가 알아서 할게."

그렇게 나는 쫓겨났다.

또, 쫓겨났다.

# 34장




봄은 조금씩 여름으로 다가갔다. 내 기분은 절망적이었다.

나는 마니와 더 많은 시간을 보내고 싶었다.

약속을 하면, 그녀가 갑작스럽게 취소했다. 처음 몇 주간은 새 기저귀, 약, 얼음틀 같은 물건들을 전달해주러 그녀의 집에 몇 번 갔었지만, 그리 오래 머무르진 못했다. 간호사한테서 온 전화나 조산사의 방문처럼, 항상 무슨 일이 일어나거나 누가 방해했다.

마니는 삶의 새 단계를 독립적으로 밟아가려고 단단히 결심한 것 같았다. 그녀는 내겐 생소하기만 한 조언을 해줄 수 있는 다른 여성들, 다른 어머니들에게 의지했다. 나는 부적격이었다. 그녀는 전문 의료진을 신뢰했다. 신생아에게 첫 몇 주 동안 필요한 모든 피부 연고는 그들이 처방해주었다. 나는 그곳에 진심으로 함께 있고 싶었기 때문에, 도움을 주려 노력했다고 장담할 수 있다. 하지만 새로운 온갖 용품들이 어디 있는지 모르고, 아기 머리를 어떻게 받치는지, 기저귀를 어느 방향으로 입히는지 모르는 방해꾼일 뿐이었다.

나는 필사적으로 그들 세계의 일부가 되고 싶었다. 그들이 원치 않을 이유가 없다고 생각했다. 마니와 함께 배우고 싶었다. 그녀 옆에 산적한 어려움들을 함께 발견하고 싶었다. 우리의 삶이 앞으로 어떻게 펼쳐질지, 세 개의 세계가 어떻게 얽힐지 내겐 비전이 있었지만, 그렇게 멀리서는 실현이 불가능했다.

한번은 셋이 브런치를 먹으러 갔다. 오드리가 아마 육 주쯤 되었을 때였을 것이다. 둘을 만난다는 생각에 설렜던 나는 오드리 선물로 플라스틱 딸랑이를 샀다. 하지만 아기는 선물에 관심이 없었다. 새로운 소음, 냄새, 카페의 밝은 햇빛 때문에 스트레스를 받아 계속 울기만 했다. 결국은 성을 내며 어쩔 줄 몰라했다. 작은 얼굴이 수포처럼 벌게졌다. 마니는 아기를 위아래로 흔들고 어르며 혼자 땀을 뻘뻘 흘렸다.

"에라, 나도 모르겠다." 그녀가 말했다. "선풍기. 망할 놈의 선풍기."

"무슨 선풍기?" 내가 대꾸했다. 웨이트리스가 테이블에 우리 음식을 내려놓았다. 마니에게는 스크램블드에그, 내게는 베이컨 롤빵을.

"찾으러 가야 되거든." 그녀가 말했다. "집안이 너무 덥더라고. 솔직히 완전 악몽이었어. 애는 안 자지. 집에 요만한 온도계가 있는데 그게 계속 선명한 빨간색인 거야. 너무 더우니까. 이런 봄은 또 처음이네. 날씨가 이런 걸 내가 뭘 어쩌겠어. 그래서 선풍기를 세 개 주문했거든. 좀 오버한 것 같지만. 하나만 주문해도 됐을걸.

워낙 돌아버릴 것 같아서 말이야. 어쨌든, 그래서 오늘 오후까지 찾으러 가야 되는데 그럴 수 없을 것 같네. 애가 이래가지고는. 내일 가야겠어. 그 말은, 한번 더 밤새 괴성이 터질 거란 얘기지."

"내가 갈까?" 내가 제안했다. "어딘데?"

마니는 잠시 말이 없었다. "정말? 진짜로? 그럼 지금 바로 가야……"

"물론이야." 내가 대답했다. 나는 돕고 싶었다.

"음, 그럼 잠깐만……" 그녀가 핸드백을 뒤적뒤적하더니 영수증을 꺼냈다. "빨리 걸으면 십 분밖에 안 걸릴 거야."

"알겠어." 나는 얇은 종잇조각을 받아들었다. "문제없어."

"하지만 음식은, 너 아침은……"

"아까 시리얼 조금 먹었어." 내가 말했다. "괜찮아. 정말로."

"그럼, 이거 받아." 그녀의 오른손이 다시 가방 안으로 사라졌다. 그녀가 작은 황금빛 열쇠를 꺼냈다. 나는 그것을 바로 알아보았다. "여기 계산은 내가 할게. 집에서 만나. 근데 나는 우선 얘를 좀 달래야 할 것 같아서, 네가 먼저 도착할지도 몰라. 정말 이래도 되는 거야? 선풍깃값은 다 지불되어 있어."

"당연하지." 나는 손을 내밀어 열쇠를 받았다. 둥글납작한 윗부분이 까슬까슬했다. 전에 갖고 있던 것과 정확히 같은 열쇠였다. "집에서 봐."

나는 선풍기를 찾아와 마니의 아파트까지 옮겼다. 그것들은 무겁고 옮기기 힘들었다. 집안으로 들어갔다. 느낌이 뭔가 달랐다. 사람 사는, 바쁘고 꽉 찬 느낌. 현관에서 상자 세 개를 열고, 선풍기를 모두 조립한 다음, 라디에이터 옆에 있는 콘센트에 하나씩 꽂아 세 개 다 잘 돌아가는지 확인했다. 바닥에 그렇게 주저앉아 있다보니 나도 모르게 검은색과 흰색의 러그에 눈길이 갔다. 한쪽 모서리를 슬쩍 들추고 밑을 들여다보았다. 아무것도 없었다. 좀더 들춰봤지만 계단 근처에는 얼룩 한 점 없었다.

나는 계단 발치에 선풍기를 놓아두고, 소파에 앉아 마니와 오드리가 돌아오기를 기다렸다. 아무것도 만지지 않았다. 그 공간의 느낌을 더이상 흐트리고 싶지 않았다. 그들은 한시 조금 넘어서 돌아왔다. 마니는 피곤해서 쉬어야겠다고 말했다. 선풍기 옮겨줘서 고맙다며, 조만간 브런치나 점심을 같이하자고 연락하겠다고 했다.

그 이후로 우리는 계속 만나지 못했다.

지난주에 저녁 약속을 했었지만, 마니가 오후에 사무실로 전화해서는 고단해서 요리를 못하겠다고 말했다. 다음으로 미뤄줄 수 있겠니? 나는 걱정 말고 우리집으로 오면 내가 음식을 하거나, 그집에서 내가 할 수도 있고, 아니면 테이크아웃은 어떠냐고 말했다. 그녀는 완강했다. 오늘은 안 될 것 같아.

그런 식으로 한 달 넘는 시간이 흘렀다.

대신 나는 그 시간, 그 틈새를 밸러리에게 집중하는 데 썼다.

만족스러운 기분전환이 되었다고 말할 수 있으면 좋겠지만, 꼭 그렇진 못했다. 네게 약속했으니 진실을 말하자면, 난 이런 생각들에 골몰해 있었다. 너라면 이걸 뭐라고 표현했을까? 그녀가 간섭하지 못하도록 영원히 막을 방법들 말이다. 나는 그녀가 사는 곳을 알고 있었다. 어디서 일하는지도 알고 있었다. 그녀가 아는 내 비밀과 같은, 그런 그녀의 비밀을 알지는 못했지만, 치명적인 상황을 유도할 수 있다는 은근한 자신감이 있었다.

하지만 그게 그렇게 간단한 문제가 아니었다. 메스꺼운 기분이 들지 않게 처리하는 방법을 찾을 수가 없었다. 자동차 앞으로 밀어 버리는 것도 괜찮을 듯했다. 아주 볼만한 대칭을 이루겠지. 알약을 훔치는 방법도 있었다. 그녀가 자신의 건초열 약에 대해 포스팅한 적이 있었는데, 몰래 훨씬 치명적인 약으로 바꾸는 것이다. 하지만 이런 생각들을 실질적으로 구체화할 때마다 온몸에 소름이 끼쳤다. 이것만 봐도 그녀가 틀렸다는 것이, 어쨌든 나는 살인자는 아니라는 것이 증명되는 것이다.

다른 계획이 필요했다.

그날 오후, 나는 밸러리의 최근 게시물—사진, 신문기사, 트위터까지—을 찾아 돌아다녔고, 바로 그날 아침 올라온 새로운 사진을 발견했다. 일렬로 쭉 늘어선 탭댄스 구두 사진이었는데, 밑에 이렇게 쓰여 있었다. 최종 리허설—달려! 댄스팀 홈페이지로 들어가 확인하니 공연이 바로 몇 시간 후 시내 중심가 교회에서 열릴 예정이었다. 미리 티켓을 팔지는 않고 선착순이었다. 대신 입장할 때 정신건강 자선단체에 대한 기부를 받고 있었다.

나는 가보기로 했다. 그녀를 직접 보고 싶었다.

정확히 일곱시 정각에 도착했다. 문 앞에서 모금함을 들고 있는 여성이 그 단체 공연을 본 적이 있냐고 물었다. 내가 없다고 말하자 공연 멤버 중 아는 사람이 있냐고 물었다.

무심결에 나는 대답했다. "밸러리요."

"샌즈?" 그녀가 말했다. "밸러리 샌즈?"

나는 고개를 끄덕였다.

"새로 들어온 아주 훌륭한 멤버죠." 여자가 말했다. "밸러리가 들어와서 얼마나 기쁜지 몰라요. 십대 때 이후로는 춤을 안 췄다는데도 아주 빠르게 감을 되찾았어요. 오늘밤 반짝반짝 빛날 겁니다. 자랑스러우실 거예요."

나는 미소를 띠고 고개를 다시 끄덕이면서 밝은 분홍색 프로그램을 고맙게 받아들었다. 밸러리는 오프닝 무대에 서는 여섯 명의 댄서 중 한 명으로 이름이 올라 있었다.

교회 내부로 들어갔다. 어마어마한 크기였다. 천장은 믿을 수 없을 만큼 높고 화려하게 장식되어 있었다. 탄탄한 목재 회중석, 두꺼운 녹색 커튼 뒤에 가려진 무대. 회중석 자리는 만원이었다. 아이들이 부모 무릎에 앉아 있고, 청소년들은 서로 꽉 끼어 앉아 있었다. 그래서 나는 앞쪽으로 가 몇몇 다른 낙오자들의 대열에 끼어 섰다. 내 뒤로 가족과 친구와 연인으로 이루어진 군중이 형성되기 시작했다.

불이 꺼지고 커튼이 올라갔다. 밸러리가 무대로 올라왔다. 그녀는 세 명의 여자 중 한 명이었고, 뒤에는 남자 세 명이 서 있었다. 모두 헐렁한 검은 바지에 딱 붙는 검은 상의를 입고 있었다. 평범하고 지루해 보였다, 노래가 시작되기 전까지는. 내 옆에 있는 스피커가 진동하기 시작하자, 그들은 순식간에 당당한 모습으로 돌변했다. 몹시 빠르게 움직였다. 민첩한 동작들이 음악과 딱딱 맞아떨어졌고, 발에서 나오는 소리가 공격적이면서 대범했다. 그 에너지가 내게 살아 있다는 느낌을 주었다. 나는 완전히 빠져들었다. 마침내 그녀가 무대 맨 앞으로 나왔다. 그녀는 누군가를 찾고 있었다. 하지만 그녀가 발견한 것은 나였다.

순간 그녀가 잠시 발을 헛디디더니 금세 자세를 바로잡았다. 비록 바로 회복되긴 했지만, 그녀의 리듬을 내가 흩트렸다는 게 기분 좋았다. 단 한 번이라도 그녀가 나 때문에 놀랐다는 게 좋았다.

나는 노래가 끝나갈 때쯤에 슬쩍 빠져나왔다. 균형을 잃는 게 어떤 느낌인지 그녀도 알게 되었다는 사실이 여전히 마음에 들었다.

# 35장

토요일 아침이었고, 나는 어머니를 만나러 가는 길이었다. 침대에 그냥 누워 있을까도 싶었지만 어머니가 나를 기다리고 있을 터였다. 아니, 적어도 예전에는 그랬으니까. 잊었다 해도 무리는 아니었다.

날은 화창했지만, 침대에 오래도록 드러누워 느긋한 아침을 보내기에는 너무 무덥고 습했다. 기온은 삼 주 넘게 27도를 넘어섰고, 한 달 가까이 비가 오지 않았다. 도시의 초록빛 풀들은 노란 지푸라기로 말라비틀어졌다. 이른아침마저 끈적거리고 숨이 턱턱 막혔다. 공원에서 아이스크림 사 먹기, 그늘에 앉아 있기, 야외 수영장 가기, 긴긴 저녁의 도도한 열기 속에 한만하게 야외에서 저녁 먹기 정도가 어울리는 날씨였다. 지하철 이동과 창문 없는 요양원과 가족의 의무라는 질긴 유대를 위한 날씨는 아니었다.

지하철은 혼잡했다. 내가 탄 열차는 워털루역에 정차중이었고 몇 분 더 머물러 있을 예정이었다. 나는 출입문 옆 네 개짜리 좌석에 창문을 등지고 앉아 있었다. 맞은편 좌석에는 한 가족이 앉았다. 어머니, 아버지, 그리고 두 어린 딸들. 무릎에는 배낭이 올려져 있었다. 바닷가나 시골로, 조금이라도 기온이 낮고 덜 꿉꿉한 곳으로 놀러가는 길이었을까.

그들 뒤로 다른 열차가 출발 준비를 했다. 역무원이 바깥으로 삐죽 몸을 내밀고 승강장을 훑어본 뒤 호루라기를 불었다. 열차가 덜커덩 움직이기 시작했다. 마치 우리도 같이 움직이는 것처럼 속이 울렁거렸다. 나는 몸을 뒤로 기대고 눈을 감았다.

오후쯤이면 다시 시내로 돌아와 있겠지. 한 주 분량의 충성스러운 딸로서의 의무를 다하게 되겠지.

눈을 떴을 때는 복스홀역이었다.

"그만해." 어떤 여자가 말했다. 그녀는 객차 가장자리에 서서 얼굴을 바깥으로 향하고, 양손으로 문틀을 잡고 입구를 막고 있었다. 얼굴은 안 보였지만 떨리는 목소리로 보아 거의 울기 직전인 것 같았다. "당신은 여기 못 타."

"이봐, 아가씨, 왜 이래." 승강장에 있는 남자가 말했다. "뭐야?"

그녀가 숨을 들이쉬자 가슴이 부풀어올랐다. 그녀는 겁에 질려 있었지만 그렇게 보이지 않으려 애쓰는 중이었다. "저기요, 실례합니다." 그녀가 승강장에 있는 역무원에게 소리쳤다. 역무원은 다른 쪽으로 고개를 돌리고 무전기에 대고 말하는 중이었다. "이 남자가 나를 스토킹해요. 저기요?" 역무원은 돌아보지 않았다.

"나는 시발 내가 원하는 열차에 타야겠어." 남자가 말을 이었다. "이 열차는 아냐. 따라다니면서 쌍욕 해대는 거 더이상 못 참아." 그녀가 핸드백 줄을 머리 위로 돌려 가슴에 대각선으로 걸쳤다. 밝은 분홍색 니트가 그녀를 더 어리고 취약해 보이게 만들었다. 청반바지 밑으로 햇볕에 그을린 탄력 있는 허벅지가 드러나 있었다.

내 눈이 맞은편 여자와 마주쳤다. 남편이 두 딸들의 어깨에 양팔을 감싸고 있는 동안, 우리는 끼어들어야 할지 말지를 말없이 논의했다.

"이 시발년이." 남자가 소리쳤다.

"저기, 그만하시죠." 맞은편 아버지가 말했다. 목소리는 신중하고 침착했다. "거기 형씨, 이 분만 기다리시죠. 바로 다음 열차가 올 겁니다. 소란은 그만 피우시죠?"

남자는 마치 그 요청을 고려해보는 듯이 승강장에 그대로 서 있었다. "시발 다 꺼져." 마침내 이렇게 말하더니 발을 쿵쿵 구르며 승강장 뒤로 멀어졌다.

한숨이 절로 나왔다. 청반바지와 분홍색 니트의 여성에게 굴복하는 것은 못하겠다? 남자답지 못함과 나약함의 상징이라는 거겠지. 나이도 자기보다 많고 덩치도 좀 있는 남자 앞에서는 순순히 물러나는 게 상식이라 이거지.

찰스는 강인한 여성들 앞에서 위축되곤 했다. 저녁식사 때마다 다른 여자 동료들을 폄하했다. 지나치게 감정적인 부류라고 했다가, 입에 침이 마르기도 전에 너무 친절하다고 덧붙였다. 그는 아이들을 행복하게 기르고 훌륭한 결혼생활을 하면서 동시에 커리어도 인상적인 여성 파트너들의 성공에 위화감을 느꼈다. 아니면 내가 단지 그렇게 보고 싶었는지도 모른다. 나는 그의 모든 결점을 목록으로 만들어, 그가 얼마나 마니 같은 여자에게 부적격인지를 헤아려보았으니 말이다.

분홍색 니트의 여자가 버튼을 눌렀다. 문이 그녀 앞에서 스르르 닫혔다.

"고맙습니다." 그녀가 어린 딸들과 함께 있는 아버지를 향해 말했다. "나서주셔서 감사합니다."

그녀는 몸을 돌려 내 옆의 빈 좌석 쪽으로 다가왔다.

아는 여자였다.

바로 알아보았다.

그 얼굴은 어디서라도 알아보았을 것이다.

# 36장

여자는 매우 낯익었다. 뒤로 매끄럽게 넘긴 검은 머리하며, 사진에서 본 대로 왼쪽 손목과 엄지손가락에 있는 문신들. 바로 가까이에서 보니 훨씬 날카롭고 비범해 보인다는 것만 달랐다. 짝다리를 짚고 엉덩이를 왼쪽으로 내밀고 있는 저 자세도 본 적이 있었다. 메고 있는 검은 가죽가방 역시 장례식 때와 같은 것이었다. 하지만 그게 다가 아니었다. 외모와 서 있는 자세와 소지품 말고도, 그녀의 마음이 작동하고 생각이 이뤄지는 방식까지 이미 다 알고 있는 느낌이었다.

"당신을 알아요." 내가 말했다.

"그렇군요." 그녀가 대답했다. "당신이 날 보면 안 되는 거였는데. 근데 나도 저런 이상한 남자와 이런 소동에 휩쓸릴 줄은 몰랐네요. 사실 나도 많이 놀랐어요. 끔찍한 놈이었죠? 날 따라온 게 지금 두번째예요. 낯선 사람에게 미행당하는 건 정말 최악이죠."

그녀가 한쪽 눈썹을 치켜올리더니 웃음을 터트렸다.

나는 그녀의 자신감에 놀랐다. 그녀는 자기 확신에 차 있고 두려움이 없었다. 그래, 난 무서워져야 마땅했다. 그녀가 그렇게 나를 불순한 의도로, 아마도 수개월간 쫓고 있었음을 확인해줬으니, 분명 불안해져야 하는 상황이었다. 하지만 그 순간 나는 마음이 놓였다. 내가 맞았던 것이다. 나는 미행당하고 있었다. 내 생각이 맞았다.

"그쪽은 스스로 생각하는 것처럼 그렇게 치밀하진 않아요." 내가 대답했다. "당신을 본 적 있어요. 사실은, 한 번 이상."

"오, 정말로?" 그녀가 대답했다. "젠장. 실망스럽네." 이전에는 몰랐었는데, 그녀의 이목구비, 그녀의 얼굴에는 꽤 예쁘장한 구석이 있었다.

"뭘 원해요?" 내가 물었다.

"토요일마다 어디 가는지 알고 싶어요." 그녀가 대꾸했다. "앉아도 될까요?"

나는 고개를 저었다. 우리가 무슨 친구인 것처럼, 우리 사이에 아무 지저분한 일 따위는 없었다는 것처럼, 그녀가 내 옆에 있는 게 싫었다.

"아니요." 내가 대답했다. "싫은데요."

"에이, 그러지 말아요." 그녀가 말했다.

"방금 그동안 나를 따라다녔다는 걸 넌지시 인정해놓고, 지금 내 옆에 앉아서 뭐 담소라도 나누자는 건가요? 싫어요. 관심 없어요."

"오버하지 말아요. 이런 사람이었을 줄이야. 침착한 사람이리라 예상했었는데. 좀 냉담한 사람. 근데 감정이 아주 줄줄 새네. 이상한 게, 그렇게 큰 들통이 난 것도 아닐 텐데? 내가 따라다니는 걸 알았다면서요.”

짜증났다. 내가 히스테리 부리고 있다는 뉘앙스가 짜증났다. 나는 그 정반대, 그러니까 침착하고, 태연하고, 절제되어 보이려고 발악중이었는데.

그러거나 말거나 그녀는 내 옆에 앉았다. 그녀의 팔이 내 팔을 슬쩍 쳤다. 나는 그대로 움직이지 않고, 보풀이 인 그녀의 니트 옷감이 내 맨살에 부드러이 내려앉게 내버려두었다. 속에서 분노가 따끔거렸지만 무시해야만 했다. 조심해야 하며, 무작정 냉정하기보다는 계산적으로 굴어야 했다.

그녀가 한숨을 쉬며 손가락으로 머리를 쓸어넘겼다.

폭력은 절대 정답이 아니라는 걸 알고는 있었지만, 나는 그녀의 뺨을 후려갈기고 싶었다. 그녀의 선웃음, 분홍색 니트, 패기만만함 모두 극도로 거슬렸다. 그녀는 내게 한 번도 아니고 두 번이나 살인 혐의를 씌웠다. 내 남편을 살해했다는 혐의를 씌웠다. 마니가 겨우겨우 슬픔을 헤쳐나갈 방도를 찾았을 때, 그것을 헤집고 우리의 앞길을 막은 것도 이 여자, 내 옆에 앉은 이 여자였다.

“다음 정거장에서 내리세요.” 내가 말했다.

“그럼 당신이 어디로 가는지 알 수 없잖아요.” 그녀가 다리 한쪽을 좌석 위에 올리고 신발끈을 고쳐 맸다.

“그냥 나한테 대놓고 물어보지 그래요.” 내가 대꾸했다. “흥미로울 건 하나도 없어요. 그리고 솔직히 말해서 당신의 조사가 이쪽 방향으로 흘러왔다면 확실히 멈출 때가 되었다는 뜻이에요. 나는 어머니를 만나러 가는 길이에요. 매주 가죠. 항상 이 지하철을 타요.”

“어머니는 어디 사시죠?”

"이 노선 맨 끝에."

"주소를 가르쳐줄 수 있어요?" 그녀가 나와 함께 음모라도 꾸미듯이 씩 웃었다. 그녀는 발을 다시 바닥에 내려놓고 다리를 떨기 시작했다. 다리의 깐닥거림에 맞춰 햇볕에 탄 허벅지 살이 흔들렸다.

"요양시설에 계세요." 내가 말했다. "치매 때문에."

나는 감출 건 아무것도 없다는 듯이 솔직해 보여야 했다. 결백해 보이기 위해 그녀가 원하는 정보를 기꺼이 제공했다.

"저런," 밸러리가 말했다. "안타까운 일이네요."

"왜요?" 내가 무뚝뚝하게 물었다. "당신한테 우리 어머니가 아무것도 말해줄 수 없어서?"

그녀는 충격받은 얼굴이었다. "아니요." 그녀가 강하게 부인했다. "그런 말은 너무 끔찍하네요. 전혀 그런 거 아니에요."

"그래요." 내가 말했다. 그녀가 진심인지 분간할 수 없었다. 별상관은 없었지만.

밸러리는 고개를 돌려 창밖을 내다보았다. 산울타리들이 녹색의 흐릿한 형체가 되어 빠르게 미끄러졌다. "당신 입장에선 내가 괴물 같겠죠." 그녀가 말했다. "난 그런 사람 아니에요. 단지 이 사건에 더 드러나야 할 것이 있다고 볼 뿐이죠. 따라서 계속할 수밖에 없어요. 유감이지만, 그쪽한테 상황이 더 좋게 굴러가거나 할 일은 없을 거예요."

아마 내 얼굴이 어떤 식으로든 일그러졌을 것이다. 그때 그녀는 내 속에 둥지를 튼 두려움을 보았는지도 모른다. 그녀의 눈동자가 짧게 흔들리더니 동정적으로 변했다.

"미안해요." 밸러리가 말했다. "협박처럼 들렸죠?"

"아니었나요?" 내가 물었다.

"그래요, 당신 말이 맞는지도 모르죠. 협박이었는지도 몰라요. 내가 점점 가까워지고 있는 게 느껴지나요?"

"가까워지고 자시고 할 게 어디……"

"그만해요. 당신도 나만큼 다 알면서 아닌 척하지 말아요. 당신의 이야기에는 작은 균열들이 있어요. 어느 지점에 거대한 쇠공을 내리치면 와르르 허물어질 겁니다. 내가 그 지점을 찾아낼 거예요."

나는 어깨를 으쓱했다. "틀렸어요." 내가 말했다. 설득력 있게 들리진 않았지만.

"하지만 당신이 남편을 죽였다고 생각하진 않아요." 그녀가 말했다. "이 말이 조금이라도 위로가 될까요."

"전혀."

"그 일에 대해선 유감으로 생각해요. 힘들었겠죠."

"익숙해져요." 내가 대꾸했다. "더러운 일들도."

"맞아요." 그녀가 말했다. "나도 가끔 보드카 네 잔쯤 마시면, 모난 곳도 부드러워지더라고요……" 그녀가 엄지손가락에 꼭 끼워진 은반지를 돌리기 시작했다. "그 메시지 말이에요." 그녀가 얼굴을 찡그렸다. "내가 하나 남겼잖아요. 당신 자동응답기에. 여하튼, 그다음날 기분이 안 좋았어요. 많이 취했었거든요. 하지만 내 말은 다 진심이었어요."

"아직 우리를 조사하고 있다는 그 메시지?" 내가 물었다. "마니가 메시지를 바로 지우고, 그 헛소리를 하나도 안 들어서 어찌나 다행인지."

밸러리의 고개가 갸우뚱하며 눈이 휘둥그레졌다. 나는 실수했다는 걸 깨달았다.

"무슨 말이죠?" 그녀가 물었다. "안 들었다고요?"

나는 고개를 저었다.

"듣긴 했는데, 귓등으로도 안 듣는 것 같았거든요."

나는 더이상 아무 말도 하지 않았다. 네 명의 가족이 리치먼드역에서 내렸다. 모자와 배낭을 챙기고 선크림을 찾느라 마지막에 한바탕 요란법석을 떨었다. 어머니가 우리에게 어색한 미소를 지으며 가족들을 데리고 서둘러 내렸다. 문이 신호음을 내며 닫혔다. 열차가 승강장에서 서서히 멀어졌다.

에어컨이 널널거리며 신음하더니 휘파람소리를 내며 꺼졌다. 팬 돌아가는 소리와 시원한 공기가 들어오는 소리가 없어지면서, 갑자기 객차 안이 조용해졌다. 실내 온도가 올라가기 시작했다. 나는 일어나 창문을 열려고 해보았지만 창은 고정되어 있었다. 모든 창이 고정되어 있었다.

"또 만났네, 공주님." 뒤에서 목소리가 들려왔다. 고개를 돌렸더니 그 남자가 다시 나타나 있었다. 그는 우리 맞은편, 잠시 전까지 그 가족이 앉아 있던 자리에 앉았다.

난 일어서 있던 그대로 아무 말도 하지 않았다.

"아까 뭐라고 하셨더라?" 그의 목소리가 크게 울렸다. 객차 내 사람들이 동요하며, 이제 어떻게 될지 궁금한 눈길로 우리를 쳐다보았다. 저들이 아까부터 계속 듣고 있었다면, 우리 언쟁은 얼마나 들었을지 궁금했다.

"이봐," 그가 소리쳤다. 밸러리는 자기 가방 안만 뚫어져라 들여다보았다. "아까 날 무시하셨나?"

"저쪽에도 자리 있습니다." 내가 말했다. "바로 저기."

"난 지금 자리를 찾는 게 아닌데, 이쁜이? 난 저 여자랑 이야기하고 싶은데."

밸러리는 고개를 푹 숙이고, 오래되고 빛바랜 구깃구깃한 영수증 뭉치, 비어 있는 물병, 휴대전화를 만지작거렸다. 난 그냥 물러났어야 했다. 그녀가 알아서 해결하도록 내버려뒀어야 했다. 하지만 여자들 사이에는 불문율 같은 게 있어서 공공장소에서, 대중교통에서는 더더욱, 위협적인 남자가 나타나면 하나로 뭉치기 마련이다. 당연히 나는 별로 깊이 생각할 것도 없이 밸러리 옆을 지켰다.

"고개 안 들어?" 그가 소리치자, 그녀가 본능적으로 고개를 들었다.

밸러리는 숨을 훅 들이켜며 일어섰다. "야," 그녀가 말했다. "난 지금 여자친구랑 즐거운 하루를 보내려는 중이야." 그녀의 손가락이 내 손목을 타고 손으로 내려왔다. 나는 그녀가 그대로 손을 잡도록 놔두었다. 그녀는 계속 연기중이었던 것일까? 상황은 그녀가 주도하고 있었을까? 아니면 그가? "우리는 분란 일으키고 싶지 않아. 그래서 네가 원하는 게 정확히 뭔데?"

"와, 이제 다 설명이 되네." 그가 자리에서 일어섰다.

나는 바짝 긴장했지만 그는 더이상 가까이 다가오지 않았다.

"다이크*였네." 그가 웃음을 터뜨렸다. "왜 말 안 했어? 진작 알아챘어야 하는 건데. 어쩐지 몸서리를 치면서 싫어하더라니."

그는 우리를 지나쳐 자기 뒤통수에 대고 가운뎃손가락을 올리고

---

* 소위 남성 역할을 하는 레즈비언을 경멸적으로 일컫는 말.

사라졌다.

우리는 그가 멀어지는 것을 지켜보다가 다시 자리에 앉았다.

"계속 나를 스토킹하던 남자예요." 그녀가 몹시 낮은 목소리로 말했다. "한 번 술을 같이 마셨어요. 쓰고 싶던 기사 때문에요. 근데 내 댄스 공연장에 왔더라고요. 무대 바로 앞에서 나를 쳐다보고 있었어요. 그때 혼비백산했죠. 어쨌든 이게 마지막이면 좋겠네요."

"다음 역에서 내려주면 좋겠어요." 내가 다시 말했다.

"미행하지 않을게요." 그녀가 대답했다.

"못 믿겠어요."

그녀가 웃었다. "인정."

"이제 조사 그만해주세요."

"그럴 순 없을 것 같네요."

"그만해주세요. 찾아낼 것 따위 없다고요. 그리고 지금 날 스토킹하고 있잖아요. 그것만으로도 이미 범죄행위예요."

"내가 발견한 걸 경찰에 말하면 돼요."

"경찰에서 신경이나 쓸 것 같아요? 빗속에서 걸은 것과 시끄러운 아파트? 그런 건 증거가 아니에요, 밸러리. 그냥 아무것도 아니죠. 당신이 새로 발견한 건 아무것도 없어요. 시간낭비만 하고 있을 뿐이라고요. 당신 뭔가가 아주 단단히 잘못돼 있는 사람이에요."

"난 그런 사람 아니에요." 그녀가 말했다. 그 순간 나는 그녀를 뒤흔들 수 있는 게 뭔지 알아차렸다.

"이건 정상이 아니에요." 나는 목소리가 높아지지 않게 노력했지만, 분노가 모세혈관마다 파열하고 있었다. 작은 폭발들이 내 통제력을 벗어나 근질거리고 고동치며 필사적으로 탈출하려 했다.

"당신은 정상이 아니야."

"그쪽이 할 말은 아닌 것 같은데." 그녀의 얼굴이 뒤틀렸다. 턱에 힘이 들어가고 눈이 가늘어지고 입이 일그러졌다.

"무슨 말이죠?" 내가 말했다. "무슨 뜻이에요?"

"당신이 제일 친한 친구 남편을 죽였다는 말이지 뭐긴 뭐야. 어디 집착에 대해 얘기해볼까? 정상이 아닌 게 뭔지 얘기해볼까? 내가 다 밝혀낼 거야. 당신도 속으로는 다 알고 있지. 믿지 않을 뿐이지."

"그거 알아요?" 내가 말했다. "당신은 질투하고 있어요."

문득 새롭게 생각난 것이었다. 그 순간 전까지는 한 번도 그런 생각이 든 적이 없었다. 하지만 이미 어딘가에 스며들어 있었을 것이다. 너무나 완벽하게 들어맞는 말이었기 때문에.

밸러리는 무슨 말인가 하려고 입을 열었지만 말을 삼켰다. 양볼이 살짝 내려앉아 이 사이로 꺼졌다. 이마 주름이 순식간에 깨끗이 펴졌다.

"그런 거 아니에요." 그녀가 마침내 말했다.

나는 어깨를 으쓱했다. 그녀가 아까 했던 것과 마찬가지로 고의적으로 건방지게.

열차가 승강장에 멈춰 섰다. 그녀가 가방에서 명함 하나를 꺼냈다. 한쪽 면에 만년필 일러스트가 금박으로 양각되어 있었다.

"갈게요." 그녀가 말했다. "받아요. 전화해요. 진심으로 그래줬으면 해요. 정말로."

"절대 그럴 일 없어요." 내가 대답했다.

# 37장

언제나 그렇듯 문은 열려 있었다. 나는 문틀에 대고 가볍게 노크했다. 어머니는 구석에 있는 팔걸이의자에 앉아 있었다. 연한 목재 프레임에 광택제를 바른 목재 다리가 달린 의자였다. 전에는 무늬를 눈여겨보지 않았었는데, 형광녹색 소용돌이 무늬가 있는 푹신한 좌판과 등판이 어머니의 보라색 울 스웨터와 만나 최면을 일으키는 것 같았다. 어머니는 슬리퍼 대신 신발을 신고 있었다. 내가 생일선물로 준 보습제를 바르고 있는지, 피부가 조금 보드랍고 탄력 있어 보였다.

"저 왔어요." 내가 말했다.

어머니가 방긋 웃으며 손으로 팔걸이를 톡톡 두드렸다. 여전히 가끔씩 말을 하긴 했지만, 횟수는 점점 줄어들고 있었다. 대신 의미를 전달하기 위해 작은 손동작을 사용했다. 한번은 어머니가 말이 입까지 오는 도중에 말을 잃어버릴 때의 느낌을 묘사한 적이 있었다. 아이들을 학교에 데리고 가는 것과 같아서, 단어 하나하나가 아이 한 명 한 명 같다고 했다. 도저히 제대로 통솔할 수 없어서 잘 못된 시간에 도착하거나, 때로는 아예 도착하지 못하고 제자리걸음 만 한다고. 더 최악은, 아이들이 도착하긴 했는데 잘못된 아이들을 데리고 왔을 때였다. 다른 집 애들을 데려왔거나, 원하는 아이들이 아니었을 때. 침묵이 그나마 가장 덜 놀라게 하는 선택지였다.

어머니가 고개를 침대 쪽으로 돌리며 나더러 앉으라는 신호를 보냈다. 나는 하라는 대로 했다. 매트리스가 끔찍하게 불편하긴 했지만.

"왔니." 어머니가 말했다. 그 말인즉슨, 한 주 동안 어땠는지, 일 상은 어떻게 돌아갔는지, 삶은 어떠한지, 지난번에 만난 후 벌어진 모든 일을 이야기해달라는 뜻이었다.

"별로 얘기할 만한 게 없네요." 내가 말했다. 사실이었다. 나는 직장과 집, 집과 직장이라는 믿을 만한 조합, 안정된 일과로 되돌 아갔으니까. "이따 에마에게 연락하려고요."

이 말에 어머니의 얼굴이 약간 일그러졌다. 나는 어머니가 답변 을 머릿속으로 생각하거나 요란스러운 손동작을 시작하려는 여지 를 주지 않고 계속 말을 이었다.

"에마네 집에 가봐야겠어요. 마지막으로 병원에 갔던 때 이후로 는 훨씬 나아졌어요. 그래도 한번 가보는 게 좋을 것 같아서."

어머니가 인상을 찌푸렸다. 어머니는 병이 에마의 뼛속에 완전 히 진을 칠 때까지 에마의 고통을 무시했었다. 어머니는 한 남자의 아내였던 나는 모르고 남편을 잃은 나만 알았다. 이런 참담한 허점 에도 불구하고, 어머니는 우리를 꿰뚫고 있었다. 아마도 어머니만

이 딸을 알 수 있는 방식으로. 예를 들어, 어머니는 나약한 인간인 내가 진실을 왜곡하고 있음을 감지하고 있었다. 나는 에마의 건강이 전혀 나아지고 있지 않다고, 사실은 훨씬 악화되고 있는 것 같다고 시인할 수 없었다. 머리가 빠져 듬성했고, 왼쪽 관자놀이 위에는 작은 부분탈모까지 있었다. 겹겹이 스웨터와 담요와 양말로 몸을 둘둘 말고 있어도 항상 덜덜 떨었다. 기침을 달고 살았다.

하지만 나는 이중 어떤 것도 인정할 수 없었다. 현실을 마주하고 싶지 않았기 때문이다. 어머니는 그것을 알고 있었다. 에마가 건강을 회복하려는 의지를 잃었고, 시름시름 앓고 있으리라는 것도 알고 있었다.

어머니가 나무 팔걸이 위에 손톱을 연달아 튕기며 말했다. "존은?"

"조너선 말이에요?" 내가 물었다.

"내일." 어머니가 대답했다.

어머니는 벽에 걸린 달력을 가리켰다. 내가 몇 년 전 크리스마스에 선물했던 것이었다. 날짜는 있지만 요일은 표기되어 있지 않고, 매달 다른 꽃 사진이 실려 있는 평범한 달력. 어머니는 중요한 기념일들—예를 들어 우리 생일—을 기억할 수 없을 때 답답해했다. 그래서 우리는 함께 앉아 가장 중요한 기념일들을 적어넣었다. 조너선은 이미 두어 해 전에 죽었지만, 그의 기념일은 아직 내 기념일이었다. 나는 마치 내 기념일인 양 그것들을 적어넣었다.

나는 일어나 달력으로 다가갔다. 매일 아침마다 간병인이 작은 노란 스티커를 그날그날의 날짜에 옮겨주었다. 오늘이 언제인지 모른다면 중요한 날이 언젠지 알아봤자 아무 소용이 없었으니까.

다음날은 조너선의 생일이었다.

잊고 있었다.

다른 생이었다면, 수개월까지는 아니더라도 몇 주에 걸쳐 준비했을 것이다. 선물과 케이크와 카드와 풍선들. 근사한 레스토랑을 예약하거나 깜짝 파티를 계획했을지도 모른다. 그의 성격에 어울리는 포장지를 찾아다녔겠지. 자전거나 크리켓 방망이나 동물 무늬가 있는 것으로. 빵집에서 크루아상을 사왔을 것이다.

두어 해 전만 해도, 나는 이 날짜가 다가오면 극복 불가능한 비통을 주체하지 못해 허파를 쥐어짜고 있었다. 이날이 하루하루 다가오는 것을 불안과 공황 속에 지켜보면서, 그가 살아 있다면 했을 일과 죽었기 때문에 하지 못하는 모든 일을 떠올렸다.

"맞아요." 내가 말했다. 기억하고 있었다고, 이미 알고 있었다고 어머니가 생각하길 바랐다. 어떤 아내가 남편의 생일을 잊는단 말인가. "내일 가볼까 해요. 묘지에. 눈뜨자마자 제일 먼저. 에마 만나러 가기 전에요. 꽃도 가져가려고요. 풍선이나. 아냐, 풍선은 아니고요."

어머니가 고개를 끄덕였다. "아빠는?"

어머니는 가끔, 사실은 꽤 자주 아버지가 더이상 그녀 삶의 일부가 아니라는 사실을 잊어버렸다. 아버지가 면회 왔었다고 생각하고 가끔 그 이야기를 내게 하기도 했다. 꽃을 가져왔다고 했다. 내가 가져간 것 말고 그 방에 다른 꽃이 있었던 적은 없는데. 집에 선반을 달아놨다고 했다. 달아달라고 수년 동안 얘기를 해도 결코 달지 않던 그 선반을. 어머니는 아버지가 잘 지내고 있다고 말했다. 물론 아버지는 잘 지내고 있었다. 수 킬로미터 떨어진 곳에서 나의 어머니가 아닌 다른 여자와 아주 잘.

한번은 에마와 내가 책임 분담 문제로 말다툼을 했는데, 에마는 내가 규칙적으로 어머니를 방문하는 이유가 따로 있다고 말했다. 어머니 때문도, 가족의 의무 때문도 아니라, 어머니의 망각 능력이 부럽기 때문이라고 했다. 어머니는 가장 사랑하던 사람이 더이상 곁에 없다는 걸 몰랐으니까.

나는 가능하면 어머니와 이 대화를 피하려 했다. 질문을 무시하거나, 아버지가 곧 면회를 올 거라는 지독히 불분명한 대답을 했다. 그러면서 내가 메시지를 전달하겠다거나 직접 들러서 만나보겠다는 약속은 하지 않았다.

어머니는 아버지의 부재를 기억하려는 의지가 애초부터 없었는지도 모른다. 잊어서 행복했는지도 모른다.

"마니는?" 대신 어머니가 물었다. 얼굴에 미소가 떠올랐다.

"잘 지내고 있어요." 내가 말했다. "오드리도 잘 지내고요. 몇 주 전에 검진도 잘 받았고. 살도 많이 쪘어요. 최근 몇 주 동안은 못 만났지만. 두 사람 요즘 바쁜 것 같아요."

"엄마니까." 어머니가 하품했다. 하품도 마치 우리 대화의 일부라는 듯이.

"알아요." 내가 대답했다. "하지만 우정도 중요한데. 깜짝 방문을 해볼까 생각중이에요."

어머니가 동의의 의미로 세차게 고개를 끄덕거렸다.

옆방에서 덜거덕 소리가 나더니 짜증스러운 신음이 들려왔다. 이웃 병실 사람이 바닥에 뭘 떨어뜨린 것 같았다. 신발 굽이 바닥 타일을 때리는 타다닥 소리와 함께 간호사 두 명이 황급히 문 옆을 지나갔다.

"저녁을 만들어줄까 해요." 내가 말을 이었다. "우리가 일주일에 한 번씩 같이 저녁 먹던 거 아시죠? 그걸 다시 시작해야겠어요. 계속 연락하고 지내는 게 좋으니까. 어떤 것 같아요?"

다른 곳에서 다른 사람들과 있으면 침묵은 또다른 큰 목소리로 채워진다. 하지만 거기서는 내 목소리가 유일한 목소리였다.

"다음주 금요일에 일찍 퇴근할까 생각중이에요." 내가 말했다. "그래도 괜찮아요. 다들 점심 먹고 몰래 빠져나가요. 날씨도 너무 좋고 주말도 즐겨야 하니까. 전화 받을 사람은 적어지지만, 그래서 뭐 어쩌겠어요. 전화도 덜 오니까 괜찮아요. 사람들이 다 휴가를 보내러 가버렸으니까. 하여튼, 마니가 금요일마다 오후 세시에 다른 어머니들하고 만나거든요. 그 시간은 매주 꼭 빼놓더라고요. 그래서 집에 없을 테니까. 내가 몰래 들어가서 놀라운 요리, 개도 감동받을 만한 요리를 해놓을 거예요."

어머니가 미간을 찌푸렸다.

"열쇠 있어요." 내가 말했다. "오해 마세요. 주거침입 그런 거 아니니까." 나는 웃음을 터트렸다. 기분이 이상했다.

어머니가 고개를 휘젓기 시작했다.

"걔가 준 거예요." 내가 말했다. "왜 그러세요?"

"안 돼." 어머니가 말하고는 더욱 격렬하게 고개를 저었다. "안 돼."

"그러지 마요." 내가 말했다. "좋은 생각인데 왜 그러세요. 근사한 깜짝 파티가 될 건데."

"열쇠." 어머니가 아랑곳없이 말했다.

"네, 열쇠요." 내가 말했다. 어머니가 고개 젓던 걸 멈추더니 나를 똑바로 바라보았다.

나도 우리 가족 내에서 책임질 줄 아는 성인이었다. 그럼에도 어머니는 전통적인 전지전능한 어머니 역할을 여전히 장악하고 있었다. 오직 어머니만이 보여줄 수 있는 저 매서운 눈길과 대답을 요구하며 기울인 고개. 아버지가 정말로 떠났다는 사실을 어머니가 받아들이기까지는 몇 주가 걸렸다. 당시 우리는 아버지가 괜한 허세를 부리고 있다고 생각했었으니까. 마침내 그 사실을 받아들였을 때, 어머니는 허물어졌다. 아버지는 태국의 한 해변에서 우리에게 엽서를 보냈다. 전화번호가 바뀌었는데, 바뀐 번호는 알리지 않겠다고 쓰여 있었다. 따라서 우리의 연락이나 메시지에 답장이 없으면, 무시하는 게 아니라 수신이 안 되는 것임을 알고 있으라고 했다. 어머니는 울며 술에 절어 침실에 처박혀 살았다. 내가 주기적으로 들어가 물병을 침대 협탁에 놓고 나왔다. 전자레인지에 돌려 먹는 음식을 냉장고에 채워두었다. 그때 그녀는 딱히 어머니의 역할에 충실하지 않았다.

"괜찮다니까요." 내가 말했다. "그렇게 흥분하지 마세요."

어머니가 나무 팔걸이를 손으로 세게 내리쳤다. 몸을 움찔거리며, 이번에는 고통을 흩트리려는 듯이 손으로 가슴을 쿵쿵 때렸다.

"그만하세요." 내가 말했다. "당장 그만해요. 뭐하는 짓이에요?"

어머니는 다른 손으로 자기 얼굴을 찰싹찰싹 때리더니, 옆에 있는 접이식 탁자 위에 놓여 있던 물컵을 탁 쳐서 바닥에 떨어뜨렸다.

나는 벌떡 일어나 달려갔다. "대체 왜 이러는 거예요? 난리 좀 그만 떨어요."

"열쇠." 그녀가 새된 소리를 질렀다.

"얼마 전에 받았다니까요." 내가 말했다. 사실이었으니까. "지금 이러는 거…… 사실은 다른 것 때문에……"

간호사가 문간에 멈춰 섰다. 어머니와 내가 고개를 돌려 그녀를 보았다.

"안녕하세요, 제인." 간호사가 내게 말했다. "안녕하세요, 헬렌." 그리고 어머니에게 말했다. "이게 다 무슨 일이죠?"

어머니는 이제 자기 허벅지를 때리고 있었다. 나를 노려봤다. 뭔가를 말하고 싶은데 말하지 못하고 있었다. 말하고 싶은 것을 표현할 적절한 단어를 못 찾고 있었다.

"왜 그러세요? 딸이 왔잖아요. 착한 딸이." 간호사가 어머니 앞으로 다가가 바닥에 무릎을 구부리고, 그녀의 손을 잡아 때리는 행위를 멈췄다.

"열쇠." 어머니가 신음했다. "열쇠."

간호사가 나를 보았다. 나는 어깨를 으쓱했다.

"저도 왜 저러시는지 모르겠어요." 내가 말했다.

"오, 이런." 간호사가 그 혼란스러운 상황에 일말의 책임을 느끼듯이 말했다. "음, 저도 모르겠네요. 왜 이렇게 화가 나셨지? 우리 어머니, 심호흡을 해보시는 게 어떨까요?" 그녀가 어머니를 달랬다. "잘하셨어요. 곧 문제를 해결해드릴게요. 우선 우리 어머니부터 진정하시고요. 이번주 정말 즐거웠잖아요. 미용사가 와서 이렇게 머리를 멋지게 해줬잖아요." 그녀가 어머니의 머리 쪽으로 크게 획 손짓했다. "따님한테 말하셨어요? 손님맞이 준비를 했었잖아요. 그죠?"

"열쇠." 어머니는 고집을 꺾지 않았다. 여전히 나를 쏘아보았다.

"네, 그럼." 간호사가 완전히 무릎을 꿇고 앉았다. "뭐가 필요하신가요? 열쇠가 필요한가요? 창문 열어드릴까요? 그것 때문에 그러세요?"

어머니는 최악의 내 모습을 생각하고 있었다. 내가 열쇠를 처음부터 가지고 있었으면서 거짓말하고 있다고.

어머니가 접이식 탁자를 손으로 쾅 내리쳤다. 탁자 전체가 바닥에 고꾸라졌다. 티슈, 물병, 액자가 병실 끝까지 우당탕 굴러갔다.

간호사가 나를 보았다. "아무래도……"

"괜찮아요." 내가 일어섰다. "걱정하지 마세요. 다음주에 다시 올게요. 어제 악몽을 꾸셨거나 그랬겠죠."

내가 그만, 통제력을 잃고 실수를 저질렀다.

지난번에 나는 내게 열쇠가 없었다고 했었다. 설상가상으로 내게 열쇠가 있었다면 그걸 사용해서 그의 목숨을 구했으리라고 말했다. 개소리였지. 나는 그 열쇠를 사용해서 그의 목숨을 빼앗았으니까. 어머니는 알고 있는 것이다.

물론 난 이날은 거짓말을 하지 않았지만, 전에는 거짓말을 했었고, 어머니는 내 거미줄에서 나를 낚아챘다.

"아빠는?" 어머니가 말했다. 나는 고개를 돌려 어머니를 보았다. 어머니는 아버지가 필요했기에 찾고 있었다. 그가 지금 나서서 아버지 노릇을 하길 바랐다. 나는 믿을 사람이 못 되었고, 자신은 이 일을 바로잡기에 너무 나약하고 노쇠하니까.

"안 오신다는 거 알잖아요." 내가 최대한 연민에 가득찬 목소리로 말했다. "이미 얘기했었잖아요. 아버지는 더이상 여기 살지 않는다고. 기억 안 나요? 이미 수년 전에 우리 가족을 떠났어요."

그러고는 그곳을 나왔다.

한참 후에 집에 오는 길에야 이런 생각이 들었다. 어머니는 날 비난하거나 벌주거나 화를 냈던 게 아니라, 단지 두려웠던 것은 아니었을까. 나를 보호하려 했었나? 내게 더 경계하라고, 잘 살피고 다니면서 안 잡히게 조심하라고, 타이르고 경고하려던 건 아니었을까?

원래 어머니들은 그렇게 하지 않나?

내가 어떻게 될까 두려웠던 것이다. 내 안을 들여다보고 고장난 내면과 금이 간 상처를 목격하여, 내가 최선의 모습이 아닐 수도 있다는 점을 인정한 것이다. 그럼에도 불구하고, 날 여전히 지켜주고 싶었던 것이다.

# 38장

나는 집에 돌아와 에마에게 전화했다. 그녀는 받지 않았다. 나는 영화 세 편을 연달아 보며 배달음식을 시켜 먹고 잠자리에 들었다. 다음날 아침 다시 전화했다. 여전히 무응답이었다. 나는 그냥 무심하게, 에마가 아직 자고 있으리라 여겼다. 몸이 약해서 잘 피로해질뿐더러, 삶을 감당하기 힘들 때 종종 스스로를 고립시키기도 했으니까.

월요일, 퇴근하고 다시 전화해보았다. 여전히 받지 않았다. 나는 과일을 사들고 그녀의 아파트로 가보기로 했다. 그녀는 상태가 최악일 때도 사과 몇 조각은 먹곤 했다. 내가 그녀를 얼마나 사랑하고 돕고 싶은지 알리자고 생각했다.

그 사흘 동안 한순간도 무슨 문제가 생겼다거나, 동생이 위험에 처했다거나, 뭐가 잘못됐으리라고는 생각하지 않았다.

에마의 집에 도착해 문을 두드렸다. 답이 없었다.

나중에 경찰이 이때 무슨 냄새가 안 났었느냐고 물었다. 그 역겨운 악취를 아마도 결코 잊지 못하겠지만, 이때는 아무 냄새도 나지 않았다.

하지만 두려움이 엄습했다. 이때쯤 나는 뭔가 안 좋은 일이 일어났음을 직감했다.

계단을 도로 내려가 경비를 찾았다. 근처 주차장에서 젊은 남성이 칼에 찔린 이후로 경비가 고용되어 순찰을 돌았다. 그는 벽돌 화단에 걸터앉아 있었다. 근무중 몰상식하게 휴대전화로 영화를 보고 있는 걸 방해하고 도움을 청했다. 그는 땅이 꺼져라 한숨을 쉬면서, 자기가 할 수 있는 일은 없으니 경찰을 데리고 오라고 말했다.

나는 즉시 경찰에 전화했다. 여동생이 많이 아픈데, 불과 몇 달 전에 병원에 입원했었고 사실상 집에만 박혀 있는 상태인데, 지금 아무런 응답이 없다고 큰 소리로 설명했다. 나는 그대로 경비 앞에서 서성대면서, 그를 더욱 방해하며 경찰을 기다렸다.

한편으론 그러는 내가 우습기도 했다. 뭔가 끔찍하게 잘못됐다는 예감이 들긴 했지만, 공연한 소동이 되지 않을까 하는 두려움, 혹은 희망을 떨칠 수 없었다.

경찰이 도착했다. 나는 그들 또한 그녀가 죽었음을 알아챘다고 생각한다.

경찰의 요구로 경비가 관리인에게 연락했고, 우리는 관리인을 대동하고 아파트로 올라갔다.

"여기서 기다리시겠습니까?" 여경이 물었다. "우리가 먼저 들어가도 괜찮습니다."

나는 고개를 저었다. "괜찮아요. 저도 들어갈래요."

작은 한 떨기 희망은 다 부질없다는 것, 에마는 이미 죽었음을 나는 알고 있었다. 이번에는 겁쟁이가 되거나 두려움 때문에 피하고 싶지 않았다.

그들이 문을 열었다. 안으로 한 걸음 내디디자 냄새가 훅 끼쳐왔다. 나는 집안으로 들어갔다. 에마는 소파에 누워 있었다. 그 어느 때보다 두툼하게 불어 있는 모습으로. 피부는 얼룩덜룩한 잿빛에 눈은 크게 뜨여 있고, 파리들이 그 위에서 왱왱거렸다. 한 마리는 그녀의 눈꺼풀 위에 앉아 있었다.

나는 그 자리에 못박힌 채 그녀를 망연히 바라보았다. 여경이 내 옆을 빠르게 지나쳐 에마에게 다가가 맥박을 짚었지만, 우리 모두 맥박 따위는 없음을 알고 있었다. 관리인이 뒤에서 구역질하며 발코니로 후다닥 뛰어가는 소리가 들렸다.

수년 동안 그녀가 죽을 줄 알고 있었다.

이런 말 소름 끼치겠지. 이해한다. 하지만 그녀의 병은 불치였다. 그녀는 절대 회복할 수 없는 병에 걸려 있었다. 종착지는 하나밖에 없었다.

여경이 몸을 일으켜 고개를 저었다. 내게 다가와 내 허리에 팔을 두르며 내 몸을 돌려 계단으로 다시 데리고 갔다.

난 두렵지 않았다. 무슨 말이 나올지 알고 있었다. 이미 애도는 겪어보았으며, 마음의 준비는 되어 있었다.

"제가 연락드릴 곳이 있습니까?" 경찰이 물었다.

이번에는 아무도 없었다.

네 곁에 누군가가 있을 때, 갖게 되는 몇 가지가 있다. 다시 말해 나는 더이상 갖고 있지 못한 것들. 어디선가 너를 보살펴주는 이의 지속적이고 안정되고 조화로운 콧노래. 일이 터무니없이 잘못되었을 때, 자꾸만 그 이야기를 하고 싶은 반사적인 충동, 반복해서 이야기하기. 길가에서, 병원에서, 경찰차 뒷좌석에서 전화할 사람. 누군가 널 찾을 것이기 때문에, 침대에 죽은 채 그리 오래 누워 있지 않으리라는 확신.

이런 것 없이 산다는 건 뭘까? 사랑과 웃음과 우정과 희망 없이?

알고 싶지 않다.

그런 삶을 살고 싶지 않다.

나는 결정을 내리는 중이다―사뭇 비장하게 들린다, 비장하게 느껴진다―그런 것들을 다시 손에 넣겠다고. 무슨 수를 써서라도 이 삶을 살 만한 것으로 만들어야겠다고.

더이상 이렇게 살지 않겠다.

이 말은, 이제 모든 게 변해야 한다는 뜻이다.

# 7

**일곱번째 거짓말**

# 39장

에마가 죽은 지 아직 일주일도 안 되었다.

그리 오래되진 않았다, 그렇지 않나?

난 아직 충격에 빠져 있다. 그래야만 한다.

하지만 동시에, 애도의 이론적인 마지막 단계에 이미 다다랐다고 생각한다. 동생이 떠났음을 알고 있고, 떠났다는 사실을 받아들일 수 있다.

그녀는 절대 늙지 않으리라는 걸 늘 알고 있었다. 에마가 병원 이송침대에 누워 있는, 송장 먹는 귀신처럼 피부가 크레이프지 같은 할머니가 되어 있는 모습은 한 번도 생각해본 적 없었다. 왠지 그런 일은 일어나지 않을 것 같았다. 아마도 병원 복도에 처박힌 할머니들과 이미 여러 면에서 다를 바 없었기 때문이었는지도 모른다.

에마는 너무 많은 시간을 혼자 보냈다. 최근 몇 주처럼 약해졌던 적은 처음이었다. 뼈가 금방이라도 부러질 것 같았다. 등이 아팠으며 뼈마디는 부은데다 관절염 증세가 있었다. 자기 아파트 계단을 오르는 것도 힘들어했다. 엉덩이 때문이라고, 그녀는 말했다. 그녀는 질병들의 복합적인 집합소였기 때문에, 성인이 된 후로는 삶과 죽음 사이의 경계선에서 위태하게 균형을 잡는 데 대부분의 시간을 바쳤다.

따라서 난 이런 날이 오리라는 걸 이미 오래전부터 예상하고 있었다. 매일 밤 별들 속에서 볼 수 있었다. 별들이 진실을, 확정되기를 기다리고 있는 순간을 비추고 있었으니까. 사랑하는 이를 잃는 아주 최익의 방법은 아니었다.

갑작스러운 죽음, 어두운 밤하늘에 번개처럼 번쩍하는 죽음이 훨씬 끔찍하다. 문득 창밖을 보았는데, 별안간 다른 어떤 별보다 밝은 별이 쏜살같이 떨어지는 것이다. 지축이 발밑에서 흔들리는데, 준비하거나 몸을 가눌 시간조차 없다.

그런 죽음들이 받아들일 수 없는 죽음이다. 가장 매섭고 가장 심하게 경착륙하며, 삶과 미래를 파괴하고 사람을 망연자실에 빠뜨린다. 한순간에 한꺼번에 밀려오기 때문이다. 액체가 주먹 쥔 손가락 사이를 빠져나가듯이 땅의 갈라진 틈새로 삶이 미끄러져 사라진다.

에마를 발견한 후 나는 바로 집으로 돌아갔다. 울었지만 아주 조금이었다. 그리고 잠들었다.

일찍, 너무 일찍 일어났다. 그전까지 삶을 구성하던 모든 조각들이 밤사이 자리를 이동한 것 같은 불균형이 느껴졌다. 청바지와 니트를 주섬주섬 주워 입고 거리로 나갔다. 나무는 흔들리지 않으며,

그 뿌리도 지하에서 떨고 있지 않고, 아스팔트가 갈라지고 있지도 않음을 확인하기 위해서. 이게 최악은 아니다, 난 이미 더 나쁜 것도 견뎠다는 사실을 나 자신에게 주지시키고 싶었다.

하늘이 검었다. 빛이라고는 머리 위 달빛과 선명하고 따스한 가로등 불빛뿐이었다. 도심을 가로질러 걸었다. 교외의 숨겨진 작은 광장들을 지났다. 도로 연석을 따라 차들이 주차되어 있고, 바퀴가 인도 가장자리에 꼭 맞추어 일렬로 늘어섰다. 인도음식점 네온사인이 밤을 배경으로 번쩍였다. 체인으로 잠겨 있는 슈퍼마켓 내부에서 형광등 한 개가 명멸했다. 두 개의 부동산 중개업소와 세 개의 미용실을 지났다. 도시는 변한 게 없었다.

아파트로 돌아왔다. 침실과 주방에 먼지가 떠다녔다. 청소를 시작했다. 삶은 작고 개별적인 상실을 인지하지 못하기 때문이다. 먼지는 여전히 쌓인다. 샤워하고 가장 좋아하는 파자마로 갈아입은 다음 소파에 앉았다. 화장실 갈 때와 와인잔 리필할 때와 토스트 몇 장 구울 때 빼고는 움직이지 않았다. 스스로에게 인내심을 가지라고, 굴하지 말라고, 이 역시 지나간다고 말했다.


다음날 저녁, 식탁 의자를 침실로 갖고 들어갔다. 의자를 개방형 옷장에 기대어 세워서 딛고 올라갔다. 수십 년 전 우리가 아직 가족이던 시절, 어머니가 만든 오래된 앨범들을 찾았다. 먼지가 뽀얗게 앉은 두꺼운 붉은 가죽 장정의 앨범들이 그곳에 있었다.

침대에 앉아 앨범을 쭉 넘겨보았다. 에마와 내가 같이 나온 사진들을 찾았다. 수십 장이 있었다. 나는 데님 멜빵바지에 분홍색 샌들을 신고 있었다. 팔걸이의자 모서리에 느긋하게 자리잡고 앉아서, 에마를 내 허벅지 위에 앉히고 양팔로 안고 있었다. 그녀는 아마 태어난 지 몇 주밖에 안 되었을 것이다. 콧속에 삽입된 관이 양 볼에 구불구불 걸쳐져 있었으니까.

어떤 사진은 벽돌 벽이 배경이었다. 손을 잡은 우리는 같은 학교 교복을 입고 있었다. 내 옆에 선 에마의 키가 내 가슴까지 왔다. 들판에 앉아 있는 귀여운 사진도 있었다. 소시지롤과 샌드위치와 비스킷이 타탄체크 피크닉매트 위 우리 사이에 놓여 있었다. 동생은 프리스비를 움켜쥐고 있고, 멀리 우람한 소가 보였다. 워터파크에서 둘이 똑같은 오렌지색 수영복을 입고 찍은 사진도 있었는데, 우리 뒤에 배배 꼬여 있는 슬라이드가 무시무시하게 컸다. 당시 에마의 작은 몸은 내 몸의 미니어처였다. 똑같은 직선 허벅지, 똑같은 각진 어깨. 뒤로 가면서 크리스마스 사진도 두 장 찾았다. 첫번째 사진에서 우리는 파자마를 입고 나란히 앉았다. 주변에는 형형색색의 포장지로 싸인 선물들이 쌓여 있고, 뒤에서 트리가 반짝였다. 우리의 들뜬 얼굴에는 환한 미소가 떠올라 있었다. 두번째 사진에서 우리는 똑같은 더플코트를 입고 웰링턴부츠를 신고 있었다. 코는 당근이고 팔은 나뭇가지인 눈사람 옆에서. 마지막 앨범의 맨 마지막 장에서 우리는 가족으로서 같이 살았던 마지막 집에서, 처음 그곳으로 이사하던 날, 부모 사이에 서 있었다.

어머니에게 말해야 했다.

수요일이었다. 수요일에 어머니를 방문했던 적은 없었지만, 토요일까지 기다릴 수는 없었다. 지하철역으로 가 열차를 탔다. 창문에 얼굴이 비쳤다. 핏대 선 눈은 퉁퉁 부어 있고, 얼굴은 보름달 같고 잿빛이었다. 좀 나아질까 싶어 볼을 문질렀다. 도착할 때쯤에는 조금이라도 멀쩡해 보이길 기대하며, 이동하는 동안 울지 않으려고 노력했다.

접수대에서 버저를 눌렀다. 접수원이 다가왔다. 어머니를 급한 일로 만나야 한다고 하자, 그녀가 한숨을 유별나게 쉬었다.

"오늘은 오시는 날이 아닌 걸로 아는데요." 그녀가 말했다.

"말씀드렸다시피, 급한 일입니다." 내가 반복했다.

"휴게실에 계실 거예요."

"그럴 리 없는데."

"저희는 면회시간이 정해져 있기 때문에⋯⋯"

그녀가 말꼬리를 흐리는 동안, 나는 이미 몸을 돌려 복도를 따라 어머니의 병실로 향하고 있었다.

어머니는 나를 보고도 크게 놀라지 않는 눈치였다. 내가 침대 끝에 앉자 어머니가 미소 지었다. 이날이 주말이라고 생각했는지도 모른다. 어머니는 지난번에 입었던 파란 카디건 차림이었다. 소매가 팔꿈치까지 접혀 올라가 있고, 밑에 아직 파자마를 입고 있는 것 같았다.

"드릴 말씀이 있어요." 내가 말했다.

어머니가 고개를 끄덕였다.

"좋은 소식은 아니에요." 내가 말했다.

어머니가 다시 고개를 끄덕였다.

"엄마," 내가 말했다. "사실 아주 나쁜, 최악의 소식이에요."

수년 동안 그녀를 엄마라고 불러본 적이 없었다. 그 단어는 내 앞의 이 여성에게 전혀 적합하지 않은 단어인 것처럼 항상 입속에서 껄끄러웠다.

어머니가 고개를 왼쪽으로 갸우뚱했다. 이번에는 더 세차게 고개를 끄덕이며, 어서 말하라고, 털어놓으라고, 쓸데없이 질질 끌지 말라고 독촉했다.

"에마에 대한 거예요."

어머니가 나를 물끄러미 쳐다보았다. 나는 말을 이었다.

"걔를 보러 갔었어요." 내가 말했다. "저번에 보러 간다고 했었죠. 그래서 괜찮은지 가봤는데, 이미 그전부터 전화를 해도 계속 안 받는 거예요. 집 앞에 갔는데도 아무 응답이 없었어요. 그래서 결국 경찰을 부를 수밖에 없었어요. 달리 들어갈 방도가 없어서. 결국 경찰이 와서 문을 땄어요."

무슨 말이라도 하길 바랐지만 어머니는 조용했다. 나는 이야기를 계속했다. 그다음에 어떻게 되었는지 기억을 더듬으며, 내 생각과 두려움, 꼭 그렇게 끝나지 않을 수도 있었던 모든 가능성들에 대해 늘어놓았다. 어머니가 당황하고 있음을 눈치챘지만, 속도를 늦출 수는 없었다. 이전에는 사용한 적 없던 단어들, 내 안에서 늘 대기하고 있긴 했지만 그 속에 그대로 머물러주길 바랐던 단어들을 사용해, 어머니 앞에서 딸이 죽었다고 말했다.

"엄마," 내가 말했다. "걔가 죽었어요. 심장 때문이라나봐요."

그때 어머니는 마침내 내 말을 이해했다고 생각한다. 숨을 헉 몰아쉬며 경악에 찬 눈빛으로 나를 사납게 쳐다보았기 때문이다. 어머니는 입을 열었다가 다시 닫더니 내게서 고개를 돌렸다.

나는 다가가 손을 잡으려 했지만 어머니는 내 손을 탁 쳐서 뿌리쳤다.

말을 걸어보려 했지만, 어머니는 혼자 낮은 목소리로 웅얼거리기 시작했다. 더이상 내 말을 듣고 있지 않았다.

나를 쳐다보려고 하지도 않았다. 곁으로 가서 고개를 숙이고 눈을 바라보았지만 어머니의 눈은 나를 지나쳐 초점 없이 허공만 응시했다.

그때였을 것이다. 수년 동안 물리치려 애써왔던 곰팡이가 비로소 어머니의 뇌 속에서 아무런 방해도 받지 않고 제멋대로 퍼지기 시작한 것은. 스스로를 지탱하는 일은 무척 큰 싸움이었다. 매일매일 너무 많은 노력이 필요했다. 이제는 더이상 그럴 가치가 없었다.

나는 그곳을 나왔다.

# 40장

아주 오랜 세월 동안 나는 어머니의 유일한 가족이었다. 그녀의 남편이자 큰딸이자 작은딸이었다. 그래 맞아, 난 그게 때때로 못마땅했다. 매주 방문하는 일은 상상할 수 없을 정도로 지루했다. 아무도 그 방문을 대신할 만큼 죄책감을 느끼지 않는 것도 답답했다.

모두가 너무 이기적이었다. 아무도 관심 주지 않았다. 아무도 관심 따위 주지 않았단 말이다.

나도 관심 끊을 걸 그랬다. 굳이 뭐하러 그런 빌어먹을 짓을 했을까. 내 시간, 내 인내심, 내 인생 낭비였다. 어머니와 시간을 보내면서, 좋은 일을 하고 있으니까 더 나은 사람이 될 수 있다고 여기면서 나를 희생했다. 하지만 어머니는 빌어먹을 뺨 한번 살갑게 내밀어주지 않았다.

오.

미안.

무서웠니?

울지 마.

난 주초에 죽은 동생을 발견한 사람이야. 어머니는 며칠 전 치매 속으로 도망쳤지. 그러니 지금 누가 울어야 한다면, 그건 정말이지 나여야 할 것 같아서 말이야.

어머니는 작은딸 없이 존재할 수 없었다. 나를 위해 존재할 수는 없었다.

정말 기분 나쁜 한 주였다.


오늘 아침 마니로부터 메시지를 받았다. 그녀는 정말 미안한데 저녁 약속을 취소해야 할 것 같다고 말했다. 이제 이러는 것도 일상이 되었다. 그녀의 변명은 항상 적절해서 토 달기가 불가능했다. 이번 변명은 오드리가 아파서 어젯밤 38도가 넘는 고열로 밤새 깨어 있었다는 것이었다.

나는 내 걱정은 하지 말라고, 사랑을 전한다고, 건강이 회복되길 바란다는 답장을 보냈다.

하지만 크게 걱정되진 않았다. 그냥 슬펐다. 우리가 이제는 창밖으로 실을 늘어뜨려 종이컵 전화를 하는 어린아이가 아니어서. 이제는 너무 멀리 떨어졌고, 단절되었고, 서로의 삶에서 너무 많이 소외되었다.

밸러리는 쇠공에 대해 말했었다. 우리 우정에 사망을 선고할 지점이 어딘가에 있으리라고 말했다. 나는 우리의 벽을 튼튼하게 강화하고 싶었다. 매우 안전해서 그 어떤 육중한 존재도 벽돌을 조각내지 못하도록 만들고 싶었다. 우리의 우정을 다지고 그 밑에 지지

대를 대고, 진실이라는 막강한 힘을 견딜 수 있게 만들 필요가 있었다.

나는 밸러리의 자잘한 발견들을 대화중에 무심하게 흘려볼 생각이었다. 몇몇 너희 이웃들이 시끄럽더라, 너희 아파트 벽과 바닥이 심하게 얇아서 층간 소음이 증폭되더라. 일주일간 머물렀던 사실도 지나가듯이 언급할 계획이었다. 야밤의 파이프 삐걱거림이나 침실 시계가 째깍째깍 가는 소리로 나의 체류를 슬쩍 암시할 것이다. 그래서 마니가 화들짝 놀라면, 충격받은 척하면서 이렇게 말하면 된다.

"찰스가 말 안 했어? 찰스가 그렇게 하라고 했는데."

지하철에서의 만남도 언급할 생각이었다. 최소한 이건 사실이었으니까. 내가 그 음흉한 기자한테 미행당했고 심지어 스토킹당했다고 폭로한 다음, 그때 경찰을 불렀어야 했다고 생각하는지 물어볼 테다. 밸러리. 그녀의 이름을 말할 것이다. 두렵지 않다. 이번에는 그녀의 이야기가 내 것이 될 것이다. 나는 그녀를 못 믿을 사람, 거짓말쟁이로 만들어버릴 작정이었다.

하지만 이 모두를 실행하려면 일단 마니를 만나야 했다.

나는 약속 취소에 실망했지만, 동생이나 어머니 일을 그녀가 알게 된다면 시간을 내주리라고 확신했다. 죽음은 사람을 최종적으로 갈라놓지만 하나로 묶기도 한다. 엄습하는 거대한 슬픔의 한복판에서 눈앞이 깜깜해질 때에야, 비로소 우리는 얼마나 사랑받는 존재인가를 깨닫는다. 그제야 사람들이 빠르게 담장 너머로 얼굴을 내밀고 카드와 편지와 꽃과 음식을 전달한다. 그 사람들이 네 사람들이다. 그 사람들이 너를 꺼내줄 방도를 찾아줄 사람들이다.

먼젓번에는 마니가 날 꺼내줄 방도를 찾아주었다.

이번에도 날 구원할 수 있을 것이다.

그런 우정이 중요한 우정이다. 그런 사랑은 단념하는 게 아니다.


밸러리 역시 우리 같은 사랑을 완전히 단념할 수는 없는 모양이었다.

오늘 오전, 그녀는 아파트 로비에서 나를 기다리고 있었다. 나는 슈퍼마켓에 다녀오던 길이었다. 처음에는 그녀를 못 알아봤는데, 우편물을 챙기는 나를 부르는 소리가 들렸다. 그녀는 수거를 기다리는 낡은 회전의자에 걸터앉아 뱅글뱅글 돌면서, 막 새로 칠한 벽에 더러운 발자국을 남기고 있었다. 왼쪽 귓불 밑에 새로 한 작은 꽃 문신이 보였다. 헐렁한 청바지는 무릎이 찢어져 있고, 위에는 타이트한 검정 니트를 입고 있었다.

그녀가 회전을 멈추고 미소 지었다. "여기서 보니 반갑네요." 그러곤 다리를 올려 의자 위에 책상다리로 앉았다. "할 얘기가 있어서요. 지난주 일에 대해."

"지금 대화할 상황이 아니에요." 내가 대답했다. 나는 엘리베이터 앞에서 가슴에 우편물을 그러안고 서 있었다. 그녀를 봤다고 크게 놀란 건 아니었다. 여긴 완전히 사적인 공간이라 놀랄 법도 했지만, 우리 사이의 뭔가가 변했다. 나는 이제 그녀를―그녀의 고집을―잘 알고 있었기 때문에 예전처럼 그녀 때문에 당황하진 않았다.

"중요한 겁니다." 그녀가 말했다. "당신 때문에 속상했어요."

나는 웃음을 터트렸다. 어쩔 수가 없었다. 순간 그 말이 귀여웠고, 안도감이 밀려왔으니까. 곧바로 슬픔과 죄책감이 따라오긴 했지만. "나 때문에 속상했다고요?" 내가 말했다. "정말?"

"지하철에서." 그녀가 대답했다. "내가 질투한다느니 어쩌니 했을 때."

"아닌가요?" 내가 물었다.

"맞는지도 몰라요." 그녀가 대답했다. "하지만 중요한 건 그게 아니에요."

그녀의 진심, 우리집까지 찾아와 있다는 사실, 하는 말의 단순성에 어딘지 어린애 같은 구석이 있었다. 그 일이 있기 몇 주 전부터, 나는 그녀를 온라인상에서 추적하고 다녔다. 중고등학교 시절부터 대학 시절까지. 학교 홈페이지에는 열여섯에 쓴 연못 생태계에 대한 글이 실려 있었고, 대학교 때 그녀는 교내 신문 편집자였다. 초기 SNS 플랫폼의 '톱 프렌즈'와 '관심사'와 '만나고 싶은 사람들' 목록까지 찾아냈다. 취미와 살았던 집과 습관의 변천사를 파헤쳤다. 그녀는 스물아홉 살 때 야외 수영을 시작했다. 최소 일주일에 한 번은 수영하러 갔다. 결혼생활에 종지부를 찍고 서른 살에 엘리펀트앤드캐슬로 이사했다. 그후로 매년 생일 때마다 문신을 새로 했다. 목뒤에 있던 것이 첫번째였다.

가장 놀라웠던 점은, 열일곱 살 때 가장 친한 친구 목록에 있던 친구들이 하나도 남아 있지 않다는 사실이었다. 이전까지는 미처 인식하지 못했던 점이기도 했다. 인스타그램에도 등장하지 않았다. 트위터에서 그녀를 팔로우하지도 않았다.

"이것만 대답해주세요. 그럼 갈게요." 그녀가 말을 이었다. "두 사람은 어떻게 아직까지 그렇게 친하죠?"

나는 대답하지 않았다.

"어서요." 그녀가 말했다. "이거예요. 내가 당신한테 할 마지막 질문. 왜냐면 난 도저히 이해가 안 가니까. 우리 나이에 단짝친구를 가진다는 게. 너무 유치하지 않나요?"

"난 그게 특별하다고 생각하는데." 내가 말했다.

"말도 안 돼." 그녀가 말했다. "그런 건 진짜가 아니……"

"옛날 친구가 하나도 없어요?" 내가 물었다. "당신한테 아주 큰 부분을 차지해서, 그 사람 없이는 그때의 삶이 기억나지 않는 사람 없어요?"

"네. 없어요."

"많이 외로울 것 같네요."

밸러리가 어깨를 으쓱하더니 다리를 풀어 다시 바닥에 내렸다.

"어쨌든," 그녀가 말을 이으려 했다. "이제……"

"정말 단 한 명도?" 내가 물었다.

"이제 그쪽 이야기를 합시다. 내 관심사는 당신이니까."

"하지만 난 그쪽한테 관심 없는데요." 나는 무관심해 보이려고 우편물을 앞으로 내밀었다. 은행과 대학교에서 온 편지들. 아파트 정문을 더 유의하여 제대로 닫아달라는, 1층 주민이 휘갈겨쓴 쪽지도 있었다.

내가 다시 그녀를 바라보자 그녀가 방긋 웃었다. "하지만 나한테 질문을 엄청 많이 하고 계신데." 그녀가 말했다. "난 당신을 알아요, 제인. 당신이 원하는 바는 아니겠지만."

"당신은 날 전혀 몰라요." 대화의 균형이 미끄러지면서 그녀에게로 주도권이 슬슬 넘어가고 있었다.

그녀가 어깨를 으쓱했다. "외로운 건 당신이죠. 오늘도 마니가 저녁 약속을 취소한 거 아닌가요? 그게 얼마나 당신을 애타게 하는지 마니는 아는지 모르겠네. 아마 모를걸요. 그 여자는 나만큼 당신을 몰라요. 그리고……"

"가봐야 돼요." 나는 엘리베이터로 고개를 돌리고 버튼을 눌렀다.

그녀가 웃음을 터트렸다. "그러세요, 그럼. 하지만 내가 알기로는 당신한테 가봐야 될 일 따위는 없는데. 아마 내 말이 맞을걸."

"끝났어요?" 엘리베이터 한 대가 통로를 따라 삐걱거리며 우리를 향해 내려오고 있었다.

"아직." 그녀가 밀했다. "사실 여기 온 이유는 따로 있어요. 뭔지 알고 싶지 않아요?"

"전혀." 나는 버튼을 다시 눌렀다.

"거짓말. 알고 싶으면서."

"말해봐요, 그럼." 내가 말했다.

이렇게 말한 데는 다른 꿍꿍이가 있었다고, 나한테는 물론 너한테도 가장할 수 있을 것이다. 그녀가 속도를 높여 대화를 이어가도록 부추겼을 뿐이라고, 그만 가줬으면 하는 바람에서 단순히 그녀에게 말할 여지를 준 거라고 말할 수도 있을 것이다. 하지만 그녀말이 맞았다. 당연히 나는 알고 싶었다.

"이제 그만 쫓아다니려고요." 그녀가 잠시 뜸을 들이며 나를 바라봤다. "어째 웃지도 않네요?"

"관심 없어요."

"관심 있으면서. 안심되면서. 뭐 어쨌든 그게 답니다. 그게 하고 싶었던 말이었어요. 그렇다고 조사가 끝났다는 건 아니에요. 아직 안 끝났어요. 난 아직 마니가 진실을 발견했으면 해요. 지난번에 보냈던 메시지보다 훨씬 많은 게 남아 있어요. 마니가 아직 모르는 게 너무 많아요. 하지만 이제 더이상 서두르지 않으려고요."

"밸러리……"

"당신은 스스로 모두 무너뜨리고 말 거예요."

"오, 제발 그만 좀……"

"그때 글로 쓸게요."

엘리베이터가 덜거덩 서고 문이 삐걱거리며 열렸다. 나는 안으로 들어갔다.

"다 끝났을 때 연락해요." 그녀가 속삭였다.

# 41장

이번주 내내 나는 결근했다. 덩컨이 직무태만에 대해 분노에 찬 이메일을 보냈다. 피터로부터는 걱정 가득한 문자를 받았다. 나는 둘 다 답장하지 않았다.

그간 나는 스스로를 동정해왔던 것 같다. 그리고 오늘은 그토록 많은 나쁜 소식들의 정점을 찍은, 최악의 날이었다.

그런데 난데없이 서광이 비쳐오기 시작했다. 내가 막 시장기를 느껴 저녁 생각을 하고 있는데, 마니한테서 전화가 온 것이다. 그녀는 종종 그러듯이 어쩔 줄 몰라하며 정신없이 허둥거렸다. 침착하고 차분하게 대화를 이어갈 수 없는 상태였다. 마니는 오드리의 열이 다시 치솟기 시작했다고 말했다. 아기를 위해 일정을 조정해주는 괜찮은 의사를 만난 덕분에 가까스로 마지막에 진료를 받았다고 했다. 의사는 중이염 진단을 내렸다. 처방전은 받아왔고, 병원에서 약국에 복사본 한 부를 보내놓았다. 부탁 좀 들어줄 수 있겠니, 마니가 물었다. 약국이 우리 두 집 사이에 있고 조금 늦게까지 여는데, 들러서 약 좀 타다줄래?

"물론이지." 내가 말했다. "최대한 빨리 갈게."

나는 오래된 청바지와 지금 입은 이 스웨터를 입고 고동색 부츠를 신었다. 빗속에 지하철역까지 걸었다. 물이 뚝뚝 떨어지는 아노락을 입은 가족들로 가득한 객차 안에 자리를 잡고 앉았다. 습기 때문에 물방울이 맺혀 창이 흐릿했다. 기분은 희망적이었다. 이건 좋은 소식이었으니까, 그렇지 않나? 이건 재결합이자 치료약이며, 부서졌다고 생각했던 것을 재건할 방법이었다.

앞으로 어떻게 될지 정확히 예상할 수 있었다. 내가 에마 이야기를 꺼내면 마니가 어떤 얼굴을 할지 그려졌다. 충격받고 슬퍼할 그 얼굴이. 마니는 주전자에 물을 올리고 배달음식을 주문하겠지. 그러다 마음을 바꿔 홍차는 어울리지 않는다고, 이런 상처엔 맞지 않는다며 대신 와인을 딸 것이다. 오드리는 항생제와 진통제 때문에 빠르게 잠들고, 우리는 함께 슬픔을 풀어내겠지.

그런데 일이 그렇게 일사천리로 진행되지 않았다. 나는 그녀가 말한 약국에 갔지만, 약국은 우리 예상보다 한 시간 전에 문을 닫은 상태였다. 문에 정확히 '금요일 오전 8시~오후 7시'라고 표시되어 있었다. 의사소통이 중간에 꼬이고 정보에 혼선이 있었던 듯했다. 나는 마니에게 전화했다. 일단 집으로 가서, 처방전을 가지고 다른 약국으로 가야 할 것 같다고 말했다. 그녀는 다른 약국이 없어서 오늘밤 약 없이 지내게 되면 어떡하냐며 공황상태에 빠졌다. 나는 다 괜찮을 거라고 안심시키면서, 속으로는 오늘밤 반대로 그녀가 나를 위로하고 있을 순간을 떠올렸다.

지하철을 갈아타고 마니의 아파트가 있는 목적지 역에 도착했다. 하늘과 건물과 아스팔트가 잿빛으로 뒤덮여 있었다. 나는 그녀의 아파트까지 가는 익숙한 길을 따라, 비좁은 길과 늘어선 상점들을 지났다. 모든 발걸음, 모든 순간이 희망적이었다. 여기가 내가 있을 곳이다, 이 길이 내 사람들에게로 가는 길이다. 잠깐 눈물까지 흘렸다. 그때 감정으로는 이상한 일도 아니었다. 기묘한 카타르시스가 느껴졌다.

로비에서 네 이웃을 만났다. 네가 태어나던 날 서류가방을 들고 급히 출근하던 남자, 기억하니? 그 남자가 막 퇴근해 로비 문간에 서서 젖은 우산을 길바닥에 털고 있었다. 나를 알아보고는 희미한 미소를 지으며 심지어 작은 고갯짓으로 알은체를 했다.

제러미가 잽싸게 손을 흔들어 나를 반겼다.

이곳에 속해 있는 기분이 들었다.

내가 문을 두들기자 마니가 문을 열어주었다. 그리고 나를 반겨주었다.

"왔구나." 그녀가 미소 지었다.

마니는 진한 색 청바지에 크림색 티셔츠를 입고 있었다. 티셔츠는 엉덩이까지 내려왔고 소매를 팔 윗부분까지 자연스럽게 접어올렸다. 머리는 평소대로 느슨하게 뒤로 말아올렸고 잔머리가 앞으로 흘러내렸다. 그녀는 아름다웠다.

"정말 미안해." 그녀가 말했다. "정말 여덟시라고 그랬거든. 확실히 여덟시라고 말했어."

집은 흠잡을 데가 없었다. 바닥은 반짝거렸고, 집안 어디에도 잡동사니나 쓰레기가 전혀 없었다. 찰스 물건은 하나도 보이지 않았다.

"무슨 일 있었어?" 마니가 더 자세히 보려는 듯 내게로 몸을 숙였다. "울었어?"

나는 아마 고개를 끄덕였을 것이다.

"왜?" 그녀가 나를 거실로 데리고 갔다.

그곳에는 오드리가 바닥에 깔린 노란 매트 위에 기저귀만 차고 누워 있었다. 뺨이 달아올라 분홍빛이었다.

"이쪽으로 와." 마니가 강하게 말했다. "앉아. 무슨 일이야?"

그녀가 내 앞에 섰고, 나는 그녀의 검은 가죽벨트와 금장 버클을 쳐다보며 집중하려고 노력했다. 울음은 멈췄지만 눈이 시큰했다. 핏발이 섰거나 너구리가 되어 있는 건 아닌지 궁금했다.

나는 소파에 앉아 회색 쿠션을 가슴에 끌어안았다.

"정말 끔찍한 한 주였어." 내가 말했다. "에마가……"

문장을 어떻게 끝맺어야 할지 망설였지만, 딱히 그럴 필요가 없었다.

"안 돼." 마니가 단숨에 말했다. "오, 세상에. 언제? 어떻게 된 거야? 왜 전화 안 했어?"

"내가 발견했어."

"제인!"

"월요일에."

마니가 거실을 서성거렸다. 머리를 손가락으로 쓸어넘기며 커피 테이블 주위를 빙빙 돌았다. 나무다리에 유리판이 올려진 테이블이었는데, 가까이서 보니 지문, 물 흘린 자국, 머그잔이나 유리컵이 놓였던 하얀 고리 같은 작은 얼룩들이 표면에 흩어져 있었다.

"전화를 했어야지." 그녀가 말했다. "곧장 달려갔을 텐데. 믿을 수가 없어. 어떻게……? 어머니께 말씀드렸어?"

마니가 발코니 문을 닫고 커튼을 쳤다. 자동차 경적소리와 인도에서 들려오는 목소리들이 없어지자 집이 갑자기 더 작게 느껴졌다.

이제 우리뿐이었다.

"정신이 오락가락하시더라." 내가 대답했다. "내가 그 이야기를 하자마자, 순간적으로 어머니가 사라진 줄 알았잖아. 나를 쳐다보지도 않으셨어. 내 말도 듣지 않고. 방금 전까지 있던 자리에 사람은 그대로 있는데, 완전히 떠나신 거야."

"오, 제인. 어떡해." 마니가 내 옆에 털썩 주저앉았다.

"이해는 될 것 같아." 내가 대답했다.

"난 안 되는데." 마니가 말했다. "어떻게…… 어머니가 그러시는 게 이해가 된다는 거야?"

"항상 에마를 좋아하셨잖아. 치매 때문이든 뭐든…… 무슨 상관이야? 날 보살펴준 적은 한 번도 없는데."

마니의 목구멍에서 작은 비명이 흘러나왔다. "너무 끔찍해. 어떻게 이런 일이. 휴…… 불쌍하기도 하지. 충격이 컸겠다. 출근은 했어?"

나는 고개를 저었다.

"계속 집에 있었어? 일주일 내내? 혼자? 왜 나한테……?" 마니가 내 손을 잡았다. 분홍색으로 칠한 손톱이 너무 길어서, 손바닥으로 내 손가락 마디를 따뜻하게 감싸쥐자 손톱에 닿은 피부가 간질간질했다. "내가 같이 있어줄 수 있었는데. 내가 널 보살폈을 거야. 이런 걸 너 혼자 감당한다는 건 생각만 해도 너무 끔찍해."

"그렇게까지 나쁘진 않았어." 내가 말했다.

"웃기는 소리 하지 마." 마니가 내 팔을 찰싹 쳤다. "이렇게…… 충격적인 일을 겪고 혼자 지낸다는 건 미친 짓이야. 나는 항상 그 랬듯이 네 편이니까 전화만 했으면 됐을 텐데. 전화하지 그랬어. 하지만 이젠 상관없어. 지금 내가 여기 있으니까. 내가 여기 있어. 항상 있을게. 장례식은 언제야? 어머니도 오시니? 준비하는 거 도 와줄까? 아니면 에마 집 정리는? 내가 뭘 하면 돼?"

"내일 아파트 비우기로 했어." 내가 말했다. "월요일에 새로 이 사 들어온대. 별로 서두르고 싶지 않았는데 워낙 수요가 많나봐. 그렇게 싼 집이 잘 없으니까. 그리고……"

오드리가 칭얼거리더니 금세 악을 쓰며 울기 시작했다. 작은 얼 굴이 아파서 벌게지고, 꼭 쥔 작은 주먹으로 바닥을 때리며 허공에 발버둥을 쳤다.

"에구, 그래그래." 마니가 달려가 아기를 안아올렸다. "우리 아 가 아팠어? 오구, 딱하지." 그녀가 오드리를 옆구리에 걸쳐 안고 위아래로 살살 얼렀다. 천천히 돌면서 내 쪽으로 방향을 돌렸다 뒤 돌았다 했지만, 내게 눈길이 머물진 않았다. "그래, 그래." 그녀가 오드리의 이마에 손등을 댔다. "에구, 우리 아가, 다시 펄펄 끓어오 르네. 몇시지?" 그녀가 벽에 걸린 시계의 두꺼운 로마숫자와 얇은 금속 시곗바늘을 흘긋 보았다. "열을 빨리 내려야겠어. 엄마가 제 인 이모한테 처방전을 갖다줄게. 그럼 우리 아가는 금방 예전으로 돌아올 거야."

그들이 주방으로 사라졌다.

"제인," 마니가 외쳤다. "문 연 약국이 있는지 찾아봐줄 수 있니?"

나는 혼잣말로 진정하라고, 인내심을 발휘하라고 중얼거렸다.

폐를 채우는 버려졌다는 느낌, 몸 전체에 타닥타닥 불씨를 일으키는 불안을 있지도 않은 진실로 해석하지 말자. 마니가 하라는 대로 하자고 마음을 다잡았다. 근처에 문을 연 약국이 딱 한 군데 있었다. 여기서 몇 킬로미터 떨어지지 않았지만 지하철역에서 멀었다. 근처에 버스정류장도 없었다. 오드리가 빽빽 악쓰는 소리와 마니가 끝없이 늘어놓는 무의미한 상투어들이 들려왔다. "오구, 오구. 울지 마. 우리 아가. 엄마 여기 있어." 분노가 북받쳐올랐지만 누르려 안간힘을 썼다.

"있어?" 마니가 다시 돌아와서 물었다. 내가 문제를 설명하자—걸어서 가야 하기 때문에 한 시간도 넘게 걸릴 듯하고 오는 시간까지 하면 더 걸린다고—그녀의 얼굴이 일그러졌다.

"아, 말도 안 돼." 그녀가 말했다. "전 세계에서 제일 큰 도시에 사는데도 빌어먹을 약국 하나 못 가고 있다니. 알겠어. 그럼. 아기는 내려놓고 내가 직접 가야겠어. 내가 운전해서 갈게. 그게 빠를 거야. 네가 오드리랑 좀 있어줄래? 괜찮겠어?"

나는 고개를 끄덕였다.

"좋아." 그녀가 말했다. "몇 분만 기다려."

그들이 위층으로 올라갔다. 나는 텔레비전을 켰다. 보고 싶은 게 있는지 채널을 돌려보았다. 선택지가 엄청나게 많은데도 조금이라도 끌리는 채널이 하나도 없었다. 냉장고로 갔다. 화이트와인이 한 병 있길래 땄다. 마니가 싫어하리라 생각하지 않았다. 작은 잔에 한 잔을 따랐다. 책장을 훑으며 볼만한 DVD나 책이 있나 살펴보았다. 하지만 제대로 집중이 되지 않았다. 오 분이 흘렀다. 십 분이 흘렀다. 나는 검은 텔레비전 화면, 벽난로 중심에 걸린 검은 공허를 우두커니 응시했다.

"이런." 마니가 다시 달려내려왔다. "애가 잠을 자려고 하질 않아. 너무 지쳐서 우리 둘 다 다시 잠들 수는 있으려나 모르겠어. 애가 완전히 흥분해 있어. 적어도 지금은 아까보단 조용하긴 한데. 울음은 멈췄으니 이제 차차 잠들 수 있겠지." 그녀가 급히 여기저기 돌아다니며, 지갑과 전화기와 자동차 열쇠를 찾아 검은 가죽가방에 쑤셔넣었다. "필요한 건 이게 다인 것 같은데." 그녀는 현관의 목재 옷걸이에서 트렌치코트를 내려 어깨에 걸쳤다. 그러곤 계단 위를 가리켰다. "몇 분 후에 애 좀 가서 봐줄래? 체온이 떨어지나 봐줘. 체온계도 거기 있을 거야. 귀에 대는 거. 애가 너무 흥분하거든 뭘 좀 먹여봐. 냉장고에 먹을 게 있어. 기저귀가방은 계단 밑 수납장에 있는데, 일단 필요한 건 다 아이방에 있을 거야. 됐어. 그럼 갈게. 금방 올게. 아마 삼십 분쯤? 갔다 와서 다시 제대로 이야기하자. 정말 미안해, 제인. 오래 안 걸릴 거야."

나는 아무 말도 하지 않았다. 할말을 생각해낼 수 없었다. 믿을 수 없이 실망했고, 화가 날 것도 같았지만 그렇지는 않았다. 단지 슬플 뿐이었다.

그렇게 내가 여기로 오게 된 거란다. 네 방에.

그리고 이 이야기를 들려주기 시작했지.

너야말로 이 이야기를 들을 자격이 있으니까.

이건 결국 네가 어떻게 생겨났는지에 대한, 너의 인생에 대한, 너와 날 지금 이 순간으로 내몬 사람들에 대한 이야기야. 너의 아버지, 그의 부족함, 그의 죽음에 관한 이야기였다면 좋았을 텐데. 너의 어머니, 그녀의 눈부심, 우리 사랑이 우리를 지탱해온 소소한 방식들에 대한 이야기였다면 좋았을 거야. 나를 안심시키고, 나를 일깨우고, 오늘밤 용서받을 수 없을 것 같은 이 기분을 덜어줄 그런 이야기였으면 했어.

하지만 그렇게 되지 못했네. 한순간도 그렇지 못했어.

# 42장

기분이 좋아져야 하는데 오히려 나빠지게 만드는 것들은 수도 없이 많다. 예를 들어 테이크아웃 음식. 먹을 때는 훌륭하다. 톡 쏘는 토마토 베이스의 피자, 포파덤을 곁들인 망고 처트니의 알싸한 맛. 바삭한 중국식 오리고기 밀전병. 하지만 먹고 나면 속이 부대낀다. 먹기 전에 생각했던 것만큼 먹고 난 후에 유쾌하지 않다. 여기로 오는 길에 나는 마니와의 대화가 매우 다른 방향으로 흘러가리라 예상했었다. 대화가 끝나고 이토록 기분이 엉망이 될 줄은 몰랐다.

그녀를 안다고 생각했으니까. 네가 물어봤다면, 어떤 대화에서도 그녀의 반응을 정확히 예측할 수 있다고 답해주었을 것이다. 가령 그녀는 버거를 미디엄웰던으로 구워 치즈를 추가하고 토마토 역시 반드시 넣어달라고 한다. 누가 어떤 질문을 하든, 부모에 대해 물으면 눈동자를 굴린다. 원고를 마감기한보다 늦게 전달하겠지만 몇 시간 이상 늦진 않는다. 부재중 전화를 확인하고 다시 걸어 굳이 음성메시지를 남기지 않는다. 자신도 음성메시지를 거의 듣지 않기 때문에. 피클을 못 먹고, 절대 안 먹으려 한다. 따라서 네가 네 몫의 피클을 빨리 먹어치우면, 네 접시에 놓인 피클을 보지 않아도 되므로 훨씬 좋아할 것이다.

이 모두가 여전히 사실이다.

하지만 좀전의 대화는 내가 전혀 예상치 못했던 것이었다. 나는 완벽하게 우리 각자 역할의 대본을 짜놓았는데—그녀의 걱정, 지지, 그녀의 관심이 나에게 쏠리는 방식—갑자기 그녀가 즉흥적으로 내사를 읊어버렸다.

실망이다. 두렵다. 혼란스러운 것 같기도 하다.

네가 아프다는 건 알고 있다. 나도 멍청한 사람은 아니다. 네게 적절한 약을 먹이고, 돌봐주고, 엄마 노릇을 하는 게 마니의 의무라는 것도 충분히 이해한다. 하지만 내가 말하는 중간에 말을 끊고, 태연하게 화제를 돌려서, 내가 동생을 잃었다는 사실을 그토록 둔감하게 대놓고 축소시켜버리는 건 뭐지? 단짝친구가 이래서는 안 될 일이다. 그렇지 않나?

한 시간도 더 전에, 마니는 약국이 닫혀 있더라는 메시지를 보냈다. '급한 집안 용무—월요일에 오픈'이라고 쓰여 있었다고. 지금 다른 약국을 찾아가고 있다고 말했다. 그래서 난 전화기를 꺼버렸다. 우리 단둘이만 있기를, 우리끼리만 이야기할 수 있기를 바랐다. 생각할 시간, 내 고통을 혼자 풀어낼 시간이 필요했다.


아버지는 늘 내게, 언젠가 사랑에 빠지면 상대가 날 사랑하는 것보다 조금 덜 상대를 사랑하도록 최선을 다하라고 말하곤 했다. 그게 나를 보호할 유일한 방법이라고.

이제 와서 그러기는 너무 늦었다. 내가 이 아파트를 몇 시간 내로 걸어나가 다시는 뒤돌아보지 않을 수 있을까. 다시는 너희 둘을 안 볼 수 있을까? 그렇게는 못할 것 같다. 이렇게 큰 사랑은 놓아버리기 너무 어렵다. 내 갈비뼈와 관절과 근육에 뒤엉킨 실을 풀 수 있는 방법을 나는 모른다. 안다 해도 그러고 싶지 않다.

결론은, 아버지가 틀렸다는 것이다. 누군가를 너무 많이 사랑한다면, 무슨 수를 써서라도 그들도 너를 사랑하게 만들어야 한다. 나는 그녀를 진심으로 사랑한다. 내면에서 뿜어져나오는 솔직함, 다정함, 자신감, 쾌활함을 사랑한다. 이중 어느 하나도 변한 건 없다. 하지만 이제 충분하지 않다. 그녀는 솔직하지만 너를 위해, 다정하지만 너를 위해, 사랑스럽지만 너를 위해 그러하니까.

그녀는 내게 더이상 아무 빛도 비추지 않는다.

네 엄마가 너만큼 날 사랑해주기를 바랐다고 말해도 될까?

안 되겠지.

하지만 사실인걸.

과거에는 마니가 그랬기 때문이다. 우리는 우정을 함께 발견했고, 우리를 의무적으로 사랑하는 사람들보다 우리 우정이 훨씬 훌륭하다는 걸 알고 있었다. 우리의 우정은 각자의 삶 속에 닻을 내렸다. 하지만 세월이 흘러, 우리 스스로 그것을 차버렸다. 너는 같은 실수를 하지 않을 거라고 말하고 싶지만, 너도 마찬가지일 것이다. 우린 다 마찬가지니까. 우리 모두는 더 나은 사랑을 찾아 최고의 사랑을 희생하니까.

오.

오, 이런.

그거였네.

한 단계가 더 남아 있다는 걸 몰랐어. 그 생각을 못했어.

내 말이 맞아. 그렇지 않니?

이제야 완전히 알겠어.

너는 언젠가 가족과 친구들로부터, 팔다리 하나하나, 뼈마디 하나하나, 기억 하나하나를 모두 떼어내고 다른 둘의 일부, 즉 연인과 하나가 되겠지. 나는 그게 끝이라고 생각했다. 그게 최종 단계라고. 마지막으로 한번 더 이 패턴이 반복된다는 생각을 못했다. 직선의 실이 아니라 원이었던 것이다. 하나의 단계가 다음 단계를 낳고, 마침내 시작점으로 되돌아오는 거였다. 다시 가족으로.

너도 새로운 팔다리와 새로운 골격을 만들어내고, 더이상 한 사람이 아니게 되겠구나. 이번에는 진정 둘이 될 테니까. 너의 골격은 다른 생명을 잉태하고, 그 생명은 네 속에 존재하겠지. 그건 절대 돌이킬 수 없다. 새로운 사지와 뼈, 새로운 존재는 너의 몸밖으로 나가고, 너의 일부는 이제 네 밖에서 영원히 살아가겠지. 너의 심장은 이제 두 개의 심장이 되어, 그중 하나는 다른 어딘가에 존재하겠지.

그걸 모르고 있었네.

하지만 바로 네가.

네가 이 우정을 헤집었다. 너의 그 조막만한 다리와 조막만한 팔과 가슴속에서 우레처럼 울리고 있는 조막만한 심장으로. 네가 이 무자비하고, 고마운 줄 모르는, 불균형적 사랑을 창조했다.

난 나 때문이라고 생각했었다. 내가 저지른 일들이 이렇게 만들었다고. 아니, 아니야.

이 이야기의 초반에 나온 두 여자를 기억하니? 한 명은 키가 크고 새하얀 피부, 한 명은 왜소하고 까무잡잡한 피부. 그 두 여성이 완전히 편하게 같이 있던 모습, 튼튼한 가지와 길게 휘감겨 있던 뿌리가 기억나니? 난 그 나무가 시들어가는 걸 지켜보았다. 하지만 내가 소생시킬 수 있다. 나는 내 연인을 잃은 다음 그녀의 연인을 뭉개버렸다. 우리 우정을 되돌릴 방법을 고안해냈던 것이다. 이제 우린 과거보다 강해져야만 한다. 그렇게 만들 수 있는 방법은 하나뿐이다.

다시 그 방법을 실행해야 할 때다.

지나친 것 같기도 하다. 좀 과한 것 같니? 하지만 아무것도 하지 않으면, 내 곁의 사람들이 나 하나로는 살아갈 이유를 찾지 못하고 자발적으로 떠나가는 이 끔찍하고 괴로운 삶에 갇히고 말 것이다. 그건 내가 원하는 삶이 아니다. 내가 바라는 삶으로 나를 데려다줄 길은 단 하나다. 미안하지만, 넌 그 길 위에 없다.


"문제 생기면 바로 전화해." 마니가 복도 끝으로 멀어지며 소리 쳤었다. 나머지 한쪽 팔을 코트 소맷자락에 밀어넣으며. 그녀가 모퉁이를 돌았다. "우리 아기 잘 돌봐줘." 높은 목소리가 들려왔다.

"알았어." 내가 외쳤다. 문이 탁 닫혔다.

그게 나의 일곱번째 거짓말이었던 것 같다.

# 43장

옛날 옛적에, 나도 아기가 생길 뻔했던 적이 있었다.

그 아이가 죽던 밤을 기억한다. 여자아이였을 수도 있겠지만, 항상 나에게는 남자아이였다. 내가 그 아이와 알고 지낸 시간은 그날 하룻저녁뿐이었다.

친구들과 저녁 약속이 있어서 외출한 날이었다―많이는 아니고 그냥 몇 명과. 나는 마니를 초대했다. 조너선은 학창 시절 친구인 대니얼과 벤을 초대했다. 벤의 부인 루시, 자전거 동호회의 유일한 여성이었던 카로도 왔었다. 즐거웠다. 우리는 가까운 인도음식점에 가서 음식을 아주 많이 주문하고, 맥주를 끝도 없이 마신 다음, 리큐어로 저녁을 마무리했다. 포옹하며 작별인사를 했다. 마니는 신나는 소식이 있다면서 밀린 이야기를 다시 나누자고 했다. 남자한 명을 만났고 잘돼가고 있는데, 내게 언제 다시 만날 수 있냐고 물었다. 카로와 그녀의 여자친구는 다음날 아침 프랑스로 자전거

일주를 떠날 예정이었다. 카로는 우리에게 엽서를 보내겠다고 약속했다. 벤과 루시는 다음 주말에 양가 상견례가 잡혀 있었다. 아무도 입 밖에 내서 말하진 않았지만, 벤이 다음주쯤 루시에게 청혼하리란 걸 모두가 알고 있었다.

평범한 밤이었다. 황홀하고, 멋지고, 평범한 밤이었다. 그때가 정말 그립다. 문득 주변을 둘러보거나 테이블 맞은편을 보았는데, 날 사랑하고 필요로 하며 선택한 사람들에게 둘러싸여 있음을 깨달을 때. 그런 엄청난 뜻밖의 행운을 깨달을 때의 느낌이 그립다. 너무 오랫동안 그런 감정을 잊고 살았다.


그날 밤, 출혈이 멈추지 않았다. 나는 타일로 마감한, 우리집 작은 욕실의 변기에 앉아 있었다. 속에서 사나운 경련이 모질게 일었다. 나이트드레스를 허리께에 쥐었다. 발목 사이에 걸린 팬티에는 암적색 얼룩이 울긋불긋했다.

무릎에 눈물이 뚝뚝 떨어져 종아리를 타고 흘렀다. 당시 나는 임신했음을 모르고 있었기에, 슬펐다기보다는 무서워 떨었던 것 같다. 몸 전체가 후들거렸다. 갑자기 분노가 치밀었다. 고통에 찬 괴성, 고통에 찬 포효가 뱃속 깊숙한 곳에서부터 울려나오더니 뼈를 뚫고 나가 그 차갑고 휑한 공간을 메웠다.

"제인?" 나를 부르던 그가 기억난다. 그의 목소리가 어땠는지 기억난다. 그가 마치 여기 있는 것처럼 그 소리가 들린다. "왜 그래, 제인?"

나는 그의 말을 그냥 무시했다. 뭐라고 설명할 수 없었기 때문에.

"제인. 제발. 문 좀 열어봐."

나는 아무 말도 하지 않았다.

"제인!" 그가 소리쳤다. "문 열어. 당장."

열지 않았다. 몇 초 후 꽝음이 나더니 그가 몸을 휘청거리며 화장실 안으로 들어왔다. 문이 경첩에 매달려 삐걱거리고, 자물쇠 주변부 나무가 부서져 엉망진창이 되었다. 그때 그는 진한 색 청바지를 입고 있었던 걸로 기억한다. 벨트를 매고 있지 않아서 바지가 엉덩이에 느슨하게 걸려 있었다. 회색 티셔츠 단에 얼룩이 묻어 있었다. 노란 페인트. 이를 악물고 눈에 힘을 주고 있었지만, 입은 겁에 질려 오그라들었다.

"괜찮아." 그가 내 앞에서 바닥에 무릎을 꿇었다. "다 괜찮아."

그가 몸을 기울여 내 이마에 키스했다. 그는 좋은 남자, 최고의 남자였다. 내게 손을 내밀었고, 내 손이 피로 축축하다는 것을 알아차리자 본능적으로 움찔했지만, 여전히 손을 놓지 않았다. 무슨 일이 일어나든 우리는 여전히 하나이고, 언제나 하나일 것이며, 절대 떨어지지 않는다는 걸 내가 알기를 바랐으니까.

그가 일어서서 나이트드레스를 내 머리 위로 들어올려 벗겼다.

"새 속옷 갖다줄게." 그가 말했다. "괜찮겠어? 여기 있을래?"

내가 고개를 끄덕이자 그가 미소 지었다. 내게 당황하지 말라고 말하는 가장 부드럽고 가장 작은 미소.

그가 내 서랍장으로 후다닥 달려가는 소리가 들렸다. 나를 혼자 덩그러니 오래 놔두고 싶지 않았을 것이다. 그는 한때 흰색이었지만 지금은 회색이 된 낡은 팬티와 두꺼운 면 나이트드레스를 가지고 돌아왔다.

"그것도…… 필요해?" 그가 자기 손에 쥔 깨끗한 속옷을 흘긋 내려다보았다.

나는 고개를 끄덕이며 세면대 밑에 있는 서랍을 가리켰다.

"이거야?" 그가 보라색 비닐로 포장된 생리대를 들어올렸다.

내가 끄덕거렸다.

"그건 자기가 할 수……?" 그의 눈이 이건 제발 혼자 해달라고 간청하고 있었다. 지금 생각하면 그 모습에 미소가 절로 지어진다. 내가 해달라고 했으면 아마 해줬을 것이다. 그가 고개를 돌렸다. 나는 다리 사이를 반복해서 닦았다. 마른 느낌이 들 때까지 계속 닦았지만 결코 깨끗해지지는 않았다. 새 팬티를 다리에 걸치고 다리를 벌려 짱짱하게 당기고는 그 위에 생리대를 고정시켰다. 조너선이 수돗물을 틀고 수건을 적셨다. 내 양손을 차례대로 닦고 손가락 하나하나 모두 닦았다. 그가 내게 준 반지 둘레도 부드럽게 문질러 닦았다. 내가 일어섰다. 그가 내 나이트드레스의 어깨 부분을 매만져주었다.

"바지도 있어야 할 것 같아." 내가 말했다.

"바지도?"

내가 다시 고개를 끄덕거렸다.

"알겠어. 가서 누워 있어. 내가 찾아서 가져갈게."

나는 침실로 갔다. 다리가 아직 끈적거리고 생리대는 이미 축축했다. 이불을 들치고 그 속으로 미끄러져들어가는데, 손이 마치 아무 일도 없었던 것처럼 깨끗해서 놀랐다.

조너선이 자기 파자마 바지를 내게 건넸다. 허리에 고무 밴드가 들어간, 빨간색과 녹색 타탄체크 파자마였다. 아침에 커피 마시면서 신문 읽을 때, 저녁에 같이 영화 보며 소파에 나른하게 늘어져 있을 때 그가 항상 입던 것이었다. 나는 아직도 그 파자마를 갖고 있다.

"더러워질 텐데……" 내가 말했다.

그가 고개를 저었다. "상관없어."

나는 내가 임신한 줄 몰랐다. 이전 몇 주 동안 우리가 갔던 곳과 만났던 사람들을 되짚어보았고, 한 달 내지 두 달 정도 됐다는 걸 깨달았다. 무척 바쁘고 행복했기에 시간이 흘러가는 줄도 전혀 몰랐다.

나는 몰랐고, 당시에는 정확히 설명하기 어려웠지만, 몰랐다는 그 사실이 이날 내가 겪은 일을 무효로 만드는 것처럼 느껴졌다. 슬펐지만 그 슬픔에 정당한 이유를 붙이기 힘들었다. 있지도 않았던 것을 어떻게 그리워하겠는가?

동시에 그것은 엄청난 일이었다. 엄청 크거나 엄청 작은 일은 아니었지만 여전히 엄청난 일이었다. 그 작은 세포가 커서 나중에 어떤 사람이 되었을지가 보였다. 조너선을 닮은 꼬마 소년이 보였다. 금발에 턱이 작고 뾰족한 꼬마 소년이 꼬마자전거를 타는 모습이 보였다. 내 손을 잡고 싶어하는 아이, 우리 사이에서 그네를 타는 아이, 우리 밑에서 자라나는 아이, 사랑받고 있으며 항상 사랑받을 것임을 아는 아이가 보였다.

몇 주 후, 조너선이 마라톤대회 전 마지막 연습을 마치고 돌아왔다. 그는 나를 다시 편하게 대했다. 내가 방에 들어가면 멈칫하고, 몇 분마다 내 상태를 흘긋흘긋 살피는 행동을 멈췄다. 우리는 소파에 앉아 음식을 무릎에 놓고 저녁을 먹었다. 어려운 대화는 나란히 앉아서 하는 게 한결 쉬우니까. 난 그에게 내가 원하는 것을 말했다. 그를 닮은 꼬마 소년을 원한다고.

그가 싱긋 웃었다. 내게 고개를 돌리며 자기도 그렇다고 말했다.

마니는 그 소년을 좋아했을 것이다. 선물을 사주고 모험을 계획하고 요리하는 법을 가르쳐주지 않았을까. 어쩌면 내가 너한테 하는 것보다 마니가 그애한테 훨씬 잘해주지 않았을까.

그래.

확실히 내가 너한테 하는 것보다 마니가 그애한테 훨씬 잘해줬을 것이다.

지금 좀 흥분된다는 걸 인정할 수밖에 없을 것 같다.

조금 있으면, 그애도 너도 없이, 우린 불가분이 될 테니까.

# 44장

넌 그렇게 네 요람에 누워 있구나. 천장에 매달린 모빌에 정신이 팔려 있네. 회색과 흰색 펠트로 만든 별들은 노끈에 매달려 춤추고 있고. 참 예쁘게도 꾸몄어. 이 방 말이야. 너한테 완벽해. 앙증맞은 하얀 새들이 새겨진 크림색 블라인드하며. 책과 장난감과 반짝이는 흰색 액자에 넣은 원색의 동물 그림으로 가득한 선반하며. 넌 정말 사랑받고 있네.

너한테서, 너의 모든 것에서, 네 어머니가 보인단다. 분홍색 물방울무늬 아기 옷과 맞춘 것 같은, 삐죽거리는 네 작은 분홍빛 입술. 밝은 파란색 눈. 잠들기 전 마지막 식사를 기다리며 지금 그렇게 성마르게 폈다 쥐었다 하는 손.

네 아버지는 너의 긴 다리와 튼실한 허벅지에만 있는 듯하구나. 한때 그 다리가 그를 삶 속으로, 성공가도로 이끌었던 때가 있었지. 알다시피 운이 좋은 남자였어. 그 모든 특권과 운, 그리고 자신감으로 승화되던 매력. 모두가 그를 웃게 만들고 미소 짓게 하고 싶어 안달이었어. 좋은 인상을 남기려고 했지. 모두가 호감을 사고 싶어하는 사람이 되는 건 대단한 이점이야. 그런 매력을 나도 조금은 갖고 싶다고 생각했던 것 같아.

우리가 함께하는 시간이 거의 끝나간다는 걸 믿을 수 없구나.

이건 알아주면 좋겠다. 아무도 널 본 적 없고 누구도 널 알기 전에, 널 가장 먼저 사랑했던 사람이 나라는 걸. 내가 너를 제일 처음 봤어. 삶과 삶 아님의 경계선에 있는 널, 아직 있지도 않은 것에서 확실한 존재로 넘어가던 순간의 널 사랑했어. 하지만 그후로는 너를 더 알아가지 못했구나. 그 초창기 사랑을 더 튼튼한 사랑으로 이어갈 기회가 없었네. 그러고 싶었는데. 진심으로. 우리를 위한 삶을 설계했었는데.

잠드는 거니. 미안해. 밤이 늦었지.

빨리할게.

무슨 일이 일어나든 난 겁나지 않아. 모든 게 잘못된다 하더라도—그럴 가능성은 충분하지—어차피 지금 이 상태 그대로일 테니까. 혼자인 그대로일 테니까.

의혹을 제기하려는 사람이 있을까? 내 주변에서 또다시 비극이 일어난다면? 그렇진 않을 거야.

이미 말했듯이, 난 늘 나쁜 일이 일어나는 그런 사람이니까. 이제 마니도 그런 사람이 된 것 같구나.

이 쿠션은 선물이었어. 원래는 에마 거였거든. 그애가 열세 살에 병원에 입원했을 때 내가 줬어. 내가 만든 거야. 웃기지. 나도 알아. 재봉틀 앞에 앉아 있는 내가 상상이나 되니? 앞면에 수놓은 케이크는 농담이었어. 동생은 재밌어했지만 부모님은 노발대발하셨지. 동생이 그렇게 아픈데 내가 생각 없는 행동을 했다고 화내셨는데, 우린 그런 그들을 보며 즐거워했어. 그걸 네가 태어났을 때, 그 애가 너한테 준 거야. 네 어머니가 여기 이 윤기가 흐르는 하얀 원목 바운서를 미리 사다놓았는데, 뭔가 더 인간적이고 사랑받는 느낌이 필요하다고 했거든.

좋아.

그만 꼼지락거려. 이제 좀 적당히 해.

때가 됐어.

진실

# 45장

쿠션은 내 손안에 있고―까슬까슬한 천과 푹신한 솜―나는 그것을 천천히, 온전히 평정심을 유지하며 아래로 기울인다. 그때 현관문이 미친듯이 벌컥 열리더니 경첩에 매달려 끝까지 홱 젖혀진다. 문이 벽에 쾅 부딪히고, 딸려 있는 체인이 잘강거리고, 문이 반동으로 다시 쾅 닫힌다. 그러더니 방이 자유낙하를 하는 순간이 지나간다. 계단을 오르는 마니의 발소리가 들린다. 뭔가 잘못된 게 분명하다. 발걸음이 저렇게 빠르고 쿵쾅거릴 리 없다. 심지어 계단이 삐걱거리는 부분을 피하지도 않는다. 나무가 약한 부분이라 저렇게 디디면 아기가 깰 텐데.

문간에 나타난 마니는 제정신이 아닌 것 같다. 머리가 온통 산발이 되어 피부에 들러붙었다. 얼굴이 벌겋게 상기되었다. 거칠고 핏발 선 젖은 눈이 나비처럼 파닥거리고 속눈썹은 눈물에 뭉쳐 있다. 그녀는 숨을 제대로 쉬고 몸을 가누려 해보지만 실패한다. 흘러나

오는 소리라고는 오직 미약한 훌쩍거림뿐이다.

마니가 쏜살같이 요람으로 돌진한다. 코트에서 튄 물방울이 내 스웨터로 스미어 피부에 닿는다. "제인!" 그녀가 악을 쓰며 비명을 지른다. "뭐하는 짓이야! 오드리?" 그녀가 요람 위로 몸을 구부린다. "아가야?" 레인코트의 벨트가 풀려 종아리까지 늘어져서 카펫에 빗방울을 뚝뚝 흘린다. 마니가 손으로 딸을 감싸는 동안 주머니에서 무언가가 매트리스 위로 툭 떨어진다. 나는 가까이 다가가 자세히 살펴본다. 놀라움이 갑작스럽게 가슴속에서 치밀어오른다.

전화기다.

이 방이다.

내가, 화면에 들어가 있는 미니어처인 내가 보인다. 내가 주춤거리면서 요람 기둥에 몸을 기대 중심을 잡으려 하니까, 화면 속의 나도 똑같이 따라 한다.

"이게 뭐야?"

하지만 물어볼 필요도 없었다. 난 이미 카메라를 찾아 방안을 획획 둘러보고 있었으니까. 이 휴대전화의 짝. 저기 있네. 다른 전화기 하나가 선반 위에 동물 인형들과 책더미 옆에 세워져 있다.

충격이 이루 말할 수 없다. 바이러스가 속에서 끓고 있다가 위장을 타고 역류하는 것 같다.

"다 들었어, 제인." 마니가 말한다. "네 말 다 들었어. 약국에서 한번 켜봤어. 우리 아기가 잘 있나 확인하고 싶었을 뿐인데. 집으로 오면서 다 들었어. 조금이라도 늦었더라면……" 그녀가 눈을 감는다. 힘주어 질끈 눌러 감는다. 입술을 앙다문다. "너 찰스 얘기도 하더라. 그 사람이 죽은 날 밤도. 그리고……" 그녀의 몸이 한차례 부르르 떨린다. 이에 응답이라도 하듯이 오드리가 까르르거리며 허공을 발로 찬다. 허벅지 살이 까불거리며 잔물결을 일으킨다.

"네가 생각하는 그런 거……" 하지만 문장을 어떻게 끝맺어야 할지 모르겠다. 이미 엎지른 물을 주워 담을 수도 없는 일이고.

"그만해." 마니의 목소리가 갈라진다. "또 거짓말이야? 지금도 무슨 거짓말을 할지 찾고 있는 거야? 난 정말이지……"

"마니, 난……"

"다 들었어, 제인. 그래, 그이가 죽던 날 네가 일찍 퇴근했지. 난 처음에는 이 방에서 네 목소리가 들리길래, 네가 여기 있다는 걸 확인해서 얼마나 안심이 되었는데. 근데, 그 뭐야, 열쇠를 가지고 있었다고. 심지어 그 말을 들었을 때도 처음에는 널 이상하게 생각하지 않았어. 난 널 항상 좋은 쪽으로 생각하고, 절대 의심한 적 없었거든. 단 한 번도. 자그마치, 이십 년 동안 말이야."

"설명할 수 있어. 내가……"

"제인." 그녀가 말한다.

내 이름이 마니의 목구멍을 타고 개 짖는 소리처럼 올라오자 나는 오싹해진다. 이제 진실을 감출 방법은 없다. 더이상의 거짓말은 불가능하다.

"쿠션 내려놨으면 좋겠어." 그녀가 말한다.

쿠션은 아직 내 손에 들린 채 허벅지에 부드럽게 닿아 있다. 나는 쿠션을 바닥에 떨어뜨린다.

마니가 방을 나간다. 바깥은 몹시 어둡다. 오직 가로등만이 보도에 패턴을 이룬 불빛을 드리우고 있다. 그조차도 없는 이 방은 홀로 괴괴하다. 속에서 거대한 슬픔이 부풀어오른다. 이것이 얼마나 더 커질지 아직은 알 수 없다. 나는 마니를 따라간다.

그녀는 계단 맨 위에서 아래를 내려다보며 서 있다. 코트 소맷자락이 떨린다. 아주 미세하게, 거의 보이지 않을 정도로. 그녀도 느끼고 있는 것이다. 이 불가해한 두려움을.

우리는 여러 줄을 쥐고 서로의 삶의 모양을 만들어왔다. 그것을 끌어안고 사는 것이 무서운 일이 되고 말았지만, 잃는 건 더 불안하리라. 나는 여기에 희망을 걸어본다.

오드리가 까르르거린다. 거의 키득거리며 웃는 것 같다. 작은 손을 구불구불한 빨강머리 사이에서 오므린다. 아기가 머리카락을 잡아당긴다. 마니가 고개를 돌려 나를 본다. 장미처럼 붉은 뺨에 마스카라가 줄줄 흘러내렸다. 눈은 퉁퉁 부었고 입술 가장자리가 흐릿하게 번졌다.

나는 그 이목구비 하나하나를 완벽하게 자세히 알고 있다. 하지만 어쩐지 놀랄 만큼 낯설다. 뭔가 새로운 것이, 달라진 것이 있다.

"가." 마니가 마침내 말한다. "나가."

그후: 사 년 뒤

# 46장

제인은 자신의 자동차 안에 앉아 있다. 그사이 운전하는 법을 배웠다. 그녀는 학교 운동장과 기찻길 사이에 차를 세워두었다. 새벽 세시, 거의 네시부터 깨어 있었고 아직도 이른아침이다. 태양이 자동차 앞유리에 걸려, 도로 끝 사무실 건물들 사이로 떠오른다. 그녀는 의자 등받이를 뒤로 젖혀, 뒷좌석에서 담요를 가져와 다리 위에 덮는다. 지하철이 선로를 덜컹거리며 쏜살같이 지나간다. 아마 오늘 첫차일 것이다. 비어 있는 창들의 경계가 흐려진다.

제인은 지하철을 타고 다니던 때를 떠올린다. 항상 지하철을 타고 다녔었다. 지금은 다행히 이 선로가 끝나는 지점에서 세 정거장 떨어진 교외에 살고 있다. 이제 시내를 방문할 일은 거의 없다. 그녀는 아파트를 샀다. 동생이 살아 있었다면 좋아했을 텐데. 재개발된 대저택 한 채에 들어간 일곱 세대 중 하나로, 차분한 회색과 흰색 톤으로 이루어진 곳이다. 그녀는 오래된 것과 새것이 음험하게 뒤섞여 있는 게 좋다. 완벽한 대칭을 이루는 벽난로와 하얗고 미끈한 주방기기들, 서로 맞물려 있는 플라스틱 마룻널. 그녀는 벽마다 이야기가 숨겨져 있기를 바란다. 회반죽 층과 새로 칠한 페인트 아래 비밀이 잠들어 있기를 바란다.

그녀의 비밀은 이제 거의 잦아들었다. 모든 게 무너져 주눅든 채 지냈던 때도 있었지만, 마음을 다잡았다. 경찰에게 그런 말은 한 적 없다고 말했다. "자백이라니요? 무슨 소리예요!" 아기 모니터링 앱은 실시간으로 전송만 되어서 자신의 말이 하나도 녹음되지 않았다고, 녹음이 되었다면 자신이 맞는다는 게 입증되었을 텐데 안타깝다는 말까지 그녀는 덧붙였다.

그녀는 언제나 탁월한 거짓말쟁이였다.

마니는 끈질겼다. 몇 개월 동안 경찰에 더 노력해달라고, 끝까지 공식적으로 수사를 진행하라고 탄원했다. 그러나 돌아오는 건 증거가 없다는 말뿐이었다. 경찰에게는 그저 한 여자와 다른 여자의 말이 서로 다른 사안일 뿐이었다. 어쨌거나 그들은 제인에게 두번째 연락을 취했다. 아마도 그저 마니의 불평을 해소하기 위해서였을 것이다. 다시 취조를 하면서도 거의 사과조였다. 취조가 끝나갈 때, 그들은 상실감과 상처에 대해서, 마음이란 것이 얼마나 강력한지에 대해서 이야기했다. 제인은 고개를 끄덕였다. 슬픈 표정을 짓기 위해 얼굴을 일그러뜨릴 필요가 없었다. 그 슬픔은 진짜였기 때문에.

발밑에는 보온병에 담긴 홍차가 놓여 있다. 그녀는 차를 한 모금 홀짝거린다. 아직 따뜻하다. 두꺼운 울 코트를 입은 남자 한 명이 차를 몰고 지나간다. 깜빡이를 켜고 방향을 틀어 학교 정문 앞에 선다. 남자가 차창을 내리고 작은 리모컨을 밖으로 내밀자 철문이 끼익 벌어진다. 이제 도로는 훨씬 분주해진다. 직장인들이 지하철역으로 빠르게 발걸음을 옮긴다. 교사들은 주차를 마치고, 조수석에서 서류 뭉치를 한아름 꺼내 안고 종종걸음을 치며 교실의 온기 속으로 들어간다. 새 학기가 시작되는 날이어서 그런지 이 모든 과정에 생기가 배어 있다.

제인은 항상 짙은 빨강머리를 찾는다. 붉은빛과 금빛이 회오리처럼 물결치고 고수머리가 앞으로 느슨하게 흘러내린 빨강머리. 한 번도 짧게 친 검은 머리를 찾은 적은 없지만, 그런 머리를 어디에서나 마주친다. 하지만 충분히 검지 않거나 문신이 없다. 아이들이 도착하기 시작한다. 모두 나이가 조금 많고, 함께 온 부모들은 학교 정문 앞에서 성급하게 작별의 손짓을 한다. 제인은 앞좌석에서 몸을 더 아래로 낮추고 다리를 구부린다. 너무 가까이 지나가는 사람들의 눈을 피하기 위해서. 킥보드를 타고 온 아이들, 곡예하듯 가방과 아기를 안은 부모들.

제인은 고개를 든다. 그녀가 있다. 마니가 맞은편 방향에서 학교 쪽으로 다가온다. 그녀는 발목까지 오는 헐렁한 검은 바지에 새하얀 운동화를 신고 있다. 푸른색 코트의 칼라 부분을 손으로 여미고 항상 걷던 방식으로, 결단력 있고 자신감 있게 두려움 없이 걷는다. 그녀가 말을 하고 있다. 제인은 갑자기 솟구치는 부러움을 느낀다. 저 입술의 움직임, 뺨의 상승과 하강, 기백이 넘치는 턱의 율동이 무척 친숙하기 때문이다.

오드리가 마니 옆에서 빨간 더플코트에 반짝이는 검은 구두를 신고 걷는다. 제인은 오드리의 빨강머리가 최근에 새로 자른 것 같다고 생각한다. 턱까지 오도록 가지런하게 다듬었다. 아이는 작은 빨간색 사첼가방을 손에 쥐고 흔든다. 머리에는 빨간 모자가 얹혀 있다.

제인도 그 모자를 갖고 있다. 몇 주 전에, 그녀는 번화가 교복가게로 들어가는 마니와 오드리를 따라갔다. 마니가 교복이 든 쇼핑백을 들고나왔다. 오드리가 그 모자를 쓰고 폴짝폴짝 뛰면서 신나게 앞질러갔다. 제인도 가게로 들어가 같은 모자를 하나 샀다. 작년에 딸이 모자를 잃어버렸다는 설명과 함께. 그녀는 그 천의 질감, 거친 펠트 질감을 손가락 사이에 느껴보고 싶었다.

정문에서 마니가 몸을 굽히고 오드리에게 뭐라고 말한다. 그들이 함께 교사를 올려다본다. 교사는 활짝 웃으며 신입생들을 반기고 학부모들을 안심시키고 있다. 마니가 초조해한다. 제인은 그런 그녀의 오므린 입술과 허리에 손을 짚고 있는 자세를 익숙하게 알아본다. 제인은 단짝친구 옆에 같이 서고 싶다. 이런 순간에 마니에게는 자신이 필요하다는 걸 알고 있기 때문이다.

오드리는 그저 아무 걱정이 없는 것 같다. 교사가 마니에게, 이제 오드리가 들어갈 수 있도록 그만 돌아가라고 손짓한다. 마지못해 마니도 발걸음을 돌린다. 그녀는 몇 번이나 뒤돌아보면서 손을 흔들다가, 마침내 길모퉁이를 돌아 사라진다.

그제야 오드리가 조금 당황하기 시작한다. 주위를 두리번거린다.

제인은 초등학교에 처음 등교하던 날이 기억나지 않는다. 이십 년 정도가 흐르면 오드리도 이날을 기억하지 못하리라. 기억한다 해도, 고개를 들었을 때 빨간 차 안에서 자기를 지켜보는 여자가 있었다는 것은 기억하지 못할 것이다. 그 여자가 미소 지으며 손을 흔들었던 것을 기억하지는 못할 것이다.

그녀는 언제나 미소 짓는다는 걸. 언제나 손을 흔든다는 걸.

이분들이 없었다면 이 이야기는 존재하지 않았을 것이다.

우선 남편 맬컴 케이. 전할 고마움이 너무 많아 단 몇 마디 말로 당신의 모든 조력을 표현하기란 불가능하겠지만, 최선을 다해보겠다. 여러 번 긴 산책을 하면서 내가 소리 내어 이 이야기를 풀어헤쳤다가 다시 쌓아올릴 수 있게 격려해주어서 감사한다. 날카롭고 직관적인 조언, 내가 이 이야기 속에 파묻혀 있을 때 우리의 삶을, 나를 보살펴주었던 것, 끝없는 자신감과 변함없는 지지를 보이며 내 인내심을 북돋아주었던 것에 감사한다.

부모님, 앤과 밥 가우드스밋께 감사한다. 엄마는 나의 치어리더이자 투사이자 상담사였다. 내가 책을 사랑할 수 있게 해주신 것에, 독서와 글쓰기와 이야기를 사랑할 수 있게 해주신 것에 감사드린다. 내게 도전 의식을 심어준 아빠께 감사드린다. 아빠의 끝없는 너그러움과, 내가 진정으로 사랑하는 것을 찾아 끈질기게 추구할 수 있도록 용기를 준 것에도 감사를 전한다. 자매 케이트 가우드스밋의 열렬한 응원과 솔직함에 무한히 감사한다. 내게 있는 그대로 이야기해주는 세상의 유일한 사람이다. 가우드스밋 가족들, 던더스 가족들, 케이 가족들에게 감사한다. 믿을 수 없을 정도로 후한 지지를 보내주었다.

이 책은 여러모로 여성의 우정에 대한 책이기에, 훌륭하고 지적이며 강인한 여성들에게 둘러싸인 나는 행운아다. 엘리너 토머스와 인디아 메러니에게 감사한다. 인정사정없이 나를 놀려대지만 가장 다정하고 가장 충직한 친구들이다. 베서니 해드릴, 샬럿 피아자, 프랜시스 존슨, 플로런스 피터슨, 프레야 해드릴, 로이스 파넨터, 루시 길럼, 새라 코스론에게도 감사를 전한다.

지칠 줄 모르고 일하며 이 이야기를 책으로 만들어준 사람들에게 크나큰 은혜를 입었다. 나보다 훨씬 이전부터 확신을 가지고 있었던 나의 에이전트 매들린 밀번에게 감사를 전한다. 그녀는 작가가 바랄 수 있는 최고의 에이전트이며, 그녀의 인도와 결단과 지원이 없었다면 이 책은 존재하지 못했을 것이다. 그녀의 뛰어난 팀에게도 감사한다. 앨리스 서덜랜드-호스, 애나 호거티, 조지아 맥베이, 자일스 밀번, 조지나 시먼즈, 헤일리 스티드, 리앤-루이즈 스미스, 레이철 여. 매우 뛰어난 통찰력을 지녔고 참을성이 강하며 창의적이고 차분한 영국판 편집자 루시 맬러고니에게도 함께한 작업에 감사한 마음을 전한다. 그리고 리틀브라운 팀에게. 애비 파슨스, 제마 셸리, 해나 우드, 스테파니-엘리스 멜로즈, 탈리아 프록터, 로재나 포테이, 모두 이 책에 생명력을 불어넣는 데 결정적인 역할을 했다. 미국판 편집자인 패멀라 도먼에게도. 당신의 지혜와

비전, 그리고 한 챕터에서 문제를 발견하면—감사히도!—그에 대한 해결책까지 내는 능력 모두 비견할 데 없다. 그녀의 팀에게. 제러미 오턴, 린지 프리벳, 앤드리아 슐츠, 로잰 세라, 케이트 스타크, 브라이언 타트, 그리고 패멀라도먼북스와 펭귄출판사의 나머지 모두에게. 또한 이 책을 출간한 전 세계 출판사의 팀들에게 큰 감사를. 여러분 모두에게 고마움을 전한다.

트랜스월드출판사의 모든 분들에게 감사한다. 그곳에서 나는 '편집자'의 직무를 맡아 아주 훌륭한 멘토들의 지도를 받고 가장 멋진 친구들을 사귀었다. 특히 소피 크리스토퍼는 소중한 동료이자 친구였으며, 한 글자도 읽지 않았음에도 제일 먼저 이 책의 지지자 중 한 명이 되어주었다. 모두가 당신을 그리워하고 있다.

마지막으로 이 세상 독자들에게. 만약 여러분이 이 책을 집어들어 끝까지 읽었다면, 무엇보다 이 페이지들을 넘기는 데 여러분의 시간을 할애한 것에 감사한다. 부디 즐거운 독서가 되었기를 바란다.

옮긴이 **김산**
이화여자대학교 영어영문학과를 졸업하고 같은 학교 통번역대학원 한영전공 번역학과를 졸업했다. 현재 전문번역가로 활동하고 있으며 『일곱 번의 거짓말』이 첫 역서다.

문학동네 세계문학
일곱 번의 거짓말

초판 인쇄 2022년 6월 24일 | 초판 발행 2022년 7월 8일

지은이 엘리자베스 케이 | 옮긴이 김산
기획·책임편집 윤정민 | 편집 김경미 이희연
디자인 김현우 이원경 | 저작권 박지영 형소진 이영은 김하림
마케팅 정민호 이숙재 박치우 한민아 김혜연 박지영 안남영 김수현 정경주
브랜딩 함유지 함근아 김희숙 안나연 박민재 박진희 정승민
제작 강신은 김동욱 임현식 | 제작처 한영문화사

펴낸곳 (주)문학동네 | 펴낸이 김소영
출판등록 1993년 10월 22일 제2003-000045호
주소 10881 경기도 파주시 회동길 210
전자우편 editor@munhak.com | 대표전화 031) 955-8888 | 팩스 031) 955-8855
문의전화 031) 955-3578(마케팅) 031) 955-2634(편집)
문학동네카페 http://cafe.naver.com/mhdn
인스타그램 @munhakdongne | 트위터 @munhakdongne
북클럽문학동네 http://bookclubmunhak.com

ISBN 978-89-546-8747-8 03840

잘못된 책은 구입하신 서점에서 교환해드립니다.
기타 교환 문의 031) 955-2661, 3580

www.munhak.com